Die Welt um Victor Jarno hat sich verändert – und wie immer hat er es zu spät bemerkt. Victor ist Mitte vierzig, kinderlos und der letzte Sozialdemokrat in einer Wiener Familie mit sozialistischen Wurzeln bis in die Kaiserzeit. Nur scheint sich niemand daran zu erinnern, selbst seine Mutter und seine Tante hat der politische Rechtsruck erfasst. Mit der Rückkehr von Victors Cousine Karoline aus dem Ausland, flammt eine dreißig Jahre alte heimliche Liebe wieder auf: Beide verachten e-Scooter, Stand-up-Paddling und die regierenden Rechtsparteien. Doch als aus ihnen ein Paar wird, droht die Familie an dem Skandal zu zerbrechen. Noch dazu vererbt ihnen die Großmutter vor ihrem Tod ihr Haus auf dem Land, in das Cousine und Cousin nun zum Missfallen ihrer Eltern, die das Haus gerne geerbt hätten, einziehen. Was aber lässt sich in einer Welt, in der ihre Ideale im Niedergang begriffen sind und ihre Familie zerbricht, noch retten?

Daniel Wisser, 1971 in Klagenfurt geboren, schreibt Prosa, Gedichte, Hörspiele, Songtexte. 1994 Mitbegründer des Ersten Wiener Heimorgelorchesters, zuletzt erschien das Album »Die Letten werden die Esten sein«. 2018 für den Roman »Königin der Berge« mit dem Österreichischen Buchpreis und dem Johann-Beer-Preis ausgezeichnet. Mit seinem Roman »Wir bleiben noch« landete er 2021 sowohl auf der SWR-Bestenliste wie auch auf der ORF-Bestenliste. Daniel Wisser lebt in Wien.

Daniel Wisser

Wir bleiben noch

Roman

btb

für Daniela

Die Erinnerung ist nicht die Vergangenheit, Pläne sind nicht die Zukunft. Alles ist – unsere – Gegenwart.

Peter Patzak

September 2018

Zombies in Trainingshosen

»Xaver gefällt dir doch auch, oder?«

Iris saß am Küchentisch und hatte den schwarzen Ordner aufgeschlagen. Langsam wanderte ihr Zeigefinger auf dem Blatt nach unten.

»Hier! Schau! Hier steht es.«

Victor stand hinter Iris. Er überlegte, ob seine Eltern ein derartiges Gespräch geführt hatten, bevor sie sich für den Namen Victor entschieden. Ziemlich sicher nicht. Sie hatten ihn Victor genannt, nach Victor Adler, dem Begründer der Sozialdemokratischen Arbeiterpartei. Und fertig.

»Eigentlich ist es ganz einfach: Wird es ein Junge, heißt er Xaver. Dann gibt man ihm auch nicht irgendeinen dummen Spitznamen.«

»Mein Vater hat erzählt, dass man seinem Cousin den Namen Bruno gab, weil die Eltern dachten, er würde dann keinen Spitznamen bekommen. Das führte dazu, dass man Bruno…«

»Das hast du mir schon hundertmal erzählt!«, unterbrach Iris Victor mitten im Satz. Iris hatte keine Geduld für Victors Geschichten. Victor setzte sich an den Tisch.

»Bei den Mädchen bleiben Johanna und Caroline. Ich weiß, ich weiß: Deine Cousine heißt Karoline. Karoline mit K. Ich habe mir gedacht: Wir könnten Caroline mit C nehmen. Findest du nicht?«

Deshalb hatte Victor also an Karoline gedacht, weil der

Name Caroline auf dem Blatt stand, das Iris ihm gerade gezeigt hatte. Victor antwortete nicht. Er blickte an die Wand, merkte sich dort einen bestimmten Punkt, drehte den Kopf zur Seite und versuchte dann, denselben Punkt wiederzufinden.

»Stimmt es, dass Karoline wieder nach Wien zieht?«

»Angeblich.«

»Ich habe sie nur ein einziges Mal gesehen: beim fünfundneunzigsten Geburtstag deiner Großmutter. Sie ist sehr hübsch.«

»Ist sie das?«

»Das hast du selbst gesagt.«

Iris stand auf, um Kaffee zu machen, und setzte sich wieder.

»Trotzdem ist es okay, wenn wir unser Kind Caroline mit C nennen, oder? Oder?«

»Ich weiß es nicht.«

»Dann nennen wir sie Caroline.«

Iris stand auf und kam wenig später mit zwei Kaffeetassen wieder. Sie brachte beide Tassen zum Küchentisch. Dann nahm sie ein Blatt aus dem schwarzen Ordner. Victor trank einen Schluck Kaffee.

»Wir probieren es mal mit dieser Klinik: *Child in Time*. Klingt schön. Das ist doch ein Song, oder?«

»Deep Purple.«

»Abgemacht: Wenn es ein Mädchen wird, nennen wir sie Caroline. Und wir sagen niemals Caro zu ihr, sondern immer nur Caroline. Weil der Name so schön ist.«

Der Ruck, mit dem Victor aufstand, brachte beinahe seinen Stuhl zum Umfallen. Mit einem Schritt stand er vor Iris, packte den Kragen ihrer Bluse mit beiden Händen und zog sie aus dem Stuhl hoch. Für eine halbe Sekunde blickte er in ihre aufgerissenen Augen.

»Hör auf! Hör jetzt endlich auf damit! Du wirst nicht mehr schwanger. Wir haben alles probiert. Alles. Es geht eben nicht. Begreif das endlich!«

Victor ließ Iris los, nahm den Ordner vom Tisch, öffnete das Kästchen unter der Spüle und warf ihn in den Müll. In diesem Ordner befanden sich Adressen und Ansprechpartner von Befruchtungskliniken, Informationsblätter zur In-vitro-Fertilisation, Aufzeichnungen über die Einnahme von Hormonpräparaten, Testberichte über verschiedene Kinderwagen im Vergleich, Kostenvoranschläge für Kinderzimmereinrichtung und seitenweise Vornamenslisten. Iris riss sich los und drängte sich an Victor vorbei. Sie öffnete die Lade, nahm den schwarzen Ordner wieder aus dem Müllbehälter und begann ihn mit der Hand abzuwischen. Es sah fast aus, als ob sie ihn streichelte.

»Geht es dir jetzt besser? Ich hatte kurz Angst vor dir. Richtige Angst.«

Victor ging ins Schlafzimmer, zog hektisch ein paar Unterhosen, Socken, T-Shirts, Hosen und eine Jacke aus dem Schrank und stopfte alles in eine Sporttasche. Dann holte er die Zahnbürste aus dem Badezimmer. Iris stand vor der Eingangstür.

»Du läufst jetzt nicht davon!«

Victor zippte die Sporttasche zu und ging zur Tür. Sein Schlüssel steckte im Schloss. Iris sperrte zwei Mal ab, zog den Schlüssel ab und verschloss ihn in der Faust.

»Iris, gib mir meinen Schlüssel!«

»Nein!«

»Gib her!«

»Nein!«

So ging es mehrere Male hin und her. Victor öffnete ihre Faust gewaltsam und riss den Schlüssel aus ihrer Hand. Iris griff mit beiden Händen nach Victors Arm, doch er drehte sich schnell zur Seite, und sie verfehlte ihn. Sie konnte den Sturz nicht mehr rechtzeitig mit den Händen auffangen und landete mit dem Gesicht auf dem Fußboden. Blut rann ihr aus der Nase.

Iris und Victor mussten lange warten. Sie saßen auf hässlichen Plastikstühlen, die wohl einmal orangefarben gewesen waren vor dreißig oder vierzig Jahren. Die anderen Patienten waren armselige Gestalten in schmutziger Sportkleidung und zerschlissenen Jacken, meist übergewichtig, die ganze Zeit mit ihrem Mobiltelefon beschäftigt. Lautstark spielten sie Videos ab – meist mehrmals hintereinander – und lachten darüber. Oder sie brüllten laut in den Videochat. Von ihren Telefonen baumelten Plüschtiere. Man hörte das Klacken der falschen Fingernägel auf den Displays.

»Lauter Zombies in Trainingshosen!«, sagte Victor.

»Eher Nazis in Trainingshosen«, sagte Iris.

»Auch die Arbeiterklasse hat ihr Zeremoniell.«

»Die Arbeiterklasse! Du bist kein Arbeiter! Eines Tages wirst du als Einziger am ersten Mai mit einer Fahne auf der Straße herumlaufen. Und alle werden dich für wahnsinnig halten.«

»Du bist wahnsinnig! Sonst säßen wir jetzt nicht hier.«

»Schrei nicht so!«

»Ich habe nur gesagt: Auch die Arbeiterklasse hat ihr Zeremoniell.«

Iris mochte Victors Geschichten nicht, Geschichten von seinem Vater, seinem Großvater, aus den 70er- oder 80er-Jahren, die sie schon Hunderte Male gehört hatte.

»Ich sage, dass es ein Unfall war. Keine Angst!«

»Es war ja auch ein Unfall. Und es ist allein deine Schuld. *Du* bist wahnsinnig. Wenn du hier in der Notaufnahme fertig bist, kannst du gleich weiter in die Psychiatrie.«

»Halt den Mund!«

»Mein Vater hat mir immer erzählt, dass Kaiser Franz Joseph eines Tages sehr zum Ärger seiner Berater gesagt haben soll...«

»Hau ab, Arschloch!«

Victor blieb sitzen und nahm das Mobiltelefon aus der Jackentasche. Nun war er von den Zombies nicht mehr zu unterscheiden. Dabei hasste er Mobiltelefone. Er war der Meinung, dass die Verrohung der Gesellschaft vom Smartphone ausging. Früher hatten die Menschen wenigstens noch irgendetwas gelesen, das sie mit einer anderen Wirklichkeit konfrontierte. Heute gab es nur noch das Chatten, das sinnlose Privatgeschnatter und Stammtischgrölen, das die weltweiten Datenleitungen und die Gehirne der Menschen verstopfte.

Nachricht von einer unbekannten Nummer.

21. September 2018 / 11:14
Karoline: hi, victor! hier karo. bist du nicht auf whatsapp?
Victor: Hey, Karoline! Nein. Ich hasse WhatsApp.
Karoline: ich wollte dich unserer gruppe hinzufügen
Victor: Ich verweigere Facebook und WhatsApp.

Karoline: verstehe. hanna hat mir deine nummer
gegeben. hoffe, das ist ok 😊
Victor: Und Instagram.
Karoline: oh, falscher smiley! 😊

Noch am Morgen, als Iris ihre Vornamenslisten durchgegangen war, hatte Victor an seine Cousine gedacht. An den Sommer 1988, in dem sie viele Tage gemeinsam an einem Stausee verbracht hatten. Und daran, wie er mit Karoline ausgegangen war, zu der Zeit, als sie noch in Wien Medizin studiert hatte. Oft hatten sie bis zur Sperrstunde in Bierlokalen gesessen und waren dann noch ein Stück des Wegs zusammen nach Hause gewankt. Bis heute musste Victor, wenn er an einem bestimmten Geldautomaten in der Innenstadt vorbeiging, denken: Das ist der Geldautomat, an den Karoline und ich am 1. November 1995 beim Nachhausegehen gekotzt haben. Später trafen sie sich seltener. Karoline arbeitete in einem Krankenhaus, und Victor hatte seine damalige Freundin Barbara kennengelernt. Sie verloren sich ein wenig aus den Augen und sahen einander fast nur noch bei Familienfesten. Und dann plötzlich hieß es: Karoline geht nach Oslo. Victor hatte es von ihrer Schwester Hanna erfahren. Oder von Tante Margarete. Jedenfalls nicht von Karoline selbst.

21. September 2018 / 11:16
Karoline: bin wieder in wien. komme nöchste woche zu urlis geburtstag
Karoline: nächste
Karoline: freu mich, dich zu sehen 😊
Victor: Ich freue mich auch.

Karoline: hast du zeit zum chatten?
Victor: Ja.

»Hey, Victor! Hast du gehört, was ich gesagt habe?«
»Ja.«
Victor hatte keine Ahnung, wovon Iris gesprochen hatte. Es war ihm auch egal. Bis sie aufgerufen wurde, konnte es noch Stunden dauern. Sie hatte sich in ihren Stuhl gekauert, sah Victor beim Chatten zu und seufzte.
»Klar, das Smartphone ist der Untergang der Menschheit. Aber selbst bist du 24/7 damit beschäftigt.«

21. September 2018 / 11:22
Karoline: victor? bist du eingeschlafen?
Victor: Du, ich melde mich später. Ist gerade ungünstig.
Karoline: dein JA war also ein NEIN. du hast gerade keine zeit

»Du kannst wirklich gehen. Was nützt es mir, wenn du hier die ganze Zeit auf dein Handy schaust. Wahrscheinlich chattest du mit dieser Sanja.«
Victor steckte sein Mobiltelefon in die Tasche. Er freute sich, Karoline wiederzusehen. Es kam ihm seltsam vor, dass sie Mitglied einer WhatsApp-Gruppe war. Noch seltsamer aber war die Vorstellung, dass seine Mutter auch in dieser Gruppe war und regelmäßig mit Karoline, ihrer Schwester Hanna und den anderen Nachrichten austauschte.
Victor durfte die Geschichte von Kaiser Franz Joseph nicht nochmals erzählen – zumindest nicht Iris. Dass Kai-

ser Franz Joseph – sehr zum Ärger seiner Berater – befohlen haben soll, dass man einen Vertreter der Sozialdemokratie zu ihm bringe, damit er sehen könne, wie ein Sozialdemokrat aussähe. Dass man einen Boten in die Parteizentrale schickte, dort aber Panik ausbrach. Victor Adler erklärte, er könne als überzeugter Demokrat nicht zu einem Monarchen gehen, und auch alle anderen lehnten ab. Da fiel die Wahl auf Karl Seitz, der bei Hof nachfragte, in welcher Kleidung er beim Kaiser vorsprechen solle. Er erhielt die Antwort: Uniform oder Frack. Aber Karl Seitz war nie beim Militär gewesen, hatte also gar keine Uniform, und einen Frack zu tragen war für ihn als Vertreter der Arbeiterklasse nicht denkbar. Die Audienz scheiterte. Man erklärte dem Kaiser das Problem. Und da soll Franz Joseph gesagt haben: »Dann soll dieser Seitz eben so kommen, wie er angezogen ist.« Also erschien Karl Seitz im Gehrock bei Hof. Franz Joseph war sehr angetan von dem jungen Mann und führte mit ihm ein so langes Gespräch, dass seine Berater ihn bald drängten, zu einem Ende zu kommen. Der Kaiser aber sagte, er habe eine letzte Frage, nämlich, warum ein Sozialdemokrat keinen Frack tragen dürfe. Und Karl Seitz soll geantwortet haben: »Majestät, auch die Arbeiterklasse hat ihr Zeremoniell.«

Letztes Kapitel

Iris sperrte auf und ging ins Vorzimmer. Victor hatte die Tür hinter sich noch nicht geschlossen, da fiel Iris ihm schluchzend um den Hals.

»Es tut mir leid. Es tut mir so leid, mein Schatz!«

Victor hielt sie fest, aber nur, weil er nicht wollte, dass sie ein zweites Mal stürzte. Er hasste ihr hysterisches Heulen. Wie gut, dass sie ausstirbt, dachte Victor.

»Gleich morgen melde ich uns zur Vorbereitungsschulung für die Adoption an. O. k., mein Schatz? O. k.?«

Iris hielt Victor fest und schluchzte noch immer. Er spürte die Wärme ihrer Tränen auf seiner Schulter. Er hasste diese Tränen, dieses zur Schau gestellte Leid und die Erpressung, die davon ausging. Victor sah die gepackte Sporttasche, die immer noch neben der Eingangstür stand. Er löste sich von Iris, griff nach der Tasche und schlüpfte durch die noch offene Eingangstür auf den Korridor. Schnell rannte er durch das Treppenhaus nach unten. Oben hörte er Iris rufen:

»Du Arschloch!«

Victor trat vor die Tür und lief bis zur großen Kreuzung. Er überlegte, wo Iris ihn bestimmt nicht suchen würde. Als er an dem kleinen Café neben dem Polizeiposten vorbeiging, das Iris das Nazi-Stüberl nannte, blieb Victor stehen. Wir gehen sicher nicht in dieses Nazi-Stüberl, hatte Iris immer gesagt.

Victor betrat das Café, setzte sich auf den hintersten Platz und bestellte ein großes Bier. Auf dem Tisch lag eine Gratiszeitung. Die Schlagzeile: *Frau (42) auf Parkplatz von Ehemann erstochen.* Es gibt keine wirklichen Zeitungen mehr in diesem Land, dachte Victor, nur diese von der Regierung mit überteuerten Inseraten geförderten Hetzblätter, die Massenmörder heiligsprechen und die Todesstrafe für arme Menschen fordern, die auf dem Markt einen Apfel stehlen. Die Menschen lesen die Artikel ohnehin nicht, sondern schauen nur die Bilder an. Und sie freuen sich, wenn man ihnen mitteilt, dass man wieder einem Flüchtling etwas wegnehmen konnte. Täglich eine schlechte Tat, das ist das Gebot der Christdemokraten, dachte Victor.

21. September 2018 / 15:02
Victor: Hi, Peter. Ist die Wohnung noch frei?
Peter: habt ihr euch schon wieder getrennt?
Victor: Ja.
Peter: wie oft geht das jetzt noch so?
Victor: Wir sind jetzt endgültig getrennt.
Victor: Nächste Frage, bitte!
Peter: du musst dir den schlüssel im lokal holen, kann nicht weg
Victor: In einer Stunde?
Peter: 👍

Victor verstand nicht, warum erwachsene Menschen Bildchen im Text verwendeten, sogenannte Emojis, obwohl sie doch lesen und schreiben konnten. Es war ihm einfach zu dumm: Sektflöte, Sektflöte, Sektflöte, Luftballon. Bald würde die Schrift durch Emojis ersetzt werden, das

Gehirn durch ein Smartphone und eine feste Behausung durch eine Höhle. Zumindest bei ihm selbst war es wieder so weit: Er musste in Peters Höhle. Was für ein Rückfall hinter die Errungenschaften der Jungsteinzeit.

In wenigen Tagen feierte Victors Großmutter, die in der Familie seit der Geburt ihres ersten Urenkels *die Urli* genannt wurde, ihren neunundneunzigsten Geburtstag. Und dieses Jahr kam also auch Karoline wieder zur Feier. Victor freute sich darauf, denn er hatte sie in den letzten Jahren kaum gesehen. Seit sie in Norwegen lebte, war sie selten angereist, um mit der Familie zu feiern. Angeblich verstand sie sich mit ihrer Mutter, Victors Tante Margarete, nicht gut. Karoline hatte Victor in den letzten Jahren selten kontaktiert. Umso seltsamer, dass sie ihm an diesem Tag eine Chatnachricht geschickt hatte.

21. September 2018 / 15:13

Victor: Hey, Karoline. Gehts jetzt bei dir?
Karoline: hi victor. kurz. bin grad bei hanna und den kids
Victor: Lass dich nicht stören. Welcome back!
Karoline: danke! schön ist es in wien
Karoline: magst du telefonieren?
Victor: Wirklich? Ich hasse Wien.
Karoline: ich weiß, ich weiß, du hasst wien
Karoline: X
Victor: Was bedeutet X?
Karoline: unsere nachrichten haben sich überkreuzt. während du geschrieben hast, dass du wien hasst, habe ich es auch geschrieben ☺
Victor: Aha!

Victor: Ich hasse Wien. Und ich hasse Mödling.
Karoline: was hasst du nicht?

Wie konnte man Wien lieben? Eine Stadt, die im 19. Jahrhundert aus Ziegeln, die tschechische Zuwanderer unter unmenschlichen Bedingungen herstellen mussten, neu aufgebaut wurde. Mühsam war es gewesen, für diese Menschen zumutbare Arbeitsbedingungen zu erkämpfen und leistbare Wohnungen zu bauen. Die Sozialdemokratie schaffte es trotzdem. Als Dank dafür hassten die Nachfahren dieser Ziegelarbeiter Sozialisten, Juden und andere Zuwanderer und vertrieben und schikanierten und töteten sie. Bald schon würde es wieder einmal so weit sein.

Karoline: also, telefonieren?
Karoline: und sag nicht wieder JA, wenn du NEIN meinst
Karoline: wahrscheinlich hasst du auch telefonieren 📞 😨
Victor: Ich hasse telefonieren.
Karoline: X
Victor: X
Victor: Jetzt haben sich die X überkreuzt.
Karoline: 😂
Victor: Also: XX.
Karoline: hasst du alles? 😂
Victor: Fast. Dich nicht.
Karoline: danke! ich spiele jetzt mit lena, melde mich am freitag. ok?
Victor: Gerne. Ich freu mich drauf!
Karoline: freu mich auch. kommt iris mit?
Victor: Nein. Wir haben uns getrennt.

Karoline:	WAS???? wann? hanna hat mir nichts davon gesagt
Victor:	Ich habe es noch niemandem erzählt.
Karoline:	ist sie ausgezohen?
Victor:	Ich bin ausgezogen.
Karoline:	ausgezogen sry
Karoline:	das tut mir leid
Victor:	Ich komme zurecht. Bis Freitag!

Victor schaltete das Mobiltelefon ab. Iris könnte anrufen. Oder seine Mutter. Er nahm einen Notizblock aus der Jacke und schrieb eine Liste der Familienmitglieder, die zum Geburtstag der Urli kommen würden.

Tante Margarete
Der Bimbo
Mama
Hanna
Paul
Michael
Lena
Karoline
Urli
Adriana
Ich

Seit Jahren organisierte Victor die Geburtstagsfeier der Großmutter, da seine Mutter und Tante Margarete nach einem großen Streit vor drei Jahren den Kontakt mit der Urli mehr oder weniger abgebrochen hatten. Sie besuchten sie nur noch an ihrem Geburtstag und zu Weihnachten. Der Bimbo würde Victor bestimmt ein wenig helfen.

Die Nazis im Café waren harmlos und ignorierten Victor. Der Nazi-Kellner war langsam, aber gutmütig. Ein angenehmes Lokal. Warum hatte Victor nur jahrelang auf Iris gehört?

Sein Vater hatte immer gesagt, dass die Nazis daran schuld seien, dass das Kinderzimmer in Bauplänen KiZi hieß. Dass man vor dem Krieg KZ geschrieben habe und nicht KiZi. Und dass Nationalsozialisten eigentlich Nasos heißen müssten und nicht Nazis. Die Jungsozialisten hießen ja auch Jusos und nicht Juzis.

»Nicht schon wieder die alten Geschichten«, hätte Iris gesagt, »wir leben im Jahr 2018. Du bist ein alter Mann – ein alter Mann in einem jungen Körper.«

Ja, Victor fühlte sich alt. Er fühlte sich alt, seit er sieben war. Mit sieben begann er die zweite Klasse Volksschule. Plötzlich gab es Erstklässler, die jünger waren als er. Victor beobachtete sie und stellte fest, dass sie ganz und gar anders waren als er und seine Klassenkollegen. Damals hatte die Mutter ein erstes graues Haar entdeckt auf dem Kopf des Siebenjährigen und leise zu weinen begonnen, wie sie danach nur noch einmal, am Tag des Todes ihres Vaters, weinen sollte. Victor bestellte noch ein Bier. An der Wand hingen Urkunden, Plattencover und vergilbte Blätter mit Sprüchen. Einer davon lautete:

> Das Eheweib ist das interessanteste Exemplar im ganzen Stammbaum der Wirbeltiere.
>
> *Charles Darwin*

Victor erhob sein Glas und prostete sich selbst zu. Ein normaler Mensch, so dachte er, hätte in seiner Lage eine Familie: eine Mutter, die ihm beistand, einen Vater, der mit ihm trinken ging, eine Tante, die für ihn kochte, und ein Kind, um das er sich nach der Trennung besonders kümmern müsste. All das hatte er nicht. Er war wohl auch keine Schlagzeile wert: *Alter Mann (102) in jungem Körper (47) von Ehefrau (44) davongelaufen.*

Heidelbeeren oder Walderdbeeren

Victor hatte sich vorgenommen, die letzten acht Kilometer von Altenmarkt bis zum Haus langsam zu fahren, die Wiese zu betrachten, auf der er als Kind Skifahren gelernt hatte, das Geburtshaus des Großvaters nicht zu verpassen und an die Geschichte mit den Heidelbeeren zu denken. Heidelbeeren oder Walderdbeeren?

Von Victors Urgroßvater Josef Sandbichler wurde erzählt, dass er im Sommer um Mitternacht aufstand, um im Wald Beeren zu pflücken. Dass er bei Anbruch des Tages mit einem großen Rucksack vierzig Kilometer zu Fuß nach Wien marschierte, um die Beeren auf dem Markt zu verkaufen. Dass er am selben Tag die vierzig Kilometer wieder zurück nach Heiligenbrunn ging, mit ein wenig Geld in der Tasche, das er eisern für das Haus sparte, das er seiner Tochter Rosi bauen wollte. Immer, wenn Victors Mutter die Geschichte von den Heidelbeeren erzählte, begannen Tante Margarete und sie zu streiten. Die eine sagte: Es waren Walderdbeeren. Die andere: Aber nein, es waren Heidelbeeren.

Victor fuhr noch langsamer. In diesem Moment war alles genau wie früher. Jedes Wochenende war er mit Vater und Mutter ins Haus aufs Land zu den Großeltern gefahren. Nur saß er damals auf dem Rücksitz und seine Mutter fuhr. Der Vater saß auf dem Beifahrersitz, las Zeitung und schimpfte.

»Die Nazis haben in diesem Land sogar eine eigene Zeitung. Seit die NSDAP verboten ist, gibt es stattdessen dieses Kleinformat«, hatte Konrad Jarno, Victors Vater, gesagt. Und: »Wozu Kinder in diese Welt setzen? Die Nazis sind schon wieder da. Diesmal kommt die Machtergreifung in Zeiten des Wohlstands.«

»Das sagst du seit Jahren. Warum kaufst du die Zeitung überhaupt?«

»Dein Vater liest es doch auch immer, dieses Revolverblatt.«

Wie recht der Vater gehabt hatte, dachte Victor. Früher hatten Politiker die Boulevardzeitungen gefürchtet. Heute waren diese Zeitungen zu den wahren Machthabern geworden, und die Politiker waren nur noch ihre Marionetten. Sie waren ihnen nicht nur hörig, sondern mussten ihnen jährlich mehrstellige Millionenbeträge an Schmiergeldern liefern. Dafür wurden sie dann von diesen Blättern beworben. Wer sich weigerte, wurde aus dem Amt geschrieben.

Nach ein paar Kurven drängelte ein schwarzer SUV hinter Victor, scherte aus, um zu überholen, überholte aber nicht, sondern betätigte mehrmals die Lichthupe. Victor hasste Mödlinger. Victor hasste SUV. Und besonders hasste er SUV-Fahrer aus Mödling. Als Kind hatte er Autos gemocht: den hellblauen Opel Manta, den der Bimbo fuhr und der innen mit Kies, Moos und Blättern bedeckt war wie Waldboden; den weißen Ford Cortina des Großvaters, der vor dem Fahren immer die Lederhandschuhe mit den abgeschnittenen Spitzen aus dem Handschuhfach genommen und übergezogen hatte. (Als Kind hatte Victor geglaubt, der Großvater habe das Wort

Handschuhfach selbst erfunden, weil er dort seine Handschuhe verstaut hatte.) Oder den VW-Käfer, den Frau Veit in den 70er-Jahren fuhr und bei dem sich der Kofferraum vorne befand, was Victor als Kind besonders fasziniert hatte. Victor besaß kein Auto. Er nahm Autos von einem Carsharing-Dienst. Wie sie aussahen, kümmerte ihn nicht. Die Autos seiner Kindheit waren elegant gewesen, die heutigen waren viel zu große, hässliche Plastikkisten, aus denen man kaum hinaussehen konnte. Victor brauchte kein eigenes Auto. Und vielleicht war es auch mit einem Kind so: Victor brauchte kein eigenes – Sharing würde reichen.

Er hielt rechts, um dem SUV freie Fahrt zu geben. Längst musste man Angst haben vor diesen Panzern und ihren Fahrern, die in der Zone 30 mit 70 Stundenkilometern unterwegs waren und den Schulkindern auf dem Zebrastreifen über die Schuhe fuhren, natürlich ohne auf die Straße zu schauen, weil sie ein Video auf dem Smartphone anschauten. Regelmäßig töteten SUV-Lenker mit überhöhter Geschwindigkeit Radfahrer. In der Presse hieß es dann, der Radfahrer habe kein korrektes Rücklicht auf dem Fahrrad gehabt und sei selbst schuld an seinem Tod. Man musste Angst haben um sein Leben. Als der SUV endlich an ihm vorbeifuhr, sah Victor das Kennzeichen: MD. Natürlich Mödling. Aus diesem Bezirk kamen die schlimmsten Autofahrer des Landes. Victor hasste Mödling. Und er hasste Mödlinger. Er warf einen Blick auf das Mobiltelefon, das am weißen Ladekabel hing.

28. September 2018 / 9:04
Karoline: victor???
Karoline: erreich dich nicht. kann ich heute im haus schlafen?
Karoline: ich helfe dir auch bei den vorbereitungen 💋

Er beschloss, nach der Ankunft zurückzuschreiben. Er fragte sich, ob er Karoline in einer Menschenmenge auf der Straße erkennen würde.

Victor öffnete das Fenster, blinkte links und fuhr weiter. Noch einmal musste er es sich vorsagen: die letzten Kilometer bis zum Haus langsam fahren, die Wiese betrachten, auf der er Skifahren gelernt hatte, das Geburtshaus des Großvaters nicht verpassen. Und die Geschichte mit den Heidelbeeren. In diesem Moment läutete sein Mobiltelefon. Er blickte auf das Display: Iris. Victor blieb kurz stehen, um eine Nachricht zu schreiben.

28. September 2018 / 9:17
Victor: Bitte ruf nicht an! Es geht nicht mehr mit uns. Das weißt du genau.
Bitte lass mich in Ruhe!

Das Telefon läutete nochmals. Wieder ignorierte Victor den Anruf. Er war schon fast beim Haus angelangt. Von der großen Kreuzung bog eine wenig befahrene Straße ab, die zum Waldrand führte und die in seiner Kindheit noch nicht asphaltiert gewesen war. Auf dieser Straße hatte die Urli einen Sommer lang versucht, Victor das Fahrradfahren beizubringen. Sie hatte hinter ihm gestanden, sein kleines Rad am Gepäckträger festgehalten, und Victor war losgefahren. »Ich halte dich. Ich halte dich«, hatte sie gerufen und dann doch irgendwann losgelassen. Das Seltsame war: Wenn Victor sich diese Szene vorstellte, sah er die Urli und sich selbst, als stünde er hinter einer Kamera, die diese Szene filmte.

Beim Haus angekommen, scherte Victor ein Stück auf die Gegenfahrbahn aus, wie es der Großvater immer getan hatte, um nach einer scharfen Rechtsbiegung über den kleinen Steg zu fahren. Auf den wenigen Metern vom Steg bis zum Haustor hörte er das Geräusch der Reifen auf dem Kies, dann hielt er vor dem Hauseingang. Die Holzläden der Eingangstür waren noch dieselben wie in seiner Kindheit, und für einen Moment hielt Victor es für möglich, dass die Urli aus der Tür kam, um ihn zu begrüßen. Doch es kam Adriana, eine der Pflegerinnen der Urli.

Victor sah auf das Mobiltelefon: Der zweite Anruf war von Karoline gewesen.

28. September 2018 / 9:32
Victor: Hast du mich angerufen?
Victor: Du weißt ja: 📞 👻
Victor: Du kannst gerne im Haus schlafen.
Das Fernsehzimmer ist frei.

Adriana kam aus dem Haus und schüttelte Victor die Hand.
»Wo ist Iris?«, fragte Adriana.
»Die kommt heute nicht.«
»Schade. Ich mag so gerne deine Frau.«
»Wie geht es ihr?«, fragte Victor und meinte damit die Urli.

»Viel schlafen. Immer schlafen.«

Adriana und Ivana, die beiden Pflegehilfen, die die Urli abwechselnd betreuten, sprachen kaum Deutsch und schienen auch nicht dazuzulernen. Die Urli hatte die beiden ins Herz geschlossen. Adriana, die aus Rumänien kam, war ihr Liebling. Aber auch die Bulgarin Ivana bekam viel Trinkgeld von ihr.

»Ich schlafe heute oben im Dachbodenzimmer.«

»Alles fertig, junge Herr! Alles fertig.«

»Karoline kommt auch. Sie schläft im Fernsehzimmer.«

Adriana nickte, ein wenig verstimmt darüber, dass sie nun noch ein Bett zu machen hatte, davon aber so kurzfristig erfuhr.

Wie die Welt zergeht

Adriana hatte die Urli aufgesetzt und mit zwei Kissen gestützt. Victor setzte sich auf das Bett. Die Urli sah ihn an und nickte. Dann nahm sie seine Hand.

»Adriana, geh das Fernsehzimmer herrichten für meine kleine Karo.«

»Alles fertig! Alles fertig!«

»Dann geh jetzt in die Küche!«

Adriana verließ das Zimmer. Victor war immer wieder erstaunt, wie schroff die Urli zu ihrer Lieblingspflegerin sein konnte. Lange schloss die Urli die Augen, und Victor befürchtete schon, dass sie eingeschlafen war. Dann nahm sie alle Kräfte zusammen und sah ihn an.

»Victor, mein Lieber, morgen werde ich neunundneunzig. Noch ein Jahr schaffe ich nicht.«

»Ach, komm: Du wirst hundertzwanzig.«

Die Urli winkte mit dem Zeigefinger ab.

»Ich wäre gerne in Wien gestorben und nicht hier in Heiligenbrunn. Du weißt das. Nur dem Walter und den Kindern zuliebe bin ich hier hergekommen.«

Wie immer erzählte die Urli, dass ihre Schwägerin Rosi sie in den letzten Kriegsmonaten angefleht habe, aus Wien wegzugehen und in ihr Haus aufs Land zu kommen, schon alleine der Kinder wegen. Der Großvater war zu dieser Zeit an der Front gewesen, und die Urli lebte mit ihren Töchtern Gerlinde und Irmgard alleine in einer Wohnung in Wien. Gegen Kriegsende nahmen die Bombardements in Wien stark zu. Hörte man im Radio den Kuckuck, ging man entweder in den Keller des Hauses oder einen nahe gelegenen Luftschutzkeller. Sobald die Bombenangriffe vorbei waren, ließ die Urli die Kinder bei Frau Haas, einer Nachbarin, und marschierte los, um zerbombte Häuser nach Essbarem zu durchsuchen. Dass sie dabei eines Tages eine ungeöffnete Packung mit Schokowaffeln gefunden habe, erzählte die Urli, und dass sie sich auf dem Heimweg geschworen habe, die Packung gerecht zu teilen: ein Viertel für Frau Haas, ein Viertel für Gerlinde, eines für Irmgard und ein Viertel für sich selbst. Als sie aber in ihre Straße einbog, sah sie, dass das Haus, in dem sie bis zu diesem Tag gewohnt hatte, von einer Bombe zerstört worden war. Fremde Menschen suchten in den Trümmern bereits nach Essen, Kleidung und Wertsachen. Sie fragte einen Mann, ob er zwei kleine Mädchen gesehen habe, und flehte ihn an, ihr bei der Suche nach ihren Töchtern zu helfen. Dafür bot sie ihm die ganze Packung Schokowaffeln. Doch als die Urli ihm die Waffeln geben wollte, musste sie feststellen, dass sie die gesamte Packung aufgegessen hatte. Kurz darauf bog Frau Haas mit Gerlinde und Irmi an der Hand um die Ecke. Sie waren in einem benachbarten Luftschutzbunker gewesen. Noch am selben Tag machte sich die Urli mit einem Leiterwagen bepackt mit ein paar Habseligkeiten auf den Weg nach Heiligenbrunn in das Haus von Tante Rosi.

Die Urli hatte diese Geschichte schon oft erzählt. Victor hörte sie gerne immer wieder. Er verstand überhaupt nicht, warum manche Menschen Geschichten nicht gerne mehrmals erzählt bekamen. Wenn er es je schaffte, *Die Brüder*

Karamasow zu lesen, würde er das Buch bestimmt wieder und wieder lesen. Victor bemerkte, dass die Urli zwischen den Sätzen immer wieder pausieren musste.

»Aber ich wollte etwas ganz anderes sagen. Ich bin wirklich schon alt und blöd.«

»Willst du Tee?«

»Nein. Ich rede und rede und bin noch immer nicht fertig. Ich habe mein Testament gemacht. Das Haus bekommst du. Du weißt, ich bin nicht gut zu sprechen auf die Irmi und die Gretl. Sie werden das Haus verkaufen, wenn ich tot bin. Du kriegst das Haus. Aber verkaufen darfst du es niemals. Das hätte der Walter nie zugelassen. Warum, lieber Victor, hast du denn keine Kinder?«

»Ich sterbe aus.«

»Unsinn! Jetzt sieh halt zu! Das mit dem Adoptieren ist nichts. Du brauchst eigene Kinder. Gut, dass du dich von deiner...«

»Iris.«

»...von deiner Iris getrennt hast.«

»Woher weißt du denn das?«

Vermutlich hatte Karoline die Nachricht von Victors Trennung schon verbreitet, wahrscheinlich in der WhatsApp-Gruppe. Und seine Mutter oder Tante Margarete hatten es der Urli weitererzählt.

»Das ist ganz richtig so. Nur für die Kinder zahlt sich das Leben aus. Mit den Kindern lebt man immer im Hier und Jetzt. Und dann wird man auch nicht so verbittert. Als ihr Kinder wart, waren die Irmi und die Gretl nicht so frustriert und hasserfüllt wie heute.«

Die Urli öffnete die oberste Schublade des Nachtkästchens und nahm eine Mappe heraus. Die Mappe war uralt, sie musste noch vom Großvater sein, denn auf dem Rücken stand in seiner Handschrift groß MIKROZENSUS. Die Schublade verströmte den Geruch von Rosenwasser, der Victor an seine Kindheit erinnerte.

»Ich gebe dir jetzt das Testament. Und die zwei Sparbücher. Das eine ist für mein Begräbnis, den Sarg, den Leichenschmaus und damit ihr das Grab weiterzahlen könnt. Auf dem zweiten ist ein wenig Erspartes. Bitte gib es der Karo. Ich freue mich so, dass sie zurückgekommen ist. Sie hat es schwer. Aber sie ist eine Gescheite, eine Frau Doktor. Das hätte dem Walter gefallen. Gib ihr das Geld, und lass es dir nicht von ihr zurückzahlen. Versprichst du mir das?«

»Ja.«

»Versprich es mir!«

»Ich verspreche es dir!«

Adriana kam zur Tür herein. Die Urli herrschte sie an: »Wir sind noch nicht fertig. Raus mit dir!«

Wieder war Victor der raue Ton der Großmutter unangenehm. Er wollte Adriana verteidigen, aber die Urli unterbrach ihn.

»Die führt sich auf, als ob ich schon tot wäre. Du hast das Herz am rechten Fleck. Vergiss nicht, dass dich deine Eltern Victor genannt haben, nach unserem lieben Herrn Doktor Victor Adler. Viele Jahrzehnte hat es gedauert, bis die Partei etwas bewirken konnte. Du kannst dir nicht vorstellen, was das in den 30er-Jahren für Zustände waren. Armut und Elend unter den Arbeitern. Und jetzt wenden sich alle ab, weil es der Partei schlecht geht.«

»Man kann die Nachrichten gar nicht mehr anschauen.«

»Doch, man muss. Ich höre zweimal am Tag Nachrichten. Der Bimbo hat mir dieses Radio aus Bakelit gebracht.«

Die Urli zeigte auf ein kleines orangefarbenes Radio. Victor musste lächeln, wenn die Urli *Bakelit* sagte und damit Kunststoff meinte. Er nahm sich vor, irgendwann die alten Ausdrücke aufzuschreiben, die die Urli verwendete. So sagte sie auch *Hektografieren*, wenn sie Kopieren meinte.

»Man kann doch in zwei, drei Jahren nicht einfach alles vergessen, was die Partei in hundertdreißig Jahren getan hat für die Menschen. Sogar Frau Veit kapiert das.«

»Frau Veit? Wählt die nicht seit Jahrzehnten die Christdemokraten? Deswegen hat Papa doch immer mit ihr gestritten.«

»Früher. Aber jetzt ist sie der Partei beigetreten. So kann es nicht weitergehen, hat sie zu mir gesagt.«

Victor konnte sich noch gut daran erinnern, dass der Vater immer, wenn Frau Veit zu Besuch kam, mit ihr über Politik gestritten hatte. Und dass er, nachdem Frau Veit gegangen war, laut über sie lästerte. Als sie in mittleren Jahren stark an Gewicht zugelegt hatte, sagte er laut lachend: *Kinder, wie die Veit zergeht.*

»Hörst du mir überhaupt zu?«

Victor dachte daran, dass sein Vater auch den eigenen Sohn nicht verschont hatte. Immer wieder hatte er vor Gästen erzählt, wie er Victor das erste Mal gesehen hatte. Dass er am Tag von Victors Geburt im Krankenhaus, noch bevor er zur Mutter ins Zimmer gehen konnte, die Neugeborenen durch eine Glasscheibe in einem Saal nebeneinanderliegen gesehen habe. Zehn bis zwölf seien es gewesen.

Dass er aber seinen Sohn sofort erkannt habe, da er das mit Abstand hässlichste Kind von allen gewesen sei.

»Ja, Oma.«

»Gib das Haus nicht jemand anderem. Bitte keine Unterkunft für Flüchtlinge! Du weißt, mir tun die Kerle auch leid. Aber es können nicht alle zu uns kommen. Das Haus soll jemand aus unserer Familie bewohnen. Also, zieh hierher! Deine Kinder sollen hier aufwachsen. Oder lass die Karo hier wohnen. Schau, dass das Haus niemals verkauft wird. Hast du gehört?«

»Ja. Aber du musst wissen, dass ich keine Kinder mehr bekomme.«

»So ein Unsinn! Ein tüchtiger junger Mann wie du findet immer eine gute Frau.«

»Ich bin siebenundvierzig.«

»Ja, eben. So jung. Ich werde morgen neunundneunzig. Neunundneunzig, das ist wirklich zu alt. Also bitte tu mir noch einen Gefallen, bevor ich sterbe.«

»Warum redest du immer vom Sterben?«

»Bitte bring mich zum Stephansdom. Ich möchte ihn noch einmal sehen.«

»Wann immer du willst, Oma.«

»Ich danke dir. Und jetzt lass mich noch ein wenig schlafen. Sonst schaffe ich diesen Geburtstag nicht. Morgen musst du noch die Zimmer zahlen, in der Pension, bei der Frau… Ach, ihr Name fällt mir nicht mehr ein. Mir fällt gar nichts mehr ein.«

Die Victor-Kommunisten

Als Victor das Dachbodenzimmer betrat, entfernte er als Erstes die Batterien aus der Uhr, die über der Tür hing. Das laute Ticken störte ihn. Dann öffnete er die Sporttasche. Nur ein wenig Wäsche hatte Victor mitgenommen, ein Buch und das Geburtstagsgeschenk für die Urli. Er zog sein Hemd aus und legte sich auf das Bett.

Neben dem Bett stand der Stuhl des Großvaters, auf dem zwei Fotoalben lagen. Obwohl an diesem Wochenende alle Stühle gebraucht wurden, würde dieser Stuhl sicher nicht benutzt werden. Seit dem 24. April 1983 hatte niemand mehr darauf gesessen. An diesem Tag hatten die Sozialdemokraten unter Bruno Kreisky nach zwölf Jahren Alleinregierung die absolute Mehrheit verloren, und Walter Sandbichler, für den Kreisky ein Gott gewesen war, erlitt nach der Verkündigung des vorläufigen Wahlergebnisses einen Schwächeanfall. Die Urli hatte sofort Victors Mutter angerufen. Dass der Großvater kreidebleich geworden sei und sich im Vorzimmer auf einen Stuhl gesetzt habe. Und dass sie einen Krankenwagen gerufen habe. Aber damals dauerte es auf dem Land lange, bis ein Notarzt kam, noch dazu an einem Sonntag. Zwei Stunden später traf er ein. Der Großvater bekam eine Injektion, ging zu Bett und war am darauffolgenden Tag wieder halbwegs fit. Einige Monate später aber, kurz vor seinem einundsiebzigsten Geburtstag, erlitt er einen Schlaganfall und ein Jahr darauf einen weiteren. Nach dem dritten Schlaganfall starb er schließlich im Dezember 1985 kurz vor Weihnachten.

Victor nahm das oberste Fotoalbum zur Hand. Mitte der 80er-Jahre hatte Onkel Rainer, Karolines Vater, der in der Familie *der Bimbo* genannt wurde, Tante Margarete und Victors Mutter die gleiche Kamera geschenkt, eine japanische Pocketkamera. Victor glaubte sich zu erinnern, dass sie *Yashica* hieß. Auf den Fotos war Karoline noch sehr klein, aber man konnte sehen, dass sie auch damals viel schlanker und anmutiger war als Hanna. Die unheimlichen schwarzen Augen hatte sie schon als Kind gehabt. Viele Jahre war Victor in Karoline verliebt gewesen. Und nie hatte er jemandem davon erzählt. Als Siebzehnjähriger hatte Victor mit seiner Cousine jeden Sonntag am Stausee verbracht. Karoline war damals dreizehn oder vierzehn, aber sie war bereits eine junge Frau, die Männer im Gasthaus am Stausee pfiffen ihr oft nach oder machten ihre Bemerkungen. In diesem Sommer las Victor *Die Brüder Karamasow*, das Lieblingsbuch des Vaters. Besser gesagt: Er versuchte es. Denn er konnte keinen Absatz lesen, ohne an Karoline zu denken. Seit damals war jeder Name und jeder Schauplatz des Romans für Victor nichts anderes als eine Erinnerung an Karoline.

Das zweite Fotoalbum war älter, die Fotos Polaroids aus den 70er-Jahren. Der Vater und der Bimbo hatten damals eine Sofortbildkamera und schickten der Urli ihre Aufnahmen. Die Urli schrieb dann mit der Hand das Datum an den Rand des Polaroids. Ein Foto zeigte Tante Margarete im Bikini am Meer. Sie war einmal sehr schlank gewesen, eine elegante Erscheinung mit perfekter Figur. Und das nach zwei Schwangerschaften. Als Kind mochte

Victor Tante Margarete sehr. Und eigentlich mochte er sie immer noch, trotz ihrer politischen Einstellung und trotz all der Streitigkeiten mit der Urli und Victors Mutter. Dass Victor alles alleine erben sollte, fand er ein wenig ungerecht, denn der Bimbo und Tante Margarete hatten sich immer um die Urli und das Haus gekümmert. Noch dazu war Tante Margarete die Einzige in der Familie, die in diesem Haus geboren worden war. Onkel Rainer war auf keinem einzigen Bild zu sehen. Vermutlich hatte er die Fotos gemacht.

Es klopfte. Victor griff nach dem Hemd, um es wieder überzuziehen. Ohne ein zweites Mal zu klopfen, trat Karoline ein. Das war keine zweiundvierzigjährige Frau, die da zur Tür hereinkam. Ein Fremder hätte sie mindestens zehn Jahre jünger geschätzt. Karolines Gesicht war hagerer und härter geworden. Das stand ihr gut. Ihre Augen sahen ein wenig müde aus. Die markante Vene, die vertikal über ihre Stirn verlief, war immer noch da.

»Karoline, es ist so schön, dass du wieder da bist. So schön!«

Karoline umarmte Victor, drückte ihn zuerst fest an sich und winkelte dann die Beine an, sodass ihr ganzer Körper an ihm hing. Er durfte sie jetzt nicht fallen lassen. Victor spürte, dass Karoline den Tränen nahe war. Es vergingen bestimmt zwei Minuten, bis Karoline Victor losließ, mit den Knöcheln die Augenwinkel trocknete und ihm zunickte.

»Ich habe dir eine Chatnachricht geschrieben.«
»Wirklich? Bei mir geht hier 4G nicht. Eine Katastrophe. Es wird Zeit, dass alle Telefonanbieter verstaatlicht werden.«

»So reden die Victor-Kommunisten. Die Victor-Kommunisten arbeiten für amerikanische Privatfirmen und haben eine Eigentumswohnung.«

»Ich bin seit zwei Jahren arbeitslos.«

»Ich höre immer, dass du viel Geld hast.«

»Was für ein Glück, dass ich nicht auf WhatsApp bin! Da verbreitet sich jeder Tratsch wie ein Lauffeuer.«

Karoline ging um das Bett herum. Sie legte sich hinein.

»Ach, lieber Victor, ich bin so müde.«

Victor legte sich ebenfalls ins Bett, ganz auf die rechte Seite, sodass zwischen ihm und Karoline ein Abstand blieb. Doch Karoline drehte sich sofort nach rechts und legte ihre Füße auf Victors Unterschenkel. Victor konnte ihr nicht ins Gesicht sehen, er betrachtete ihre Zehennägel, die dunkelrot lackiert waren. Karoline stützte das Kinn auf den Ellbogen und schaute Victor an.

»Jetzt liegen wir hier faul herum. Dabei bin ich gekommen, um dir zu helfen.«

»Kein Stress. Wo wohnst du denn jetzt?«

»In der alten Wohnung in der Herzgasse.«

Dreißig Jahre hatte Victor es niemandem erzählt. Niemandem. Im Sommer 1988 war er siebzehn gewesen und hatte noch keinen Führerschein. Deshalb brachte der Bimbo seine Tochter und ihn zum Badesee und holte sie abends wieder ab. Warum Karolines Schwester Hanna zum Baden nicht mitfuhr, wusste Victor nicht mehr. Einmal streifte Karoline gleich nach dem Ankommen ihr Kleid ab und lief im Bikini ins Wasser. Der Bimbo stand noch neben Victor und sagte: »Sie ist ein Reh, ein Reh im Urwald. Die Maggie ist auch einmal ein Reh gewesen.«

In diesem Sommer hatte Victor einen Traum: Er befand

sich in einer riesigen Schotterwüste. Die Schotterfläche hatte viele kleine Vertiefungen, die mit Wasser gefüllt waren. Es waren eigentlich kleine Becken. In einem dieser Becken badete Karoline. Sie war nackt. Sie winkte ihm zu. Dann kletterte sie aus dem Becken und setzte sich an den Beckenrand. Victor setzte sich zu ihr. Karoline nahm seine Hand und legte sie auf ihre Hüfte. Victor streichelte Karoline. Als er aus diesem Traum erwachte, musste er T-Shirt und Unterhose ausziehen. Er steckte beides in einen Plastiksack, den er am darauffolgenden Tag in eine entlegene Mülltonne warf, um das Ergebnis seines Traums zu verbergen. Seit dreißig Jahren versuchte er, diesen Traum weiterzuträumen.

Und jetzt lag er hier neben Karoline.

»Also, was gibt es zu tun?«

Hoffentlich konnte Karoline seine Gedanken nicht erraten. Er drehte sich zu ihr. Gern hätte er ihre Stirn berührt, die Vene, die vertikal vom Haaransatz bis zwischen die Augenbrauen führte.

»Entspann dich. Wir fahren morgen Vormittag einkaufen. Dann müssen wir noch hinauf in die Pension und bezahlen die Zimmer.«

»Wohnt Tante Irmi in der Pension?«

»Natürlich. Deine Eltern auch. Es sind insgesamt elf Personen, die können nicht alle hier im Haus schlafen.«

»Ich bin also privilegiert?«

»Zu Recht.«

In Karolines Augen gab es kein Braun oder Blau. Wenn man Karoline in die Augen schaute, sah man nur das Schwarz der Pupillen und darin das Spiegelbild des Raumes, in dem man sich befand.

»Ich muss dir etwas sagen!«

»Sag mir etwas.«

»Jetzt nicht. Ich sage es dir morgen.«

»Ach, komm, Victor. Das geht gar nicht. Zuerst ankündigen und dann vertrösten.«

»Ich habe heute lange mit der Urli gesprochen und…«

»Ich wollte zu ihr gehen, aber die Pflegerin hat gesagt, dass sie schläft. Wie heißt sie noch?«

»Adriana.«

»Entschuldige, ich habe dich unterbrochen.«

»Ich erzähle morgen weiter. Es geht um das Haus. Die Urli hat die Geschichte schon tausendmal erzählt.«

»Dann höre ich es gerne das tausendunderste Mal.«

»Immer wenn die Urli vom Haus erzählt, streiten deine Mutter und meine über die Walderdbeeren.«

»Mein Gott, was ich schon für Krisen miterlebt habe wegen dieser Erdbeeren.«

»Nicht nur du.«

Karoline gähnte und schaute zur Uhr über der Tür, auf der die Zeit stehen geblieben war.

»Gott, ich bin so müde. Drei Stunden habe ich heute Nacht geschlafen. Aber erzähl weiter, lieber Victor.«

»Dass das Haus einmal verkauft wird, ist für die Urli undenkbar. Sie will unbedingt, dass es in der Familie bleibt. Das Problem ist nur: Wer will schon in Heiligenbrunn wohnen? Die Urli glaubt, dass deine Mutter das Haus sofort verkaufen würde. Und das will sie nicht. Deshalb hat sie gesagt, dass sie…«

Karoline war eingeschlafen. Ein Auge schien nicht ganz geschlossen zu sein, und erst dachte Victor, dass die Cousine ihm einen Streich spielte. Aber sie schlief wirklich.

Jetzt konnte er alles sagen, was er schon immer sagen wollte.

»Kannst du dich noch an den Stausee erinnern?«

Oder: »Ich liebe dich, Karoline.«

Und dann: »Entschuldige, dass ich dreißig Jahre gebraucht habe, um es dir zu sagen.«

Manchmal zuckte Karoline im Schlaf mit dem Arm. Gerne hätte er die feinen Härchen auf ihrem Unterarm berührt. Ihre schönen Hände. Da lagen sie nun beide: das Reh im Urwald und das hässlichste Kind.

Als Victor erwachte, lag Karoline nicht mehr im Bett. Sie war auch nicht mehr im Zimmer. Lautes Ticken war zu hören. Karoline musste die Batterien der Uhr wieder eingelegt haben. War das wieder ein Traum gewesen, zu dem es keine Fortsetzung geben würde?

Der Indianer

Victor war kein guter Beifahrer. In jeder Kurve zuckte er zusammen, woraufhin Karoline sich zu ihm drehte, anstatt auf die Fahrbahn zu achten. Schon zum dritten oder vierten Mal überholte sie einen Lkw und zog danach den Wagen schnell nach rechts. Wo war Karoline nur zu einer so verwegenen Fahrerin geworden? Bestimmt nicht in Norwegen.

»Ich hasse diese Strecke!«

»X.«

»Was heißt X?«

»Unsere Gedanken haben sich überkreuzt. Wie im Chat. Ich wollte gerade dasselbe sagen.«

Victor wunderte sich, dass auf dieser Straße so viele Lkw unterwegs waren. Früher war sie kaum befahren gewesen. Karoline schnitt eine Linkskurve an, obwohl ihr ein Motorradfahrer entgegenkam. Als sie schnell wieder nach rechts zog und beschleunigte, vergaß sie auf die nächste Kurve zu achten und fuhr sie viel zu schnell an. Erst in der Kurve bremste sie hart.

»Du fährst ja wie der Indianer.«

»Wer ist der Indianer?«, fragte Karoline.

»Carlos Reutemann, der Formel-1-Pilot. Sein Spitzname war *der Indianer*. Habe ich dir schon die Geschichte erzählt, wie Carlos Reutemann mit seiner Frau und seinen Kindern 1978 bei einer Bootsfahrt am Río de la Plata in einem Sturm gekentert ist, einen Notruf auf einen Zettel geschrieben und den Kühlschrank aus dem Boot gerissen hat, um daraus eine Flaschenpost zu machen?«

»Eine Flaschenpost?«

»Eine Kühlschrankpost sozusagen.«

»Nein, du hast mir noch gar keine Geschichte erzählt, Victor. Wir haben uns ewig nicht gesehen.«

Victor schloss die Augen. Dann nahm er das Mobiltelefon aus der Jackentasche. Ein entgangener Anruf von Iris. Schnell steckte er das Telefon wieder weg. Als hätten sich ihre Gedanken wieder überkreuzt, drehte Karoline sich zu Victor.

»Ist das mit Iris nur eine Krise, oder trennt ihr euch wirklich?«

»Ja!«

»Was heißt *Ja*?«

»Wir haben uns getrennt.«

»So richtig? Für immer?«

»Ja.«

»Wenn du *Ja* sagst, heißt das *Nein*. Das weiß ich schon vom Chat.«

»Nein.«

»Wie lange wart ihr zusammen?«

»Zwölf Jahre.«

»Aber was ist denn passiert? Ihr wart doch immer ein gutes Duo.«

»Sagen wir so: Ich war ein gutes halbes Duo.«

Der Weg zum Supermarkt war noch weit. Victor wollte nicht über Iris sprechen, aber es fiel ihm auch kein anderes Gesprächsthema ein. Ihm war übel, und er dachte nur, dass er diese Strecke früher Hunderte Male mit dem

Großvater gefahren war, ohne dass ihm übel geworden war. Damals gab es am Bahnhof noch einen Getränkemarkt. Der Großvater holte dort Mineralwasser, Limonade und Bier. Als Karoline daran vorbeifuhr, kam er Victor lächerlich klein vor. An diesem Bahnhof war der Großvater angekommen, als er 1947 aus der Kriegsgefangenschaft zurückgekehrt war. »Gott sei Dank englische Gefangenschaft«, hatte die Urli immer gesagt. Der Großvater erzählte, ein Kollege von der Bundesbahn habe ihm auf dem Heimweg eine Gans geschenkt, die er dann im Koffer mitbrachte, zusammen mit ein paar Lumpen und seiner Wehrmachtspistole. Als Kind hatte Victor immer gelacht über die Gans im Koffer und nicht darüber nachgedacht, ob die Gans tot war oder lebendig.

»Warum habt ihr eigentlich nie Kinder bekommen?«

»Ach, weißt du, es hat nicht geklappt.«

»Habt ihr IVF probiert?«

»Was ist das?«

»In-vitro-Fertilisation.«

»Aber ja. Öfter sogar. Iris ist nur depressiv geworden. Und sie hat einen Ordner angelegt. Einen schwarzen Ordner mit allen Unterlagen. Und irgendwie haben diese Unterlagen das Kind ersetzt. Ich hasse diesen Ordner.«

»Liebst du sie noch?«

»Ich habe einen Fehler gemacht.«

»Einen Fehler?«

»Ich liebe eine Frau. Seit dreißig Jahren.«

»Dreißig Jahre! Wow! Ist sie verheiratet?«

»Nein.«

»Hat sie dich abgewiesen?«

»Nein. Sie weiß nichts davon.«

»Das ist schräg, lieber Cousin. Willst du darüber reden?«
»Nein.«

Die Straße war menschenleer, keine Kriegsheimkehrer, keine Gänse, nur Häuser, die Victor unbewohnt vorkamen. Er hätte sich für das, was er eben gesagt hatte, ohrfeigen können. Also wollte er wieder von den Heidelbeeren erzählen, um das Schweigen zu brechen. Wenn Victor einatmete, konnte er Karoline riechen. Und er hätte schwören können, dass sie nach einer Mischung aus Rosenwasser und Heidelbeeren roch. Karoline kam ihm zuvor.

»Ich erzähle dir, warum ich so gerne in Wien bin.«

Und Karoline erzählte, wie sie nach ihrem ersten Tag an der Universität mit der Straßenbahn nach Hause gefahren war. Der Wagen war überfüllt und alle Sitze besetzt, deshalb musste sie stehen. An der nächsten Station stieg eine alte Frau ein. Ganz vorne saßen drei Männer mittleren Alters, die keine Anstalten machten, aufzustehen und der alten Frau ihren Sitz zu überlassen. Die alte Frau stand kopfschüttelnd da, hielt sich am Haltegriff fest und sagte laut: »Na, so etwas. Gibt es denn heutzutage keine Kavaliere mehr?« Die drei Männer blieben sitzen. Einer von ihnen antwortete: »Kavaliere gibt es schon noch, gnädige Frau, aber leider zu wenige Sitzplätze.«

Karoline lachte. Und Victor lachte auch. Dann wieder Kurven. Victor wurde übel.

»Es ist schön, dass du lachst. Ich habe diese Geschichte auch den Norwegern erzählt. Sie fanden sie überhaupt nicht lustig.«

»Hast du in Oslo in einem Krankenhaus gearbeitet? Ich weiß überhaupt nicht, was du die letzten Jahre gemacht hast.«

»Ich habe in drei verschiedenen Krankenhäusern in Oslo gearbeitet. Und in einer Klinik in Fredrikstad. Dort war ich eigentlich am liebsten. Was die Arbeit betrifft zumindest. Ich spreche ungern darüber.«

»Warum?«

»Wenn die Menschen Pathologie hören, denken sie, ich schneide Ermordete auf und löse Kriminalfälle. Ich sitze aber den ganzen Tag vor einem Mikroskop.«

»Das ist doch wunderbar. Ich habe viel lieber mit Maschinen gearbeitet als mit Menschen.«

»Ja, das habe ich dem Michi auch gesagt. Aber er hat es nicht verstanden. Ach, ich freue mich, dass ich wieder bei den Kids sein kann. Besonders bei der kleinen Lena.«

Victor war in Gedanken so mit Karoline beschäftigt, er freute sich so sehr, Zeit mit ihr verbringen zu können, dass er ganz vergessen hatte, dass das Haus bald voll mit anderen Familienmitgliedern sein würde. Natürlich freute auch er sich auf seine Neffen und vor allem die kleine vierjährige Nichte Lena, die der Star jeder Familienfeier war. Eigentlich hieß sie Magdalena. Und da ärgerte sich Victor wieder über Karolines Schwester Hanna, die ihren Kindern lauter christliche Namen gegeben hatte: Michael, Paul und Magdalena. Nichts, aber wirklich nichts verband Hanna mit dem Christentum. Weder liebte sie ihren Nächsten, noch würde sie jemandem, der sie auf die rechte Wange schlägt, die andere Wange hinhalten, sondern doppelt zurückschlagen.

»Wolltest du nie Kinder haben?«

Warum hatte Victor das plötzlich gefragt?

»Ich hatte eine kurze Panikphase. Aber das ist vorbei. Nein, ich möchte keine Kinder.«

»Was ist in der Panikphase passiert?«
»Ich hatte Panik.«
»Du willst nicht darüber sprechen?«
»Nein.«

Keine Menschen am Rand der Rennstrecke, die dem Indianer zuwinkten. Victor wusste, dass er das Gespräch so nicht beenden konnte. Er überlegte lange, was er sagen könnte. Schade, dass ihre Gedanken sich nicht noch mal überkreuzten. Glücklicherweise sah er irgendwann den Supermarkt.

»Der Parkplatz ist dort vorne, beim Kreisverkehr rechts.«
»Und du? Möchtest du noch Kinder haben? Victor?«
»Weißt du, vermutlich hätten Iris und ich ein Kind. Wenn man ein Kind bekäme, wie man ein Auto bekommt. Man geht zur Bank, nimmt einen Kredit auf, sucht sich ein Modell aus, macht eine Anzahlung – und schon hat man ein Kind. Da es aber so nicht geht, haben wir kein Kind.«
»Aber möchtest du ein Kind?«
»Ich glaube, die Sache ist gelaufen.«
»Du stirbst also aus?«
»Ich sterbe aus. Ich und das Breitmaulnashorn.«

Zeit für ein Selfie

Nachdem die Einkäufe erledigt waren, fuhren Karoline und Victor zu der kleinen Pension, in der die restlichen Familienmitglieder übernachten sollten. Das Geld für die Zimmer hatte ihm die Urli schon am Vortag in einem Umschlag mitgegeben, denn in der Pension wurde nur Bargeld akzeptiert. Karoline grinste.

»Warum lachst du?«

»Ihr Österreicher und euer Bargeld. Hanna läuft auch immer mit ein paar hundert Euro in der Tasche herum. In Norwegen brauche ich höchstens zweimal im Jahr Bargeld.«

Die alte Frau in der Pension nahm das Kuvert, öffnete es und zählte das Geld zweimal. Immer wieder betrachtete sie Victor aus den Augenwinkeln.

»Bist du der Irmgard ihrer?«

Victor nickte. Nun musterte sie Karoline.

»Da hast du aber eine schöne junge Frau gefunden.«

Karoline lachte.

»Wie alt wird denn die Frau Sandbichler heuer?«

»Neunundneunzig.«

»Neunundneunzig, stell dir vor! Die alten Leute heutzutage. Was lacht ihr denn so?«

Karoline konnte sich nicht zurückhalten.

»Weil ich selbst schon so alt bin, gelt? Und von alten Leuten rede.«

Die alte Frau steckte das Geld in die Schublade des Schreibtischs. Victor hatte ihren Namen vergessen.

»Ich weiß noch, wie sie uns ein paar Ohrfeigen gegeben hat, die Frau Sandbichler, der Gretl und mir, weil wir im Bach gebadet haben. Nackt. Das war, bevor der Bach reguliert wurde, da konnte man bei euch am Haus einfach bis zum Wasser hinunterlaufen.«

Karoline unterbrach die Alte.

»Ich bin der Gretl ihre.«

Victor staunte, dass Karoline den Dialekt beherrschte. Die alte Frau hielt sich die Hand vor den Mund.

»Das gibt's ja nicht! Ach so, dann bist du die Cousine von dem jungen Mann? So ein sauberes Mensch!«

Karoline lachte wieder.

»Deine Mama, die war vielleicht schlimm als Kind. Was wir beide immer angestellt haben!«

»Sie ist heute noch schlimm.«

In diesem Moment fiel Victor der Name wieder ein: Kaswurm. Als Kind hatte er darüber immer lachen müssen. Die Neugierde von Frau Kaswurm war kaum zu stillen.

»Also bist du die Kindergärtnerin.«

»Das ist meine Schwester. Ich bin Ärztin.«

»Ärztin! Mein Gott, und ich sage Du zu Ihnen. Der Walter hat so gescheite Kinder gehabt. Die Gerli war ja auch so intelligent. Ein Jammer, dass sie so früh gestorben ist. Jetzt sind wir bald dran. Hier in Heiligenbrunn gibt's nur mehr alte Leute. Die Jungen wollen hier nicht wohnen. Nur am Wochenende kommen die Radfahrer. Der Neffe hat den Imbiss übernommen. Am Samstag und Sonntag steht er da zwölf Stunden ohne Pause drinnen.«

»Haben Sie noch diese herrlichen Salzgurken?«

»Gehen Sie einfach rüber!«

Sie überquerten die Straße und gingen zu dem kleinen Imbiss, der seit dem letzten Mal, als Victor ihn besucht hatte, umgebaut worden war. Dort, wo die Tische standen, war der Boden jetzt betoniert, die alte Holzbude, an die Victor sich zu erinnern glaubte, war offensichtlich erneuert und vergrößert worden. Aus einem Lautsprecher hörte man eine verzerrte Stimme.

»Zweimal Schnitzelsemmel, einmal Berner Würstel, ein Hausburger.«

Schon kamen die Radfahrer, um die ausgerufenen Speisen abzuholen. Mit ihren Klickschuhen mussten sie vorsichtig gehen, um nicht auszurutschen. Victor nahm zwei Salzgurken und zwei Scheiben Brot. Karoline bestellte zwei Bier.

»Du musst noch fahren.«

»Ein Bier wird mich schon nicht umbringen.«

»Und du bist *doch* Österreicherin.«

»Wir brauchen das jetzt, sonst schaffen wir den Tag nicht.«

Sie setzten sich. Victor sah, dass sich der eine oder andere Mann nach Karoline umdrehte. Das gefiel ihm. Es war ein schöner Schmerz, mit Karoline sein zu können. Victor wollte nicht darüber nachdenken, was für ein ungleiches Paar sie waren. Karoline prostete ihm zu und trank.

»Das stimmt. Der Stress fängt jetzt erst an. Ich hoffe, die Urli hält durch.«

»Wenn alle da sind, wird es anstrengend. Aber trotzdem...«

»Trotzdem was?«

»Mir gefällt es hier! Sehr gut sogar! Es ist wie Urlaub.«

»Ich habe seit Jahren keinen Urlaub gemacht.«

»Stimmt, die Victor-Kommunisten machen keinen Urlaub. Wie lange bist du schon arbeitslos?«

»Ich bin nicht arbeitslos. Ich will nicht mehr arbeiten.«

»Wie herrlich!«

»Unter dieser Regierung werde ich auch nicht mehr arbeiten. Keinen Groschen Lohnsteuer für diese Sauerei. Aber ich muss bis zu meinem Lebensende mit meinen Ersparnissen auskommen.«

»Du machst das schon. Was passiert mit deiner Wohnung, jetzt, wo ihr getrennt seid?«

»Zuerst einmal muss ich mich scheiden lassen. Iris wird wohl eine Zeit brauchen, bis sie etwas anderes gefunden hat.«

»Klar.«

»Und dann, dann werde ich die Wohnung verkaufen und ziehe hierher.«

»Wohin? In die Pension?«

Victor verdrehte die Augen.

»Nein, ins Haus natürlich.«

»Im Ernst? Du ziehst nach Heiligenbrunn? Was willst du denn hier machen?«

»Leben. Lesen. Ich muss endlich lesen. Ich bin vor dreißig Jahren aufgehalten worden und habe seither nichts gelesen.«

»Was willst du denn lesen?«

»Die großen Romane der Weltliteratur. Die sozialistischen Theoretiker: Marx, Engels, Lenin, Karl Kautsky, Victor Adler. Ich muss das alles lesen.«

»Victor, der letzte Sozialist. Wahrscheinlich musst du bald unter Artenschutz gestellt werden.«

»Und du? Willst du in Wien bleiben?«

»Ich bin frei. Hier könnte ich es mir auch gut vorstellen. Heiligenbrunn kann, glaube ich, eine Heilige gebrauchen.«

»Hier kann man jeden brauchen. Ich muss mich auch um die Urli kümmern. Sie wird hundertzwanzig werden. Und dann kaufe ich ein Gewehr und schieße auf jeden, der sich dem Grundstück nähert.«

Karoline lachte, griff nach ihrem Bierglas und trank es mit dem zweiten Schluck leer. Das erinnerte Victor an früher. Mit Mitte zwanzig hatte Karoline behauptet, in ihrem ganzen Leben noch kein einziges kleines Bier getrunken zu haben. Und auch die großen seien ihr zu klein, wie sie oft hinzugefügt hatte.

»Und du willst hier ganz allein leben? Ohne WhatsApp?«, fragte Karoline.

»Seit zwei Jahren benutze ich weder WhatsApp noch Facebook, noch Instagram.«

»Und wie ist es?«

»Es geht mir viel besser.«

»Aber was ist mit dieser Frau, dieser 30-Jahre-Liebe? Zeigst du sie mir einmal? Ist sie sehr schön? Wer ist sie?«

Victor verstummte. Konnte er es ihr jetzt sagen? Nach dem nächsten Bier vielleicht.

»Ein sauberes Mensch.«

Karoline lachte.

»Wie sie mich verhört hat, die Alte. Wie heißt sie?«

»Das war die Frau Kaswurm.«

Jetzt mussten beide lachen. Die Salzgurken in den kleinen Papptellern standen immer noch auf dem Tisch. Und auch das Brot. Karolines Hand lag auf dem Tisch neben dem Bierglas.

»Ich denke auch schon seit vielen Jahren an einen Mann.«

»Und? Was sagt er?«

»Er sagt nichts.«

»Vielleicht solltest du ihn fragen.«

»Kann sein. Aber ich habe Angst.«

»Warum? Wovor?«

»Dieser Mann ist seltsam. Ich glaube, wenn er *Ja* sagt, meint er *Nein*. Und wenn er *Nein* sagt, meint er auch *Nein*. Also frage ich besser nicht.«

Victors Bierglas war noch etwa zu einem Drittel voll. Er wollte dieses Glas nicht leer trinken. Er saß da und wollte es genießen, noch ein paar Sekunden oder vielleicht sogar zwei Minuten mit Karoline sein zu können. Er wagte nicht, es zu denken. Und deshalb dachte er es erst recht: Egal, was nun geschah, es würde nie wieder so schön sein wie dieser Moment.

»Lieber Victor, es ist Zeit für ein Selfie.«

Karoline stand auf und kam auf Victors Seite. Sie setzte sich neben ihn, hantierte mit dem Mobiltelefon und drückte ein paarmal ab. Der Wind wehte Karolines Haar in Victors Gesicht.

Very well

Kurz vor 11:00 trafen Onkel Rainer und Tante Margarete ein. Victor freute sich, sie wiederzusehen, konnte aber Karoline keine Sekunde aus den Augen lassen. Er wollte sich auf das Geburtstagsfest freuen, war aber besorgt, weil die Urli sich nach dem Frühstück wieder hingelegt hatte. Und er fürchtete die Ankunft seiner Mutter, die eine Garantin für schlechte Laune war.

Onkel Rainer und Tante Margarete begrüßten Victor herzlich. Dann stürzten sie sich sofort auf ihre Enkelkinder, vor allem auf die kleine Lena. Karoline schenkten sie nur kurz Aufmerksamkeit. Onkel Rainer umarmte sie zumindest. Tante Margarete nickte ihr nur zu. Victor suchte Beschäftigung und begann, die großen Töpfe und Frischhalteboxen aus Onkel Rainers Auto in die Küche zu tragen. Tante Margarete hatte seit Tagen vorgekocht, damit sie hier schnell und auf engem Raum Essen für elf Personen servieren konnte. Sie begann in der Küche zu arbeiten, während Victor die Torten in die Speisekammer brachte. Er schloss die Tür hinter sich, um kurz allein zu sein. Auf dem alten Holzregal sah er ganz oben Marmelade aus der Zeit, als die Urli noch selbst eingekocht hatte. Sie war an den Gläsern mit den handbeschrifteten braunen Etiketten zu erkennen. Die Schrift war ein wenig zittrig. Typisch war der lange horizontale Strich über jedem U. Das älteste Glas trug die Aufschrift: Stachelbeere '89.

29. September 2018 / 12:24

Karoline: darf ich heute im dachbodenzimmer schlafen?
Karoline: und bitte sag jetzt nicht JA 😂😂😂
Victor: wenn du nicht wieder die batterien in die uhr tust
Karoline: hast du die herausgenommen? 😱
Victor: ich 😤 tickende ⏰⏰⏰
Karoline: ach du hasst ja alles
Victor: du musst sogar im dachbodenzimmer schlafen
Karoline: jetzt schreibst du endlich auch klein
Victor: wo bist du, dass du jetzt zeit zu chatten hast?
Karoline: ich musste kurz raus. ich halte sie nicht aus
Victor: wen?
Karoline: na wen? meine mutter
Victor: A🏆YPSE NOW!
Karoline: 😂😂😂
Karoline: du bist so blöd!!!

Victor ging zurück in die Küche, wo Tante Margarete begonnen hatte, den anderen Befehle zu erteilen. Je mehr Onkel Rainer versuchte, ihren Ton zu entschärfen, desto klarer wurde, dass auch er sie unerträglich fand. Victor hatte Tante Margarete als Kind sehr verehrt und sogar seine Lieblingspuppe nach ihr benannt. Er erinnerte sich daran, dass sie mit ihm in der Sandkiste gespielt hatte, als er klein gewesen war. Dass er einmal ihre Beine im Sand eingegraben hatte, fast bis zu den Knien. Eine schöne, schlanke Lady war sie gewesen, das hatte auch Victors Vater früher immer wieder festgestellt.

Wenn man Tante Margaretes Kommandos hörte, war es unvorstellbar, dass sie einmal eine Revolutionärin gewesen war. Schon als Schülerin war sie Mitglied im Verband Sozialistischer Mittelschüler und dort auch noch nach ihrer Reifeprüfung politisch aktiv. Im Jahr 1972 fuhren Tante Margarete und Onkel Rainer zusammen mit Margaretes Genossinnen mit dem Opel Manta nach Salzburg, wo Bundeskanzler Kreisky den amerikanischen Präsidenten Richard Nixon empfing. Die meisten ihrer Genossinnen hatten nach der Mittelschule ein Studium begonnen, was Tante Margarete, sehr zum Ärger ihres Vaters, nicht getan hatte. Dort waren sie dem VSStÖ beigetreten und hatten sich am 20. Mai 1972 einer von Bruno Kreiskys Sohn Peter angeführten Demonstration gegen Nixon und den Vietnamkrieg angeschlossen. Victor erinnerte sich, dass sein Vater erzählt hatte, Nixon habe Kreisky damals vor laufender Kamera gefragt, wie es seiner Familie gehe, und Kreisky habe geantwortet: »Very well. My son is over there and he is demonstrating against you and the Vietnam war.«

Ihrem Vater, so hatte Victors Vater erzählt, missfielen Tante Margaretes radikale Ansichten und das ständige Demonstrieren sehr. Kritik an Bundeskanzler Kreisky konnte er nicht dulden.

Um der Hektik zu entgehen, ging Victor mit dem kleinen Paul hinaus in die Waschküche und in den Holzschuppen, wo die alten Sägen und Holzhacken an der Wand hingen, genau dort, wo sie vor mehr als dreißig Jahren gehangen hatten, als der Großvater noch gelebt und dort täglich das Holz für den Sparherd gehackt hatte. Pauli wollte unbedingt Holz hacken, aber Victor konnte ihm nicht einmal erlauben, die Hacke auch nur in die Hand zu nehmen; zu Weihnachten hatte es deswegen einen Streit zwischen Hanna und ihm gegeben. Also gingen sie in den hinteren Raum, den der Großvater in den 70er-Jahren zu einer zweiten Garage umfunktioniert hatte, zu der Zeit, als er ein neues Auto, einen Ford Granada, gekauft, seinen alten Ford Cortina aber noch behalten hatte. Bevor der Großvater also mit Victor eine Fahrt mit dem alten Auto unternehmen konnte, musste er das Kennzeichen vom neuen Auto auf den Ford Cortina montieren. Nun war der Raum seit vielen Jahren mit Geräten überfüllt. Victor hätte mit Pauli noch die alten Werkzeuge angeschaut, wäre nicht Hanna herbeigeeilt. Wahrscheinlich wollte sie sichergehen, dass Victor Pauli auch wirklich nicht Holz hacken ließ.

»Ach, da seid ihr«, sagte sie, so dass Victor es als Vorwurf verstehen musste. Sofort ergriff sie Paulis Hand.

Seit Hanna vor zwei Jahren von ihrem Mann Lorenz verlassen worden war, mied Victor sie. Alle Gespräche führten schnell zum Streit. Hanna begab sich wieder in die Küche, um ihrer Mutter zu helfen. So konnte sie sich darüber beklagen, dass sie arbeiten musste, und zugleich – von den anderen unbemerkt – Süßigkeiten essen. Victor, der nun ebenfalls in der Küche saß, weil er nicht mehr wusste, wo er hinsollte, beobachtete Hanna genau. Seit der Trennung von Lorenz hatte sie stark zugenommen. Nicht nur die Veit zergeht, dachte Victor.

Victor suchte nach Karoline, fand sie aber nicht. Onkel Rainer brachte ein wenig Ruhe in das hektische Treiben. Zusammen mit Victor stellte er einen Tisch für die Kinder auf. Der Küchentisch wurde mit einer Platte verlängert, die der Bimbo vor mehr als dreißig Jahren für die Urli gezimmert hatte. Tante Margarete gab den Befehl, zu Tisch zu kommen. Da aber nun die in der Küche Anwesenden auf die Suche nach denen gingen, die nicht da waren, leerte sich der Raum wieder. Jedes Jahr war es dasselbe Schauspiel. Und jedes Jahr wurde Tante Margarete wütend und schimpfte mit denen, die noch da waren, sodass auch diese noch in den Garten oder einen anderen Raum gingen, um der Tirade zu entgehen.

Also machten sich Onkel Rainer und Victor zu einer Runde durch Garten und Haus auf und baten alle zu Tisch. Karoline war mit Lena zum Bach gegangen. Die Kleine schleuderte unermüdlich Steine ins Wasser und jubelte bei jedem Wurf. Als Karoline sie bat, mit ins Haus zu kommen, protestierte sie laut und begann zu weinen, worauf Karoline sie hochhob und dem Bimbo übergab, der sie ein Stück trug und ihr erklärte, sie müsse sich vor dem Essen die Hände waschen. Sofort hörte sie zu weinen auf. Karoline und Victor gingen hinter den beiden her.

»Wie artig die Untertanen die Befehle des Hausdrachens befolgen.«

Victor musste lachen. Er war sicher, dass Onkel Rainer ihren Satz gehört hatte. Er drehte sich zu Karoline um.

»Unsinn. Jetzt haben wir Spaß. Wir sind das Volk.«

»Das Volk wird immer wirer.«

Sie betraten das Haus, und der Bimbo ging mit Lena Hände waschen. Onkel Rainer war es dann auch, der die Urli zusammen mit Adriana aus dem Schlafzimmer holte. Victor fand es rührend, wie der Bimbo sich um die Urli kümmerte. Er erledigte kleine Arbeiten und ging für seine Schwiegermutter einkaufen. Immer wenn Victor die Urli fragte, wer ihr denn dies oder das mitgebracht habe, antwortete sie: »Der Bimbo.« So war Onkel Rainer früher genannt worden, Victors Mutter und die Urli nannten ihn aber immer noch so, obwohl Hanna jedes Mal protestierte.

Onkel Rainers Vater stammte aus Italien und hatte zu Kriegsbeginn in der Armee Mussolinis in Abessinien gekämpft, wo er sich zahlreiche Krankheiten zugezogen hatte. Als er 1943 endlich zurück nach Hause durfte, um gepflegt zu werden, hatte er ein zweites Mal Pech, denn er wurde zu schnell wieder gesund. Also musste er nach der Landung der Amerikaner 1944 abermals in den Krieg ziehen, diesmal mit der US-Armee, um Österreich von den Nazis zu befreien. 1945 erreichte er Wien. Bald danach lernte er Onkel Rainers Mutter Maria Grill kennen, wenige Wochen später wurde sie schwanger. Geheiratet haben die beiden nie. Der Bimbo hatte immer den Nachnamen seiner Mutter getragen. Onkel Rainers Vater soll ein schöner Mann gewesen sein, fand aber in Wien keine Freunde und war als Besatzungssoldat und wegen seines hörbaren Akzents großen Anfeindungen ausgesetzt. Von Beruf war er Tischler und verbrachte bis zu seinem Tod im Jahr 1965 jeden Tag in seiner winzigen Werkstatt. Wenn er nicht für Kunden arbeitete, schnitzte er Marionetten. Onkel Rainer hatte Victor einmal die Puppenbühne gezeigt, die sein Vater für ihn gemacht hatte, ein liebevoll gezimmerter Guckkasten mit einem Mädchen, einer Kasperlfigur, einem Jungen, einem Zauberer, einem Teufel mit Hörnern und Pferdefuß und vielen anderen. Victor glaubte sich zu erinnern, dass Onkel Rainer dabei einmal den Vornamen seines Vaters erwähnt hatte, doch hatte er ihn leider sofort wieder vergessen. Als unehelicher Sohn blieb auch er nicht von Anfeindungen verschont.

Die Nachbarskinder nannten Onkel Rainer *Bimbo*, da er wie sein Vater eine dunklere Hautfarbe hatte. Die Familie übernahm diesen Namen einfach, ohne über seine Bedeutung nachzudenken.

Victor hatte am Tisch einen Platz Karoline gegenüber ergattert. Sein Mobiltelefon brummte manchmal in der Tasche, was er aber ignorierte.

Es war das erste Jahr, in dem die Urli nicht mit dem Rollator zum Tisch kam, sondern sich tatsächlich im Rollstuhl schieben ließ. Bis dahin hatte sie sich immer dagegen gewehrt. Aber der Bimbo hatte sie überzeugt, indem er ihr klarmachte, dass dann alles einfacher und schneller gehen würde. Als die Urli kam, brach lauter Jubel aus. Sie setzte sich und blickte in die Runde. Victor sah die Tränen in ihren Augen. Dann begann wieder allgemeiner Tumult. Links von der Urli saß Hanna und zupfte missmutig an einer Serviette. Die Urli legte die Hand auf Hannas Arm und lächelte sie herausfordernd an.

»Wenn dir fad ist, kannst du in den Garten gehen und spielen.«

Nicht schwerhörig

Die kleine Lena hatte sich in den Kopf gesetzt, beim Essen auf Karolines Schoß zu sitzen. Karoline gefiel das natürlich. Drei oder vier Mal rief Tante Margarete ihr zu, sie solle Lena zu den anderen Kindern an den Kindertisch bringen. Als sie es das fünfte Mal sagte, wurde Karoline laut.

»Wie oft willst du das jetzt noch sagen, Mama? Ich habe verstanden. Aber die Kleine will bei mir bleiben.«

Tante Margarete wich beleidigt zurück. Sie begann leise vor sich hin zu reden. Victor konnte jedes Wort hören.

»Wozu stellen wir einen Kindertisch auf, wenn die Kinder nicht dort sitzen?«

Ein Auto kam vor das Haus gefahren. Die Kinder liefen nach draußen und kamen mit Irmgard, Victors Mutter, zurück. Während Tante Margarete noch in der Küche herumlief und halblaut Sätze wie »Ignoriert mich einfach, ich koche nur für alle« oder »Ich darf hier nicht einmal wohnen, sondern muss in die Pension von der Kaswurm« murmelte, kam Irmgard schnurstracks auf Karoline zu. Die beiden umarmten einander lange. Als Karoline sich von ihrer Tante gelöst hatte, streichelte diese Karolines Wange und sagte laut: »Ich weiß nicht, wie das zugegangen ist, dass unsere Karo so eine Schönheit geworden ist. Und das in dieser Familie!«

Während diese Äußerung Tante Margarete und Hanna

nun ganz aus der Fassung brachte, nickte Irmgard ihrem Sohn Victor zur Begrüßung nur zu und machte sich in der überfüllten Küche zu schaffen. Die Gespräche waren verstummt. Onkel Rainer verkündete laut, dass das Essen fertig sei. »Also, benehmt euch!«

Gerade als alle mit dem Essen beginnen wollten, traf der Bürgermeister von Heiligenbrunn ein. Er kam wie jedes Jahr, um der ältesten Bewohnerin des Dorfes persönlich seine Glückwünsche zu überbringen. Und wie jedes Jahr bückte er sich zur Urli hinunter und brüllte ihr ins Gesicht:

»Wie geht's Ihnen denn, Frau Sandbichler?«

Victors Mutter machte eine säuerliche Miene und sagte: »Die Mama ist nicht schwerhörig!«

»Nächstes Jahr feiern wir dann ihren Hundertsten. Man ist immer so alt, wie man sich fühlt, gelt?«

»Hoffentlich werde ich nicht hundert.«

»Aber was sagen Sie denn da, Frau Sandbichler. Nächstes Jahr komme ich mit der Bezirkszeitung, und wir machen ein Foto. Eine Hundertjährige in unserer Gemeinde, das ist schon was.«

»Die Gemeinde kann eigentlich nichts dafür.«

»Nächstes Jahr bin ich schon in Pension. Ich suche immer noch einen Nachfolger. Aber zu ihrem Hunderter komme ich selbstverständlich.«

Victor mochte den Bürgermeister nicht. Er war früher Sozialdemokrat gewesen, hatte aber dann mit anderen Sozialdemokraten, Christlich-Sozialen und Grünen eine sogenannte Bürgerliste gegründet, um die Mehrheit in der Gemeinde zu sichern. Das war nichts anderes als Populismus. Seine einzige Fähigkeit bestand darin, überall dabei zu sein, wo es auch nur die geringste Menschenansammlung gab. In Heiligenbrunn mit seinen knapp über zweihundert Einwohnern war das keine große Leistung.

Der Bürgermeister brüllte seine Sätze noch immer der nicht-schwerhörigen Urli zu. Während Victors Mutter kopfschüttelnd den Raum verließ, spielte die restliche Familie bei der Szene mit und machte Fotos mit dem Mobiltelefon, als der Bürgermeister der Urli sein Billett übergab.

»Hoffentlich werde ich nicht hundert«, wiederholte die Urli.

Als Karoline dem Bürgermeister vorgestellt wurde, fand er sichtlich Gefallen an ihr. Das missfiel Victor noch mehr. Als der Bürgermeister erfuhr, dass Karoline Ärztin war und lange in Norwegen gelebt hat, war er noch begeisterter. Tante Margarete war es, die ihm das erzählte. Sie schien also doch stolz auf ihre Tochter zu sein.

»Eine Frau Doktor, was Sie nicht sagen. Wir könnten Sie in Heiligenbrunn sehr gut gebrauchen. Und noch dazu eine so adrette junge Frau.« Er tätschelte ihr dabei den Unterarm. Heiligenbrunn ist ein schlechter Boden für die MeToo-Debatte, dachte Victor. Und gerade deswegen ein sehr guter.

Tante Margarete begann wieder mit ihrem mürrischen Vor-sich-hin-Reden. Längst wollte sie das Essen servieren. Noch mehr verärgerte es sie, als mitten im Bürgermeisterbesuch auch noch die Nachbarin Frau Veit in der Küche stand, um Glückwünsche zu überbringen. Höflich wurde auch sie gefragt, ob sie nicht zum Essen bleiben wolle. Frau Veit aber wusste, was sich gehörte. Sie schob nicht nur eine Verabredung vor, um dankend abzulehnen, sondern auch den Bürgermeister mit beiden Händen aus der

Tür und verabschiedete sich mit den Worten, man werde das Geburtstagskind an einem solchen Tag im Kreis der Familie nicht länger stören.

29. September 2018 / 12:52
Iris: Lieber Victor, ich weiß, dass du eine andere Frau hast. Sei fair und sag mir die Wahrheit.

29. September 2018 / 12:57
Iris: Du kannst dich nicht einfach so aus dem Staub machen, du Arschloch.

29. September 2018 / 13:02
Karoline: der ist lustig, der bürgermeister
Victor: kein kommentar
Victor: zum bürgermeister von 🛕 ⛲
Victor: deine mutter findet ihn nicht lustig
Karoline: heiligenbrunn?
Victor: ✔
Karoline: meine mutter findest gar nichts lustig
Karoline: findet. sry
Victor: bist du deshalb so blass, weil du dich über deine mutter ärgerst?
Karoline: hab ich schon die präkollaptische periorale blässe?
Victor: der bürgermeister bemerkt es ohnehin nicht. dieser trottel!
Karoline: lass ihn! der arme 💪
Victor: wieso ist er 💪? er ist eher h💪los
Karoline: eher ein wenig kon🤲
Victor: wer möchte schon bürgermeister sein?

Karoline: ist doch ein super job
Karoline: würd ich sofort machen. stell dir vor: einen kleinen kreisverkehr errichten lassen, der freiwilligen feuerwehr einen neuen gartenschlauch kaufen und hin und wieder eine kleine ansprache
Victor: erb👍e dich unser!
Karoline: 😂😂😂

Als Tante Margarete am Tisch vorbeikam, lobte Victor das Essen, besonders die Teigtaschen, die sie jedes Jahr zu Weihnachten und zum Geburtstag der Urli nach dem Rezept ihrer Großmutter machte. In der Familie wurden sie immer noch *die Teigware* genannt, was Victor belustigte. Die Urli schloss sich dem Lob an und erzählte, dass sie früher leere Bögen Zeitungspapier vom Vorwärts-Verlag, wo sie 1933 ihre Lehre begonnen und nach dem Zweiten Weltkrieg gearbeitet hatte, mit nach Hause genommen und die Teigware darauf ausgelegt habe.

Karoline war ausgelassen. Sie schwärmte in einem fort von Heiligenbrunn.

»Ich habe Adriana gerade gesagt, dass ich hier so gut schlafe. Ich glaube, ich will hier bleiben.«

Auf die Frage von Tante Margarete, wie es ihr geschmeckt habe, rümpfte Lena die Nase und schüttelte den Kopf. Karoline musste lachen, rügte Lena aber sofort, um ihre Mutter nicht völlig zu verstimmen:

»Natürlich schmeckt es dir, du kleiner Fratz!«

»Was?«

»Ein kleiner Fratz bist du.«

Lena war nur kurz still.

»Ich bin kein Franz! Er da ist ein Franz!«
Karoline lachte.
»Was redest du da?«
»Er da ist ein Franz! Ein Franzi, Franzi, Franz.«
»Das ist Victor.«
»Der Victor ist ein Franz.«

Das Bad im Proletenviertel

Niemand in der Familie hatte jemals Tischmanieren gelernt. Victors Vater hatte allein den Begriff schon abgelehnt. »Habt ihr denn keine Zuckerzange?«, hatte Konrad Jarno beim Kaffee immer im Scherz gesagt und gelacht. Als die Urli noch den Haushalt geführt hatte, gab es allerdings klare Regeln. Wenn Victor die Ferien bei den Großeltern verbrachte, setzte man sich dreimal täglich zu Tisch, manchmal ein viertes Mal zur Jause. Die Urli brachte dem Großvater und Victor Essen und Getränke, setzte sich aber nicht zu ihnen, sondern aß später, wenn alle längst die Küche verlassen hatten. Zur vollen Stunde wurde das Radio, das sich oben auf einem Schrank in der Küche befand, eingeschaltet, um Nachrichten zu hören. Der Großvater konnte es, wenn er sich streckte, gerade noch erreichen.

Bei Victor zu Hause hatte man Verhaltensregeln bis zum Tod seines Vaters abgelehnt. Der Vater hatte für Gebote oder Vorschriften nur Hohn übrig: »Da schmeckt es mir schon nicht mehr, wenn ich müssen muss.« Auch dass jemand die anderen bediente, wie es die Urli tat, lehnte er völlig ab. Sollte während des Essens etwas an den Tisch gebracht oder weggebracht werden, so musste sichergestellt werden, dass nicht dieselbe Person mehrmals für die anderen aufstehen musste. Bei Tante Margarete war es früher genauso gewesen, mit einer Ausnahme: Der

Bimbo war der Einzige, der sich mit dem Hinweis, dass er in Ruhe essen wolle, weigerte aufzustehen. Und wenn er beim Kaffee saß, hieß es: »Lass ihn, er isst gerade Kaffee.«

Später, Ende der 80er-Jahre, wollte Tante Margarete mit einem Mal eine traditionelle Familie haben. Plötzlich stand sie in der Schürze da und bediente alle. Plötzlich mussten ihre Kinder die Eltern statt mit den Vornamen mit Mama und Papa ansprechen. Plötzlich glaubte sie, Manieren einführen zu können, wo sie eigentlich nur Gehorsam forderte. So war es auch bei diesem Essen, bei dem Tante Margarete Hanna herumkommandierte, ihre Enkelkinder herumkommandierte und vergeblich Karoline herumzukommandieren versuchte. Victor fiel auf, dass Tante Margarete bereits Dinge vergaß, die sie gerade hatte tun wollen, durch ein kurzes Gespräch oder eine andere Tätigkeit aber davon abgelenkt worden war. Sie bemerkte das dann selbst, wurde ärgerlich und suchte irgendjemanden, den sie zurechtweisen konnte.

Victors Mutter Irmgard war überhaupt allergisch gegen die gereizte Stimmung, die ihre Schwester Margarete bei Familienzusammenkünften an den Tag legte. Seit einigen Jahren vertrug sie auch das Gewimmel und Chaos, das bei solchen Festen mit drei Kindern eben herrschte, immer weniger oder zumindest nicht lange. Sie kam daher erst spät und machte zwischendurch immer wieder Spaziergänge. Dazu kam, dass Irmgard und Margarete bei Familienfeiern regelmäßig über politische Fragen aneinandergerieten. In den letzten beiden Jahren waren diese Streitigkeiten allerdings ausgeblieben. Victor vermisste diese Wortgefechte, denn sie waren eigentlich schon zu einer Tradition geworden.

Am 8. Juni 1986 war es bei der Präsidentschaftswahl zu einer Stichwahl zwischen dem Sozialdemokraten Kurt Steyrer und Kurt Waldheim gekommen, der wegen seiner angeblichen Mitgliedschaft bei der SA, die er leugnete, bei vielen Wählern umstritten war.

Victor konnte sich nicht mehr erinnern, wieso er mit den Erwachsenen am Tisch sitzen blieb. Und er wusste auch nicht mehr, wo Hanna und Karoline an diesem Tag gewesen waren. Jedenfalls kam die Rede auf die Bundespräsidentenwahl. Bis zu diesem Zeitpunkt hatte niemand in der Familie je anders als sozialdemokratisch gewählt. Tante Margarete verdarb den Tag, als sie gestand, bei der Stichwahl für Waldheim gestimmt zu haben.

Noch auf der Nachhausefahrt konnte Victors Vater sich nicht beruhigen. Victor erinnerte sich genau, dass seine Mutter versucht hatte, ihre Schwester zu verteidigen, auch wenn sie seit dieser Enthüllung ganz blass im Gesicht war – präkollaptische periorale Blässe, wie Karoline sagen würde. Während der Fahrt unterbrach Irmgard ihren ständig schimpfenden Mann Konrad harsch: »Jetzt hör auf. Es ist eine freie Wahl. Sie darf wählen, wen sie will.« Konrad nickte: »Das stimmt: Sie darf wählen, wen sie will. Und eine neue Verwandtschaft kann sie sich auch gleich wählen!«

Obwohl Irmgard ihre Schwester in diesem Gespräch verteidigte, entfernten sie sich zu dieser Zeit voneinander. Bei Familientreffen kam es regelmäßig zum Streit. Irmgard, die wie die Urli bei den Sozialdemokraten Parteimitglied war, verurteilte entschieden, dass Margaretes Ansichten immer reaktionärer wurden. Sie bezeichnete ihre Schwester als ausländerfeindlich und Sozi-Hasserin. Eines

Tages aber, es muss im Jahr 2015 gewesen sein, erzählte sie Victor, sie habe mit der Gretl telefoniert, und was die Sache mit den Flüchtlingen betreffe, da seien sie ganz einer Meinung. Bestimmt hätte Irmgard das Haus geerbt, wenn sie danach nicht auch der Urli ihre neuen Ansichten mitgeteilt hätte. Dass Irmgard die Sozialdemokraten nun mit scharfem Ton angriff und verhöhnte, konnte ihre Mutter ihr nicht verzeihen. Entweder widersprach die Urli heftig und mit letzter Kraft oder sie tat so, als schliefe sie.

29. *September 2018 / 11:32*
Iris: Also, wie heißt deine Neue?

29. *September 2018 / 11:32*
Iris: Kenne ich sie?

29. *September 2018 / 11:34*
Iris: Ist es diese Sanja?

Victor nahm sich vor, Iris abends anzurufen, im Moment ignorierte er die Nachrichten. Das gelang ihm eine Zeit lang. Die Urli aber brachte Iris wieder zur Sprache.
»Deine Frau ... das ist sie ja immer noch, oder?«
Victor nickte.
»Wie heißt sie?«
»Iris.«
»Iris. Sie hat mich heute angerufen, um mir zu gratulieren. Ich finde das sehr anständig von ihr.«
Rundherum wurde geschwiegen. Offensichtlich wusste jeder in der Familie, dass Victor ausgezogen war.
»Wir haben uns schon vor einem Jahr dazu entschie-

den, uns zu trennen. Die Wohnung eines Freundes ist frei geworden, daher bin ich jetzt ausgezogen.«

Gerne hätte er es dabei bewenden lassen, doch Victors Mutter konnte den Mund nicht halten.

»Aber es ist deine Wohnung. Warum zieht sie nicht aus?«

»Sie muss sich erst etwas suchen.«

»Das ist ganz richtig, Victor«, sagte die Urli.

»Ich habe erst gestern davon erfahren«, sagte Hanna.

Victor hätte die Diskussion gerne beendet.

»Und diesmal seid ihr wirklich getrennt?«, fragte Hanna.

»Ja. Warum? Vermisst du Iris?«

Hanna hatte ein hämisches Grinsen im Gesicht: »Der Herr gibt, der Herr nimmt. Gepriesen sei der Herr!«

Karoline blickte auf und sah zu Hanna hinüber: »Hast du das auch gesagt, als Lorenz sich von dir getrennt hat?«

»Karo!«, rief Tante Margarete aus der Küche.

Sofort stand Hanna auf und ging zu ihrer Mutter. Die Urli stellte sich schlafend. Victor hatte schon öfter beobachtet, wie geschickt sie ihr scheinbares Einnicken einsetzte. Es störte ihn, dass seine Ehe zum Thema geworden war. Nun war Iris plötzlich doch anwesend, obwohl Victor froh war, sie diesmal nicht dabeizuhaben. Wochenlang vorher hätte er ihr einbläuen müssen, nicht über Politik zu sprechen. Und dennoch hätte er Angst haben müssen, dass Iris einen Kommentar machte, der zu einer Debatte führen würde.

Schon war man mit dem Essen fertig. Die Torten wurden angeschnitten, noch bevor Tante Margarete den Kaffee an den Tisch bringen konnte, was sie murmelnd kommentierte: »Wer wird denn warten, bis die Dienerin mit dem Kaffee kommt!« oder »Ignoriert mich nur!«

Dann sang man *Hoch soll sie leben,* und Onkel Rainer und Victor brachten die Geschenke. Lena hatte der Urli einen Hut aus Papier gebastelt. Paul und Michael übergaben selbst gemachte Zeichnungen. Victors Geschenk war die Arbeiterzeitung vom 9. Juli 1926, die unter dem Titel *Das Bad im Proletenviertel* von der Eröffnung des Amalienbads berichtete.

»Gleich die ganze Zeitung! Es hätte doch gereicht, wenn du mir den Artikel hektografiert hättest.«

Dieses Geschenk hatte einen Grund: Die Urli hatte an ihrem Geburtstag im vergangenen Jahr von der Eröffnung des Amalienbads im Sommer 1926 erzählt, bei der der damalige Bürgermeister Karl Seitz eine Rede gehalten habe. Sie setzte die Brille auf und las die ersten Zeilen des Artikels.

»Ja, das war noch ein Charakter. Der war noch von anderem Schlag, der Dr. Seitz!«

»Der jetzige Bürgermeister ist eher eine Witzfigur. Aber das wird sich ja auch bald ändern«, sagte Hanna.

Eine Weile war es still, und Victor hatte kurz die Hoffnung, dass eine politische Diskussion vermieden werden konnte. Doch wie schon bei der Debatte über Victors Trennung reagierte Karoline gereizt auf Hanna.

»Wir können froh sein, dass wir einen roten Bürgermeister haben. Willst du denn im Rathaus auch diese Nazis haben? Reicht schon, dass sie in Ministerien sitzen.«

Die Antwort von Victors Mutter ließ keine Sekunde auf sich warten:

»Hör doch auf, alle gleich Nazis zu nennen. Iris hat das

auch immer gemacht. Ich bin froh, dass Victor sich von ihr getrennt hat.«

Die Urli mischte sich ein: »Die Karo hat ganz recht. Was sie sich heute wieder zu sagen trauen, das hat es seit dem Krieg nicht gegeben. Und ich kann mich gut erinnern.«

»Ach, komm, wie viele ehemalige Nazis waren denn in der Kreisky-Regierung?«, sagte Irmgard plötzlich.

Victor kannte den Kampfgeist seiner Mutter und wusste, dass es nun kein Zurück mehr gab. Aber auch die Urli war jetzt hellwach. Und leider ließ auch Karoline nicht locker.

»Tja, wenn du jetzt über frühere Regierungen reden willst, dann diskutieren wir eben über die Vergangenheit.«

»Die Karo hat recht. Sie hetzen wieder gegen Sozis und Juden wie damals bei den Nazis. Und die sind auch nicht über Nacht gekommen, wie viele heute glauben.«

»Bei uns gibt es keine Nazis. Dafür sind sie zu jung. Und der Einzige bei uns, der bei der NSDAP war, war der Papa«, sagte Irmgard.

Es wurde schlagartig ruhig am Tisch. Die Urli, bei der man sonst den Eindruck hatte, sie sähe kaum noch, selbst wenn ihre Augen offen waren, schien Irmgard regelrecht mit Blicken aufzuspießen.

»Du weißt genau, dass er das damals wegen seiner Beförderung gemacht hat, weil er geglaubt hat, dass er mehr verdienen wird. Das Geld war für euch gedacht, damit ihr alle studieren könnt. Und ihr habt alle drei studieren können, die Gerlinde und du – die Gretl wollte halt nicht. Bitter hat der Walter die Sache mit der Parteimitgliedschaft bereut, bis an seinen letzten Tag. Es ist dumm von dir, so von deinem Vater zu reden.«

»Gut, dann bin ich eben dumm.«

»Ja, wenn du so etwas sagst, bist du wirklich dumm. Und wenn der Konrad noch leben würde, würdest du heute nicht so reden. Dann hättest du auch nicht diesen Burschenschafter gewählt bei der Präsidentschaftswahl. Wenn er noch da wäre, wäre das nicht passiert. Niemals!«

»Ich darf wählen, wen ich will, wie alle anderen. Dass gerade du Konrad verteidigst! Du und der Papa habt doch dauernd mit ihm gestritten.«

»Wir haben diskutiert. Und er hat auch gerne gestritten, ja. Aber das Herz hat er am richtigen Fleck gehabt. Ein Glück, dass er schon tot ist und dich nicht mehr reden hört. Ich möchte auch bald tot sein. Das würde dir ohnehin nichts ausmachen. Dann kannst du endlich das Haus verkaufen.«

Irmgard ließ die Gabel fallen, erhob sich vom Tisch und verließ den Raum.

29. September 2018 / 14:28

Iris:	Warum antwortest du nicht?
Victor:	Wir können morgen telefonieren, aber der heutige Tag gehört der Urli, das weißt du genau.
Victor:	Und: Nein, es gibt keine Frau in meinem Leben.

Panzersperre

Wie immer hatte Irmgard nach dem Streit das Haus verlassen. Karoline war ihr gefolgt, um sie zu beruhigen. Die beiden hatten offenbar beschlossen, einen Spaziergang zu machen, denn Victor bekam, noch als er Tante Margarete beim Aufräumen des Geschirrs half, eine Chatnachricht.

29. September 2018 / 13:58
Karoline: gehe mit irmgard spazieren
Karoline: kommst du nach? wir sind oben am waldrand bei der veitwiese
Victor: bin gleich bei euch

Victor war verwundert, dass der Streit bei Tisch schon vergessen war. Karoline schien bei Irmgard großes Ansehen zu genießen. Schnell hatte er die beiden eingeholt. Sie standen an einer Böschung am Waldrand, wo Victor als Kind mit der Mutter oft Heidelbeeren gepflückt hatte. Eigentlich wollte Victor Karoline sagen, dass er über die politische Debatte unglücklich war. Sie hatte zum Streit führen müssen. Und auch, wenn er Karoline in der Sache recht gab, wollte er der Urli solche Diskussionen nicht zumuten – schon gar nicht an ihrem Geburtstag. Als er aber vor Karoline stand und ihr in die Augen sah, konnte er ihr nicht böse sein. Mit einer Hand hielt sie seine Wange und drückte ihre Lippen auf seinen Mund.

»Danke, Victor!«

»Wofür?«

»Dass du das Geburtstagsfest jedes Jahr organisierst. Tante Irmi sagt, dass du ein lieber Mensch bist. Du bist wirklich ein ganz Lieber. Die Mama sagt das auch immer wieder.«

Irmgard schien sich um den Kuss nicht zu kümmern. Sie zeigte hinunter auf den Hang neben dem Gemüsegarten, der abwärts zum Bach führte. Etwa fünfzehn Meter dahinter verlief ein alter, zum Teil bereits morsch gewordener Holzzaun, der das Grundstück des Hauses zur Veit-Wiese begrenzte.

Karoline sagte, sie wäre in ihrem Leben kein einziges Mal im Veit-Haus gewesen, obwohl sie als Kind manchmal mit dem Sohn von Frau Veit gespielt habe. Sie habe oft versucht, sich vorzustellen, wie es drinnen wohl aussehen könnte.

Doch Irmgard schien nicht zugehört zu haben, zeigte auf die Gemüsebeete und erzählte, dass früher dahinter Stachelbeersträucher gewesen seien und dass im April 1945, kurz vor Kriegsende, als sie drei Jahre alt war, ein gewisser Dr. Gebharter aus Wien zu ihnen gekommen sei, ein Anwalt, der ein Bekannter der Mutter der Urli gewesen war und für den Vorwärts-Verlag gearbeitet hatte. Dr. Gebharter hatte Angst, dass die Russen bald nach Wien kommen würden. Er brachte einige Säcke mit Goldmünzen und Schmuck nach Heiligenbrunn und bat die Urli, die Säcke zu verstecken. Die Urli habe mit ihrer Schwägerin Rosi und Dr. Gebharter die Säcke auf dem Grundstück vergraben, ein paar Meter hinter den Stachelbeersträuchern. Als sich die Russen bald darauf Heiligenbrunn bis auf wenige Kilometer genähert hatten, seien ein paar Männer aus dem Dorf gekommen und hätten die Urli und Tante Rosi aufgefordert, ihnen dabei zu helfen, Panzersperren zu errichten. Der Großvater war damals noch im Krieg oder in Gefangenschaft, also halfen eben die Frauen mit. Sie trugen alle möglichen Holz- und Metallteile zusammen und errichteten riesige Haufen. Doch als die Russen kamen, fuhren sie mit den Panzern einfach um die Sperren herum. Dabei rutschte ein Teil der Wiese unter ihrer Last zum Bach hinunter. Auch die Veit-Wiese war davon betroffen.

Victor erinnerte sich an den Garten nur im jetzigen Zustand. Wenn er in den Ferien bei den Großeltern gewesen war, machte er jeden Abend mit dem Großvater einen Rundgang, um die sogenannten Rehgitter einzuhängen. Das waren in Holzrahmen gefasste Drahtzäune, die zwischen der Grundstücksmauer und dem Gemüsegarten in dafür vorgesehene Verankerungen gesteckt wurden. Die Rehgitter sollten die Rehe, die nachts manchmal aus dem Wald zum Grundstück kamen, davon abhalten, im Gemüsegarten zu äsen. Der Bimbo hatte die Holzrahmen damals gezimmert und grün lackiert. Victor fragte sich, ob sie vielleicht noch da waren, irgendwo im Schuppen oder in der Garage. Seit die Urli den Gemüsegarten nicht mehr betreuen konnte, verwilderte er. Ob manchmal Rehe hineinspazierten, wusste Victor nicht. Das schönste Reh, das Reh im Urwald, ging aber neben Victor, und er hatte Mühe, den Erzählungen seiner Mutter zu folgen.

Dass dieselben Personen, die die Panzersperren errichtet hatten, sie auf Befehl der Russen wieder hatten wegräumen müssen, erzählte Irmgard weiter. Als Dr. Gebharter 1946 zurückkam, um sein Gold zu holen, gruben und gruben die Urli und Tante Rosi, konnten die Säcke mit dem Schmuck und den Münzen aber nicht wiederfinden. Wahrscheinlich war ein Panzer genau über die Stelle gefahren, wo der Schmuck vergraben worden war, und hatte die Säcke tief ins Erdreich gedrückt.

Victor hatte nie zuvor vom versteckten Gold gehört. Außerdem war er verwundert, dass die Mutter so viel über die Zeit nach dem Krieg sprach. Und dass sie sich anscheinend genau an Vorfälle erinnern konnte, die stattgefunden hatten, als sie drei Jahre alt gewesen war.

Irmgard ging voran und erzählte weiter. Dass Dr. Gebharter geschimpft und Tante Rosi, das Haus und alle seine Bewohner verflucht habe. Auch das hörte Victor zum ersten Mal. Die Urli hatte von diesem Fluch niemals erzählt. Dann aber war die Mutter schon ein paar Jahre weiter und erzählte von der Silvesternacht, in der Dr. Karl Renner verstorben war und wie sie am Neujahrstag vom Großvater davon erfahren habe. Selten hatte Victor seine Mutter in einem solch redseligen Zustand gesehen. Bald hörte er nicht mehr zu, und auch Karoline schien ihrer Tante nicht mehr zu folgen, was Irmgard nicht davon abhielt weiterzureden.

29. September 2018 / 14:21
Karoline: schön, dass du mitgekommen bist
Victor: wir können jetzt aber nicht chatten
Karoline: warum nicht?
Victor: eed lieber mit meiner mutter
Karoline: die redet von selbst 😂😂😂
Victor: ich meinte: red

»Bist du schon wieder am Handy?«

»Nein, ich höre dir zu. Ich muss nur Peter schreiben.«

»Wer ist das?«

»Der Freund, bei dem ich zurzeit wohne.«

Victors Mutter schwieg nur kurz. Dann erzählte sie von den Korea-Sturmhauben in den 50er-Jahren. Dass die Steffi eine solche Haube bekommen und sie der Urli wochenlang in den Ohren gelegen habe, bis sie ebenfalls eine bekam. Karoline ging links von ihr, Victor rechts. Er überlegte, wie er unauffällig auf die andere Seite wechseln könnte, um neben Karoline zu gehen.

»Die Steffi ist die alte Frau Kaswurm, oder?«, fragte Victor.

Irmgard sah ihn ungläubig an.

»Alt? Wieso alt? Sie ist jünger als ich. Mit der Gretl ist sie in die Volksschule gegangen.«

»Und nackt baden im Bach«, sagte Karoline und lachte.

Irmgard blieb stehen.

»Ja, das stimmt. Woher weißt du das?«

»Das hat uns Frau Kaswurm selbst erzählt.«

»Das war das einzige Mal, dass der Mama die Hand ausgerutscht ist.«

Es rührte Victor, wenn seine Mutter die Urli *Mama* nannte. Und so konnte er auch über das Unangenehme dieses Themas hinwegsehen: sich vorstellen zu müssen, dass die Urli ihr Kind geschlagen hatte. Das war im Hause Sandbichler schon zu einer Zeit verpönt gewesen, als das Schlagen von Schulkindern durch Lehrer, Priester und Eltern noch alltäglich war. Was Victor in diesem Moment nicht brauchte, war eine Diskussion über Prügelstrafe. Denn am Ende würde die Mutter sie auch noch verteidigen oder gar mit dem üblichen Argument kommen, es habe auch ihr nicht geschadet. Er war froh, als Karoline das Wort ergriff.

»Was gibt es denn zum Abendessen?«

»Ich bleibe nicht zum Abendessen«, sagte Irmgard.

»Schade!«

Karoline warf Victor heimlich einen Blick zu.

»Also, ich finde es traumhaft hier. Man schläft so gut und tief, die Luft ist herrlich, und man bezahlt alles noch mit Bargeld.«

»Ich mag die Luft hier auch.«

»Bleib doch noch über Nacht, Tante Irmgard!«

Karolines Versuche, Irmgard zum Bleiben zu überreden, waren wohl reine Höflichkeit. Dennoch hoffte Victor, dass die Höflichkeit am Ende nicht auf fruchtbaren Boden fiel. Ihm war es recht, dass seine Mutter früher abreiste, denn er hatte ihr noch nicht verziehen, dass sie ausgerechnet am Geburtstag ihrer Mutter mit der NSDAP-Mitgliedschaft des Großvaters anfangen musste. Karoline hatte nicht ahnen können, was sie mit ihren wenigen Worten bei Tisch auslösen würde. Aber Victor konnte die Reaktion seiner Mutter genau vorhersehen. Oft wusste er sogar den exakten Wortlaut ihrer Äußerungen im Vorhinein.

»Also, du bleibst!«

»Nein, ich fahre. Ich habe genug für heute.«

Kein Mampf

»Nächstes Jahr müssen wir das anders machen«, sagte Victor.

Karoline hatte sich aus drei Kissen eine richtige Rückenlehne gebaut und drückte sich einige Male hinein, bis sie eine bequeme Position gefunden hatte. Vor Victor hatte sie die Hose ausgezogen und lag nun – nur mit T-Shirt und Unterhose bekleidet – im Bett. Sie schien ein wenig zerstreut, als sie sich zu Victor drehte.

»Wovon sprichst du?«, fragte Karoline.

Victor fuhr fort: »Vielleicht sollten wir im Garten sitzen, wenn das Wetter schön genug ist. Unter dem Goldregen. An einer langen Tafel.«

»Du meinst, wenn sich die Familie trifft?«

»Ich meine zum Hunderter der Urli.«

Victor saß ebenfalls im Bett. Von vier Kissen war nur eines für ihn übrig. Zuerst verwendete er es als Rückenlehne. Aber dadurch lehnte sein Kopf an der hölzernen Rückenwand. Also verwendete er das Kissen als Stütze für Nacken und Kopf, wodurch sein Rücken nicht bequem gebettet war. Karoline griff mit der rechten Hand zu ihm hinüber, erwischte seinen Unterarm und hielt ihn für einige Zeit fest.

»Du bist süß. Dass du jetzt schon darüber nachdenkst!«

Der Zeitraum, in dem die Cousine seinen Arm festhielt, kam Victor lang vor. Vielleicht waren es zwanzig Sekunden. Jedenfalls ging seine Fähigkeit zum Multitasking schlagartig verloren: Er konnte nicht gleichzeitig sprechen und berührt werden. Erst als Karoline den Arm wieder losgelassen hatte, redete er weiter.

»Meine Mutter nervt mit ihrer aggressiven Art zu diskutieren. Und das andauernde Nörgeln von Tante Margarete nervt auch. Verzeih, dass ich so über deine Mutter spreche.«

»Nein, du hast recht. Vielleicht solltest du sie ausladen?«

»Wie kannst du so etwas sagen! Sie gehört zur Familie. Außerdem kocht sie wirklich gut.«

»Findest du?«

»Finde ich wirklich.«

Karoline sah Victor in die Augen. Schwer fiel es ihm, dem Blick standzuhalten. Er wollte aber auch nicht wegsehen. Also lächelte er und schüttelte den Kopf. Wieder fasste Karoline ihn an, diesmal an der Wange. Dann aber begann sie plötzlich zu erzählen, sie habe in Oslo lange Zeit mit einem Mann zusammengewohnt. Victor beendete seine Suche nach einer bequemeren Position und blieb still liegen, ohne sich zu Karoline zu drehen. Warum musste sie ihm nun von einem anderen Mann erzählen? Karoline fuhr fort, dieser Mann habe Arild geheißen, und schilderte, wann und wo sie ihn kennengelernt hatte.

Bestimmt dachte sie, Victor müsse alles über ihre früheren Beziehungen wissen, bevor sie sich weiter annäherten. Und bestimmt würde sie Victor fragen, ob es neben Iris und seiner früheren Freundin Barbara noch andere Frauen in seinem Leben gegeben habe. Doch Victor wollte nichts davon erzählen. Und er wollte Karoline jetzt auch nicht zuhören. Die Zeit zwischen dem Badesee und diesem Moment war für Victor Phantomzeit, ihre Existenz ein Irrtum oder Missverständnis.

Victor hatte einmal eine Radiosendung über einen Historiker gehört, der behauptete, dass die Zeit zwischen dem Jahr 600 und dem Jahr 900 gar nicht existiert habe, sondern dass ein König oder Kaiser – war es Karl der Große? – alle Schreiber beauftragt hatte, Dokumente und Aufzeichnungen auf das Jahr 900 vorzudatieren. Er hatte diese 300 Jahre übersprungen. Und genauso hatten Karoline und Victor dreißig Jahre übersprungen.

»Kannst du das verstehen?«, fragte Karoline.

Victor hatte keine Ahnung, wovon die Rede gewesen war.

»Ja.«

»Ach, dieses Victor-Ja. Das ist ein höfliches *Ja*. Ich brauche ein anderes *Ja*. Ich habe das noch nie jemandem erzählt. Niemandem. Aber du musst es wissen. Du kennst alle Geschichten über unsere Familie. Also sollst du auch das wissen.«

»Und was ist mit ihm passiert?«

»Mit wem?«

»Mit diesem...«

»Arild? Das habe ich dir doch gerade erzählt.«

»Du hast keinen Kontakt mehr zu ihm.«

»Ich habe dir doch gerade gesagt, dass er verschwunden ist. So als hätte er nie existiert.«

»Glaubst du, vermisst er dich?«

»Das wäre eine seltsame Art, jemanden zu vermissen. Ich glaube, er hasst mich. Er hat mich lange schon gehasst. Dass ich so oft von meiner Mutter gesprochen habe. Meinen Akzent, wenn ich Norwegisch sprach. Arild hat immer gesagt: Du klingst wie eine Südschwedin. Die Art, wie ich den Geschirrspüler eingeräumt habe. Das ist angeblich der häufigste Trennungsgrund, noch vor Untreue. Würdest du eine Südschwedin aushalten, die den Geschirrspüler falsch einräumt? Oder möchtest du lieber mit meiner Mutter zusammen sein? Die kocht doch so gut.«

Nun setzte Karoline sich ganz auf, überkreuzte die Beine und drehte sich wieder zu Victor.

»Ich muss erst sehen, wie gut du kochst«, sagte Victor.

»Na bitte, traditionelles Rollenbild.«

»Das kann man ja auch nicht völlig aussterben lassen.«

»War das eigentlich ernst gemeint? Hier leben?«

»Ja.«

»Und mit Gewehren das Grundstück verteidigen?«

»Ja.«

»Da ist es wieder: das Victor-Ja.«

Victor war wie paralysiert. Er konnte an nichts denken, das nun passenderweise gesagt werden konnte.

»Jetzt, wo wir so viel über Essen reden: Ich habe Hunger. Du auch?«, sagte Karoline.

»Eigentlich schon.«

»*Eigentlich schon* – das ist wohl auch so ein *Ja* der Victor-Kommunisten.«

»Ich bin hungrig.«

»Na, bitte! Geht doch! Sollen wir in der Küche nachsehen?«

»Wie spät ist es denn?«

»Wie soll ich das wissen? Du hast wieder die Batterien aus der Uhr genommen.«

»Schau auf dein Mobiltelefon!«

»21:53.«

»Ich gehe besser alleine hinunter. Adriana ist sicher noch wach.«

»Und?«

»Willst du vor ihr in Unterwäsche die Küche plündern? Ich komme gleich wieder.«

Victor schwang sich aus dem Bett. Die Bewegung konnte er nun gebrauchen. Vorsichtig ging er die Treppe hinunter, um kein Geräusch zu machen. Tatsächlich sah er durch das geriffelte Glas der Tür Licht in Adrianas Zimmer. Er hörte den Ton eines Films oder einer Serie. Wahrscheinlich saß sie mit dem Laptop auf dem Bett.

Victor schlich in die Küche. Er bewunderte Tante Margaretes Perfektion. Das Essen war vollständig weggeräumt. Für das Frühstück hatte sie bereits alles vorbereitet. Nur das Gebäck wollte sie erst am Morgen mitbringen. Sie hatte eigens eine Lieferung in die Pension Kaswurm bestellt. Victor suchte in der Speisekammer weiter. Er fand zwar Brot und Aufstriche, die Adriana für die Urli immer kaufte, aber er wusste, dass Adriana dieses Essen nach einem genauen Plan besorgte und verbrauchte. Die Urli aß nur noch sehr wenige Dinge, und das Einkaufen war ein Drama, denn man musste exakt diesen Streichkäse oder jenen Sojadrink kaufen. Deswegen hatte Victor immer wieder Diskussionen mit Adriana und Ivana gehabt.

Lange stand er da und überlegte. Oben im Dachbodenzimmer saß seine hungrige Cousine. Trotzdem wollte er hier keine Unordnung in den Haushalt bringen. Victor nahm zwei Bierflaschen aus dem Kühlschrank und ging wieder nach oben.

»Das ist unser Essen? Ein Bier? Und wie machen wir die Flaschen auf?«

Victor suchte in seiner Sporttasche nach einem Feuerzeug und öffnete die Bierflaschen nach der Maurermethode.

Karoline und Victor saßen im Bett, schlugen die Flaschen aneinander und tranken.

»Im ganzen Haus nichts zu essen. Das hätte es unter der Urli nicht gegeben«, sagte Karoline.

»Kein Mampf.«

»Ach, immer diese Wiederbetätigung!«

Karoline trank einen Schluck aus ihrer Bierflasche und stellte sie dann auf dem Nachtkästchen ab. Lange saßen die beiden stumm im Bett. Victor überlegte lange, sich zu Karoline zu drehen und ihr in die Augen zu schauen. Ob sie ihn küssen würde? Er war fast sicher. Der Kuss am Nachmittag beim Spaziergang mit seiner Mutter war bereits sehr eindeutig gewesen. Wäre Irmgard nicht dabei gewesen, hätten sie sich nicht mehr zurückgehalten.

Victor trank sein Bier aus und stellte die Flasche ab. Dann drehte er sich zu Karoline. Doch die war wieder einmal eingeschlafen. Ihr Kopf war zur Seite in seine Richtung gekippt. Noch ein paar Zentimeter, dann würde er seine Schulter berühren.

Oktober 2018

Eine Banane wegnehmen

Eine Stunde zu früh. Victor war es gewohnt, überpünktlich zu sein, aber das war neuer Rekord. Er betrat den Arne-Carlsson-Park und saß auf einer Bank vor dem Kinderspielplatz. Um die Zeit zu vertreiben, suchte Victor den Wikipedia-Artikel über Charles Darwin. Er begann über die fünfjährige Entdeckungsreise mit der HMS Beagle zu lesen.

1. Oktober 2018 / 12:14
Karoline: ich grinse den ganzen tag 🖤
Karoline: ich glaube, die kolleginnen hassen mich schon
Karoline: bist du schon da? du bist doch immer überpüntlich
Victor: ich sitze schon im arne carlsson park
Karoline: überpünktlich meinte ich
Victor: kann es kaum erwarten
Karoline: wo ist der arne carlsson park?
Karoline: nur mehr 45 min
Victor: ecke währinger straße / spitalgasse
Victor: gegenüber der konditorei aida
Karoline: ach der hässliche park. wusste nicht, wie er heißt
Victor: muss dir von arne karlsson erzählen
Karoline: kenne ich schon wieder einen großen sozialdemokraten nicht?

Victor: genau! bis ganz gleich!
Karoline: 😎

Victor wartete beim Ausgang Lazarettgasse. Nun galt es, Karoline nicht zu verpassen, durch den Blick aufs Smartphone nicht zu versäumen, wenn sie oben bei der Tür auftauchte. Er sah sie sofort. Sie trug einen weiten schwarzen Rock und einen weißen Sweater mit dunkelblauen Querstreifen. Sie kam ihm entgegen, hielt seine Wange mit der rechten Hand und küsste ihn lange. Hand in Hand gingen sie die Spitalgasse entlang.

»Gehen wir in den Park oder in die Konditorei?«

»Ganz wie du willst.«

»Es ist mir eigentlich egal, wo wir hingehen. Hauptsache, du bist da. Endlich bist du da.«

»Ich war immer da.«

»Gott sei Dank!«

»Lass Gott aus dem Spiel!«

»Du bist wie dein Vater. Als Kind hatte ich Angst vor ihm. Ich kann mich noch erinnern, wie Hanna und ich mit einer Freundin bei euch waren. Unsere Freundin grüßte Konrad mit *Grüß Gott!* Und er sagte: *Grüß Gott! Grüß Gott! Gott ist tot!* Er sagte das den ganzen Tag. Und von diesem Tag an sagte er es jedes Mal, wenn er uns sah.«

»So war er. Er hat alles andauernd wiederholt.«

»Aber es hat mich fasziniert, dass er bei euch den Haushalt geführt hat: Kochen, Waschen, Bügeln. Alles hat er gemacht.«

»Ja, da war er wie die Urli.«

Zuerst ging es nun doch in die Konditorei Aida. Sie setzten sich ganz nach hinten in die Ecke, weit weg vom

Fenster, und mussten lange warten, bis sie bedient wurden. Victor erzählte, dass die Urli ihm ihr Testament gegeben hatte und er das Haus erben würde. Und von den beiden Sparbüchern. Auf dem zweiten, das Victor Karoline geben sollte, waren ca. 55.000 Euro. Eine Träne tauchte in Karolines rechtem Auge auf. Victor griff mit der Hand über den Tisch. Karoline nahm sie und legte sie auf ihre Wange.

»Hast du etwas von der Urli gehört?«

»Ich fahre übermorgen zu ihr.«

»Das ist schön von dir.«

»Sie wünscht sich, noch einmal in die Stephanskirche zu gehen.«

»Dann machen wir das doch.«

»Sag nur bitte deinen Eltern nichts von der Sache mit dem Testament. Auch Hanna nicht.«

»Da musst du keine Sorge haben. Mit Hanna spreche ich sowieso kaum.«

»Was ist denn da nur los mit euch Schwestern?«

»Es war schon früher so, aber seit ich zurück bin, betrachtet sie mich als Feind. Du hast ja gesehen, wie aggressiv sie beim Geburtstag der Urli war.«

»Du hast doch gesagt, du sehnst dich nach der Familie.«

»Ja, das war eine Hoffnung. Aber eine falsche Hoffnung. Es geht einfach nicht mit uns. Erst gestern habe ich Hanna nach Lenas Kindergarten gefragt. Sie hat gesagt, in den Betriebskindergarten gingen nur ausländische Kinder, und Lena lerne nicht ordentlich Deutsch.«

»Was hast du erwartet?«

»Und dann hat sie gesagt, dass die Grünen ihre Kinder nur in Waldorf- und Privatkindergärten geben würden, weil dort weniger Türken sind.«

»Das hat sie gesagt?«

Victor tastete mit seinem Knie ein Stück weiter in Richtung Karoline, um sie wie zufällig zu berühren. Aber er fand ihre Beine nicht.

»Ich bin das nicht mehr gewohnt, weißt du. In Norwegen gibt es auch diesen Hass auf Sozialdemokraten und Grüne. Aber Norwegen ist trotz allem ein Land, in dem die Menschen höflich sind und Rücksicht nehmen.«

»Das gibt es hier nicht mehr.«

»Das gibt es fast nirgends mehr. Die Menschen wollen nicht, dass es ihnen besser geht, sondern dass es anderen schlechter geht. Täglich einem Flüchtling eine Banane wegnehmen – dann ist man zufrieden.«

»Die Menschen sind bösartig.«

»Darum ist es gut, wenn wir auf alle schießen, die sich deinem Grundstück nähern.«

Karoline und Victor hatten beide noch nicht von ihrem Kaffee getrunken. Nun saßen sie da und lachten über nichts. Karoline hielt Victors Hand und legte sie wieder an ihre Wange. Sie drückte sie fest gegen ihr Gesicht und schloss die Augen. »Erzählst du mir jetzt von diesem Menschen?«

»Wen meinst du?«

»Der Schwede, nach dem der Park benannt ist.«

»Ach so, Arne Karlsson. Ich dachte, du willst nicht in den Park gehen.«

»Warum?«

»Du hast gesagt, der Park ist hässlich.«

»Na und? Mit dir gehe ich überallhin. Aber was ist nun mit diesem Karlsson?«

Victor erklärte, dass er in der Volksschule eine Lehrerin hatte, die Lehrerin Kommanec, die den Kindern vom Arne-Carlsson-Park erzählte und dass sich dort früher ein Luftschutzbunker befunden hatte, den sie als kleines Kind in den letzten Kriegstagen mit ihrer Mutter oft aufgesucht habe. Nach dem Krieg hungerten die Menschen in Wien. In dieser Zeit organisierte das Schwedische Rote Kreuz zweimal täglich eine Essensausgabe speziell für Kinder: Man bekam eine Suppe, die sogenannte Schwedensuppe, eine Vitamintablette und ein Stück Schokolade. Diese Essensausgaben wurden von einem Mann namens Arne Karlsson organisiert. Karlsson mit K.

Karoline schüttelte den Kopf.

»Du bist in Wien zur Volksschule gegangen? Warum nicht in Mödling?«

»Ja, ich musste jeden Tag alleine nach Wien fahren und zurück nach Mödling. Mein Vater weigerte sich, auch nur einen Fuß in diese Stadt zu setzen.«

»Und Irmgard?«

»Die hat damals noch gearbeitet.«

»Und Konrad ist nie wieder nach Wien gekommen? Es war doch seine Heimatstadt.«

»Ein einziges Mal. Als ich zu studieren begonnen hatte, kam er mich besuchen. Meine Wohnung hat er aber nicht betreten.«

»Ihr Jarnos seid alle Paranoiker.«

»Und mit einem solchen Paranoiker gehst du Kaffeetrinken?«

»Ich habe bis jetzt noch keinen Schluck getrunken. Und du auch nicht. Außerdem heißt es in Heiligenbrunn *Kaffee essen*.«

Beistrich Beistrich Punkt und Fragezeichen

»Ich habe eine Decke mit. Kann man sich hier ins Gras legen?«

»Warum nicht?«

»Na ja, der schönste Park der Welt ist das nicht.«

Endlich stieß Karolines Arm gegen Victors Körper. Sie blieben stehen und küssten sich. Sie küssten sich lange. Sehr lange. Es war das erste Mal im Leben, dass Victor beim Küssen keine Abscheu empfand. Bisher hatte er bei Berührungen immer auch etwas Ekel verspürt oder zumindest einen unangenehmen Gedanken gedacht. Er hatte sich deswegen oft Vorwürfe gemacht. Er hatte sogar mit Psychoanalyse-Sitzungen begonnen, schaffte es aber in den zwei Jahren der Therapie nicht, der Analytikerin von seinen quälenden Gedanken zu erzählen. Das einzige Ergebnis der Sitzungen war, dass er sich vorstellte, die Analytikerin zu küssen und dass sie vielleicht eine Frau war, bei der er sich nicht ekeln würde.

»Eines muss dir klar sein: Wenn du Kinder willst, musst du dir eine Zwanzigjährige suchen.«

»Ich will dich.«

»Sicher?«

»Ich will dich.«

»Was werden sie sagen?«

»Wer?«

»Unsere sogenannte Familie.«

»Ist dir das wichtig?«

»Wir werden es nicht so wichtig nehmen.«

»Ich liebe dich, mein Schatz.«

»Ich liebe dich.«

Karoline breitete eine Decke aus. Das Küssen begann erneut. Victor konnte Karolines Herzschlag spüren. Er legte seine Hand auf ihre Brust, wie er es geträumt hatte. Sie knöpfte die Bluse auf, zog den BH nach unten und ließ Victor ihre Brüste berühren. Kurz blickte er sich um, ob ihnen auch niemand zusah. Dann streichelte er ihren Bauch. Karoline nahm seine Hand und hielt sie fest.

»Ich möchte es heute nicht. Heute noch nicht. Und dann – dann ist es genug.«

Victor übersetzte den seltsamen Satz für sich so: Dann ist es genug mit der Enthaltsamkeit. So sehr er den Aufschub akzeptierte, so sehr forderte das nun auch Überwindung.

»Ist das o. k. für dich?«

»Wir haben die nächsten vierzig Jahre Zeit.«

»Heute gehst du noch nach Hause, und ich gehe nach Hause. Und morgen Abend kommst du zu mir. O. k.?«

»Ich bin dabei.«

»Wann ist er gestorben, dieser Arne Karlsson?«

Victor erzählte, dass Arne Karlsson im Jahre 1947 von einem Soldaten erschossen worden war. Dass man ihn an einem Checkpoint verwechselt und das Feuer eröffnet hatte. Um ihm für seine Hilfe zu danken, wurde der Park noch im selben Jahr Arne-Carlsson-Park genannt. Allerdings ist dem Beamten beim Schreiben der Urkunde ein Fehler unterlaufen. Deshalb heißt der Park Arne-Carlsson-Park mit C.

»Als Kind wollte ich immer mit C geschrieben werden: Caroline. Bei Hausübungen und Schularbeiten habe ich meinen Namen dann so geschrieben und wurde von den Lehrern zurechtgewiesen.«

Victor sagte jetzt nicht, dass auch Iris ihr Kind Caroline mit C nennen wollte.

»Hat Arne Karlsson Kinder gehabt?«

»Keine Ahnung.«

»Es waren am Ende immer die Schweden, die geholfen haben.«

»Das hat die Lehrerin Kommanec auch gesagt. Als ich ein Kind war, war Schweden das Land meiner Träume. Ich dachte immer, dort ist alles perfekt.«

»Das denken alle, die nie dort gelebt haben.«

»Du bist doch auch eine Schwedin.«

»Für die Norweger bin ich eine Schwedin.«

»Die Lehrerin Kommanec jedenfalls verehrte die Schweden. Und wie unser Großvater war sie unerbittlich, wenn es darum ging, lesen und schreiben zu lernen.«

Und Victor erzählte, wie wichtig es der Lehrerin Kommanec war, dass alle Kinder die Satzzeichen richtig beherrschten. Sie las daher die Texte immer mit den Satzzeichen vor. Zum Beispiel so:

In einem Tal lebten viele Bären Beistrich die verschiedene Farben hatten Punkt Es gab rote Bären Beistrich schwarze Bären und braune Bären Punkt Eines Tages fragte ein kleiner roter Bär seinen Vater Doppelpunkt Anführungszeichen unten Papa Beistrich warum haben Bären verschiedene Farben Fragezeichen Anführungszeichen oben Der Vater brummte Punkt Er wusste nicht Beistrich was er seinem Sohn antworten sollte Beistrich denn alles Beistrich was der Vater von seinem Vater gelernt hatte Beistrich war Beistrich andere rote Bären vor den schwarzen und den braunen Bären zu warnen Punkt

Und immer, wenn Frau Lehrer Kommanec ihren Schülerinnen und Schülern vorlas, lachten die Kinder. Sie fanden die Lehrerin Kommanec zwar ein wenig eigenartig, aber sie mochten sie sehr. Im Sommer kamen sogar einige Kinder zu ihr zu Besuch. Sie brachten Geschenke und durften mit ihren Katzen spielen.

»Du lebst ja in der Vergangenheit.«

»Meinst du? Ich finde, ich lebe in der Gegenwart. Mit dir. Es ist ein Wunder. Ich frage mich, wo die Probleme sind.«

»Die kommen schon noch.«

»Ich werde dir auf die Nerven gehen.«

»Wieso? Bist du Impfgegner?«

»Nein. Aber mit meinen Geschichten zum Beispiel.«

»Ich finde deine Geschichten herrlich Punkt«

»Wirklich Fragezeichen«

»Ja. Aber du darfst mich nie verlassen.«

»Zuerst muss ich sehen, wie du den Geschirrspüler einräumst.«

»Wenn du das machst, verlasse ich dich.«

»Wenn ich dir dabei zusehe?«

»Nein, aber wenn du mir mansplaining-mäßig erklärst, was wo hingehört und wie man den Platz noch optimaler nutzen kann.«

Karoline küsste Victor lange.

»Wir machen einfach alles so, wie ich es sage.«

»Also womansplaining-mäßig? Ich weiß nicht, ob man das in Heiligenbrunn gerne sieht.«

»5.000 Jahre Patriarchat sind genug. Heiligenbrunn braucht eine Heilige.«

»Aber um Geld und Häuser kümmere ich mich.«

»Na gut! Und jetzt sei still und küss mich!«

Der Installateur Leitner

Am Tag darauf wollte Victor Karoline wieder vom Krankenhaus abholen und mit ihr nach Hause fahren, doch gerade an diesem Abend hatte sich Tante Margarete angemeldet. Und da noch niemand von Karoline und Victor erfahren durfte, sollte Victor eine Nachricht von Karoline abwarten und sich dann erst auf den Weg machen. Ohne dass er diese Nachricht erhalten hatte, verließ er um 18:00 die Wohnung. Er ging zu Fuß bis zum Reumannplatz und stand dort ein wenig herum. Im Browser seines Mobiltelefons sah er, dass er immer noch die Wikipedia-Seite über Charles Darwin geöffnet hatte. Er hatte sie vor dem letzten Treffen mit Karoline zu lesen begonnen. Ein gutes Omen. Er schloss die Seite nicht, sondern las weiter. Und wie immer konnte er sich beim Lesen nicht auf das Gelesene konzentrieren, sondern dachte an Karoline. Dann aber fiel ihm ein Satz auf, den er mehrere Male lesen musste: *Am 29. Januar 1839 heirateten Darwin und seine Cousine Emma Wedgwood.*

Erst ging Victor bis zur Gudrunstraße, wo sich eine Tankstelle befand. Eigentlich war er gekommen, um Kondome zu kaufen. Er fühlte sich wie ein Achtzehnjähriger. Da man beim Kaufen von Kondomen so tut, als kaufe man sie nebenher, vielleicht weil sie im Angebot waren, nahm er noch Milch und Yoghurt, vier Dosen Bier und eine Packung Cashewnüsse. Dann ging er zurück zum

Reumannplatz, stand lange vor dem Eingang zum Amalienbad und wandte sich nach links, um auf das Café Walther zuzugehen. Seit vielen Jahren war er nicht mehr in diesem Lokal gewesen, und nun zögerte er, es zu betreten. Unsicher ging er zuerst die Buchengasse, dann die Wielandgasse ein Stück auf und ab. Er wollte aber jetzt nicht Bier oder Wein trinken, sondern er wollte Karoline. Er fragte sich, ob er noch einen Psychiater, einen Psychologen, einen Arzt oder einen Rechtsanwalt aufsuchen sollte, bevor das geschah, von dem er wollte, dass es geschah. Oder googeln? Sein Hausarzt sagte immer: »Bitte nicht googeln!« Eigentlich hatte er auch Angst, das Café zu betreten. Er befürchtete, dass es inzwischen umgebaut worden war, dass auch dieser Ort längst nur noch Anlass einer Erinnerung geworden war. Dreizehn Jahre lang hatte Victor ganz in der Nähe gearbeitet und war sehr oft abends hierhergekommen, um ein paar weiße Spritzer zu trinken. Doch das war nun auch schon wieder drei Jahre her.

Dann betrat er das Café doch. Er war erleichtert. Hätte man den Menschen in diesem Raum die Mobiltelefone weggenommen, hätte man meinen können, man lebe in den 80er-Jahren. Im hinteren Teil fand er schnell einen Platz. Die Kellnerin kam zu seinem Tisch, blieb zu Victors Erstaunen jedoch stehen, kniff die Augen zu, deutete mit dem Zeigefinger auf ihn und sagte: »Weißer Spritzer, stimmt's?«

So saß Victor einige Zeit im Café, und eine gewisse Seligkeit verdrängte die Ungeduld, mit der er auf Karolines Nachricht wartete. Neben ihm nahm eine alte Frau Platz. Sie bestellte einen roten Spritzer und Toast Hawaii. Das ist Haltung, dachte Victor.

2. Oktober 2018 / 20:18
Karoline: sie geht einfach nicht
Karoline: komm doch rauf. hast du irgendwas dabei?
Victor: milch, bier, yoghurt und cashewnüsse
Karoline: perfekt! das hast du für mich gekauft. weil ich nach der arbeit keine zeit hatte
Victor: wir spielen ein theaterstück
Karoline: look who's coming for dinner

Victor ging langsam zur Wohnung, in seiner Hand die Einkäufe von der Tankstelle. Das waren die Requisiten für ihr Theaterstück. Er läutete. Als der Türöffner brummte, betrat er das Haus und lief einen Stock hoch, wo Karoline schon in der Eingangstür stand. Sie küsste ihn ganz kurz und sagte dann, so dass Tante Margarete es in der Wohnung hören konnte: »Hast du mir Milch mitgebracht?« Victor zog die Schuhe aus und betrat die Küche. Tante Margarete küsste ihn auf die Wange.

»Ach, du mein Lieber!«

Victor nickte.

»Du willst wirklich die Mama zum Stephansdom bringen? Wenn du keine Zeit hast, kann das auch der Bimbo machen.«

»Wir schaffen das schon.«

Diesen Satz hatte Karoline gesagt, die vor dem offenen Kühlschrank stand und Victors Einkäufe einräumte. Tante Margarete und Karoline tranken Prosecco. Als Karoline ihm auch ein Glas anbot, sagte er, er wolle nur Wasser. Karoline stellte es ihm auf den Tisch und legte dann ihre Hand auf seine Schulter. Victor erstarrte. Wollte Karoline Tante Margarete doch alles erzählen?

»Ich weiß nicht, ob ich sie nicht in ein Heim geben muss.«

»Das soll die Urli selbst entscheiden«, antwortete Karoline schroff.

»Ja, mein Kind, das sagt sich so leicht. Aber irgendwann brauchen wir das Geld, damit wir uns die Pflege weiter leisten können.«

»Welches Geld?«

»Wenn wir das Haus verkaufen, haben wir Geld.«

»Die Urli stimmt niemals zu, das Haus zu verkaufen. Niemals.«

»Da habe ich auch ein Wörtchen mitzureden.«

»Das Haus wird nicht verkauft!«

»Zahlst du dann die 24-Stunden-Pflege?«

Victor wusste, dass er in den Streit zwischen Mutter und Tochter eingreifen sollte. Er schwieg und trank nicht einmal einen Schluck Wasser.

»Du kommst aus Norwegen daher und erklärst mir, was ich tun muss? Und wann ich was verkaufen darf? Wo warst du denn sieben Jahre lang?«

»Ich glaube nicht, dass Victor das alles hören will.«

Doch Karoline konnte ihre Mutter nicht beruhigen.

»Das wird er schon aushalten. Ich bin in diesem Haus geboren. Ich habe auch etwas zu sagen. Der Grund, warum mein Vater nicht wollte, dass das Haus verkauft wird, war ein anderer. Er wollte nicht, dass Onkel Franz das Haus bekommt. Wegen diesem Vorfall damals. Aber Onkel Franz ist längst tot.«

»Welcher Vorfall?«

»Über manche Dinge schweige ich. Um dich zu schützen. Weil du meine Tochter bist. Vielleicht kann Victor dir davon erzählen.«

»Der Victor ist selbst ein Franz«, sagte Karoline und lachte. Doch dieses Lachen verstörte die ohnehin schon verstörte Tante Margarete noch mehr.

»Ja, lach nur! Die Irmi kann es dir erzählen. Und die Urli auch. Aber, bitte, belehr mich nicht andauernd und erklär mir nicht, was ich zu tun habe und wen ich wählen muss. Ich habe keine Lust, mich schulmeistern zu lassen.«

Es wurde still in der Küche. Tante Margarete blickte Victor in die Augen.

»Wozu bist du eigentlich gekommen?«

Victor wurde verlegen. Er wartete darauf, dass Karoline eine Antwort einfiel, doch es blieb still. Dann hob er die Tasche.

»Er hat mir Milch gebracht.«

»Und Cashewnüsse«, sagte Victor.

Tante Margarete nickte.

»Cashewnüsse braucht man immer.«

»Ja, sonst ist wieder kein Mampf im Haus.«

»Du bist ein Lieber, Victor. Wie immer. Der Einzige in dieser Familie, der an die anderen denkt.«

Tante Margarete stand auf und verließ die Küche. Karoline verdrehte die Augen. Aus dem Vorzimmer kam ein kaum hörbarer Gruß, dann fiel die Eingangstür ins Schloss. Sofort ging Karoline auf Victor zu.

»Endlich ist sie weg! Jetzt kannst du auch noch flüchten.«

»Hat die Toilette ein Fenster?«

»Du musst sehr vorsichtig sein mit mir. Ich habe schon lange nicht...«

Er wollte sie küssen, doch sie legte den Finger auf seinen Mund, nahm seine Hand und ging mit ihm in das

Schlafzimmer. Karoline blieb vor dem Bett stehen, zog alle ihre Kleider aus und schlüpfte unter die Decke. Auch Victor zog sich aus und legte sich zu ihr.

»Jetzt! Bitte! Das Vorspiel holen wir nach.«

Und irgendwann lagen beide auf dem Rücken. Sie blickten zur Zimmerdecke wie damals vor dreißig Jahren in den Himmel über dem Badesee. Dreißig Jahre! Victor verursachte der Gedanke Schmerzen. Was hätten die beiden in dreißig Jahren alles machen können! Karoline erzählte von Norwegen. Victor hörte zu und hörte nicht zu. Für ihn lag die dreizehnjährige Karoline neben ihm.

»Wie alt warst du, als du das erste Mal verliebt warst?«

Victor seufzte. Frauen stellten eben solche Fragen. Zum Glück hatte er eine gute Antwort darauf, dass er nämlich mit sieben Jahren in einen Mann verliebt war, und zwar in den Installateur Leitner.

»In einen Installateur? Erzähl!«

Und Victor erzählte, dass im Jahr 1978 das obere Stockwerk im Haus der Eltern umgebaut und ein WC sowie ein weiteres Badezimmer geplant waren. Der Vater ließ mehrere Installateure kommen, damit sie einen Kostenvoranschlag machten. Sie kamen mit Werkzeugkisten, in Arbeitsoveralls gekleidet, sie knieten auf dem Boden, gingen in den Keller, um nach Leitungen zu suchen, und rochen nach Schweiß.

Der Installateur Leitner hingegen kam zum vereinbarten Zeitpunkt nicht. Erst Stunden später, als die Familie beim Abendessen saß, läutete es. In weißer Leinenhose und einem silbernen Kurzarmhemd stand er in der Tür. Er entschuldigte sich höflich für die Verspätung und wurde eingeladen, mit der Familie zu essen, was er auch annahm.

Während des Abendessens erzählte der Installateur Leitner von seiner Besteigung des Kilimandscharo und dass er Kinderbuchautor werden wolle, da er auf Ausflügen den Kindern immer Geschichten erzähle und die Kinder beim Zuhören an seinen Lippen hingen. Die Mutter warf dem Vater vieldeutige Blicke zu. Doch auch Victor hing an den Lippen des Installateurs, der schon bei seinen Plänen für eine dreijährige Asienreise gelandet war und dann von einer Begegnung mit Björn Borg in Paris erzählte.

Nach dem Essen wurde der Installateur Leitner gefragt, ob er denn sehen wolle, welche Arbeiten zu machen seien. Der Vater führte ihn durch das Haus, doch der Installateur nickte immer nur, kniete kein einziges Mal nieder, suchte nicht nach Leitungen und alten Rohren und hatte auch keine Fragen zum Kanalanschluss. Alle anderen Installateure hatten sich zurückgezogen und versprochen, ihren Kostenvoranschlag binnen einer Woche zu schicken. Der Installateur Leitner aber saß nach der Besichtigung bei einem Glas Wein mit der Familie im Garten.

Während alle Pullover trugen, saß Leitner immer noch in seinem silbernen Hemd da und bat um ein Stück Papier und einen Kugelschreiber. Er schrieb eine Zahl auf den Zettel. Und als der Vater ihn fragte, was diese Zahl zu bedeuten habe, sagte er, das sei der Kostenvoranschlag. Natürlich wurde der Installateur Leitner nicht mit den Arbeiten beauftragt. Mutter und Vater lästerten noch lange darüber, wie ein Installateur ohne Werkzeug – bekleidet wie ein Zuhälter, wie die Mutter sagte –, der seinen Kostenvoranschlag nicht ausarbeitete, sondern einfach eine Summe auf einen Zettel schrieb, glauben konnte, ernsthafte Chancen auf einen Auftrag zu haben.

Doch Victor konnte wochenlang an nichts anderes denken als an den Installateur Leitner. Er las alles über den Kilimandscharo, was er finden konnte, beschloss, Kinderbuchautor zu werden und Björn Borg zu treffen, und drängte die Mutter, ihm eine weiße Hose und ein silbernes Hemd zu kaufen. Und da Victor nun auch an kühlen Abenden nur mit einem weißen Hemd bekleidet, das als Ersatz für das silberne herhalten musste, im Garten saß, holte er sich eine schwere Bronchitis.

Karoline lachte kurz. Dann aber lag sie lange still da. Sie drehte sich zu Victor.

»Ich bitte dich um eine Sache. Wenn du noch eine andere Frau begehrst oder mehrere, dann sag es mir jetzt gleich. Dann bin ich weg. Ich ertrage das nicht.«

»Ich habe dreißig Jahre lang gewartet. Dreißig. Ich brauche keine anderen Frauen.«

»Wenn es ein Installateur ist, ist es o.k.«

»Sagen wir es der Familie?«

»Jetzt noch nicht.«

»Du hast recht. Ich habe aber auch noch eine Bitte: Wenn ich mit der Urli zum Stephansdom fahre, will ich, dass du mitkommst.«

»Das habe ich doch schon im Café gesagt, dass ich mitfahren will.«

»Dann gleich nächsten Samstag, ja?«

Nach dem vierten Mal

Kurz war Karoline an Victors Schulter eingeschlafen. Dann stand sie plötzlich auf. Sie musste aufpassen, nicht auf ein gebrauchtes Kondom zu treten. Victor lag stumm da, während Karoline ins Badezimmer ging. Er hörte die Spülung. Dann den Signalton seines Mobiltelefons. Bestimmt war es Iris oder seine Mutter, also reagierte er nicht. Dann erklang der Signalton wieder. Victor beugte sich aus dem Bett und suchte im Kleiderhaufen nach seiner Hose. Er zog das Mobiltelefon heraus.

4. Oktober 2018 / 23:13
Karoline: es ist das reinste glück. wie kann das sein?
Karoline: 🖤🖤🖤🖤
Victor: schreibst du mir aus dem badezimmer? 💨
Karoline: hab gerade an dich gedacht
Victor: wusstest du, dass charles darwin seine cousine geheiratet hat?
Karoline: willst du mich heiraten? gleich nach dem ersten mal?
Victor: nach dem dritten mal
Karoline: 😂😂😂
Karoline: du bist aber noch verheiratet

Karoline kam aus dem Badezimmer. Sie kniete sich auf das Bett neben Victor und küsste ihn lange.

»War es schlimm, Theater zu spielen?«

»Glücklicherweise hat deine Mutter die Hauptrolle gespielt.«

»Sie macht immer ein Theater. Das Haus verkaufen! Die spinnt wohl!«

»Wenn sie erfährt, dass ich das Haus bekomme, wird sie mich hassen. Und wenn wir ihr sagen, dass wir ein Paar sind... ja, dann...«

»Glaube ich nicht. Man kann dich nicht hassen.«

Und zwischen den Küssen erzählte Victor Karoline von seinem ziellosen Spaziergang und von der Anagnorisis im Café Walther.

»Was heißt Anagnorisis Fragezeichen«

»Wiedererkennung Punkt«

Allerdings war nicht er von der Bedienung wiedererkannt worden, sondern der weiße Spritzer. Und dann erzählte er vom roten Spritzer und vom Toast Hawaii. Der Toast Hawaii brachte Karoline zum Lachen, beide lachten lange, und dann wurde wieder nicht viel gesprochen.

»Ich liebe dich!«

»Nach dem dritten Mal noch immer?«

»Nach dem vierten Mal«, sagte Victor, und wieder lachte Karoline und ließ sich in den Haufen von Kissen fallen, den sie hinter ihrem Kopf aufgetürmt hatte. Victor fragte, ob sie nicht schlafen wolle, da sie doch am darauffolgenden Tag arbeiten müsse. Karoline legte ihren Finger auf Victors Mund.

»Ich war auch einmal verliebt. In eine Frau. Das war noch in Wien.«

»Das muss ich unbedingt hören. Ich liebe Liebesgeschichten. Erzähl!«

»Ach, Victor, meine Geschichten sind nicht so schön wie deine.«

»Stimmt gar nicht. Die Geschichte mit den Sitzplätzen in der Straßenbahn und den Kavalieren war gut.«

»Habe ich sie dir erzählt?«

»Beginnender Alzheimer? Natürlich hast du sie erzählt. Und jetzt die Liebesgeschichte, bitte!«

»Also, damals habe ich noch in der Notaufnahme gearbeitet.«

Eines Tages, erzählte Karoline, sei eine Frau zu ihr gekommen, die ihr irgendwie bekannt vorkam. Bald wusste sie auch warum. Diese Frau arbeitete nämlich im Supermarkt dem Krankenhaus gegenüber, in dem Karoline in der Mittagspause oder nach der Arbeit oft einkaufte. Sie war Türkin und hieß Tuba. Der Name gefiel Karoline. Tuba aber sagte, sie heiße eigentlich Tuğba, und schrieb den Namen auf ein Blatt Papier. Karoline nickte und sagte: »Ich verstehe. Man schreibt es mit *yumuşak g*.« Tuba war beeindruckt. Noch nie, sagte sie, habe sie eine Österreicherin kennengelernt, die wusste, was das *yumuşak g* sei.

Tuba klagte über Müdigkeit, Atemnot und dass ihr körperliche Arbeit so schwerfiele. Normalerweise hasste Karoline Patienten, die anstatt zum Arzt in die Ambulanz kamen und damit die Wartezeit der anderen verlängerten. Karoline ließ Tuba gründlich untersuchen. Dabei stellte sich heraus, dass sie nur einen Lungenflügel hatte. Offensichtlich war sie in ihrem ganzen Leben noch nie geröntgt worden. Karoline erklärte ihr, sie solle schwere körperliche Arbeit meiden.

Karoline war fasziniert von dieser intelligenten, lebenslustigen Frau, die nicht nur perfekt Deutsch sprach, sondern Wiener Dialekt perfekt imitieren konnte. Schon am nächsten Tag ging Karoline in den Supermarkt. Und wirklich, als sie sich zum Bezahlen anstellte, saß Tuba an der Kasse. Karoline beobachtete, wie Tuba, wenn ein Kunde noch seine Waren vom Förderband nahm, das Wechselgeld bereits abgezählt in der Hand hielt. Ein Mann, der zwei Laugenstangen gekauft hatte, beschwerte sich: »Ihre Laugenstangen sind nicht mehr so gut wie früher. Ist das Gebäck überhaupt frisch?« Doch Tuba blickte ihn nur gelangweilt an und sagte: »Gnädiger Herr, das Gebäck ist von gestern. Das frische kommt morgen.« Und in diesem Moment habe Karoline bemerkt, dass sie sich in Tuba verliebt hatte.

Karoline setzte sich auf. Sie legte die Hand auf Victors Bauch.

»Ja, und? Wie geht es weiter?«, fragte Victor.

»Ein andermal. Die Lovestory geht nicht gut aus.«

»Hey, nicht spoilern!«

»Jetzt du!«

»Was?«

»Eine Geschichte.«

Karolines Hand tätschelte ungeduldig seinen Bauch.

»Kennst du die Geschichte, warum mein Vater als erster Mensch überhaupt bei der Stadtregierung gekündigt hat?«

»Die will ich hören. Aber warte kurz!«

Karoline stieg aus dem Bett und verließ das Schlafzimmer. Aus der Küche rief sie ihm zu, ob er etwas essen wolle. Sie kam mit zwei Bierflaschen zurück.

»Wie wär's mit Bier?«

»Das reicht. Verliebte essen doch nichts.«

Sie saßen im Bett und tranken. Victor begann die Geschichte zu erzählen, die sein Vater nicht gerne erzählt hatte. Wie Konrad Jarno im Jahr 1953 im Alter von 24 Jahren *sub auspiciis*, also mit Auszeichnung, promoviert hatte. Und wie er sich einige Monate später als Leiter der Magistratsabteilung 25, zuständig für Wohnhaus-Wiederaufbau, beworben hatte. Der bisherige Leiter, Dr. Mair, war gleichzeitig Gemeinderatsabgeordneter und musste sich zwischen den beiden Posten entscheiden. Dr. Mair erklärte, er wolle Gemeinderat bleiben. Und so wurde die Leitung der Magistratsabteilung ausgeschrieben. Nach zwei Bewerbungsgesprächen wurde Dr. Konrad Jarno ausgewählt.

Als sein Vater den Dienst antrat und im Abteilungsleiterbüro der Magistratsabteilung 25 erschien, wurde er gleich von der Sekretärin zurechtgewiesen, weil er ohne zu klopfen eingetreten war. Sehr freundlich antwortete Konrad Jarno, er sei der neue Abteilungsleiter und käme, um sein Büro zu beziehen. »Ich hole besser Dr. Mair«, sagte die Sekretärin. Sie verschwand im Zimmer des Abteilungsleiters und kam mit Dr. Mair zurück. Mair lächelte überschwänglich: »Mein lieber Dr. Jarno, kommen Sie. Ich habe gehört, dass Sie bei uns anfangen!« Er bat den Vater in sein Büro und schloss die Tür. Konrad wusste zunächst nicht, wie er reagieren sollte. Nach einiger Zeit aber sammelte er sich und unterbrach Dr. Mair mitten im Satz: »Herr Dr. Mair, Sie wissen genauso gut wie ich, dass ich seit heute hier Abteilungsleiter bin. Das ist also mein Büro.« Noch immer wich das Lächeln nicht aus Dr. Mairs Gesicht, aber es veränderte sich. Die Zähne wurden sichtbar. Dr. Mair weigerte sich, das Büro zu räumen.

»Mein lieber Dr. Jarno, Sie sind doch ein gescheiter Bursche, ein Akademiker, ein Doktor, und das in jungen Jahren. Machen Sie uns beiden doch das Leben nicht schwer.« Der Vater verstand nicht. Nach einiger Zeit verließ er das Büro von Dr. Mair, das eigentlich sein Büro war. Er ging über die Gänge der Abteilung. Jeder grüßte ihn, zuerst mit *Guten Morgen*, später mit *Mahlzeit*. Aber niemand sprach mit ihm. Und schon gar nicht folgte irgendjemand seinen Anweisungen, obwohl er doch der Chef der Abteilung war.

»Aber warum ist er denn nicht zu seinem Chef gegangen?«

Karoline war aufgeregt, sehr aufgeregt. Und Victor war aufgeregt, weil seine Erzählung so viel Aufregung erzeugt hatte.

Victor erzählte, dass der Vater nach wenigen Tagen zwei Verbündete gefunden hatte. Sie besorgten aus dem Möbellager einen Schreibtisch, räumten eine unbenutzte Abstellkammer aus und richteten Konrad Jarno ein provisorisches Büro ein. Dort saß er dann zwar täglich, doch tun konnte er nicht viel. Als er einen Termin mit dem amtsführenden Stadtrat hatte, schilderte er ihm die untragbare Situation. Doch der Stadtrat sagte nur: »Lieber Dr. Jarno, Herr Dr. Mair ist ein altgedienter Genosse, politisches Urgestein, er hat einen Dienstwagen und einen eigenen Chauffeur. Verbrennen Sie sich nur nicht die Finger!« Mit diesem Satz und dem kleinen Hinweis, dass Dr. Mair schon in vorgerücktem Alter sei und die Zeit ohnehin erledigen werde, was die Politik nicht zustande bringe, war die Sache für den Stadtrat abgehandelt.

Schließlich bekam Konrad Jarno einen Termin beim Bürgermeister. Nach Wochen der Schlaflosigkeit und des

Wartens glaubte der Vater, nun endlich auf dem längeren Ast zu sitzen und die Sache auf dem Dienstweg bereinigen zu können. Der Bürgermeister wies die Sekretärin an, keine Gespräche durchzustellen, und sagte, er habe fünfzehn Minuten Zeit. So lange brauchte der Vater gar nicht, um den Sachverhalt zu erklären. Dann wurde es still im Zimmer. »Ja, der Mair«, sagte der Bürgermeister, »es wäre besser, wenn der Mair hier nicht mehr herumlaufen würde. Ein strammer Roter. Ja, ja. Nur, 1938 war er plötzlich gar nicht mehr rot. Und 45 wurde er auf einmal wieder rot. Dieses Aas! Diese Kröte!« Konrad Jarno war erleichtert. »Ich bitte Sie, Herr Bürgermeister, ziehen Sie ihn aus dem Magistrat ab, damit ich endlich meine Arbeit machen kann«, sagte er. Der Bürgermeister sah den Vater entsetzt an. »Abziehen?«, sagte er. »Ja, mein lieber Dr. ...« Er blickte auf den Terminkalender vor sich. »Mein lieber Dr. Arno«, sagte er. »Jarno«, korrigierte ihn der Vater. »Mein lieber Dr. Jarno«, sagte der Bürgermeister, »wie stellen Sie sich das denn vor? Soll ich Dr. Mair von der Polizeistreife abführen lassen?« – »Aber wie kann es denn sein«, legte der Vater nach, »dass ein Abteilungsleiter, der regulär bestellt wurde, seiner Arbeit nicht nachgehen kann? Das ist doch nicht gerecht.« Der Bürgermeister zuckte mit den Schultern. »Glauben Sie noch an Gerechtigkeit, Herr Dr. Arno?«

Konrad Jarno fehlte die Kraft. Ihm fehlte die Kraft, seinen Nachnamen abermals zu korrigieren, von seinem Stuhl aufzustehen, das Büro zu verlassen. Der Bürgermeister hätte ihn schon mit der Polizeistreife abführen lassen müssen. Und so saß er da, Dr. Konrad Jarno, und betrachtete ein gläsernes Nashorn, das als Briefbeschwerer diente.

»Bist du eingeschlafen?«
»Nein.«
»Wie wär's mit Toast Hawaii?«
»Nein. Wir sind verliebt. Kein Mampf!«

Grün und Blau

Bestimmt stand Iris im Vorzimmer neben der Eingangstür und wartete auf Victor. Und bestimmt rechnete sie damit, dass er zu früh kam, dachte Victor. Warum nur hatte sie ihn um ein Gespräch gebeten? Wozu?

Victor saß auf einer Bank und wartete, bis es Punkt 14:00 war. Und er dachte, dass Iris sicher hoffte, Victor würde nicht kommen, so wie er hoffte, dass sie nicht da wäre. Ihm fiel der Witz ein, den sein Vater immer erzählt hatte, wenn Victor wie jedes Jahr mit den Eltern mitfahren musste, um die Körners, ein befreundetes Ehepaar, zu besuchen. Wie hatte Iris die Geschichten gehasst, die Victor aus seiner Kindheit erzählte. Nie konnte sie darüber lachen. Dennoch kannte sie alle Anekdoten in- und auswendig. Dass Herr Körner Alexander hieß, aber von allen Xandi genannt wurde. Wie seine Frau hieß, wusste Victor nicht mehr, nur, dass sein Vater sie die *Xandippe* nannte. Das war der erste Witz, der nicht lustig war. Und wahrscheinlich dachte Iris, dass Victor, jedes Mal, wenn er diese Geschichte erzählte, mit der Xandippe sie gemeint habe.

Victors Vater erzählte also, wenn sie zu Xandi und der Xandippe zu Besuch fuhren, immer denselben Witz: »Jedes Jahr ist Grün mit seiner Frau bei Blau und seiner Frau eingeladen. Doch einmal sagt Blau zu seiner Frau: *Wenn Grün heute mit seiner Frau vor der Tür steht und läutet, halten wir den Atem an und bewegen uns nicht. Sie werden glauben, wir sind nicht zu Hause, und wieder gehen.* Als dann am Nachmittag die Türglocke läutet, hält das Ehepaar Blau den Atem an und bewegt sich nicht. Es läutet ein Mal und ein zweites Mal. Und schließlich ein drittes Mal. Dann hören die Blaus, wie Grün vor der Tür zu seiner Frau sagt: *Gott sei Dank, sie sind nicht zu Hause.*«

Victor hat diesen Witz nie witzig gefunden. Und auch seine Mutter hatte jedes Mal die Augen verdreht. Victors Vater aber amüsierte sich sehr. »Gott sei Dank, sie sind nicht zu Hause«, sagte er wieder und wieder.

Bestimmt stand Iris im Badezimmer, betrachtete sich im Spiegel und zog den Lippenstift nach, dachte Victor. Bestimmt sah sie abgekämpft aus. Müde. Sie ärgerte sich über Victor, weil sie dachte, dass er endlich so leben konnte, wie er immer hatte leben wollen, und Frauen nachlief, auf die er immer schon ein Auge geworfen hatte. Iris verdächtigte insbesondere Victors Ex-Kollegin. »Die aufgedonnerte serbische Nutte«, hatte Iris über Sanja gelästert. »Sie passt genau in dein Beuteschema.« Nun hat Victor freie Fahrt, dachte sie bestimmt. Aber wie lange würde das so gehen? Vielleicht ein oder anderthalb Jahre? Dann würde er wieder zurückkommen zu ihr. In Wahrheit musste sie befürchten, dass eine Frau von Victor schwanger würde. Wenn es dieses Kind gäbe, wäre das Iris' Untergang.

Iris hatte Victors Vater Konrad nie kennenlernen können. Er hatte im Jahr 1989 Selbstmord begangen, lange bevor Iris und Victor zusammenkamen. Iris kannte Konrad nur aus alten Geschichten. Und Victor liebte diese Geschichten. Oft hatte er Gäste zum Lachen gebracht mit seinen Schilderungen aus der Vergangenheit, oder sie staunten darüber, dass er so viel über das Fernsehprogramm von früher wusste. Zum Beispiel kannte er noch die Sendung *Der goldene Schuss* mit Vico Torriani. Er sang *Ananas aus Caracas* oder *Kalkutta liegt am Ganges, Paris liegt an der Seine, doch dass ich so verliebt bin, das liegt an Madeleine.* Und alle lachten. Dabei war Victor, als diese Schlager herauskamen, noch gar nicht geboren.

5. Oktober 2018 / 13:57
Victor: wie gehts dir?
Karoline: ich sitze in der arbeit und grinse den ganzen tag
Karoline: was machst du mit mir?
Victor: woran denkst du?
Victor: toast hawaii???
Victor: 🍍🍍🍍
Karoline: nur hawaii!!! ohne toast!

Schon als Victor den Schlüssel zu seiner Wohnung aus der Tasche zog, zitterte er. Seine Mutter hatte angerufen. Sie würde ihm vorwerfen, dass er sich nie meldete. Er musste sie am Sonntag besuchen. Nach der Besprechung mit Iris würde er sie zurückrufen. Victor malte die Anführungszeichen für das Wort *Besprechung* in die Luft. Hoffentlich sah ihn niemand dabei. Er sperrte das Haustor auf und stieg die Treppe hoch, die er zwei Wochen davor das letzte Mal nach unten gelaufen war. Er läutete. Er läutete nochmals. Niemand öffnete. Er sperrte die Tür auf und stand im Vorzimmer. Es dauerte eine Weile, bis Iris aus dem Badezimmer kam. Sie wirkte verstört.

»Zu früh. Wie immer.«

»Es ist exakt 14:00.«

Victor zog die Schuhe aus. Er betrachtete das Vorzimmer und die Küche und stellte fest, dass er sich bereits weit entfernt hatte von den jahrelang vertrauten Räumen. Victor dachte an Karoline, der er von dem Treffen mit Iris nichts gesagt hatte. Es kam ihm zu früh vor, die neue Liebe, die erst wenige Tage alt war, mit solchen Dingen zu belasten. Tatsächlich war gerade eine Nachricht von Karoline gekommen. Victor ging auf die Toilette und verriegelte die Tür, was er früher nie getan hatte.

5. Oktober 2018 / 14:04

Karoline: du hast mir seit sieben minuten keine nachricht geschrieben!!!!
Victor: verzeih! ich liebe dich!
Victor: ich freue mich so 🌷
Karoline: was ist das? aneurysma der aorta?
Victor: aneurysma? muss ich erst googeln
Victor: 🖤
Karoline: ab jetzt geht es bergab ⛰️ ⬇️⬇️⬇️
Victor: au⛰️inen
Karoline: 🥒🥒🥒
Victor: 🍍🍍🍍
Karoline: kannst du unterwegs kondome kaufen
Victor: 😂😂😂
Victor: ok, mach ich
Victor: bis heute abend 🖤🖤🖤

Iris saß im Wohnzimmer. Victor setzte sich auf das Fauteuil gegenüber.

»Warum hast du die Klotür zugesperrt? Hat sie angerufen?«

»Wer?«

»Diese Sanja.«

»Hör auf damit, Iris! Man kann es auch einfach einsehen.«

»Sag es mir klipp und klar: Bist du mit einer Frau zusammen?«

»Nein.«

»Ach, dein *Nein*. Das ist doch nie ein *Nein*.«

»Wie schön, dass es ohnehin egal ist, was ich sage.«

»Du bist vor zwei Wochen gegangen. Vor zwei Wochen. Und jetzt ist alles aus?«

»Es geht schon zwei Jahre so. Das weißt du genau.«

Manchmal blickte Victor auf die Uhr, manchmal auf den Platz im Bücherregal, wo *Die Brüder Karamasow* stand. Auch den schwarzen Ordner hatte Iris wieder an seinen Platz gestellt. Es war überhaupt nichts anders in der Wohnung, außer, dass Iris offensichtlich auf dem Sofa schlief. Rundherum lagen Decken und verformte Kissen. Iris kam zu Victor herüber, drängte sich neben ihn auf das Fauteuil und wollte seine Wange streicheln.

»Tamara ist schwanger. Mit 43. Stell dir das vor!«

Auch das noch, dachte Victor. Die beste Freundin hatte geschafft, was für Iris unmöglich geblieben war.

»Wir kriegen das doch wieder hin, wenn wir uns Zeit geben.«

Victor drückte Iris' Hand von seinem Gesicht weg.

»Bitte, lass das!«

Iris begann zu weinen. Sie stand auf, ging zurück zum Sofa, nahm eine Zigarette und steckte sie an. Iris änderte sich nicht. Aber Victor änderte sich. Nach wenigen Minuten in der Wohnung verwandelte er sich wieder in den Victor, der er hier die letzten zwölf Jahre gewesen war. Als habe sie Victors Gedanken erraten, sagte Iris:

»Und das nach zwölf Jahren!«

Victor wusste, dass er das Leben außerhalb dieser Wohnung brauchte. Auch Iris wusste es. Deshalb hatte sie vor zwei Wochen versucht, ihm den Schlüssel wegzunehmen. Victor brauchte etwas anderes. Er brauchte Karoline.

»Es gab viel Schönes in diesen zwölf Jahren. Zerstören wir es jetzt nicht!«

»Deine weisen Worte kannst du dir sparen.«

Victor schwieg.

»Ich brauche jedenfalls Zeit, um eine Wohnung zu finden.«

»Du kannst dir Zeit lassen.«

»Geh lieber. Du starrst ohnehin nur auf die Uhr. Wahrscheinlich wartet sie irgendwo auf dich.«

Victor schüttelte den Kopf.

»Zieh wieder hier ein. Dann sind wir eben eine WG.«

Beim Blick von rechts nach links sah Victor die 🕰, daneben den 📚, davor den 🕯 und dahinter das 🖼. Dann erst blickte er zum Bücherregal. Er stand auf und nahm eines der 📚 heraus.

»Gibst du mir wenigstens einen Kuss?«

Iris war aufgestanden. Victor küsste sie links und rechts auf die Wange, aber sie drückte seinen Körper an sich.

»Das war doch ganz nett jetzt.«

Und schon war Victor wieder weg. Als er schon beim Haustor war, bemerkte er, dass er das 📖 nicht mitgenommen hatte. Auf dem kleinen Tischchen im Vorzimmer war es liegen geblieben. Er hatte es kurz dort abgelegt, als er die Schuhe anzog. Victor ging nicht zurück in die Wohnung. Bestimmt heulte Iris jetzt. Oder sie verwandelte sich in einen Tiger.

Der Vater hatte auf der Heimfahrt nach dem Besuch bei Xandi und der Xandippe gesagt: »Immer, wenn wir von den Körners weggehen und sie die Tür schließen, denke ich, sie verwandeln sich wieder in das zurück, was sie eigentlich sind: Xandi ein Zebra und die Xandippe ein Tiger, der das Zebra ständig in den Arsch beißt.« Wahrscheinlich dachte Iris, dass sie der Tiger war. Sie war der Tiger und Victor das Zebra.

Es geht bergab

Als Victor die Wohnung betrat, stand Karoline in der Eingangstür.

»Ich dachte schon, du kommst nicht.«

»Warum sollte ich nicht kommen?«

»Keine Ahnung. Ich dachte, du gehst vielleicht Zigaretten kaufen und vergisst mich dabei.«

»Ich rauche doch nicht.«

»Ist doch egal: Zigaretten oder Geschirrspültabs.«

Victor verstand nicht. Er wunderte sich ein wenig, doch da drückte Karoline schon ihren Mund auf seinen, und sie küssten sich, während Karoline mit einer schnellen Bewegung die Tür zuschlug. Karoline führte Victor an der Hand ins Schlafzimmer.

»Hast du eigentlich etwas von deiner Frau gehört?«

»Sie hat sich in einen Tiger verwandelt.«

Karoline legte sich gerne an Victors Seite und ruhte mit dem Kopf an seiner Schulter.

»Den ganzen Tag habe ich an dich gedacht. Den ganzen Tag.«

»Und ich an dich.«

»In was habe ich mich verwandelt? In ein sexsüchtiges Monster? In eine inzüchtige Infantin? Als wir Kinder waren, sagte Hanna immer zu mir: *Du bist ein Tier.*«

»Du bist kein Tier, du bist Ärztin.«

»Kannst du dich noch erinnern, als Opa gestorben ist

und im Wohnzimmer aufgebahrt wurde? Heute ist mir das wieder eingefallen.«

Victor war verwundert. Nun, da Karoline es sagte, erinnerte er sich daran. Oder glaubte er nur, sich zu erinnern?

Karoline erzählte, dass der Hausarzt es nicht geschafft hatte, die Augen des toten Großvaters zu schließen, und sie daher mit zwei Zehn-Schilling-Münzen bedeckt hatte. Sie sei mit Hanna heimlich in das Zimmer geschlichen, wo der Leichnam aufgebahrt war. Es war eine Mutprobe: Wer traute sich, den Kopf des Toten zu berühren? Hanna kam langsam näher, dann zuckte sie aber zurück. Karoline drückte dem Leichnam zwei Küsse auf die Schläfe. Obwohl sie darüber erschrak, dass der Körper so kalt war, ließ sie sich ihre Angst nicht anmerken. Und Hanna sagte: »Du bist ein Tier.«

»Nicht umsonst bist du Ärztin geworden.«

»Du musst die Geschichte von Konrad weitererzählen.«

»Aber was ist mit Tuba?«

»Später. Zuerst deine Geschichte.«

»Wir erzählen immer nur Geschichten und sprechen nicht über uns.«

»Ich will die Geschichte. Über uns können wir noch vierzig Jahre lang sprechen.«

Dreißig Jahre hatten Karoline und Victor gebraucht, um jene fünfzig Zentimeter, die am Stausee noch zwischen ihnen gelegen waren, zu überwinden. Es sollte also nicht an dieser einen Geschichte liegen, obwohl Victor sich schwertat, sie zu erzählen.

Nach dem Termin beim Bürgermeister hatte sich der Vater in sein Schicksal gefügt, zumindest dem Anschein nach. Er leitete von seiner Abstellkammer aus die Abteilung, und ein paar Neuzugänge fanden ihn sympathisch und erkannten ihn als ihren Vorgesetzten an. Der Bonze Dr. Mair saß aber immer noch in seinem Büro. Schon bald wusste man auf den Gängen, welche Mitarbeiter Dr. Mair folgten und welche Dr. Jarno. Zwar hatte Dr. Mair sich mit seinem Nachfolger abgefunden. Dennoch behielt er sein repräsentatives Büro und die Sekretärin, die für Konrad keine Aufträge erledigte. Das wurmte den Vater. Er wollte Gerechtigkeit. Volle Gerechtigkeit.

Konrad Jarno hatte einen guten Freund, der als innenpolitischer Redakteur bei einer Tageszeitung arbeitete. Niemals hatte der Vater, wenn er von dieser Sache erzählte, den Namen dieses Reporters genannt, auch nicht der Mutter oder Victor gegenüber. Die Tageszeitung war eine bürgerliche Tageszeitung, die der sozialdemokratischen Stadtregierung kritisch gegenüberstand. Aus Frust erzählte Konrad Jarno seinem Freund von den aussichtslosen Kämpfen, die er führte, um Dr. Mair aus dem Amt zu entfernen, in dem er ohnehin nichts mehr verloren hatte. Der Vater hatte erfahren, dass Dr. Mair für die Tätigkeit, die er nicht mehr ausüben durfte, immer noch bezahlt wurde; wobei sein Salär mehr als das Zweieinhalbfache von dem betrug, was der junge Dr. Jarno verdiente. Diese Verschwendung öffentlicher Gelder und die skandalösen Umstände im Magistrat waren für Konrads Freund, den Journalisten, ein gefundenes Fressen. In einem groß aufgemachten Artikel wurden die Zustände aufgedeckt und gegeißelt. Dieser Artikel hatte zur Folge, dass Dr. Mair sein Büro in der Magistratsabteilung noch in derselben Woche verlassen musste.

Karoline konnte nicht mehr ruhig liegen.

»Dann hat er es ja doch geschafft!«

»Mein Schatz, du weißt doch, was ein Pyrrhussieg ist.«

»Natürlich weiß ich, was ein Pyrrhussieg ist. Ich habe fertig studiert, nicht du!«

»Was Anagnorisis ist, wusstest du nicht.«

»Ich bin ja auch nicht Doktorin der Theaterwissenschaft, sondern eine richtige Doktorin!«

5. Oktober 2018 / 21:36
Karoline: wir streiten schon
Victor: schreibst du wieder chatnachrichten vom klo?
Karoline: wir streiten und erzählen einander lange geschichten
Victor: es geht bergab 🏔 ⬇
Karoline: am samstag bekomme ich ein sofa von hanna
Karoline: dann können wir fernsehen
Victor: auch ein guter grund nicht miteinander zu reden
Karoline: und müssen uns nicht unterhalten
Karoline: X
Victor: noch weiter bergab 🏔 ⬇⬇⬇

Karoline kam zurück und wollte die Geschichte zu Ende hören. Victor holte tief Luft. Karoline bemerkte seine Anspannung nicht. Er erzählte, dass Konrad Jarno nach Erscheinen dieses Artikels im gesamten Magistrat geächtet war. Dr. Mairs Sekretärin, die nun seine Sekretärin war, nahm zwar seine Aufträge entgegen, doch sie redete nicht mehr mit ihm als unbedingt notwendig. Auf dem Gang wurde der Vater von vielen nicht, von manchen sehr leise und verhalten gegrüßt. Und er hatte einen zweiten Termin beim Bürgermeister – diesmal hatte allerdings der Bürgermeister Konrad zu sich zitiert. Wieder hatte er genau fünfzehn Minuten Zeit, und wieder saß Konrad da und starrte auf das gläserne Nashorn. Der Bürgermeister aber brüllte fünfzehn Minuten lang ohne Pause.

»Darum ist Konrad damals nach München gegangen?«

»Später. Zuerst wurde er versetzt.«

Victor fuhr fort, dass die Sache damit nicht ausgestanden war. Dass Konrad ein Jahr darauf in eine andere Magistratsabteilung versetzt wurde. Und dass er nur ein einziges Aufgabengebiet erhielt: den Christbaum auf dem Rathausplatz.

Karoline lachte.

»Der Christbaum auf dem Rathausplatz. Das ist herrlich. Was hat er zum Beispiel im März gearbeitet?«

»Bitte sei vorsichtig! Du weißt, wie die Geschichte endet.«

Karoline erschrak.

»Es tut mir leid. Ich bin so dumm. Habe ich dich gekränkt, geliebter Victor?«

»Mich nicht.«

Ende der 60er-Jahre verließ der Vater das Magistrat. Kündigen konnte er nicht, denn er war verbeamtet und musste – wie es offiziell hieß – dem Dienst entsagen. So etwas war zuvor kaum vorgekommen. Er ging nach München, wo er 1969 Irmgard kennenlernte. Victor kam dort 1971 zur Welt. 1973 zogen sie nach Salzburg und 1974 nach Mödling. In Salzburg hatte der Vater seine letzte Anstellung. Danach nahm er keine Arbeit mehr an, kümmerte sich um den Haushalt, kochte, ging einkaufen, wusch, bügelte und reparierte, was anfiel.

»Kannst du bügeln?«

»Sagen wir so: Ich habe es schon öfter gemacht.«

»Müssen wir überhaupt bügeln, wenn wir in Heiligenbrunn wohnen?«

»Du meinst es wirklich ernst.«

»Mit dem Bügeln?«

»Mit Heiligenbrunn.«

»Du nicht? Hast du mich in eine Falle gelockt, als wir damals bei diesem Radlertreff gewesen sind?«

»Nein, aber die Urli wohnt dort.«

»Was willst du damit sagen? Ich spreche doch nicht von jetzt.«

»Ich möchte jetzt gerne die Geschichte von Tuba hören.«

»Ach, ich dachte schon, du willst etwas anderes.«

»Das will ich auch.«

»Ich will es jetzt! Nach dreißig Jahren kann man keine Minute mehr warten.«

Karoline legte sich auf Victor und zog die Decke über sie.

»Die Geschichte muss warten. Wo sind die Kondome?«

»Die Konservativen sind eine Fusion von Kondomen und Präservativen.«

»Ist das ein Spruch von Onkel Konrad?«

»Von wem sonst?«

Dieser Vorfall

Am Samstag sollte Hanna mit einem Transportdienst das Sofa für Karoline bringen. Also wurde die Wohnung wieder einmal so präpariert, als wohne Victor dort nicht. Dann aber rief Hanna an, dass der Transportdienst nur mit einem Mann gekommen sei, anstatt wie bestellt mit zwei. Dass Onkel Rainer ihm helfen musste, das Sofa aufzuladen. Karoline sagte, Victor käme sie ohnehin abholen, um zur Urli zu fahren, er könne also beim Ausladen mit anpacken.

Als Hanna ankam, war sie schlecht gelaunt. Sie erklärte dem Mann vom Transportdienst in einem fort, dass sie nicht den gesamten Preis zahlen würde, da sie ausdrücklich zwei Männer bestellt habe. Als Victor das Sofa mit ihm über das Treppenhaus in die Wohnung trug, fluchte der Mann heftig. Victor konnte seine Sprache nicht verstehen, aber er war sicher, dass das Fluchen Hanna galt. Als sie endlich fertig waren, bezahlte Karoline den Mann, und er war schnell verschwunden. Doch war Hanna nicht entgangen, dass Karoline ihm Trinkgeld gegeben hatte.

»Dafür gibst du Trinkgeld? Da schicken sie einen Kameltreiber, der weder fahren noch tragen kann. Und dann bekommt er auch noch Trinkgeld?«

»Reiß dich zusammen, Hanna!«

»Ist doch wahr!«

»Glaubst du, dass irgendjemand diesen Job machen will? Das ist ein Hungerlohn, den er da bekommen hat.«

»Wenn es ihm zu wenig ist, kann er ja in seine Heimat zurückgehen und dort Arbeit suchen.«

»Ich habe jetzt keine Lust auf diese Diskussion. Danke für das Sofa.«

Victor verabschiedete sich. Es sei höchste Zeit, das Auto zu holen. Als er zurückkam, stand Karoline schon vor dem Haustor und wartete. Hanna war noch immer bei ihr. Karoline stieg ohne Verabschiedung ins Auto.

»Nichts wie weg hier!«

Karoline hatte Tränen in den Augen. Victor wusste nicht, was er sagen sollte. Er schämte sich für seine Familie. Dabei belastete es ihn noch am wenigsten, dass Hanna immer wieder das Einwanderungsverbot für Muslime und ein Kopftuchverbot forderte. Viel schlimmer war, dass seine Mutter und seine Tante genauso dachten und wahrscheinlich auch Onkel Rainer, der nicht darüber sprach. Was sie untereinander am Telefon besprachen, wollte Victor gar nicht wissen.

»Hört das denn nie auf mit euch beiden? Was war denn jetzt noch?«

»Ach, alles wie immer: die Islamisierung. Die bösen Migranten. Und dann noch das übliche Ärztebashing.«

»Hanna kann einem leidtun.«

»Mir tut sie nicht leid. Michi, Pauli und Lena tun mir leid.«

»Reg dich nicht so auf, mein Schatz.«

»Besonders Michi. Er ist Lorenz am ähnlichsten. Und jetzt rächt sich Hanna an Lorenz, indem sie zu Michi so hart ist. Neulich hat er zu mir gesagt, er würde gerne zu seinem Papa ziehen. Nicht einmal ihre eigenen Kinder können Hanna aushalten.«

»Das werden die anderen beiden später auch einmal sagen.«

»Vollkommen zu Recht.«

Karoline legte ihre Hand auf Victors Oberschenkel. Sie fuhren über die Triester Straße zur Südautobahn und weiter auf die A21. Bald war Karoline besserer Laune. Sie trug eine eng anliegende, elegante schwarze Hose mit breitem Bund, der über den Nabel reichte, und eine weiße Bluse. Die Jacke hatte sie noch immer auf dem Schoß liegen.

»Bleiben wir vorher kurz stehen? Nur ganz kurz. Ich muss dich küssen.«

»Wie willst du denn aus dieser Hose wieder rauskommen?«

Karoline lachte. Victor hatte Lust, die Vene auf ihrer Stirn zu ertasten.

»Eine Viertelstunde habe ich eingerechnet«, sagte Victor, und Karoline lachte noch mehr. Dann wurde sie ernst.

»Hast du Kondome dabei?«

Mit einer Viertelstunde Verspätung, die keine Verspätung war, erreichten sie das Haus, nicht ohne auf dem Weg dorthin über die Walderdbeeren gesprochen zu haben. Ivana öffnete die Tür und sagte Victor, er solle neben dem Rollator auch den Rollstuhl mitnehmen. Dann ging sie die Urli holen. Victor wollte den Rollstuhl zusammenklappen, scheiterte aber. Karoline sah ihm kopfschüttelnd zu. Mit zwei Handgriffen entfernte sie zuerst die Fußstützen und legte sie in den Kofferraum. Dann faltete sie den Sitz des Rollstuhls nach oben und klappte ihn zusammen. Victor hob den Rollstuhl in den Kofferraum. Karoline hatte den Gesichtsausdruck ihres Vaters, wenn sie so fachmännisch hantierte. In vieler Hinsicht war sie Onkel Rainer ähnlicher als ihrer Mutter.

»Die Karo ist auch mitgekommen.«

Die Urli winkte vom Eingang. Ivana ermahnte sie, auf die drei Stufen zu achten.

»Das habe ich dir doch am Telefon gesagt, Urli.«

Auch Ivana beteuerte, der Urli mehrmals gesagt zu haben, dass Karoline mitkäme.

»Ich bin halt schon ganz alt und blöd.«

Die Urli trug einen dunkelgrünen Filzhut, den Victor noch von Fotos kannte, aber schon lange nicht mehr gesehen hatte. Sie war winterlich gekleidet, und als Karoline sie zur Beifahrertür führte, blickte sie ihr Enkelkind streng an:

»Nicht, dass du dich verkühlst, Mensch, so nackt angezogen, wie du bist.«

Karoline hielt den Rollator fest, und Victor half der Urli beim Einsteigen. Das hätte er gar nicht tun müssen, denn sie kam sehr gut allein zurecht.

»Wollt ihr nicht vorne zusammensitzen, ihr zwei Turteltauben?«

Victor errötete und wollte Karoline anschauen. Doch die verstaute noch den Rollator im Auto.

»Oma, der Victor ist ein so schlechter Fahrer, da sitze ich lieber hinten. Vorne wird mir ja doch nur übel. Victor fährt wie der Indianer.«

»Welcher Indianer?«

»Carlos... Carlos... wie?«

»Carlos Reutemann.«

»Der aus einem Kühlschrank eine Flaschenpost gebaut hat.«

»Ich habe keine Ahnung, was ihr da redet. Eure Jugendidole kenne ich nicht mehr.«

Und so wäre die Fahrt bestimmt unterhaltsam geworden, wenn nicht gleich auf den ersten Metern, als sie an der Veit-Wiese vorbeifuhren, Karoline auf die vergrabenen Goldmünzen zu sprechen gekommen wäre.

»Mein Gott, ich habe schon lange nicht mehr daran gedacht. Wir haben die Säcke einfach nicht mehr gefunden. Ich war nie abergläubisch, aber die Rosi schon. Sie war ohnehin dagegen gewesen, das Gold von Dr. Gebharter zu vergraben. Als er uns und das Haus verfluchte, war sie sehr betroffen. Und als dann die Karin davongelaufen ist, hat sie wirklich an den Fluch geglaubt.«

»Hast du Dr. Gebharter niemals wieder gesehen?«

»Nein. Ich habe seiner Tochter noch einen Brief geschrieben, der Conny Gebharter, mit der ich ja sehr gut gewesen bin. 1975, als der Bach reguliert wurde, haben wir den Arbeitern zweihundert Schilling gegeben, damit sie den Grund dort mit dem Bagger ausheben. Sie haben drei Meter tief gegraben und nichts gefunden. Der Walter hat danach den Rasen frisch pflanzen müssen.«

Karoline hielt sich an den Nackenstützen der Vordersitze fest und steckte den Kopf zwischen Fahrer- und Beifahrersitz, um besser hören zu können, so wie es Victor als Kind immer gemacht hatte.

»Das ist der zweite Fluch, der auf unserem Haus lastet. Euch werden beide nicht mehr treffen.«

»Der zweite? Was ist dann der erste?«

»Ach, das war dieser Vorfall mit Onkel Franz.«

Dann wurde es lange still, bis zur Autobahnauffahrt. Vielleicht war die Urli inzwischen eingeschlafen. Victor sah, dass sie die Augen geschlossen hatte. Dann aber wurde sie hellwach.

»Das ist ja furchtbar, wie viele Autos heutzutage unterwegs sind. Da kriegt man Angst.«

»Kannst du uns diesen Vorfall erzählen?«

»Ich tue es nicht gerne, aber weil ihr das Haus kriegen sollt und ich bald sterbe, müsst ihr es wissen.«

Die üblichen Proteste gegen die Ankündigung ihres baldigen Todes würgte die Urli mit einem Handzeichen ab. Dann erzählte sie, dass Onkel Franz, der Bruder von Opa Walter, 1934 zu den Christlich-Sozialen übergetreten war, den sogenannten Hahnenschwanzlern. Einen Schwarzen in der Familie – das hatte es zuvor niemals gegeben. Walter ächtete den Bruder dafür und brach wenig später, als die Sozialdemokratische Partei verboten und Genossen, die dennoch aktiv blieben, verhaftet wurden, den Kontakt zu Franz völlig ab. Seinem Vater riet er, Franz zu enterben. Am Wochenende begegneten sie einander aber doch im örtlichen Gasthaus. Und dort kam es eines Tages auch zum Streit. Sie hatten zu viel getrunken und wurden handgreiflich. Onkel Franz nahm einen Stuhl und schlug damit auf den Bruder ein. Walter musste mit einem Oberschenkelbruch ins Krankenhaus gebracht werden, wo er von der Polizei verhört wurde. Um seinen Bruder zu schützen, erfand er einen selbst verschuldeten Unfall.

»Er hat nie wieder davon gesprochen. Er konnte schweigen wie ein Grab.«

Dass sie es dem Walter nie verziehen habe, dass er der Polizei nicht die Wahrheit gesagt habe, erzählte die Urli. Und dass er ihr verboten habe, je wieder darüber zu sprechen. Er bläute ihr ein, nach seinem Tod darauf zu achten, dass Onkel Franz das Haus nicht zufiele, nicht einmal ein Teil davon.

Die Urli schien wieder eingeschlafen zu sein. Victor blickte in den Rückspiegel und sah Karoline in die Augen. Er sagte ein stummes *Ich liebe dich*.

Der Türmer

Als das Auto die Ringstraße entlangfuhr, war die Urli überwältigt. Einerseits davon, in ihrem Alter noch einmal die Wiener Innenstadt sehen zu können, andererseits aber von den vielen Autos und den Menschenmassen. Als sie das letzte Mal in Wien gewesen war, waren bestimmt viel weniger Touristen unterwegs gewesen.

»Mein Gott, so viele Menschen. Was tun die denn alle hier?«

»Früher war Reisen ein Luxus«, sagte Victor, »aber heute macht jeder Hausmeister Kreuzfahrten und Städtereisen. Die Touristen zertrampeln Venedig, Paris, aber auch Wien und verdrängen die Einheimischen. Und dann redet man von Ökologie.«

Karoline konnte nicht schweigen: »Es spricht der Umweltsprecher der rechtsextremen Partei, Victor Jarno.«

»Was heißt rechtsextrem? In China leben eine Milliarde Menschen. Sie kaufen die Souvenirs, die aus China importiert wurden, in den Geschäften der Wiener Innenstadt und bringen sie nach China zurück. Das macht 15.000 Kilometer Flugtransport für jede Schneekugel.«

Am Opernring blinkte Victor rechts. Rasch zog Karoline ihre Jacke an.

»Warum ziehst du dich an?«

»Bleib hier stehen. Ich schiebe die Urli im Rollstuhl über die Kärntner Straße.«

Victor machte eine lässige Handbewegung.

»Ach was, wir fahren bis zum Eingang.«

»Hier darfst du nicht weiterfahren. Bleib stehen!«

Doch Victor fuhr an der Ecke Kärntner Straße und Walfischgasse trotz Einfahrtverbots in die Fußgängerzone. Den Menschen vor dem Auto fuhr Victor geduldig im Schritttempo hinterher. Sie machten ohnehin bald Platz. Karoline bekam einen Lachanfall.

»Du bist verrückt. Du fährst durch die Fußgängerzone! Was machst du, wenn die Polizei dasteht?«

»Die Polizei? Mein Schatz, die Urli will zum Stephansdom.«

Die Urli schien nicht verwundert, dass sie durch die Kärntner Straße fuhren. Sie murmelte: »Mein Gott, so viele Menschen.« Karolines Aufregung verwandelte sich in Rührung über Victors Fürsorge für die Großmutter. Tränen traten ihr in die Augen. Sie konnte nichts dagegen tun.

»Der Umweltsprecher der Rechtsextremen wird doch seiner Oma noch eine Freude machen dürfen«, sagte Victor.

Er fuhr langsam weiter bis zum Stephansplatz. Als er schließlich vor dem Hauptportal stehen blieb, stieg Karoline aus und half der Urli aus dem Auto. Die Urli sah die Tränen in den Augen der Enkeltochter.

»Was hast du denn, meine schöne Karo?«

»Nichts, ich freue mich so.«

Victor wies Karoline an, die Urli im Rollstuhl in den Dom zu bringen. Er würde inzwischen in die Parkgarage fahren. Aber die Urli protestierte.

»Der Rollator reicht.«

Also holte Karoline den Rollator aus dem Auto, und die

beiden gingen los. Keine Polizei und auch sonst niemand hatte Victor angehalten. Als er aus der Parkgarage kam, ging er nicht an den Fiakern vorbei, sondern um die Südseite herum zum Portal.

Im Dom kramte Karoline nach Münzen, damit die Urli Kerzen anzünden konnte.

»Ich will eine Kerze für jeden meiner Enkel und Urenkel, für die Hanna, den Michi, den Pauli, die Leni, eine für die Karo und eine für unseren Victor.«

Nach dem Anzünden der Kerzen setzten sich alle drei auf eine der Bänke. Victor konnte nicht sehen, ob die Urli betete oder eingeschlafen war. Er war seit Jahren, wenn nicht Jahrzehnten, nicht mehr in einer Kirche gewesen. Wenn er sich richtig erinnerte, musste es beim Begräbnis des Großvaters im Jahr 1985 gewesen sein. Vor zweiunddreißig Jahren. Beim Begräbnis seines Vaters im Jahr 1989 hatte es keine Messe, sondern nur eine Verabschiedung in der Leichenhalle gegeben, denn Konrad Jarno war ohne religiöses Bekenntnis gewesen.

Plötzlich nahm Karoline Victors Hand und drückte sie. Sie achtete nicht darauf, dass die Urli sie dabei hätte sehen können. Victor hielt Karolines Hand fest. Er schaute sich um. Seit fast dreißig Jahren wohnte er nun in Wien und war kein einziges Mal in der Stephanskirche gewesen. Bestimmt hatte er als Kind mit seinen Eltern bei einem Ausflug den Dom einmal von innen gesehen, nie aber als Erwachsener. Und in diesem Augenblick, wo er endlich dazu Gelegenheit hatte, hätte er wenigstens das Hauptschiff betrachten sollen, den Hochaltar und die Seitenaltäre, aber es war ihm alles gleich. Er konnte nur an Karoline denken.

Sie hätten damals warten sollen, bis Karoline achtzehn Jahre alt geworden war. Dann, im Jahr 1993, hätten sie sich ihre Liebe gestehen können. Natürlich war es sinnlos, jetzt zu denken, was gewesen wäre, wenn man damals dieses und jenes getan hätte. Doch Victor trauerte um die verlorenen Jahre. Und nun rang auch er, während er im Augenwinkel sah, dass Karoline immer noch gerührt war und manchmal mit dem Fingerknöchel ein Auge trocknete, mit den Tränen.

Etwa zwanzig Minuten später verließen sie die Kirche.

»Magst du noch beim Heiner einen Eiskaffee trinken?«

Die Augen der Urli leuchteten. Jahrzehnte war sie in keinem Kaffeehaus mehr gewesen. Victor schlug vor, die Südseite zu nehmen und über die Strobelgasse zur Wollzeile zu gehen. Auf dem Weg las Karoline die Aufschriften auf den Gräbern. Am Südturm standen die Menschen Schlange für eine Besichtigung. Die Urli hielt mit ihrem Rollator inne und betrachtete die Wartenden.

»Gehen da jetzt Touristen hinauf? Früher durfte das nur der Türmer, der Feuerwache gehalten hat.«

Später im Kaffeehaus erzählte sie, dass ihr Cousin Gustav Feuerwehrmann gewesen sei.

»In der Systemzeit ist er hier Türmer gewesen. Die Mama hat mich oft mit Kuchen und ein paar Zigaretten zu ihm auf den Turm geschickt.«

Dass die Feuerwehr damals keinen Türmer mehr benötigt hätte, es aber diesen Posten immer noch gab, erzählte die Urli weiter. Und dass der Türmer nach Bränden Ausschau halten musste wie im Mittelalter. Nur gab es inzwischen eine moderne Feuerwehr mit Funkgeräten, und das Absurde war, dass schon damals eher die Feuerwehr den

Türmer über Brände informierte als umgekehrt. Trotzdem musste er wie im Mittelalter mit einem Sprachrohr in alle Richtungen *Feurioh!* rufen.

»War das der Onkel Gustav, der die erste elektrische Rechenmaschine gebaut hat?«, fragte Victor.

»Das war sein Sohn. Onkel Gustav, der Feuerwehrmann, war mein Cousin. Sie hießen beide Gustav. Der Onkel war der mit der Rechenmaschine.«

Inzwischen war der Kaffee gekommen.

»Was erzählst du denn da für Geschichten, die ich noch nie gehört habe? Man müsste die alle aufschreiben.«

»Da musst du dich aber beeilen mit dem Aufschreiben.«

»Jetzt hör auf, Urli. Wir haben noch zwanzig Jahre Zeit.«

Doch die Urli hörte den letzten Satz nicht. Sie bemerkte auch nicht, dass Karoline in einem Moment, da sie sich von der Großmutter unbeobachtet fühlte, Victor einen Kuss auf die Lippen drückte. Die Urli blickte starr vor sich hin.

»Da gibt es so viele Geschichten von meiner Familie. Aber das ist alles untergegangen. Es ging immer nur um Heiligenbrunn und das Haus und die Probleme. Bei den Sandbichlers gab es immer nur Probleme. Ich bin 45 nach Heiligenbrunn gegangen, aber nur den Kindern zuliebe. Um sie und ihr unschuldiges junges Leben zu schützen. Als der Walter dann doch wieder einen Posten in Wien bekam – das muss 1949 oder 1950 gewesen sein –, sind wir nach Wien zurückgegangen und waren nur an den Wochenenden in Heiligenbrunn. Da habe ich mich wieder zu Hause gefühlt. Ich dachte, eines der Kinder wird das Haus übernehmen. Aber dann ist die Gerlinde gestorben, die Irmi ist weggegangen, und die Gretl wollte in Wien bleiben. Also sind wir 1968 wieder hinausgezogen, als der Walter in Pension gegangen ist.«

»Möchtest du noch in die Herzgasse fahren?«

»Oder zum Amalienbad?«

Die Urli schwieg eine Weile.

»Ihr seid so lieb. Beides ist eine gute Idee. Aber ich bin zu schwach. Und es würde mich nur traurig machen. Ich will nach Hause.«

Als die Kellnerin kam und fragte, ob alles in Ordnung sei, bedankte Victor sich und bezahlte. Die Urli protestierte, sie wolle bezahlen, wenn sie schon so großzügig chauffiert wurde. Doch es blieb bei einem kurzen Protest, den Karoline mit einem Satz beilegte: »Lass ruhig Victor bezahlen, Urli. Er freut sich so sehr. Er ist so ein Guter. Ich würde ihn mir ja sofort schnappen.«

»Aber sag mir, schöne Karo, warum hast du denn keinen Mann?«

»Oma, ich muss dir etwas erzählen.«

Victor stockte der Atem. Doch seltsamerweise redete die Urli weiter, als habe sie Karolines letzten Satz nicht gehört oder nicht verstanden. Victor war erleichtert. Er wusste wohl, dass es mit dem Verheimlichen nicht mehr lange weiterging. Bestimmt würde es dann eine Erleichterung sein, aber er hatte auch Angst davor.

»Ich weiß, du bist eine Gescheite. Der Walter wäre so stolz auf dich. Aber sich alleine durchzukämpfen ist schlimm. Ich weiß noch, wie ich im Krieg mit der Gerlinde und der Irmi allein war. Es ist besser zu zweit.«

In diesem Moment legte Karoline vor der Urli ihre Hand auf Victors Hand.

»Ich weiß.«

Die Urli sah Victor in die Augen. Sie war plötzlich hellwach, wie damals, als sie ihm das Testament und die Sparbücher übergeben hatte.

»Victor, du passt mir auf unsere schöne Karo auf!«

»Ja, Oma. Keinen Tag lasse ich sie mehr aus den Augen.«

»Sie gehört schließlich zur Familie.«

»Natürlich, Oma. Warum sollte sie nicht zur Familie gehören?«

»Ich wollte auch nicht in diesem Haus wohnen. Aber im Leben kommt immer alles anders, als man plant.«

»Du musst dir keine Sorgen machen.«

»Und jetzt fahren wir wieder hinaus nach Heiligenbrunn.«

»Wie du willst.«

»Ich habe den Steffl gesehen. Er ist noch da. Und einen Eiskaffee habe ich auch gehabt – und das im Oktober.«

Geschirrspültabs

Victor setzte sich auf das Sofa, das Hanna Karoline geschenkt hatte. Er hatte etwas mitgebracht. In der Arbeiter-Zeitung vom 1. Januar 1956 hatte er einen Artikel über den letzten Arbeitstag des Türmers vom Stephansdom gefunden, abgetippt und ausgedruckt. Er hatte sich vorgenommen, zwei Originalausgaben der Zeitung zu kaufen: eine für Karoline, die andere für die Urli. Er war nur noch nicht dazu gekommen. *Die letzte Nacht in der Türmerstube* hieß der Artikel und berichtete darüber, dass mit Jahresbeginn 1956 der Wachdienst im Südturm des Stephansdoms abgeschafft worden war. Mitten im Lesen sprang Karoline auf, lief in der Wohnung auf und ab, räumte den Esstisch auf und ging dann zum Kühlschrank.

»Willst du auch ein Bier?«

»Ja.«

Karoline setzte sich zu Victor.

»Was ist denn los?«

»Es war ein Scheißtag. In der Arbeit soll ich ein Konzept für die Station entwickeln. Ich will richtig arbeiten. Das geben sie mir nur, weil es niemand anderer machen will.«

Victor saß still da. Plötzlich war Karoline unnahbar, hatte sich weit weg von ihm an den Tisch gesetzt.

»Und dann noch Hanna!«

»Schon wieder Streit?«

»Warum fängt sie immer wieder an mit ihrer Islamisierung und diesem ganzen Quatsch, den sie selbst nicht glaubt?«

»Das sind die Zeiten. Das geht wieder vorbei.«

»Hanna hat doch alles, was sie braucht. Warum ist sie so hasserfüllt?«

»Sie hat nicht alles. Sie hat keinen Mann.«

»Ist das ein Wunder?«

»Sie hat sich nie mit sich selbst beschäftigt. Deshalb ist sie frustriert. Du hast studiert. Du warst im Ausland. Sie ist eifersüchtig.«

Karoline hatte das Bier schnell ausgetrunken. Sie ging wieder zum Kühlschrank, fand eine bereits geöffnete Weißweinflasche und brachte sie mit zwei Gläsern zum Tisch.

»Im Grunde ist Hanna eine türkische Mama: Sie kriegt Kinder, und dann wird sie dick. Aus ist es mit dem Sex. Jetzt ist sie frustriert und frisst noch mehr.«

»Du meinst, sie braucht einen Mann.«

»Wer hält es denn länger als fünf Minuten mit ihr aus?«

Karoline sah Victor erschrocken an.

»Du bist so bösartig.«

»Aber das hast du doch selbst gesagt«, verteidigte Victor sich.

»Wann habe ich das gesagt?«

»Beim Geburtstag der Urli.«

»So habe ich es bestimmt nicht gesagt!«

»Verteidigst du auf einmal Hanna?«

»Vielleicht bin ich genauso wie sie?«, sagte Karoline und goss den Wein ein.

»Nein. Du bist ganz anders. Du bist schön!«

Mit einer seltsam langsamen Bewegung stellte Karoline

das Weinglas ab. Victor wusste nicht, was sie vorhatte. Er griff an ihre Schulter und wollte sie so drehen, dass sie ihn ansah, doch Karoline schlug seine Hand weg.

»Was ist los?«

Victor wartete vergeblich auf eine Antwort.

»Habe ich etwas Falsches gesagt?«

Karoline drehte sich langsam um. Victor verstummte.

»Das ist es, worum es geht? Dass ich schön bin? Alles wird auf Schönheit reduziert. Was ist, wenn ich einmal nicht mehr schön bin? Bin ich dann auch frustriert und fresse immer mehr? Bin ich dann auch eine türkische Mama?«

»Nein. Ich finde, dass du schön bist.«

»Jetzt sagst du es schon wieder!«

»Warum nicht, wenn ich es meine?«

»Weil du mich idealisierst. Aber über alle anderen ziehst du her.«

»Ich ziehe über niemanden her.«

»Und was war das, was du vorhin über Hanna gesagt hast?«

»Ich habe dasselbe gesagt, was auch du denkst.«

»Nein, du bist misogyn. Misogyn und rassistisch. Überall sind Jugos und Chinesen und türkische Mamas und Frauen, die nicht Auto fahren können.«

»Sei nicht so streng, mein Schatz. Ich liebe dich!«

Karoline saß auf dem Sofa, das Weinglas in der Hand, und lehnte sich ganz nach hinten.

»Sag nicht alle paar Minuten *Ich liebe dich*. Das setzt mich unter Druck. Sag es nur jedes zweite Mal.«

»Jetzt bist du bösartig.«

»Du liebst mich, solange ich dich nicht kritisiere. Wenn ich dich kritisiere, ist es aus mit der Liebe.«

»Wofür kritisierst du mich eigentlich? Ich verstehe dich nicht.«

»Dass du sagst, dass es niemand länger als fünf Minuten mit meiner Schwester aushält«, sagte Karoline nun schon sehr laut.

»Es geht dir doch selbst so!«

Karoline stellte das Weinglas ab, drehte sich zu Victor und sah ihn ernst an.

»Ich erzähle dir jetzt etwas. Als ich in Oslo mit Arild zusammengewohnt habe, ist ihm alles auf die Nerven gegangen: Wie ich den Geschirrspüler einräume, wie ich Wäsche aus dem Schrank genommen habe, wie ich die Schuhe im Vorzimmer abstelle, wie ich im Bett auf meinem Tablet lese. Aber nie hat er etwas gesagt, außer: *Ich liebe dich!* Immer nur dieses stumpfsinnige: *Ich liebe dich! Du bist so schön! Du bist die Frau meines Lebens!*«

Victor hatte schon immer gewusst, dass die Sache mit diesem Arild komplizierter gewesen sein musste. Hatte Victor sich zuvor nur über Karoline geärgert, so taten ihre Worte jetzt weh.

»Und eines Tages sagt er zu mir, er muss rausgehen, um Geschirrspültabs zu kaufen. Und dann ist er nicht mehr gekommen. Er war weg. Einfach weg! Aber nicht nur er. Sein Schrank war leer. Ganz leer. Nicht eine Socke hat er zurückgelassen. Auf und in seinem Schreibtisch befand sich nichts. Er hinterließ keine Nachricht, rief nicht mehr an und war nicht mehr erreichbar. Kein Anschluss unter dieser Nummer. Keiner unserer Freunde hat je wieder von ihm gehört. Zumindest haben sie es mir gegenüber behauptet.«

Längst schaute Karoline Victor nicht mehr in die Augen.

Und auch er suchte allerhand Gegenstände im Raum, die er fokussieren konnte. Er hatte auf einem Schrank den alten kupfernen Kerzenleuchter entdeckt, den die Urli einmal Tante Margarete geschenkt hatte. Diesen Kerzenleuchter starrte er nun an.

»Ich muss ihm so auf die Nerven gegangen sein, dass er nicht nur mich, sondern sein ganzes Leben aufgegeben hat, nur damit er nichts mehr mit mir zu tun haben musste. Seine Profile auf Facebook, Instagram und WhatsApp hatte er gelöscht. Vielleicht hat er sogar seinen Namen ändern lassen, damit ich ihn nie wieder finde und er nicht sehen muss, wie ich den Geschirrspüler falsch einräume.«

In diesem Moment fragte Victor sich, ob Hanna oder Tante Margarete oder Onkel Rainer davon je erfahren hatten. Oft hatten sie darüber geklagt, dass sie Karoline nur einmal im Jahr zu Gesicht bekamen und wenig über ihr Leben in Norwegen wussten.

»Arild hatte seine Flucht offensichtlich lange vorbereitet und jeden Tag unbemerkt etwas aus der Wohnung gebracht. Und dazwischen sagte er: *Ich liebe dich! Du bist so wunderschön!* Nichts als Lüge war das. So ist es, wenn einen jemand nicht einmal fünf Minuten aushält.«

»Hast du ihn je wiedergesehen?«

»Natürlich nicht! Hast du nicht zugehört?«

»Karoline, ich wusste das alles nicht.«

»Was hättest du getan, wenn du es gewusst hättest?«

»Nichts. Aber ich bin nicht Arild.«

»Du bist nicht Arild. Aber du sagst dasselbe wie er.«

»Nein! Das ist unfair! Wir beide... das... das kann man nicht vergleichen.«

»Woher weiß ich das? Ich weiß nicht einmal, wann du Iris verlassen hast. Und wie. Vielleicht bist du ja auch Geschirrspültabs kaufen gegangen.«

»Ich erzähle es dir gerne. Aber ich weiß von dir ebenso wenig wie du von mir.«

»Du lebst in deiner Vergangenheitswelt, und wenn man dich dabei stört und dich kritisiert, dann sitzt du stumm da. Wahrscheinlich brauchst du diese alten Geschichten, die du immer erzählst, wirklich, damit alles so bleibt, wie es früher war. Damit in deinem Kopf niemand altert. Damit dein Vater noch lebt. Er ist aber tot.«

Und damit ging Karoline davon, verschwand im Schlafzimmer und schloss die Tür hinter sich. Victor saß da, in einer noch fremderen Wohnung als der ohnehin fremden bei Peter, die er gegen die heimatliche getauscht hatte. Wenn die Küchenrolle in der Küche aus war, wusste er nicht, wo die Packung mit neuen Küchenrollen zu finden war. Er wusste nicht, wo die Abwaschschwämme waren. Es gab kein Bügelbrett. Er drückte immer den falschen Lichtschalter.

Er ging ins Vorzimmer. Darin, unbemerkt aus einer Wohnung zu schleichen, hatte er Übung. Immer wieder hatte er sich heimlich aus seiner Wohnung entfernt, um Iris zu entkommen. Schon seit zwei Jahren bewahrte Victor seine wichtigsten Sachen (Mobiltelefon, Schlüssel, Geldtasche, Karten) in seiner Jacke auf. Er trug alles Notwendige bei sich, um schnell flüchten zu können. Das kam ihm jetzt wieder zugute. Er schlüpfte in seine Schuhe, ohne sie zu binden, das würde er erst im Stiegenhaus machen, und nahm vorsichtig die Jacke von der Garderobe.

Victor überlegte, nach Heiligenbrunn zu fahren und im

Dachbodenzimmer zu wohnen. Aber wenn er spätabends in Heiligenbrunn auftauchte, würde das die Urli nur beunruhigen. Und er wollte ihr auch nicht erzählen, dass er mit Karoline gestritten hatte, nachdem er der Urli versprochen hatte, sich um die Cousine zu kümmern. Blieb nur noch das Nazi-Stüberl.

Es geht auch ohne

Als Victor erwachte, wusste er nicht, wo er war. Zuerst glaubte er, er habe geträumt, aus einem Traum erwacht zu sein. Doch er war wach. Die Tassen, Gläser und Teller, die auf dem Couchtisch standen, kamen ihm bekannt vor. Seit Wochen nahm er sich vor, sie abzuwaschen.

Victor befand sich in Peters Wohnung. Wieder einmal. Immer, wenn Victor versucht hatte, Iris zu verlassen, war er in Peters Wohnung gegangen. Diesmal aber war es etwas anderes. Victor hatte mit Karoline gestritten. Hatten sie gestritten? Vielleicht. Victor hatte Karolines Wohnung verlassen, so wie er vier Wochen davor seine Wohnung verlassen hatte. Das hätte nicht geschehen dürfen. Aber es war nun einmal geschehen. Noch nie im Leben hatte Victor einen solchen Fehler gemacht.

18. Oktober 2018 / 9:11
Victor: Guten Morgen!
Victor: Es tut mir leid, was ich gestern gesagt habe.
Victor: Ich liebe dich. Und nie kann es anders sein.
Karoline: wir reden abends. muss jetzt arbeiten.
Victor: Nein, bitte. Bleib zwei Minuten da.
Karoline: warum bist du gestern gegangen?
Karoline: wie kannst du gehen, nachdem ich dir all das erzählt habe?
Victor: Ich dachte, du willst alleine sein.

Karoline: ich brauche über nichts nachzudenken
Karoline: du hast mich verlassen
Victor: Ich habe dich nicht verlassen. Ich war nur eine Nacht nicht bei dir.
Karoline: warum schreibst du wieder großbuchstaben?
Karoline: ich glaube, DU musst nachdenken
Victor: jetzt schreibst DU großbuchstaben

Lange wartete Victor auf Antwort. Doch es kam keine mehr. Er schaltete den Benachrichtigungston aus. Vielleicht war alles zu schnell gegangen. Karoline war plötzlich in einem anderen Land. Sie hatte sich das Wiedersehen mit ihrer Familie idyllisch vorgestellt, und nun hatte sie ständig Streit mit ihrer Schwester und ihrer Mutter. Victor musste ihr Zeit geben, auch wenn es für ihn kaum auszuhalten war. Er schlief wieder ein. Zu Mittag erwachte er. Der Radiowecker neben dem Bett zeigte 12:02.

Victor schaffte es nicht aufzustehen. Abermals betrachtete er das Geschirr auf dem Tisch. In Peters Wohnung gab es keinen Geschirrspüler und daher auch keine Geschirrspültabs. Er schlief nochmals ein. Als er wieder erwachte, sprang er sofort von der Couch. Victor ging in die Küche und riss einen leeren Müllsack von der Rolle. Er nahm eine schmutzige Teetasse und ließ sie in den Müllsack fallen. Wer dreißig Jahre gewartet hat, kann auch ein paar Tage warten oder ein paar Wochen. Sogar ein paar Monate. Er steckte einen schmutzigen Teller in den Müllsack. Der Teller schlug auf die Tasse. Victor steckte den Müllsack in einen weiteren Müllsack, da er Angst hatte, die Scherben könnten den Sack aufschlitzen. Er warf alle schmutzigen Teller und Tassen, sogar das Besteck in den Müllsack.

Das Telefon blinkte. Victor wollte es ignorieren, sah aber dann, dass es Ivana war, die Pflegerin der Urli.

»Junger Herr, Oma geht schlecht. Habe ich Rettung gerufen.«

»Was ist denn los, Ivana?«

»Oma keine Luft. Keine Luft. Rettung kommen.«

»Ivana! Ich komme. Ich fahre sofort los.«

»Muss ich auflegen.«

Victor geriet in Panik. Zum Glück war alles, was er besaß, in seiner Sporttasche. Er stopfte auch die Schmutzwäsche und den Kulturbeutel hinein und ging los. Den Müllsack nahm er mit und warf ihn im Innenhof in die Tonne. Dieser Arild hatte sich anscheinend zu viel mit Geschirrspülen und Geschirrspültabs befasst. Victor bewies: Es geht auch ohne. Schnell suchte er in der App nach einem Carsharing-Auto. Wenige Minuten später war er auf dem Weg.

18. Oktober 2018 / 13:56
Victor: Es ist was mit der Urli. Ivana hat die Rettung gerufen.
Victor: Bin auf dem Weg nach Heiligenbrunn.

Auf der Fahrt begann es leicht zu regnen. Die Stimmung war seltsam. Rings um Victor ging alles zugrunde: die gerade erst gefundene wahre Liebe, seine Ehe, seine Familie und die Demokratie in seinem Land und in anderen Ländern. Warum verlor die Urli jetzt die Kraft? Waren die Übergabe des Testaments an Victor und der Besuch des Stephansdoms ein letztes Aufbäumen gewesen? Hatte sie die Tatsache, dass Karoline nach Österreich zurückgekommen war und sich mit ihm so gut verstand, so glücklich gemacht, dass ihre Kraft nun verbraucht war?

Wenn die Urli nun starb, würden die Familientreffen seltener und seltener werden. Man würde sich aus den Augen verlieren. Der Vormarsch der Rechtsparteien würde weitergehen, sie würden alle Medien kaufen, die kritischen verbieten, die Justiz ausschalten, und was an politischen Gegnern übrig war, einsperren oder vertreiben. Eine Welt ohne Sozialismus wäre es nicht wert, in ihr zu leben. War dieser Satz – mit geringfügigen Änderungen – nicht von Magda Goebbels? Victors Vater hätte das gewusst. Und Karoline? Würde sie bald wieder nach Oslo ziehen? Enttäuscht von ihrer Mutter, ihrer Schwester. Und von ihrem Cousin. Auch Karoline war vom Aussterben bedroht: Karoline, Victor und das Breitmaulnashorn. Nein, sie mussten diesen Streit überwinden. Victor musste Karolines Schroffheit akzeptieren, wie auch sie sein ständiges Leben in der Vergangenheit.

Victor kannte die Strecke in- und auswendig. Er erschrak über sich selbst. Wie ruhig und bestimmt er alles richtig machte. So, wie er auch am 26. Dezember 1989 alles richtig gemacht hatte. Damals hatte man wie üblich den Christtag und Stefanitag bei der Urli verbracht. Nur Victors Vater war in diesem Jahr zum ersten Mal nicht mit zur Großmutter gefahren. Am Abend des 25. Dezember konnte seine Mutter ihn telefonisch nicht erreichen. Man dachte sich nicht viel dabei und ging zu Bett. Am nächsten Morgen versuchte die Mutter es abermals, aber der Vater ging nicht ans Telefon. Damals gab es keine Mobiltelefone, das Telefon der Urli stand im Vorzimmer, links neben der Tür auf einem kleinen Tischchen. Die Mutter wurde unruhig und beschloss, schon zu Mittag nach Hause zu fahren. Victor hatte bereits einen Führerschein, zwar erst seit wenigen Monaten, aber die Strecke vom Haus der Urli nach Hause kannte er schon sein Leben lang. Die Mutter ließ ihn fahren. Als sie beim Haus ankamen, verbot sie ihm, das Haus zu betreten. Sie öffnete die Tür und ging hinein.

Victor ging dennoch wenige Schritte hinter ihr ins Haus. Als Erstes sah er das Blut an der Wand hinter dem Sofa. Der Vater saß, wo er immer gesessen hatte. Die Wehrmachtspistole vom Großvater hielt er noch fest umklammert in der Hand.

Heute muss es anders sein, dachte Victor. Ein Schwächeanfall, das kann mit neunundneunzig Jahren schon einmal vorkommen.

18. Oktober 2018 / 14:05
Karoline: was ist denn los?

18. Oktober 2018 / 14:15
Karoline: mimm mich mit. ich bin ärztin. vergessen?
Karoline: nimm

18. Oktober 2018 / 14:18
Karoline: bitte melde dich

18. Oktober 2018 / 14:26
Karoline: mama holt mich. wir fshren gleich los

Kringel und Schleifen

Als Victor beim Haus ankam, wurde die Urli gerade in den Rettungswagen geschoben. Der Sanitäter teilte mit, sie würde ins Krankenhaus nach Baden gebracht. Doch noch bevor sie losfahren konnten, traf Tante Margarete mit Karoline ein – ohne Onkel Rainer. Victor hatte sie schon lange nicht mehr Auto fahren sehen. Karoline lief sofort auf Victor zu. Sie hatte Tränen in den Augen und umarmte ihn. Tante Margarete war gefasst und energisch. Die Unsicherheit in der Bewegung, vor allem beim Gehen, die ihre Schwester, Victors Mutter, altersbedingt bereits an den Tag legte, sah Victor bei ihr nicht. Sie stieg aus, nickte ihm nur zu, sprach mit den Sanitätern und bestand darauf, im Krankenwagen mitzufahren. Es wurde ihr erlaubt, nur blockierten Victors und ihr Auto die Ausfahrt. Also stellte Victor sein Auto auf die Wiese hinter dem Holzschuppen, und Tante Margarete stellte sich knapp hinter ihn. Dann stieg sie in den Rettungswagen, der sofort mit Blaulicht losfuhr.

Karoline, Ivana und Victor gingen ins Haus. Zuerst erzählte Ivana in gebrochenem Deutsch, was geschehen war. Dann fragte sie Victor, ob sie auf ihr Zimmer gehen könne. Victor nickte. Er setzte sich mit Karoline in die Küche. Lange starrten sie schweigend in den Raum. Der Sparherd knisterte. Victor stand wieder auf, ging zum Herd und öffnete das Türchen und die Holzlade. Er entnahm ein großes Scheit, legte nach und schob es mit dem Schürhaken zurecht. Dann nahm er ein Blatt Papier aus der Holzlade. Dort waren alte Zeitungen und Karton zum Anzünden gelagert. Obenauf lag ein Busticket, ein auf einem A4-Blatt ausgedruckter Fahrschein. Er musste von Adriana oder Ivana sein. Victor setzte sich wieder neben Karoline, legte das Busticket mit der leeren Rückseite nach oben auf den Tisch und nahm einen Stift aus seiner Jackentasche.

> BITTE VERZEIH!

Karoline nahm den Stift aus Victors Hand. Sie schrieb sehr langsam in einer viel schöneren Handschrift:

> Verzeih auch du mir!

Und darunter:

> Bitte verlass mich nicht! Nie wieder!

Dann fiel Karoline Victor um den Hals. Sie hielt sich an ihm fest, wie sie es im Dachbodenzimmer getan hatte, als die beiden einander nach so langer Zeit wiedergesehen hatten. Kurz vor dem Geburtstag der Urli war das gewesen. Und nun war die Urli auf dem Weg ins Krankenhaus. Victor konnte sich nicht erinnern, dass sie zu seinen Lebzeiten jemals in einem Krankenhaus gewesen war. Schon allein, sie sich an einem solchen Ort vorzustellen, war ihm unmöglich.

Victor nahm Karolines Hand. Sie drückte sich eng an ihn und weinte. So saßen sie da. Victor blickte zum Küchenschrank und sah, dass das Radio aus seiner Kindheit fehlte. Er würde ein neues Radio kaufen müssen. Dann läutete Victors Telefon. Tante Margarete. Victor telefonierte kurz und legte auf.

»Sie ist noch im Rettungswagen gestorben.«

Karoline schluchzte und umarmte Victor. Dann ließ sie ihn abrupt los.

»Sie ruft dich an, nicht mich.«

Victor stand auf. Er ging durch das Vorzimmer zur Tür von Ivanas Zimmer. Durch das geriffelte Glas in der Tür sah er Licht. Er klopfte. Ivana öffnete. Ihre Haare waren nur lässig hinten zusammengebunden. Während Adriana auf eine gerade Körperhaltung und ein elegantes Äußeres achtete, war Ivana legerer. Ihre Stirn lag eigentlich immer in Falten, auch wenn sie lachte. Ihr Blick hatte etwas Freches, so als ob sie nichts wirklich ernst nehmen würde. Und auch in diesem Moment, als Victor ihr sagte, die Urli sei eben verstorben, wirkte sie nicht anders als sonst. Zwar drückte sie Victor ihr herzliches Beileid aus und schwieg kurz. Dann aber sagte sie sofort, sie müsse ihren Chef fragen, ob sie morgen abreisen könne. Victor nickte und ging zurück in die Küche. Er spürte, dass sie ihm hinterherschaute.

Karoline saß immer noch am Küchentisch. Sie malte mit Victors Stift Kringel und kleine Muster auf das Papier.

»Sollen wir nach Wien fahren?«

Wieder nickte Victor. Sie standen auf und gingen hinaus. Victors Auto stand auf der Bachwiese. Auf dem Platz zwischen dem Schuppen und dem Haus stand das

Auto von Onkel Rainer, mit dem Tante Margarete gekommen war. Es blockierte die Durchfahrt.

»Hast du den Autoschlüssel von deiner Mutter?«

»Nein.«

»Dann können wir nicht fahren.«

»Schau mal, ob es abgesperrt ist.«

Victor versuchte die Fahrertür zu öffnen. Er schüttelte den Kopf.

»Dann warten wir eben auf sie.«

»Oder...«

»Oder was?«

»Eine Nacht im Dachbodenzimmer.«

Also gingen sie wieder ins Haus und setzten sich in die Küche. Victor betrachtete die Zeichnung, die Karoline gemacht hatte. Kringel, Schleifen und Muster, wie Victor sie in Vorlesungen gemacht hatte, anstatt mitzuschreiben. Als sein Vater starb, hatte er in der Schublade mit dem Schmierpapier Hunderte solcher Blätter entdeckt. Offensichtlich war das Kritzeln eine Familienkrankheit. Victor setzte sich neben Karoline auf die Bank. Sie küsste ihn, aber nicht tröstend, sondern zärtlich und auffordernd. Ihre Heftigkeit überraschte Victor. Er erwiderte die Zärtlichkeit. Nach einer Weile aber hielt Karoline plötzlich inne. Victor erschrak. Ivana stand in der Küchentür.

»Junger Herr, ich fahre morgen.«

Ivana hatte gesehen, wie sie sich geküsst hatten. Damit wusste schon einmal eine Person Bescheid. Sie versuchte ihre Überraschung zu überspielen.

»Lasse ich Schlüssel hier vor die Tür.«

Sie winkte ihn zu sich und zeigte ihm eine kleine Nische hinter den Holzläden der Eingangstür, wo sie den Schlüssel hinterlegen würde. Victor zückte die Geldbörse. Er überlegte kurz, ob er ihr einhundert oder zweihundert Euro geben sollte. Er entschied sich für die zweihundert. Schweigegeld, dachte er.

Victor war so erstaunt darüber, wie schnell Ivana sich auf die neue Situation eingestellt hatte, wie schroff sie signalisierte, dass sie hier nichts mehr zu tun hatte, dass er ganz freundlich »Danke, Ivana!« sagte und ging. Die Urli hatte recht gehabt: Die Pflegerinnen waren schon auf die Zeit nach ihrem Tod vorbereitet. Und nicht nur die Pflegerinnen.

Tod, wo ist dein Stachel?

»Mama tobt wegen des Testaments.«

»Wirklich? Zu mir hat sie am Telefon gesagt, sie findet das gut so.«

»Tja, nach außen tut sie so. Nie würde sie etwas gegen dich sagen. Nie!«

Karoline hatte Victor gebeten zu fahren, doch nachdem er seit vielen Monaten nur Autos mit Automatikgetriebe benutzt hatte, bereitete ihm die Gangschaltung Probleme. Beim Wegfahren hatte er den Rückwärtsgang nicht gleich einlegen können, weil man den Ganghebel vorher anheben musste, während er versucht hatte, ihn nach unten zu drücken. Hinter ihm hatten bereits ungeduldige Autofahrer gehupt. Auf dem Weg zum Friedhof wollte er vom dritten in den vierten Gang schalten, legte aber den zweiten ein. Als er Gas gab, heulte der Motor auf.

»Wie der Indianer!«

Victor liebte es, das gute Gedächtnis seiner Cousine. Und vor allem ihre Angewohnheit, etwas, das sie sich gemerkt hatte, immer und immer wieder zu wiederholen. Das war wohl auch eine Familienkrankheit. Karoline legte ihre Hand in seinen Nacken und streichelte ihn. Auch das war eine Erinnerung, nur spiegelverkehrt.

»Gut siehst du aus im Anzug.«

»Danke.«

»Aber einmal muss er noch runter. Ich hoffe, du hast fünfzehn Minuten eingeplant.«

Victor schmunzelte. Karoline legte ihre Hand zwischen seine Beine.

Dass Karoline und Victor gut gelaunt zur Beerdigung kamen, machte die schlechte Laune der übrigen Familiengäste noch schlechter. Tante Margarete stand abseits und war mit Frau Kaswurm im Gespräch, die ebenfalls heiter wirkte und, anstatt ihr Beileid auszudrücken, als Erstes Karoline bewunderte.

»Also, Gretl, deine Kleine, das ist vielleicht ein sauberes Mensch. Eine Frau Doktor ist sie geworden. So gescheit wie die Gerli und die Irmi.«

Tante Margarete brachte nur ein fast unhörbares Murren heraus. Sie nahm Victor zur Seite und flüsterte ihm ins Ohr, ob die Begräbniskosten mit dem Geld auf dem Sparbuch, das die Urli hinterlassen hatte, zu decken seien. Victor beruhigte sie.

»Mach dir keine Sorgen. Ich lasse das Grab auch auf mich schreiben und zahle es gleich für die nächsten zehn Jahre. Das zweite Sparbuch bekommt die Karo, wenn der Notar es freigegeben hat.«

»Ich weiß. Gerecht finde ich es ja nicht, dass Hanna nicht die Hälfte bekommt. Aber die Karo soll selbst entscheiden, ob sie mit ihrer Schwester teilt.«

Victor führte diese Gespräche nicht gerne. Er fühlte sich dabei in der Defensive. Aus der Entfernung sah er, wie der Bimbo die Heckklappe des Autos öffnete, zwei Kränze entnahm und einen davon in Richtung Friedhof trug. Victor wollte ihm mit dem zweiten Kranz helfen, doch schon hatten sich Hannas Kinder um ihn geschart. Victor machte Michael und Paul Komplimente, wie gut ihnen die schwarzen Anzüge stünden, während Tante Margarete Pauls Hemdkragen richtete.

»Wo wohnst du denn jetzt eigentlich?«

»Bei einem Freund. Aber ich ziehe hierher.«

»Was, nach Heiligenbrunn?«

Victor nickte. Ungläubig schüttelte Tante Margarete den Kopf.

»Hier wird dir schnell langweilig werden.«

»Ihr kommt mich bestimmt besuchen.«

Diesmal wurden sie von Frau Veit unterbrochen, die mit ernster Miene allen Hinterbliebenen die Hand schüttelte und ihr Beileid zum Ausdruck brachte. Dann kam sie schnell mit Tante Margarete ins Gespräch. Victor versuchte zuzuhören, während Michael, Hannas Sohn, ihm seine Lieblingsbands aufzählte, von denen er mit Ausnahme von Coldplay keine einzige kannte. Victor hörte nur diesen einen Satz:

»Nein, das ist die Große, die ist Kindergärtnerin. Die Kleine ist die Ärztin, die steht da drüben beim Herrn Pfarrer.«

Frau Veit ging auf Karoline zu, die Lena im Arm hielt und neben dem Pfarrer stand. Auch Victor ging zu den beiden. Lena entdeckte ihn, ließ sich von Karoline auf dem Boden absetzen und kam auf ihn zugelaufen.

»Victor!«

Lenas Freude übertrug sich auf Victor. Er fing die Kleine aus dem Lauf und hob sie hoch. Sie drückte ihm einen Kuss auf die Wange. Karoline wies die beiden zurecht.

»Hier dürfen wir nicht laut sein. Das ist ein Begräbnis.«

Der Pfarrer redete mit polnischem Akzent auf Karoline ein.

»Wenn Sie Pathologin sind, kennen Sie sich mit dem Tod ja aus.«

»Nun ja, in der Medizin endet nicht alles mit dem Sterben.«

»Auch im Glauben nicht, meine Liebe.«

Weil er über dieses Gespräch zu belustigt war und andererseits Frau Veit, die nun das Gespräch mit Karoline suchte – offensichtlich, um medizinischen Rat einzuholen –, nicht unterbrechen wollte, ging Victor mit Lena zur Seite. Eigentlich hatte er den Bimbo begrüßen wollen, doch nun kam der Bürgermeister auf sie zu. Mit übertriebener Trauermiene bekundete er Onkel Rainer sein Beileid. Danach wandte er sich gleich an Victor.

»Mein herzliches Beileid, Herr Grill.«

Victor korrigierte ihn nicht. Er kam auch nicht dazu, denn der Bürgermeister fuhr fort: »Neunundneunzig. So knapp am Hunderter gescheitert. Das ist doppelt tragisch.«

Dann wollte er Lena die Hand geben, die sich aber wegdrehte.

»Ja, wer bist denn du?«

»Das ist meine Großnichte Lena, die Tochter meiner Cousine Hanna.«

Als die ersten Gäste schon in Richtung Kirche gingen und der Bimbo versuchte, alle, die in Gespräche vertieft waren, ebenso dazu aufzufordern, kam Victors Mutter mit einem riesigen Kranz. Der Weg den steilen Hügel hinauf war für sie offensichtlich sehr mühsam. Victor hatte in den letzten Monaten öfters bemerkt, wie kurzatmig sie geworden war, dass sie stark schwitzte und Anstrengung vermied, wo es nur ging. Karoline kam ihr zu Hilfe. Mit der anderen Hand ergriff sie Victors Hand, und sie gingen zu dritt in die Kirche.

Victor mochte Kirchen einfach nicht, nicht einmal, wenn er in Italien war und sie als Tourist besichtigte. Schon dieses lächerlich-aufdringliche Schweigen, das da von einem verlangt wurde, fand er erniedrigend. Und dann diese Jesus-Statuen! Sie machten Victor ratlos. Einerseits feierte die Religion die Auferstehung, was bedeutete, dass die Kreuzigung eine notwendige Sache war, damit es das Wunder überhaupt geben konnte. Andererseits machten die Nägel, Blutstropfen und die Dornenkrone den Menschen ein schlechtes Gewissen.

Karoline und Victor setzten sich nebeneinander. Erst vor drei Wochen hatte Victor neben Karoline in einer Kirche gesessen. Damals war die Urli noch bei ihnen gewesen. Während der Messe begann Karoline zu weinen und konnte nicht anders – sie musste nach Victors Hand greifen. Hanna warf ihnen strenge Blicke zu. Dann begann auch sie zu weinen.

Victor, der Einzige in der Familie, der nicht getauft war, stand auf, wenn alle aufstanden, sang aber bei den Liedern nicht mit. Trotzdem rührte ihn die Musik mehr als alle anderen Teile der Messe. Doch offensichtlich war er an den falschen Stellen ergriffen, weshalb Karoline sich in einer Pause ihres eigenen Weinens zu ihm beugte und fragte: »Weinst du?«

Lena, die zwischen Karoline und Hanna saß, war verstummt. Das seltsame Trauerritual machte sie verlegen, schien sie aber nicht zu ängstigen. Es folgte eine lange Predigt des Priesters, in der er die Lebensgeschichte der Urli erzählte. Victor fragte sich, wer von der Familie dem Pfarrer das alles so weitergegeben hatte.

»Der Apostel Paulus schrieb an die Korinther: *Seht, ich enthülle euch ein Geheimnis: Wir werden nicht alle entschlafen, aber wir werden alle verwandelt werden.*«

Es muss *sondern* heißen und nicht *aber*, dachte Victor.

»Und wir können die Verwandlung unserer lieben Leopoldine Sandbichler, unserer Mutter, Großmutter und Urgroßmutter, schon in ihren Kindern, Enkeln und Urenkeln sehen. Sie hat ihre Kinder beschützt, in Zeiten des Krieges, in Zeiten des Hungers, als sie nicht wusste, wie es morgen weitergehen sollte. Diese unbeugsame Kraft der beschützenden Liebe lebt in ihrer Familie weiter.«

Dein Wort in Gottes Ohr, dachte Victor und wollte es in Karolines Ohr flüstern, ließ es aber doch sein. In der Mitte der zu lang geratenen Predigt schwankte Victors Aufmerksamkeit. Er hielt Karolines schwitzende Hand in seiner schwitzenden Hand und musste ständig den Bimbo eine Reihe vor ihm anschauen. Victor hatte es unterlassen, sich als Nicht-Christ in die erste Reihe zu setzen, zu sehr hatte er Angst, etwas falsch zu machen. Onkel Rainer strahlte die größte Würde aus, und Victor nahm sich vor, ihm alles nachzumachen. Die Predigt – oder war es eine Rede? – war noch nicht vorbei.

»Und weiter schreibt der Heilige Paulus: *Tod, wo ist dein Sieg? Tod, wo ist dein Stachel?*«

An dieser Stelle begannen Tante Margarete und Victors Mutter zu weinen – vielleicht, weil sie sich kurz vorstellten, dass sie in wenigen Jahren ebenfalls sterben und begraben werden würden. Aber auch Hannas Söhne weinten nun. Victor war in Gedanken versunken, anstatt der Rede des Priesters zuzuhören. Dabei ging es doch um die Urli. Der Pfarrer zitierte immer noch den Korintherbrief.

»*Der Stachel des Todes aber ist die Sünde, die Kraft der Sünde ist das Gesetz. Gott aber sei Dank, der uns den Sieg geschenkt hat durch unseren Herrn Jesus Christus.* Unsere liebe Leopoldine hat uns den Sieg geschenkt. In ihrem Glauben hat sie ihre Familie zusammengehalten. Eine Familie, die Krieg, persönliche Verluste und die Sünde überwinden konnte. Eine Familie, die auch in dieser bitteren Stunde den Stachel des Todes überwindet.«

Die Rede rührte Victor nicht. Bei der Musik kämpfte er mit den Tränen. Die Orgel zusammen mit dem lamentierenden, immer den richtigen Ton leicht verfehlenden Gesang, die Frauen, die viel zu hoch zu singen versuchten, die Männer, die nur die Lippen bewegten – all das rührte ihn. Auch, dass alle wie selbstverständlich Texte sangen, die sie nicht verstanden: *Singt mit den Engeln: Heilig ist Herr Gott Sebaoth*. Es erinnerte ihn daran, dass er als Kind Popsongs gesungen hatte, deren Texte er auswendig konnte, die er aber erst Jahre später, als er Englisch lernte, verstand.

Es dauerte etwa noch zehn Minuten, dann durfte man gehen. Victor entfernte sich kurz von der Menge. Er blickte vom Kirchhügel hinab auf die Straße. Sein Hemd war verschwitzt. Es war kalter Schweiß, und je mehr er trocknete, desto unangenehmer wurde das Kleben des Hemds auf seiner Haut.

Er musste an seinen Vater denken, der immer gesagt hatte: »Paulus schrieb an die Korinther: Haar am Arsch hält warm im Winter.« Und wie der Vater darüber gelacht hatte, musste auch Victor plötzlich lachen. Er sah, wie seine Mutter auf ihn zukam.

»Du schwitzt.«

»Du auch.«

»Warum lachst du?«

»Das kann ich dir jetzt nicht sagen.«

Der Herrgott braucht Pathologen

Victor stand als Letzter am Grab und las nochmals den Grabstein:

Roswitha Fuchs 12.4.1915–16.10.1969
Gerlinde Sandbichler 29.2.1940–13.12.1969
Walter Sandbichler 14.3.1910–22.12.1985
Leopoldine Sandbichler 29.9.1919–18.10.2018

Dann ging er in das Gasthaus, wo der Leichenschmaus stattfand. Onkel Rainer ging mit Lena vor ihm. Lena war sehr nachdenklich:

»In der Kirche habe ich nicht geweint, aber beim Sargmal schon.«

»Beim Sarg, meinst du?«, sagte der Bimbo.

»Ja, beim Sargmal«, sagte Lena und wurde nun nicht mehr korrigiert.

Im Gasthaus versuchte der Priester den Bimbo zu einem Glas Weißwein zu überreden, aber Onkel Rainer lehnte mit dem Hinweis, dass er noch Auto fahren müsse, ab. Beim jungen Neffen von Frau Kaswurm, der den Biker-Imbiss führte und von dem Victor nicht wusste, ob auch er mit Nachnamen Kaswurm hieß, hatte der Pfarrer mehr Glück.

In Körben wurde nun Brot serviert, und Victors Mutter erklärte Lena, dass es sich dabei um Zehrungsbrot, ein besonderes, nur für den Leichenschmaus gemachtes Brot handle – die Zehrung für den Toten auf seinem Weg in die Ewigkeit. Sie sprach den Namen aber im Dialekt aus – etwa so: *Zierangsbrot* –, was Lena nicht verstehen konnte. Sie legte die Zeigefinger in die Augenwinkel, zog die Augen in die Länge und rief immer wieder »Ziwang, Ziwang.«

Karoline war irgendwo in der Menge verschwunden. Es war verwunderlich, wie viele Menschen zum Begräbnis der Urli gekommen waren. Bei der Verabschiedung vor dem Grab schienen es sogar noch mehr gewesen zu sein als in der Kirche. Dazu kamen die Musiker von der Kapelle der Bundesbahn. Wie beim Begräbnis des Großvaters zweiunddreißig Jahre davor hatten sie auch beim Begräbnis der Urli gespielt, dazu trugen vier pensionierte Eisenbahner den Sarg zum Grab. Alle waren sie nun im Gasthaus, der Raum war übervoll.

Victor erwischte ein Glas Weißwein und leerte es in einem Zug. Das zweite nahm er nur, um ein Glas in der Hand zu halten. Inmitten dieses Rummels kam ihm lange nicht in den Sinn, dass es hier um die Urli ging. Vielleicht hatten Karoline und er mit dem Ausflug zum Stephansdom wirklich ihren Todeszeitpunkt bestimmt? Vielleicht hatte sie danach einfach losgelassen und sich hingelegt, um zu sterben. Hätte er den Ausflug mit Ausreden verzögert, vielleicht um ein paar Wochen, dann könnte er sie jetzt noch besuchen und ihre Geschichten anhören.

25. Oktober 2018 / 11:13
Iris: Bitte richte deiner Mutter mein Beileid aus.
         Ich traue mich nicht, sie anzurufen.

Iris: Und allen anderen natürlich.
Victor: ok, mach ich. danke!
Iris: Danke. Schreibst du jetzt alles klein?

Victor selbst war es gewesen, der Iris vom Tod der Urli erzählt hatte. Noch im selben Gespräch hatte sie von Victor verlangt, dass er mit ihr vor der Scheidung zu einer Mediation gehe. Iris hatte auch schon eine Mediatorin ausgesucht, und der erste Termin war für den 12. November geplant.

Victor wollte nicht mit dem Weinglas gesehen werden, das schon wieder leer war. Er nahm sich ein drittes und stellte sich hinter den Tisch, an dem die Eisenbahner saßen.

»Ich war auch einmal ein Roter, ein Erz-Roter.«

»Ich habe über der Eingangstür immer ein Bild vom Kreisky und eines vom Whisky-Poldi hängen gehabt. Aber jetzt! Nein! Aus! Es geht nicht mehr!«

»Sonst haben wir bald alle hier bei uns.«

»Du siehst ja sowieso nur mehr Kopftücher, wenn du heute mit dem Zug fährst.«

»Gut, dass wir schon in Pension sind.«

»Ich möchte auch nicht in Syrien leben, aber sollen jetzt alle zu uns kommen?«

»Du, die syrischen Flüchtlinge, die fahren gratis mit dem Zug. Wenn man sie nach einer Fahrkarte fragt, zucken sie nur mit den Schultern.«

So ging es dahin. Victor hätte sich am liebsten verkrochen, aber er stand ja schon hier, um sich vor den anderen Familienmitgliedern zu verstecken. Was geschehen war mit den Menschen in diesem Land, in wenigen Jahren, war für Victor nicht zu verstehen. Sein Großvater hätte es auch nicht verstanden und sich hier im Alter von 108 Jahren – so alt wäre er heute gewesen – nicht mehr zurechtgefunden. Aber auch Victors Vater, der 1989 Selbstmord begangen und die 80er-Jahre politisch für die schlimmste Zeit nach dem Krieg gehalten hatte, hätte keine Orientierung mehr gehabt. Wie gut, dass die Toten tot sind, dachte Victor. Oder vielleicht saßen sie irgendwo als Unsterbliche mit den Resten ihres Ziwang in der Hand und sahen auch nur noch Kopftücher rings um sich.

Die Menschen um Victor verwandelten sich – von den Eisenbahnern bis zu seiner Mutter und Tante. Eigentlich hatten sie sich schon verwandelt, nur er hatte es zu spät bemerkt. Alles bemerkte er zu spät, alles gestand er sich viel zu spät ein. Er rügte sich dafür. Es war ein bunter Zoo mit wilden Tierarten und einer Gratis-Jahreskarte, in dem Victor von Gehege zu Gehege ging und der Hyäne, dem Stachelschwein und jedem einzelnen Schaf zurufen wollte: »Ich kannte Sie schon, als Sie noch ein Mensch waren.« Musste Victor angesichts des Aussterbens all dieser Tiere wirklich Wehmut empfinden? Ihm persönlich waren Schafe beispielsweise nicht sehr sympathisch. Empfand jemand Wehmut darüber, dass Victor ausstarb? Irgendjemand außer ihm selbst?

Seine Mutter hatte ihm im Dezember 2016 mitgeteilt, dass sie bei der Stichwahl für das Bundespräsidentenamt den Rechtspolitiker gewählt hatte. Victor war so verblüfft gewesen, dass er kein Wort herausbrachte. Iris, die damals neben ihm saß, brach einen Streit vom Zaun und verließ dann aus Protest das Lokal, in dem sie essen wollten. Doch die Mutter ging noch weiter und kündigte an, in

Zukunft die Christlich-Sozialen zu wählen, die eine Koalition mit der Rechtspartei vorbereiteten. Wie gut, dass sein Vater schon tot war und das nicht hören konnte.

»Junge Herr, ich gehen.«

Victor hatte Ivana nur kurz bei der Messe gesehen, sie aber gar nicht begrüßt.

»Ivana, ich danke dir für alles. Fährst du nach Hause?«

»Fahre ich morgen Bulgarien.«

Victor war froh, dass sie ging. Er mochte sie, war aber im Moment überfordert. Auch Frau Veit verabschiedete sich wie immer sehr höflich.

»Wo sind denn Ihre Kinder?«, fragte Frau Veit.

»Ich habe keine Kinder.«

»Wirklich? Warum eigentlich nicht?«

»Weil ich meine Kinder nicht von der Schule abholen möchte, und ihre Mitschüler sagen zu ihnen: Schau, da kommt dein Opa!«

Frau Veit kicherte.

»Ach, junger Mann! Sie haben eine scharfe Zunge. Wie Ihr Herr Vater.«

Sie steckte Victor ihre Visitenkarte zu und erklärte ihm, sie sei nun in der Bezirksorganisation der Sozialdemokraten tätig, Victor solle sich gerne melden, wenn er was brauche. Die Großmutter habe auch manchmal angerufen. Es war also kein Gerücht gewesen. Die erzkonservative Frau Veit war der Partei beigetreten. Wieder musste Victor an seinen Vater denken. Auch das hätte er nicht verkraftet.

»Wein Nummer zwei?«

Karoline küsste Victor neckisch auf den Hals.

»Wein Nummer drei.«

Karoline tätschelte seinen Kopf.

»Trink nur, ich fahre.«

»Der Indianer kommt mit der Gangschaltung ohnehin nicht zurecht.«

Das schwarze Kleid stand Karoline ausgezeichnet. Sie sah darin fröhlich aus, in diesem Moment sogar ein wenig keck.

»Das Kleid muss noch einmal runter.«

Karoline tätschelte Victors Kopf.

»Weißt du, was das heißt: *Singt mit den Engeln: Heilig ist Herr Gott Sebaoth*?«

»Nächste Frage, bitte!«

»Keine weiteren Fragen.«

Lena lief an den beiden vorbei. Dabei zog sie mit den Zeigefingern das Gesicht auseinander, sodass ihre Augen schlitzförmig wurden, und rief laut: »Ziwang, Ziwang.«

»Die sieht auch schon überall Chinesen. Wie ihr Onkel«, sagte Karoline lachend.

»Der böse Onkel.«

»Willst du mit mir kurz spazieren gehen?«

»Aber wir können doch jetzt nicht...«

»Doch, wir können.«

Karoline nahm Victor bei der Hand und zog ihn zur Tür. Es war kühl ohne Mantel, aber die beiden gingen ein Stück bis zu dem Brunnen auf dem kleinen Platz hinter dem Gasthaus, der dem Dorf seinen Namen gab. Victor umarmte Karoline und vergrub das Gesicht in ihrem Haar. Es roch nach Zigarettenrauch. Das Gasthaus war ein Raucherlokal.

»Ich habe genug vom Versteckspiel. Ich möchte es bald allen sagen.«

»Sicher?«

»Sicher. Ich wollte es auch der Urli sagen, damals in Wien im Café Heiner.«

»Sie hat es auch so verstanden.«

»Ich glaube auch.«

»Sie hat deine Hand in meine gelegt.«

Es war Victor gleichgültig, ob sie jemand sehen konnte oder nicht. Er küsste Karoline lange.

»Und ich möchte ab heute so mit dir schlafen. Ohne Kondom. Ich will eigentlich kein Kind. Aber was passiert, passiert eben.«

Es waren schon genug Tränen an diesem Tag geflossen, aber beide hatten noch etwas Tränenflüssigkeit in Reserve. Victor versuchte sich schnell zu sammeln.

»Ist das normal, was wir tun? Sind wir krank?«

»Fühlst du dich krank?«

»Nein.«

»Falls du dich krank fühlst: Du hast eine Ärztin neben dir.«

»Am Montag ist unser Monatstag.«

»Ach ja, der 29. Was wünschst du dir zu unserem Jubiläum?«

»Eine Demokratie.«

Sie hörten Schritte. Der Priester kam vom Gasthaus langsam auf sie zu. Er machte dabei eine eigenartige Figur. Er hatte einen Regenschirm in der Hand, mit dem er nichts anfangen konnte. Zuerst versuchte er die Biegung des Griffs an seinem Unterarm einzuhängen, dann beschloss er doch, den Schirm unter die Achsel zu klemmen. Da er so beschäftigt war, erkannte er die beiden sehr spät. Er verabschiedete sich von Victor. Dann drehte er sich zu

Karoline und griff mit einer seltsamen Bewegung nach ihrer Hand. Victor hatte noch nie einen so merkwürdigen Bewegungsablauf gesehen, dann aber verstand er, dass der Priester sich von Karoline mit Handkuss verabschiedete.

»Ich bin froh, dass ich mit Ihnen sprechen durfte. Machen Sie weiter so! Der Herrgott braucht Pathologen.«

November 2018

Einundneunzig Sekunden

Nach dem Begräbnis der Urli waren Karoline und Victor übereingekommen, der Familie erst nach Karolines Geburtstag mitzuteilen, dass sie beide ein Paar waren. Irgendwann aber musste mit dem Versteckspiel Schluss sein, und es war besser, sie machten diesen Schritt von sich aus, bevor sich Tratsch oder Spekulationen verbreiteten. Victor wusste, dass Ivana am Todestag der Urli etwas mitbekommen hatte. Und vielleicht hatte sie ja ihre Beobachtung schon per WhatsApp verbreitet.

Nach Allerheiligen war Karoline plötzlich schlechter Stimmung. Erst dachte Victor, der Grund sei die Unzufriedenheit an ihrem Arbeitsplatz. Bald erklärte sie aber, sie wolle die Heimlichtuerei doch schon vor ihrem Geburtstag beenden. Also wurde Freitag, der 9. November, festgelegt. Karoline sollte an diesem Tag, wie an den meisten Freitagen, mit ihren Eltern und Hanna zu Abend essen. Victor würde seine Mutter besuchen. So konnte man gleichzeitig reinen Tisch machen, und niemand konnte später sagen, erst nach allen anderen davon erfahren zu haben. Für den Tag darauf hatte Karoline alle Familienmitglieder zu ihrem Geburtstag ins Gasthaus Heidenkummer eingeladen. Sie fand ein Treffen in einem Lokal weniger beklemmend als in der Wohnung.

Victor stand vor dem Haus der Mutter, die Eingangstür war versperrt. Noch immer hatte er von Irmgard keinen Schlüssel zum Haus erhalten, obwohl er ihr schon oft erklärt hatte, dass es auch für sie besser wäre, wenn er im Notfall Zutritt hätte. Doch der Mutter etwas vorzuschlagen führte immer dazu, dass sie es just nicht tat. Tatsächlich hatte Victor schon öfter die umgekehrte Taktik versucht und der Mutter bei verschiedenen Problemen empfohlen, keinen Arzt aufzusuchen, sondern sich einfach nach den Ratschlägen des ersten Google-Treffers zu richten. Auch damit hatte er keinen Erfolg gehabt.

Victor rief die Mutter auf dem Mobiltelefon an.

»Warum läutest du nicht die Glocke?«

Victors Besuche bei der Mutter fanden schon seit Langem in einer seltsamen Atmosphäre statt. Sowohl Irmgard als auch er waren schnell gereizt, sodass die Mutter oft schon nach einer Stunde zu ihm sagte: »Also, mach dich auf den Weg, damit du nicht bei Dunkelheit fahren musst.« Es war genau derselbe Satz, mit dem der Großvater früher signalisiert hatte, dass ihm ein Besuch nun zu anstrengend wurde oder er fernsehen oder sich zurückziehen wollte. Noch absurder war dieser Satz, wenn es draußen noch gar nicht dunkel oder Victor nicht mit dem Auto, sondern mit der Bahn gekommen war. Eigentlich war auch Victor jedes Mal erleichtert, wenn die Mutter ihn zum Gehen aufforderte. Und so war es mit seinen Besuchen genauso wie in dem Witz von Grün und Blau: Beide Seiten wollten sie eigentlich nicht.

Victors Mutter war wütend, wütend auf die Welt, wütend auf ihre Eltern, die – wie sie meinte – ihre beiden anderen Töchter mehr geliebt hatten als sie, wütend auf ihren Mann, der sich aus dem Leben davongeschlichen und sie im Stich gelassen hatte. Sie war wütend auf alle

Ärzte, weil sie ihrer Ansicht nach falsche Diagnosen stellten, falsche Medikamente verschrieben, dafür aber Irmgards Schilderungen ihres Zustandes ignorierten. Und sie war wütend auf ihren Sohn, der ihre politische Haltung kritisierte, ihre Unvorsicht in gesundheitlichen Fragen kritisierte, einfach alles an ihr kritisierte.

Die Räume im Erdgeschoss des Hauses wurden seit dem Tod des Vaters kaum benutzt. Die Mutter hatte sie zwar nach seinem Selbstmord renovieren lassen, und nichts sah mehr so aus wie in Victors Kindheit, aber sie hielt sich dennoch ungern dort auf. Auch an diesem Tag gingen sie sofort nach oben und aßen dort zu Mittag. Die Mutter klagte über dieses und jenes, zunehmende Schwerhörigkeit, Bluthochdruck, und erzählte von den ihrer Ansicht nach sinnlosen Arztbesuchen. Victor war froh, dass sie Iris nicht erwähnte und ihn nicht über die bevorstehende Scheidung ausfragte. So hätte Victor gerne weitergeplaudert, wenn er nicht mit Karoline vereinbart hätte, Irmgard an diesem Tag alles zu erzählen. Beim Kaffee brachte die Mutter das Gespräch auf Karoline.

»Gehst du morgen zu Karos Geburtstag?«

»Natürlich. Du nicht?«

»Ich werde sehen, wie ich mich fühle.«

»Ich muss dir etwas sagen, Mama.«

»Ach, bitte hör auf. Ich weiß, ich soll mich mit der Gretl vertragen, und wir sollen eine harmonische Familie sein und zusammenhalten und nicht streiten und alle Geburtstage und Weihnachten gemeinsam feiern. Alleine schon wegen der Kinder.«

»Das weißt du ohnehin. Aber noch etwas: Die Karo und ich, wir sind ein Paar.«

Irmgard war mit dem Servierteller beschäftigt, auf dem der Guglhupf lag. Sie drehte ihn, als ob ihr die Seite, die sie anschaute, nicht passte. Sie blickte Victor nicht an.

»Was heißt das?«

»Das heißt, was es heißt: dass wir ein Paar sind.«

»Du schläfst mit ihr?«

Dieser Ausdruck hatte Victor schon sein ganzes Leben lang missfallen. Und zu Karoline und ihm passte er überhaupt nicht.

»Wir lieben uns.«

»Seit wann denn? Sie ist doch gerade erst aus Norwegen gekommen.«

»Seit wir bei der Urli waren, zu ihrem neunundneunzigsten Geburtstag.«

Irmgard stützte ihr Kinn mit beiden Händen auf und schüttelte den Kopf. Den Teller ließ sie stehen, ohne den Guglhupf anzuschneiden.

»Was soll das denn werden? Seid ihr verrückt geworden? Erzählt das bitte nicht der Gretl.«

»Die Karo sagt es ihr heute.«

»Die dreht durch. Ich sag's dir! Warum macht ihr denn so etwas?«

»Wir machen nichts. Die Karo liebt mich und ich liebe sie. Ich habe sie schon vor dreißig Jahren geliebt und habe es immer versteckt. So geht es nicht weiter. Sie ist die Frau meines Lebens.«

Die Mutter wiegte lange den Kopf. Die Aufregung schien sie immer apathischer und müder zu machen.

»Jetzt gebt ihr der Gretl erst recht einen Grund, alles an sich zu reißen.«

»Was meinst du damit?«

»Bub, bist du denn blind? Sie ist deine Cousine.«

»Ich habe mich erkundigt: Es ist nicht verboten, die eigene Cousine zu lieben – und auch nicht zu heiraten.«

»Heiraten? Du bist noch nicht einmal geschieden und willst schon wieder heiraten? Statt dass du einmal eine Frau suchst, die wirklich zu dir passt.«

Wie um sich mit etwas anderem zu beschäftigen, sammelte die Mutter Geschirr ein und brachte es in die Küche. Kaum aber hatte sie es abgestellt, kam sie ins Esszimmer zurück und zeigte mit dem Finger auf Victor.

»Jetzt sage ich dir etwas: Dein Vater ist schuld an dieser Sache. Mach du sie nicht noch schlimmer!«

»Welche Sache?«

»Als die Gretl noch mit diesen Linken unterwegs war – gegen den Vietnamkrieg demonstrieren und überhaupt gegen alles demonstrieren –, da sind sie immer zusammengesteckt. Und da hat die Gretl es ihm erzählt.«

»Was?«

»Als sie mit Karo schwanger war, wollte sie abtreiben.«

»Ja, und? Ist das so schlimm? Gut, dass sie es nicht getan hat.«

»Ja, aber Konrad – Konrad hat es der Karo erzählt. Da war sie nicht einmal dreizehn.«

Victor nahm die zwei Kaffeetassen und brachte sie in die Küche. Er öffnete den Geschirrspüler. Die Mutter stand im Türrahmen und sah ihm dabei zu. Zuerst stellte er die großen Teller in den unteren Korb.

»Ach, deswegen haben sie sich zerstritten!«

»Er war so ein Idiot! So rücksichtslos! Und er hat es nicht einmal eingesehen. Die Wahrheit ist dem Menschen zumutbar, hat er immer gesagt.«

Obwohl sie unbenutzt geblieben waren – denn weder Irmgard noch Victor hatten vom Guglhupf gegessen –, steckte er nun auch die Dessertteller in den Geschirrspüler.

»Aber wenigstens hat er der Karo nicht erzählt, warum sie abgetrieben werden sollte.«

»Also, hat er doch Rücksicht genommen.«

Victor mochte es nicht, wenn die Mutter über den Vater herzog, was in letzter Zeit immer häufiger vorkam; eigentlich jedes Mal, wenn er sie besuchte.

»Und warum wollte Tante Margarete abtreiben?«

»Weil der Bimbo nicht Karos Vater ist.«

Victor steckte den zweiten Dessertteller in den Geschirrkorb und ließ dabei einen Platz Abstand zum ersten Teller. Zuerst dachte er an Karoline: Wie sie den Rollstuhl der Urli zusammengelegt und ihn dabei an Onkel Rainer erinnert hatte. Er wollte schon auflachen, weil er dachte: Dann sind wir also gar nicht verwandt. Aber gleich darauf besann er sich, dass Tante Margarete seine Blutsverwandte war und nicht der Bimbo. An der Sache änderte das also nichts.

Wie immer, wenn es Streit gegeben hatte, zog die Mutter sich zurück, hantierte an ihren Kleidern und griff zu Nadel und Faden, um zu flicken oder einen Knopf anzunähen. Doch im Moment war ihre Hand zu zittrig, um Zwirn einzufädeln. Victor zitterte ebenfalls. Er nahm sein Mobiltelefon zur Hand. Er las, was er Karoline vor seinem Gespräch mit der Mutter geschrieben hatte. Nachrichten aus einer Welt, die es nun nicht mehr gab. Was sollte er Karoline berichten?

9. November 2018 / 11:44
Victor: wie gehts in der arbeit?
Karoline: alles normal. wie läufts?
Victor: erzähl ich dir am abend
Karoline: also schlechter als gedacht?
Victor: viel schlechter
Karoline: ich fahre um eins los. wir essen um zwei
Victor: melde mich. es geht jetzt nicht
Karoline: ich liebe dich
Victor: ich liebe dich

Victor zog sich ins Erdgeschoss zurück. Er stellte sich vor, dass in dem Zimmer, in dem der Vater früher ferngesehen hatte, immer noch das Fauteuil stand, auf dem Konrad Jarno so gerne gesessen hatte. Rechts von ihm ein Glas Rotwein. Halb Wein, halb Wasser. Immer hatte er Politmagazine geschaut. Sport hasste er. Und doch gab es einen Sport, der ihn interessierte: Boxen.

Es war im Jahr des Stausees gewesen, am 28. Juni 1988, da weckte der Vater Victor schon kurz vor 4:00. »Victor, wach auf, sie fangen gleich an.« Wollte man die Schwergewichtsweltmeisterschaft live aus den USA sehen, musste man sehr früh aufstehen. Also saßen Vater und Sohn um 4:00 vor dem Fernsehapparat.

Verschlafen verfolgte Victor die Übertragung aus Atlantic City. Während der Vater Kaffee und Toast an den Tisch brachte, ertönte das aufgeregte Geschrei des Kommentators, das dem Kampf des Jahrhunderts vorausging. Victor fiel es schwer, um diese Uhrzeit zu essen. Er nahm einen Bissen vom Toast, während Mike Tyson und Michael Spinks vorgestellt wurden und man den neuesten Klatsch vom amtierenden Weltmeister Tyson erzählte, dass er nämlich in aller Öffentlichkeit von seiner Freundin geohrfeigt worden sei.

Victor war fast mit dem Toast in der Hand eingeschlafen, als der Kampf begann. Der Vater setzte sich mit einem Glas Orangensaft an den Tisch. Nach einer Minute wurde der Kampf unterbrochen, denn Michael Spinks ging zu Boden. Die Aufregung des Kommentators übertrug sich mehr auf den Vater als auf den Sohn. Nur eine halbe Minute später ging Spinks abermals zu Boden. Er stand nicht wieder auf. Sieg durch K. o. Der Kampf war beendet. Nach einundneunzig Sekunden. Der Sportreporter rief es immer wieder aus: »Einundneunzig Sekunden! Nur einundneunzig Sekunden!«

Durch dieses schnelle Ende war eine Leere entstanden, eine Stunde, in der weder Vater noch Sohn wussten, was sie mit sich anfangen sollten. Die Übertragung lief weiter. Der Reporter reihte Superlativ an Superlativ: der kürzeste Weltmeisterschaftskampf aller Zeiten, der größte Schwergewichtsweltmeister aller Zeiten, die höchsten Einschaltquoten in der Geschichte. Der Vater machte den Ton leiser.

»Ich habe sie immer noch, die Pistole von deinem Großvater aus dem Zweiten Weltkrieg. Du weißt doch: die, die in dem Koffer war, mit der Gans. Willst du sie sehen? Sie ist dort in der Kammer, in dem kleinen Fach neben dem Werkzeugkasten.«

Victor schüttelte den Kopf und schwieg.

»Ich habe ihr« – und damit meinte er die Mutter – »gesagt, dass ich sie weggeworfen habe. Weil sie gedroht hat, sich damit umzubringen. Wahrscheinlich geht das Ding sowieso nicht mehr. Wahrscheinlich hat auch dein Großvater kein einziges Mal damit geschossen. Er war ja ein Feigling.«

Ein schwarzes Jahr haben wir hinter uns

Victor machte Kaffee. Er setzte sich zur Mutter, die lange stumm dasaß. Eigentlich wollte Victor sie wieder einmal dazu überreden, sich untersuchen zu lassen, sie aber lehnte weitere Arztbesuche ab. Er wusste, dass seine Vorschläge und sein Drängen sie nur aggressiv machen würden; und im Moment wollte er sie friedlich stimmen.

»Diese Welt. Nichts als Katastrophen.«

»Was für Katastrophen? Wir sind glücklich.«

»Es ist abartig.«

»Ist es nicht. Das kommt öfter vor. Charles Darwin war mit seiner Cousine verheiratet.«

»Na, dann!«

Fast musste Victor lachen über diese schnippischen zwei Worte der Mutter. Die Stimmung war nun besser, und Victor hoffte, dass es abends bei Karoline ebenso laufen würde.

»Du bist noch nicht einmal geschieden. Jetzt fängst du so etwas an.«

»Woher weißt du denn, dass Onkel Rainer nicht Karolines Vater ist?«

»Na, von der Gretl. Mir hat sie es erzählt damals. Und deinem Vater auch.«

»Weiß sie es?«

»Als sie nach Oslo gegangen ist, dachte ich, es ist deswegen, weil man es ihr erzählt hat. Aber jetzt bin ich mir nicht mehr sicher. Der Plan war, dass es ihr niemand erzählt und auch der Hanna nicht.«

»Warum hast du es mir dann gesagt?«

»Das hätte ich nicht tun sollen. Bitte erzähl es ihr nicht. Der Bimbo liebt sie doch abgöttisch. Er hat sie immer wie sein eigenes Kind behandelt. Ich hatte sogar das Gefühl, er liebt sie mehr als Hanna.«

Es schien Victor unmöglich, Karoline zu lieben, mit ihr zu leben und ihr vorzuenthalten, was er wusste. Andererseits war es grausam und sinnlos, dieses Geheimnis jetzt zu lüften.

»Sie ist wirklich eine schöne Frau. Diese schönen Augen.«

Die Mutter saß versunken da. Dann blickte sie auf die Uhr.

»Du fährst jetzt. Sonst wird es dunkel.«

»Um 14:15 wird es doch nicht dunkel.«

Irmgard rückte eine kleine Schachtel mit Medikamenten heran und begann sie zu ordnen. Sie begann die Medikamentenbox, die für jeden Wochentag eine eigene Abteilung hatte, zu befüllen.

»Schon wieder so viele Tabletten? Willst du dich nicht mal neu einstellen lassen? Hast du überhaupt noch einen Überblick über das ganze Zeug?«

»Fang nicht wieder an. Die sind gegen Bluthochdruck, und ich nehme sie seit Jahren.«

»Ja, eben.«

»Ich messe zweimal täglich. Es ist alles in Ordnung.«

»Wer ist denn der Vater von Karoline?«

»Ich weiß seinen Namen nicht mehr. Er war aus Bayern, glaube ich. Auf der ganzen Welt wurde gegen den Vietnamkrieg demonstriert. Das war eine große Sache damals. Nach einer großen Demo in Deutschland ist es passiert. Sie hat geheult und gesagt, dass sie besoffen war, dass sie nur ein Mal etwas hatte mit ihm. Zumindest hat sie es so erzählt.«

»Es ist doch ganz wunderbar so.«

»Der Bimbo hat eine Zeit lang kämpfen müssen. Aber auf ihn kann man sich verlassen. Er tut alles für die Familie.«

»Das stimmt. Das habe ich beim Begräbnis wieder gedacht.«

»Das jetzt wird er bestimmt nicht überleben. Tut ihm das nicht an.«

»Was? Dass seine Tochter glücklich ist? Ich meine...«

Was Victor im Haus der Mutter am meisten störte, war das laute Ticken mehrerer Uhren. Victor hörte mindestens drei oder vier. Er wusste nicht, wozu man so viele Uhren brauchte. Im Gegensatz zur Urli, die mit neunundneunzig noch ein intaktes Gehör gehabt hatte, war die Mutter schon schwerhörig und nahm das Ticken nicht wahr.

»Die Gretl macht dir Schwierigkeiten. Jetzt, wo du das Haus geerbt hast. Die dreht durch. Ich sage es dir gleich jetzt. Sie meint, das Haus gehört ihr.«

»Die Urli hat mir das Testament schon vor ihrem Geburtstag gegeben.«

»Ich verstehe zwar nicht warum, aber mich regt es nicht so auf.«

»Sie wollte, dass das Haus auf keinen Fall verkauft wird. Und sie hat euch nicht verziehen, dass ihr der Partei den Rücken gekehrt habt.«

»Bitte, fang nicht damit an. Ich bin die Einzige, die

noch Mitglied ist. Du bist gar nicht Parteimitglied. Ich bin die Einzige in der Familie.«

»Als sie stark waren, hast du sie gewählt. Als Mehrheitsbeschafferin. Jetzt, wo sie unter Druck sind, bist du nicht stark genug, zu deiner Gesinnung zu stehen. Erbärmlich ist das.«

»Die haben einfach nicht die richtigen Leute zurzeit.«

»Es geht um die Sache, nicht um Personen.«

»Du klingst wie dein Vater.«

»Deine neuen Freunde wollen eine Diktatur errichten. Dagegen muss man sich zur Wehr setzen.«

»Niemand will eine Diktatur.«

»Natürlich wollen sie eine Diktatur. Sie haben damit ja schon begonnen. Diese korrupten Arschlöcher! Unter deiner Würde ist das.«

»Ich darf wählen, wen ich will. Es können nicht alle zu uns kommen.«

»Wir leben in einem Land, das zwei Weltkriege begonnen hat. Zwei Mal Millionen von Toten. Millionen von Vertriebenen. Und nach jedem Krieg wurde den Menschen bei uns geholfen. Da kann man doch mal die Schnauze halten und zur Abwechslung überlegen, wie man anderen helfen kann.«

»Die meisten von denen werden doch gar nicht vertrieben. Die wollen ein besseres Leben. Am besten dort, wo es ein gutes Sozialsystem gibt: in Schweden, in Deutschland und bei uns. Die werfen ihren Reisepass weg und behaupten dann, sie kämen aus Syrien.«

»Ich glaube, wenn man sein Zuhause verlassen muss, ist einem die Art und Weise der Flucht egal. Dass ein gebildeter Mensch wie du so zynisch werden kann!«

»Die gehören nicht in unsere Kultur!«

»Ach, unsere Kultur! Angeführt von Schulabbrechern und einem Studienabbrecher! Da hatten wir schon mehr Kultur.«

»Warum hast du denn dein Studium nicht abgeschlossen, Victor?«

Victor war wütend. Er zwang sich, an Karoline zu denken. Daran, wie er mit ihr im Haus leben würde. Nun war es plötzlich möglich. Nur noch diesen Tag überleben, und dann gab es kein Hindernis mehr. Kein Streit durfte Karoline und ihn entzweien. Er musste achtsam sein. Mit seiner Mutter war er fertig. Aber bei Karoline musste er stets achtsam sein.

»Wir ziehen hinaus nach Heiligenbrunn und verteidigen dort unsere Kultur.«

Die Mutter brachte wieder nur einen mürrischen Ton heraus und tat so, als wäre sie mit dem Sortieren von Medikamenten beschäftigt.

»Die arme schöne Karo! Was will sie denn da draußen?«

»Schlimmer als Mödling kann es auch nicht sein.«

»Ihr macht sowieso, was ihr wollt. Aber was ist mit deiner Wohnung?«

»Ich muss erst eine Mediation mit Iris machen.«

»Lass dir die Wohnung nicht wegnehmen.«

»Es gibt Dinge, die gehen dich nichts an.«

Victor stand auf, er konnte nicht still sitzen. Dann dachte er, dass es nicht gut war, jetzt unruhig zu wirken, und setzte sich wieder.

»Sag mir noch eines: Hat sich Papa wirklich mit der Wehrmachtspistole vom Opa erschossen?«

»Aber nein, wie kommst du denn darauf? Die wäre zu diesem Zeitpunkt fast fünfzig Jahre alt gewesen. Glaubst du, die wäre noch gegangen?«

»Wo hatte er dann eine Pistole her?«

»Das weiß ich auch nicht. Ich habe damals nicht bemerkt, dass er sich eine angeschafft hat.«

»Nicht bemerkt...«, wiederholte Victor.

Mit Nadel und Faden und ohne aufzublicken saß die Mutter da und machte sich daran, Knöpfe an eine Jacke zu nähen. Den Zwirn fädelte sie unter einer kleinen Lupe ein. Victor sah den Tremor in ihrer linken Hand. Dennoch schaffte sie es, einzufädeln.

»Wenn das Unglück kommt, dann kommt es im Kombipack, eines nach dem anderen. 1969, ein Jahr bevor ich nach München gegangen bin, da ist es passiert: drei Katastrophen in vier Monaten. Im September ist die Karin, die Tochter von Tante Rosi, davongelaufen. Sie ist nach Kanada ausgewandert und hat nur einen Zettel hinterlassen. Das hat die Rosi einfach nicht verkraftet.«

»Hat sie sich jemals wieder gemeldet? Ich meine, es gibt doch heute Facebook und WhatsApp. Es muss doch möglich sein, sie zu finden.«

»Wozu? Wir brauchen sie nicht. Sie hat uns genug angetan. Sechs Wochen später ist die Tante Rosi gestorben. Das war für deinen Opa der erste schwere Schlag.«

»Ich bin froh, dass Tante Rosi in unserem Grab liegt.«

»Mich legst du auch dort hinein.«

»Du stirbst jetzt bitte nicht!«

»Wer weiß das schon! Zwei Monate nach der Tante Rosi ist die Gerli gestorben. Die Mama hat mir damals einen Brief nach München geschrieben. Ich kann mich genau an den ersten Satz erinnern: *Ein schwarzes Jahr haben wir hinter uns.*«

»Es muss schlimm gewesen sein.«

»Ich habe mir später solche Vorwürfe gemacht, dass ich damals nicht bei meinen Eltern war.«

»Was hätte das geholfen?«

»Nichts. Ich wäre bei ihnen gewesen.«

»Alle haben zusammengehalten. Das war wichtig.«

»Jetzt hör auf, ich kann es nicht mehr hören. Du schläfst mit deiner Cousine, und dann müssen alle zusammenhalten.«

»Was hat das damit zu tun?«

»Man muss sich schon überlegen, was man tut. Dein Vater hat auch nicht überlegt. Mit allen hat er gestritten. Und erst recht mit den Roten. *Wie kann Kreisky seine Minderheitsregierung von einem ehemaligen SS-Mann unterstützen lassen*, hat er zu deinem Opa gesagt. *Und wie kann er einen ehemaligen Schwarzen zum Außenminister machen?* Aber seine besten Freunde waren christlich-sozial. Die Journalisten, an die er sich immer gewandt hat.«

»Und Xandi.«

»Genau. Sein Schwiegersohn war sogar ein schwarzer Minister.«

»*Gott sei Dank, sie sind nicht zu Hause.*«

»Er hat sich immer darauf gefreut, Xandi und seine Frau zu besuchen. Wir sind oft nach St. Pölten gefahren. Die beiden waren ein Herz und eine Seele. Du hast auch ein paarmal bei ihnen übernachtet.«

9. November 2018 / 14:59
Karoline: das wars: ich habe keine mutter mehr
Karoline: und keine schwester
Victor: oje
Karoline: ich kann jetzt nicht. kommst du zu mir? wir reden dann
Victor: fahre in 15 min. los
Karoline: gut

Victors schneller Aufbruch verstörte die Mutter. Doch der Satz, den sie ein paar Minuten davor gesagt hatte, gab ihm allen Grund dazu: *Du schläfst mit deiner Cousine, und dann müssen alle zusammenhalten.* Als Victor sich von der Mutter verabschiedete, blickte sie noch einmal aus ihrem Sessel zu ihm auf.

»Bitte zieht nicht nach Norwegen!«

»Warum sollten wir nach Norwegen ziehen? Die Karo ist gerade erst zurückgekommen.«

»Du könntest doch hier wohnen, solange Iris noch die Wohnung braucht. Unten ist ja viel Platz.«

Victor wusste nicht, was er darauf antworten sollte, und verabschiedete sich. Die Mutter stand nicht auf. Sie nähte stumm weiter. Als Victor im Auto saß, erinnerte er sich an seinen Besuch bei Xandi. Victor fuhr für eine zweitägige Schulung nach St. Pölten, es muss im Januar oder Februar 1987 gewesen sein. Für Xandi war es eine Selbstverständlichkeit, dass der Sohn seines besten Freundes bei ihm übernachtete. An diesem Tag herrschte dichtes Schneetreiben, und am Abend lag der Schnee gut einen Meter hoch. Victor stapfte zu Xandis Haus. Als er ankam, empfing ihn Xandi mit einer Zeitung in der Hand.

»Der Vater hat angerufen, Jarno. Ich soll dir die Stiefel ausstopfen und neben die Heizung stellen, damit sie trocknen. Der Vater sagt aber, ich darf nur die *Volksstimme* dazu verwenden.«

Xandi zeigte Victor die Zeitung, die *Volksstimme*, die Tageszeitung der Kommunistischen Partei.

»Schau her, das ist die *Volksstimme* von heute. Siehst du das Datum? Sag das dem Vater. Nicht, dass er glaubt, es kommt eine konservative Zeitung in deine Stiefel.«

Die langweiligen Punkte

Victor saß auf dem Sofa. Es war still. Nur in der Wohnung darüber lief jemand auf und ab. Bei jedem Schritt sah Victor die Decke an der Aufhängung des Lüsters leicht vibrieren. Der Lüster war aus den 50er- oder 60er-Jahren, wie auch die Rundbaumöbel der Großeltern.

»Möchtest du ein Bier?«

»Nein, ich möchte dich. Dich und nur dich. Und sonst nichts.«

»Erzähl doch kurz. Was ist passiert?«

Karoline begann zu weinen. Victor setzte sich hinter sie und umklammerte sie fest.

»Ich möchte einfach weg von hier. Und immer bei dir sein.«

»Wir werden von nun an alles gemeinsam machen.«

»Wirklich?«

»Ja. Morgen beginnt ein neues Leben. An Schillers Geburtstag.«

Minutenlang schluchzte Karoline. Victor wusste immer noch nicht, was Tante Margarete eigentlich zu Karoline gesagt hatte. Victors Sachen waren schon lange gepackt. Das Einzige, was fehlte, war das Buch *Die Brüder Karamasow*. Er hatte es in seiner Wohnung vergessen und würde es am nächsten Tag nochmals kaufen müssen.

»Wir ziehen ins Haus?«

»Morgen?«

»Darf ich mitkommen?«

»Du musst. Du musst mitkommen.«

»Ich bleibe nicht hier. Ich nehme von meiner Familie nichts mehr an.«

»Aber wie willst du das mit der Arbeit machen?«

»Ich kann eine Dienstwohnung haben. Für drei oder vier Nächte in der Woche ist das o. k. Sonst pendle ich. Ich werde mir ein Auto kaufen.«

»Du hast doch ein Auto.«

»Das ist das alte Auto vom Papa. Ich will es nicht. Ich nehme nichts mehr von ihnen an. Sobald ich dazu komme, kaufe ich eines. Inzwischen nehme ich ein Mietauto. Wir ziehen gleich morgen ins Haus.«

»Morgen hast du Geburtstag.«

»Ich kann im Fernsehzimmer wohnen, oder?«

»Uns beiden gehört das ganze Haus. Wir machen alles gemeinsam.«

Karoline erzählte, dass sie sich noch daran erinnerte, wie der Großvater sonntags nach dem Mittagessen im Fernsehzimmer saß und auf seinem Fauteuil schlief, während lautstark die Übertragung eines Formel-1-Rennens lief. Er habe immer laut aufgedreht, weil er schwerhörig war.

»Damals muss auch er gefahren sein, der Indianer.«

Victor küsste Karoline. Sie nahm ihn bei der Hand und zog ihn ins Schlafzimmer, wie sie es immer machte. Dort schlüpfte sie unter die Decke. Victor nahm ein Kondom vom Nachtkästchen. Karoline nahm es ihm aus der Hand und warf es auf das Nachtkästchen zurück.

»Komm!«

Später lagen sie auf dem Rücken. Victor blickte an die Decke, merkte sich dort einen bestimmten Punkt, schloss die Augen, öffnete sie wieder und versuchte dann, denselben Punkt zu finden.

»Glaubst du, wenn Lena einen Cousin hätte, also, wenn sie etwas hätte mit einem Cousin, mit ihm zusammen wäre – glaubst du, dass ich das auch pervers finden würde?«

»Haben sie *pervers* gesagt?«

»Die Mama hat *pervers* gesagt. Hanna hat *krank* gesagt.«

»Und dein Vater?«

»Er hat geschwiegen. Wie immer. Manchmal hat er Hanna und die Mama ermahnt, nicht so scharf zu sein. Aber gesagt hat er nichts.«

»Er denkt nicht so wie Tante Margarete.«

»Vielleicht. Aber was nützt das? Warum ist meine Familie nur so bösartig geworden? So hasserfüllt. So schroff. Bin ich auch so?«

»Nein.«

»Doch, ich bin so. Kurz vor dem Tod der Urli war ich doch bösartig zu dir. Du hast es selbst gesagt.«

»Das habe ich nicht gesagt.«

»Doch, du hast es gesagt. Es tut mir so leid. Das mit der türkischen Mama hat mich so getroffen.«

»Es war dumm von mir.«

»Sag, wird uns langweilig werden in Heiligenbrunn?«

»Ich freue mich schon darauf. Langeweile ist eines der größten Luxusgüter unserer Zeit.«

»Was liest du als Erstes?«

»*Die Brüder Karamasow.*«

»Warum?«

»Es war das Lieblingsbuch meines Vaters.«

»Ach, Onkel Konrad. Ich musste erst heute wieder an ihn denken. Als ich dreizehn war, habe ich ihm erzählt, dass wir in der Schule über Abtreibung diskutiert haben. Er hat mir erklärt, wie die Debatten in den 70er-Jahren dazu verlaufen sind und wann und von wem die Fristenlösung beschlossen wurde. Jedenfalls hat er, ganz nebenher, gesagt, meine Mutter habe, als sie mit mir schwanger war, auch überlegt, abzutreiben.«

Victor blickte immer noch konzentriert zur Zimmerdecke.

»Das habe ich Mama erzählt. Sie war stinksauer auf deinen Vater und hat ihm nie verziehen. Er wolle unsere Familie zerstören, hat sie gesagt. Und heute hat sie gesagt, du seist genau wie er und wolltest uns zerstören.«

»Mein Vater war wohl nicht sehr feinfühlig.«

»Aber er hat die Wahrheit gesagt. Die Mama hat nicht bestritten, dass sie überlegt hat, abzutreiben.«

»Gut, dass sie nicht abgetrieben hat.«

»Ich will nichts mehr mit ihr zu tun haben.«

»Willst du nicht erst mal ein paar Wochen warten, bis der Schock vorbei ist. Vielleicht brauchen sie Zeit?«

Karoline begann zu weinen und schüttelte den Kopf.

»Vielleicht wäre es besser gewesen, meine Mutter hätte mich abgetrieben.«

»Was sagst du da?«

»Bitte lass uns morgen ins Haus ziehen.«

»Wir haben beim Heidenkummer einen Tisch reserviert.«

»Niemand wird kommen.«

Karoline wollte sich aufsetzen. Sie griff mit der rechten Hand an ihren linken Arm.

»Was ist los?«

»Mein Arm ist eingeschlafen. Lena sagt immer: Ich habe die langweiligen Punkte.«

»Das ist gut.«

»Ich freue mich auf das Haus.«

»Endlich lesen.«

»Und wir renovieren ein Zimmer nach dem anderen.«

»Können wir das?«

»Ich bin eine gute Handwerkerin.«

»Ich bin leider eine schlechte Handwerkerin.«

»Und wann besorgen wir die Gewehre?«

»Erst müssen wir schießen lernen.«

Schillers Geburtstag

Karoline und Victor saßen an drei zusammengestellten Tischen, die für neun Personen gedeckt worden waren. Victor wollte vorschlagen, Bescheid zu geben, dass sie nur zu zweit waren. Doch er wagte es nicht, ließ stattdessen von der Kellnerin eine Vase bringen und stellte den Blumenstrauß mit zwei Paketen auf den Tisch.

»Ich bin hungrig.«

»Magst du Frittatensuppe? Oder Schnitzel?«

»Zuerst Frittatensuppe, dann Schnitzel.«

Victors Mobiltelefon gab einen Ton von sich. Es war eine SMS von seiner Mutter. Victor hielt Karoline das Mobiltelefon vors Gesicht. Sie las die Nachricht, nickte, stand auf und ging zur Schank. Dort redete sie eine Zeit lang mit der Kellnerin, wobei sie sich umdrehte und zu ihrem Tisch zeigte. Dann kam Karoline zurück.

»Ich habe für uns beide bestellt.«

Sie setzte sich. Die Kellnerin kam und schob die Tische wieder auseinander. Als Karoline Victors erstes Geschenk auspacken wollte, wurde die Suppe schon serviert. Der Blick der Kellnerin auf ein Paar, das einen Tisch für neun Personen reserviert hatte und nun zu zweit dasaß, war wenig mitleidig. So kam es Victor zumindest vor. Karoline tat das Richtige: Sie beschäftigte sich bereits mit der Zukunft.

»In welchem Zimmer werden wir schlafen?«

»Ich weiß nicht. Im Fernsehzimmer.«

»Das ist mein Lieblingszimmer.«

»Das Bett im Dachbodenzimmer ist doch frisch gemacht.«

»Stimmt. Ich habe für dich sogar schon die Batterien aus der Uhr genommen.«

»Wir werden kein einziges Mal fernsehen.«

»Warum nicht?«

»Ich möchte nichts sehen. Nichts sehen und nichts hören von dieser Welt.«

»Ist das die richtige Einstellung?«

»Vermutlich ist es die falsche Einstellung. Ich mache alles falsch.«

»Ich kann ja ins Dachbodenzimmer gehen, wenn ich eine Nachrichtensendung anschauen möchte.«

»Dort ist kein Fernseher.«

»Ich schaue auf dem Tablet, Schatz. Und dann schreibe ich dir vom Dachbodenzimmer eine Chatnachricht und sage dir, was es Neues gibt.«

»Mir reicht, wenn du mir sagst, was es Altes gibt.«

Früher, sagte Victor, habe ihm Fernsehen auch gefallen. Alleine schon Sendungen wie *Der goldene Schuss*, *Am laufenden Band*, *Dalli Dalli* und *Was bin ich?* habe er geliebt. Damals gab es nur zwei Fernsehkanäle, und der zweite Kanal begann erst am Nachmittag zu senden. Davor sah man das Testbild und hörte dazu den Ton des Radiosenders. Außerdem gab es noch Sendeschluss: Nach Programmende wurde die Bundeshymne gespielt.

Beide waren mit der Suppe fertig. Als die Kellnerin die Tassen abserviert hatte, packte Karoline Victors Geschenke aus. Das erste war ein Notizbuch aus altem Papier, das

Victor in Leinen hatte binden lassen. Das zweite war eine Ausgabe der Arbeiterzeitung vom 1. Januar 1956 mit dem Artikel über die letzte Nacht des Türmers von St. Stephan.

»Das ist so schön. Und so traurig. Ich freue mich darauf, es in Ruhe zu lesen«, sagte Karoline und gab Victor einen Kuss. Sie wartete darauf, dass er ihn zärtlich erwiderte, aber er wich zurück.

»Das letzte Mal, als du ihn lesen wolltest, haben wir gestritten.«

Karoline küsste ihn noch einmal.

»Sei still! Nicht zu Schillers Geburtstag.«

»Schiller war auch Arzt.«

»Wirklich?«

Victor stellte sich vor, wie plötzlich doch Tante Margarete und der Bimbo durch die Tür kommen, wie Lena auf die beiden zurennt und Hanna wie immer schnaufend hinterher, wie Paul und Michi ihn gleich als Erstes fragen, ob sie mit seinem Smartphone spielen dürfen.

»Wir brauchen unbedingt ein Auto, wenn wir da draußen wohnen«, sagte Karoline.

»Ich habe noch ein Geschenk.«

»Jetzt übertreibst du!«

»Ich habe ein Auto für dich gefunden.«

»Wie hast du denn das gemacht?«

»Ich habe mit Frau Veit telefoniert.«

»Unsere Nachbarin.«

»Sie wohnt nicht mehr im Haus, sondern in einem Heim und braucht daher auch ihr Auto nicht mehr. Wir können es haben. Es ist nur sehr alt.«

»Das ist mir ganz gleich, solange es nicht rot ist.«

»Es ist rot. Was hast du gegen Rot?«

»Macht nichts! Wir nehmen es.«

»Der Mechaniker bringt es nächste Woche.«

»Ich danke dir so sehr. Was wünschst du dir denn zu Weihnachten?«

»Eine Demokratie.«

»Schon wieder?«

Auch das Schnitzel kam schnell. Victor war es nicht unrecht, bald wieder fertig zu sein. Er sah, dass Karoline ihre Enttäuschung mit aller Kraft überspielte. Dass sie genau wusste, dass die beiden nun auf sich gestellt sein würden. Und wenn die Liebe schnell wieder vorbei sein sollte? Dann stünden sie beide ganz alleine da. Konnte Victor alleine überhaupt überleben? Konnte er kochen, waschen, Holz hacken, Schnee schaufeln, ein Gemüsebeet anlegen, das Gras auf dem steilen Hang am Waldrand mähen?

»Morgen ist der hundertste Todestag von Victor Adler.«

Karoline lachte, während sie mit Genuss ihr Schnitzel aß.

»Du bist wirklich der letzte Sozialdemokrat. Was machst du als Letzter deiner Art?«

»Vielleicht stopft man mich nach dem Tod aus und stellt mich ins Museum?«

»Du musst mir versprechen, dass du nicht vor mir stirbst.«

Karoline hielt Victors Unterarm fest. Er betrachtete ihre feinen, schmalen Arme. Es war schrecklich, wie verliebt sie waren, für andere Menschen vermutlich unerträglich. Karoline erzählte Victor jeden Tag, wie sie in der Arbeit dafür ausgelacht wurde, dass sie ständig vor sich hin lächelte. »Wenn ich uns zuschauen müsste, ich würde uns hassen«, sagte Karoline oft. Und auch Victor ging es so.

Ihm war aber alles egal. Gerade war der letzte Zusammenhalt in seiner Familie zusammengebrochen, er wusste nicht, ob seine Ehe je geschieden werden würde, seine Mutter wurde immer kränker und einsamer, er hatte kein Zuhause mehr, die Gesellschaft verrohte, und die letzten Menschen mit Anstand zogen sich entweder zurück oder wurden Zyniker. All das machte ihm nichts aus.

»Du bist jünger als ich, und Frauen leben länger. Also sterbe ich zuerst.«

»Nein. Ich will nicht wieder alleine gelassen werden. Nie wieder.«

»Vielleicht gehe ich manchmal Zigaretten holen. Dann komme ich aber nach sieben Jahren wieder zurück.«

»Du musst vierzig Jahre mit mir zusammen sein. Versprochen?«

»43 Tage sind ja schon geschafft.«

»Versprichst du es mir?«

»Ja.«

»Bitte sag nicht *Ja*!«

»Was soll ich denn sagen?«

»Dass du vierzig Jahre mit mir zusammen sein wirst.«

»Ich verspreche es.«

»Gut.«

Der Teekessel

Die letzten Kilometer bis zum Haus langsam fahren, die Wiese betrachten, auf der er Skifahren gelernt hatte, das Geburtshaus des Großvaters nicht verpassen. Und die Geschichte mit den Walderdbeeren. Daran hatte Victor bei den bisherigen Fahrten nach Heiligenbrunn immer denken wollen. Diesmal aber dachte er nicht daran, dass er daran denken wollte. Karolines Geburtstag war von den Abwesenden verdorben worden.

»Vielleicht eine kleine Geschichte?«

»Kennst du nicht schon alle meine Geschichten?«

»Ich glaube nicht.«

»Zum Beispiel: Jimmy Carter und das Killer-Kaninchen?«

»Hast du noch nie erzählt.«

Victor sagte, dass es eine traurige Geschichte sei, nämlich die Geschichte von einem, der alles falsch macht.

»So ist es auch bei den Ärzten heutzutage.«

»Und bei den Sozialdemokraten.«

»Die machen aber wirklich alles falsch.«

»Und sind trotzdem anständig geblieben.«

»So wie ich: Ich mache auch alles falsch und bin trotzdem anständig geblieben. Ich habe zu meinem Geburtstag die Familie eingeladen. Und dann sitze ich ganz alleine da.«

»Darum musst du auch bei den Wahlen alles falsch machen und die Sozialdemokraten wählen.«

»Machst du jetzt Wahlwerbung? Erzähl lieber von deinem Killer-Kaninchen!«

Ende der 70er-Jahre, erzählte Victor, war Jimmy Carter eines Tages mit einem Kanu auf einem Teich, um zu fischen. Bei seiner Rückkehr berichtete er, er sei von einem schwimmenden Kaninchen angegriffen worden. Er habe es nur durch einen Schlag mit seinem Paddel vertreiben können. Er hatte sogar ein Foto von dem Tier gemacht. Seine eigenen Mitarbeiter kommentierten diese Story hämisch, lachten Carter aus und erklärten, dass Kaninchen nicht schwimmen könnten. Und dass auf dem Foto gar nicht zu erkennen gewesen sei, um was für ein Tier es sich gehandelt habe. Carter ordnete die Vergrößerung des Fotos an. Tatsächlich war darauf ein schwimmendes Kaninchen zu sehen. Die Presse stürzte sich auf die Attacke des Killer-Kaninchens, aber das Weiße Haus lehnte es ab, die Fotos zu veröffentlichen. Das trug Carter nur noch mehr Häme ein.

»Aus?«

»Aus!«

Es waren nur noch wenige Minuten bis zum Haus. Sie würden nicht von der Urli empfangen werden. Das erste Mal. Plötzlich sagte Karoline: »Wie gut, dass wir schon so alt sind.« Seltsam unpassend schien Victor dieser Satz in dem Moment. Er sang: »You're still young, that's your fault. There's so much you have to go through.« Er sang es immer wieder, bis Karoline sagte: »Oh Mann, dieses blöde Lied!« Dann war es für einige Sekunden still, bis Karoline mit derselben Melodie laut weitersang: »Wenn der Teekessel singt, in den Tassen duftet Teefix, hast du's gut, hast du's gut, ja, du weißt, dann hast du's gut!«

Es war Victor bislang nicht aufgefallen, was für eine kräftige Gesangsstimme Karoline hatte. Er musste lachen, dass sie den Text des Werbespots noch immer auswendig kannte. Victor erzählte, dass er – wie alle Kinder – den Werbespot damals auswendig konnte, ohne je den Originalsong gehört zu haben. Und dass bei einem Lagerfeuer im Jahr 1981 oder 1982 – Karoline musste damals etwa sechs gewesen sein – der Bimbo das Lied auf der Gitarre gespielt und Tante Margarete dazu gesungen hatte. Als dieses Lied an der Reihe war, sagte Victor: »Das ist die Teekessel-Werbung!« Und wurde sofort von Tante Margarete dafür gerügt, dass er das Lied nur aus der Werbung kannte.

»Damals war die Mama noch ein Gutmensch«, sagte Karoline, »Gutmensch und Kulturpessimistin.« Für einen Moment hörte Victor nicht zu. Er hatte gerade daran gedacht, dass er die Walderdbeeren und das Haus, in dem der Großvater geboren worden war, vergessen hatte. Stattdessen war ihm die Ähnlichkeit von Karolines Stimme mit der ihrer Mutter vor mehr als fünfunddreißig Jahren aufgefallen.

»Heute sind wir die Gutmenschen.«

»Du bist ein sauberes Mensch.«

»Ein sauberes Gutmensch.«

»Und eine Kulturpessimistin.«

»Ja!«

»Und das völlig zu Recht.«

»Seit Cat Stevens sich Yusuf Islam nennt, wird die Mama ihn wohl nicht mehr so mögen.«

Victor hatte die Szene am Lagerfeuer genau vor Augen, er bildete sich sogar ein, dass er die Jeansjacke von Onkel

Rainer genau beschreiben könnte und noch Marke und Aussehen der Gitarre wusste, auf der der Bimbo gespielt hatte. Aber er wusste nicht, wer sonst noch dabei gewesen war. Er konnte sich weder an die Anwesenheit von Karoline noch die seines Vaters erinnern. Und wo sollte dieses Lagerfeuer überhaupt gewesen sein?

»Wir machen ein Lagerfeuer. Und wir werden grillen.«
»Jetzt ist doch bald Winter.«
»Na eben, Schneegrillen ist doch das Schönste.«
»Du heißt nicht umsonst mit Nachnamen Grill.«
»Aber nicht mehr lange.«

Immer wieder sagte Karoline das Wort Schneegrillen vor sich her, bis sie das Haus erreicht hatten. Victor fuhr über den kleinen Steg und rollte bis vor die Haustür. Sie stiegen aus und nahmen Karolines Sachen aus dem Kofferraum. Victor war überrascht, wie wenig Zeug es war, das sie aus Norwegen nach Österreich mitgenommen hatte. In seinem Rucksack hatte er den Schlüsselbund der Urli und den Schlüssel von Ivana. Er übergab ihn Karoline.

»Hier, mein Schatz. Es ist jetzt dein neues Zuhause.«
»Unser Zuhause.«

Es war das erste Mal, dass Victor die hölzernen Läden vor der Eingangstür selbst öffnete. Er wusste dennoch genau, wie er die eisernen Klinken nach oben drücken musste, um die Läden aus der Verankerung im Boden zu lösen und an einer Halterung in der Wand zu fixieren. Dann steckte er den Schlüssel ins Schlüsselloch und sperrte auf. Victor setzte sich, wie immer, wenn er im Haus angekommen war, zuerst in die Küche. Karoline stand vor ihm und gestikulierte ratlos.

»Wo schlafen wir überhaupt?«

»Im Fernsehzimmer. Das haben wir doch schon ausgemacht.«

Das Wichtigste, sagte Karoline, sei, dass Victor sich gleich am darauffolgenden Tag um das Auto kümmere. Das Bett von der Urli würde sie gerne entsorgen und ein neues Bett kaufen.

Auto
Bett

In der Küche kramte Karoline in den Kästen.
»Was suchst du denn?«
»Einen Teekessel.«

Auto
Bett
Teekessel

»Kann man hier von einem Lieferservice Essen bestellen?«
»Keine Ahnung. Ich glaube nicht. Wer sollte hier herfahren? Bis er ankommt, ist das Essen verdorben.«
»Jetzt ernsthaft, bitte! Wir müssen uns organisieren.«
»Wir müssen einkaufen gehen.«
»Können wir erst am Montag. Morgen ist Sonntag.«
Schließlich aßen sie Brot, Butter und Wurst, die Karoline aus der Küche in Wien mitgenommen hatte. Und da waren auch noch die Cashewnüsse, die Victor einmal von der Tankstelle mitgebracht hatte.
»Ab heute heißt das Fernsehzimmer nicht mehr Fernsehzimmer, sondern Victor-Adler-Zimmer.«
Karoline schlief bald ein. Victor bewunderte ihren ge-

segneten Schlaf. Er erinnerte sich, dass vor allem Hanna als Kind überall einschlafen konnte. Victors Mutter hatte ihre Schwester immer um ein solches Kind beneidet, da Victor nie schlafen gehen wollte und auch unterwegs nicht einschlief, sondern die Eltern auf Trab hielt. An diesem Tag aber, zu Schillers Geburtstag, musste er im Fernsehzimmer irgendwann eingenickt sein, denn als er kurz aufschreckte, sah er, dass Karoline ganz am Rand des Sofas lag. Mit einem Ruck stand er auf. Er war verwirrt. Draußen wurde es langsam dunkel. Sie mussten am Nachmittag eingeschlafen sein. Das Seniorenleben hatte begonnen.

Noch heiliger

Victor stand in der Küche. Er überlegte, wo das WC war. In den letzten Wochen hatte er den Wohnort zu oft gewechselt. Erst hatte er noch zu Hause geschlafen, dann bei Peter, dann meist bei Karoline. Und jetzt war er hier, hier im Haus der Urli, in dem es keine Urli mehr gab. Seltsam und leblos erschien ihm die Küche. Undenkbar, dass sie noch vor drei Monaten von allen Familienmitgliedern belebt gewesen war, vom nervigen Durcheinander, das keine rechte Geburtstagsfeier hatte werden wollen.

Es schien Victor unmöglich, dass die Küche, in der er stand, dieselbe Küche war, in der er als Kind gesessen und gegessen, in der die Großmutter ihm Eierspeise und Zitronentee serviert hatte. Dieselbe Küche, in der abends der Großvater mit seinem Weinglas saß und in der manchmal Gäste empfangen wurden, meist unfreiwillig. Denn als sich herumgesprochen hatte, dass die Sandbichlers einen Fernsehapparat hatten, kamen immer wieder Dorfbewohner, um Sendungen anzuschauen. Und obwohl die Urli sich danach über diese Besuche beklagte, waren die Gäste immer bewirtet worden und durften die gewünschten Sendungen sehen, es sei denn, es gab gerade ein Gewitter. Denn bei Gewitter rannte die Urli durch das ganze Haus und zog alle Stromstecker aus den Steckdosen.

Auch als die meisten Dorfbewohner dann irgendwann

selbst einen Fernsehapparat besaßen, kamen noch manche, um bei der Großmutter und dem Großvater fernzusehen, meistens Herr Fuchs, ein Mann mit einem Glasauge, vor dem Victor als Kind Angst hatte. Die Urli sagte, der Fuchs sei so sparsam, dass er zwar einen Fernsehapparat habe, ihn aber niemals einschalte, weil es ihm um das Geld für den Strom leidtat. Der Fuchs kam meist, um Sendungen über Technik anzuschauen. Er war Bastler und Technikfreak und hatte sein Auge angeblich beim Absturz mit einem selbst gebauten Segelflugzeug verloren.

Victor setzte sich kurz auf die Küchenbank. Auf dieser Küchenbank hatte der Großvater mit Herrn Fuchs gesessen bei einem Achtel Wein. Vielleicht war die Bank seither neu bezogen worden, in den 90er-Jahren; aber es war dieselbe Bank.

Schnell sprang Victor wieder auf und ging ins Vorzimmer. Er hatte nur Socken an, die Schuhe hatte er im Fernsehzimmer ausgezogen und beim Aufstehen vergessen. Wo seine Hausschuhe waren, wusste er nicht. Victor spürte den kalten Boden. Das Haus war nicht unterkellert.

Wenn er länger in diesem Vorzimmer stand, was er eigentlich nur selten tat, fiel ihm jedes Mal eine Szene vom Neujahrstag des Jahres 1976 ein, als der Großvater morgens mit der Zeitung aus der Küche kam und in sein Zimmer ging, um zu lesen. Victor, damals fünf Jahre alt, spielte im Vorzimmer. Er warf einen Ball auf die Treppe, die zum Dachbodenzimmer führte, und fing ihn beim Herunterfallen wieder auf. Als der Großvater an Victor vorbeiging, sagte er laut: »Ja, ja, jetzt haben wir schon das Jahr 1976.«

Victor ging weiter in das Zimmer des Großvaters. Der

Geruch dieses Zimmers war verschwunden, seit die Pflegerinnen hier gewohnt hatten. Doch Ivana und Adriana hatten nichts zurückgelassen, und so sah das Zimmer wieder aus, wie es vierzig Jahre davor ausgesehen hatte. Eigentlich war es immer das Zimmer des Großvaters geblieben, sein Schreibtisch und das Bücherregal waren immer noch da. Als Victor noch sehr klein war, hatte die Urli in diesem Zimmer genäht. Neben dem Bücherregal stand noch die alte mechanische Nähmaschine. Victor hatte oft damit gespielt und das Schwungrad gedreht, das mit einem großen Pedal in Bewegung gesetzt wurde. Mitte der 70er-Jahre bekam die Urli vom Bimbo eine elektrische Nähmaschine, die aber immer im Fernsehzimmer stand.

Vor dem Bücherregal blieb Victor stehen. Er hatte sich vorgenommen, hier an seinem neuen und letzten Wohnsitz endlich zu lesen. Er machte das Licht an. Die meisten Bücher waren Hardcoverausgaben großer Romane, die der Großvater von der Büchergilde bekommen hatte. Er war zwar Mitglied gewesen, hatte aber nie Bücher bestellt. Daher bekam er alle drei Monate einen sogenannten Vorschlagsband. Und hier standen sie alle: *Quo Vadis*, *Ben Hur*, *Doktor Schiwago* und *Der Graf von Monte Christo*. Victor entschied sich für *Der Graf von Monte Christo*, den er als Kind in verschiedenen Verfilmungen gesehen und immer sehr gemocht hatte.

Sonst war der Raum leer. Die Möbel aus Victors Kindheit waren bestimmt auf dem Dachboden verschwunden, wie auch der Stuhl, der seit 1983 nicht mehr benutzt worden war. In diesem Zimmer stand zu Weihnachten der Christbaum. Seit Victors Geburt wurde Weihnachten am 25. Dezember mit den Großeltern, Tante Margarete,

Onkel Rainer und später den beiden Cousinen gefeiert. Am 24. Dezember war man zu Hause in Mödling.

Nachdem Karoline geboren wurde, stand in diesem Zimmer auch ein Gitterbett. Tante Margarete schlief, wenn sie zu Besuch war, auf der Couch, die in der Ecke stand. Victor erinnerte sich an einen Sonntag im Sommer, an dem Karoline als Baby in diesem Gitterbett geschlafen hatte. Es musste der Sommer 1976 gewesen sein, und Karoline war, wenn Victor richtig rechnete, ein halbes Jahr alt. Tante Margarete sah nach dem Rechten, ging dann, da Karoline schlief, in die Küche zu den anderen und ließ die Tür offen, damit sie die Kleine hören konnte, wenn sie schrie.

Nach einiger Zeit brüllte das Baby, und Tante Margarete kam angelaufen. Karoline hatte den Kopf zwischen die hölzernen Gitterstäbe des Kinderbetts gesteckt und bekam ihn nicht wieder heraus. Schnell holte Tante Margarete Hilfe. Der Großvater, damals vor seinem ersten Schlaganfall noch kräftig und geistesgegenwärtig, eilte herbei und bog die beiden Stäbe, zwischen denen der inzwischen hochrote Kopf der kleinen Karoline steckte, auseinander.

Victor hörte Schritte. Karoline umarmte ihn von hinten und küsste ihn in den Nacken.

»Kannst du nicht schlafen in deinem eigenen Haus?«

»In unserem Haus.«

»Ja, jetzt ist es unser Haus.«

»Ich habe ein Buch ausgesucht. Das wird das erste Buch sein, das ich hier lese.«

»*Der Graf von Monte Christo*. Ich dachte, du liest zuerst *Die Brüder Karamasow*.«

»Was meinst du?«

»Ist doch ganz egal. Jetzt hast du Zeit.«

»Setzen wir uns ein bisschen in die Küche?«

Victor ging hinaus in den Holzschuppen. Glücklicherweise fand er alles vor, was er brauchte: große Scheite, Späne zum Unterheizen und einen großen Stapel Zeitungen. Als er die oberste Zeitung nahm, staunte er: Sie war vom Dezember 1995. Viel zu schade, um verheizt zu werden, dachte Victor. Als er ein wenig weiterkramte, fand er noch viel ältere Zeitungen. Sie waren ihm alle zu schade. Da würde er lieber die Vorschlagsbände der Büchergilde zum Einheizen verwenden als diese Zeitungen. Zum Glück fand er im Stapel auch Magazine aus Bulgarien, die Ivana offensichtlich gelesen hatte. Er nahm eines davon und ging zurück.

Karoline saß in eine Decke gehüllt auf dem Küchentisch. Noch nie hatte jemand auf diesem Tisch gesessen. Noch nie. Auf der Straße war es still. Nur einmal, als Victor gerade mit dem Holz aus dem Schuppen gekommen war, fuhr ein Lastkraftwagen über die Hauptstraße, und die Fensterscheiben begannen zu zittern. Victor blickte auf und fragte sich, wohin der Lkw wohl fuhr um diese Zeit.

Wieder in der Küche, zerknüllte Victor Zeitungsblätter, legte einige Späne darauf, öffnete zur Belüftung eine Klappe und entzündete das Papier mit dem langstieligen Anzünder. Er wartete, bis die Späne brannten, und rückte sie mit dem Schürhaken zurecht. Karoline sah ihm zu.

»Du kannst das aber gut.«

»Erster Überlebenstest bestanden.«

Victor ging zu Karoline und umarmte sie.

»Ich habe Angst, dass du davonläufst.«

»Warum sollte ich davonlaufen?«

»Weil du enttäuscht sein wirst, wenn ich nicht schwanger werde.«

Victor hielt Karoline eng umschlungen, wusste aber, dass er noch mal zum Herd gehen musste, um ein oder zwei Holzscheite nachzulegen. Er löste sich kurz, steckte das Holz in die Flamme und kam wieder zurück.

»Jetzt bleibst du bei mir.«

»Ich bleibe immer bei dir.«

»Soll ich jetzt Angst bekommen? Ich habe keine Angst.«

»Ist dir schon warm? Vielleicht sollten wir ins Bett gehen.«

»Nein, ich will noch nicht. Der Sparherd ist gemütlich.«

»Noch nie hat jemand auf diesem Tisch gesessen.«

»Uhhh, Blasphemie! Trifft mich jetzt der Blitz?«

»Karoline, glaubst du wirklich, wir können hier wohnen? Länger als ein paar Tage?«

»Warum nicht? Wie viel Holz haben wir zum Heizen?«

»Ich weiß nicht.«

»Wir können alles.«

Karoline öffnete die Knöpfe ihres Kleids.

»Dieser Tisch ist heilig.«

»Gleich wird er noch heiliger sein. Ich hoffe, ich störe dich hier nicht beim Lesen.«

»Warum solltest du mich stören?«

»Du kümmerst dich nur um mich. Nie um dich selbst.«

»Ich bin nur wegen dir hier. Wenn du gehst, gehe ich auch.«

»Ich will hierbleiben. Immer hier bei dir bleiben. Aber ich will auch, dass du das machst, was du dir vorgenommen hast.«

»Ich werde lesen. Aber ich glaube, die Literatur muss

warten. Als Erstes werde ich die Werke von Karl Kautsky lesen.«

»Kenne ich nicht.«

»Einer der wichtigsten sozialistischen Theoretiker.«

»Du könntest mir jeden Abend vorlesen.«

»Willst du nicht in der Stadt leben?«

»In welcher Stadt?«

»Ich weiß nicht. In Wien, in Oslo, in Göteborg?«

»Was soll ich dort? Mich von einem SUV auf dem Zebrastreifen überfahren lassen? Mir von umgefallenen E-Scootern den Weg versperren lassen? Mich anrempeln lassen von Menschen, die nur auf ihre Smartphones starren? Mir die Videos anhören, die sie laut abspielen? Ihre sinnlosen Telefonate? ›*Ja, ich bin auf dem Weg. Nein, ich höre dich nur ganz schlecht. Ja, ich bin gleich da.*‹ Ihnen zusehen, wie sie die Bilder in ihren Gratiszeitungen anstarren? Ihre einzige politische Bildung. Ich hasse Gratiszeitungen.«

»Und Stand-up-Paddling.«

»Und Pulled Pork.«

»Und Nordic Walking.«

»Und E-Bikes!«

»Und Menschen, die andere einfach ersaufen lassen.«

»Und Reichen in den Arsch kriechen.«

»Du bist genauso bösartig wie ich.«

»Ich bin noch viel bösartiger als du.«

»Das ist gar nicht möglich.«

»Sind wir Kulturpessimisten?«

»Wenn es eine Kultur gibt, die sich noch verschlechtern kann, dann bin ich Kulturpessimist. Du hast ja selbst gesagt, dass ich rechtsextrem bin.«

»Das hat sich anscheinend tief eingeprägt.«

Victor löste sich von Karoline und blickte ihr ernst in die Augen.

»Eines musst du noch für mich machen.«

»Oh, nein. Was denn?«

»Du musst mir die Geschichte von Tuba und dir fertig erzählen.«

Tuba

Gerne hätte Victor erfahren, in welchem Jahr sich diese Geschichte zugetragen hatte. Aber Karoline begann zu erzählen, und Victor wollte sie nicht unterbrechen. (Da sie damals bereits als Ärztin arbeitete, aber noch in Wien lebte, schloss er, dass es zwischen 2003 und 2010 gewesen sein musste.) Karoline erzählte, dass sie täglich in den Supermarkt ging, in dem Tuba arbeitete. Sie hörte auch von anderen Ärzten und Angestellten im Spital, dass sie gerne in den Supermarkt gingen, nicht wegen des Einkaufens, sondern wegen der türkischen Kassiererin. Und eines Tages beim Bezahlen – diese Idee kam ihr ganz plötzlich – lud Karoline Tuba auf ein Bier nach der Arbeit ein. Tuba antwortete, sie habe an diesem Tag keine Zeit, aber am darauffolgenden. In der Nacht plagten Karoline Zweifel. Womöglich durfte Tuba als Muslima keinen Alkohol trinken. Und Karoline war so unsensibel gewesen, sie auf ein Bier einzuladen. Zu selbstverständlich hatte sie angenommen, dass Tuba dasselbe Leben führte wie sie. Am nächsten Tag trafen sie sich vor dem Supermarkt und gingen in eine Bar. Es war Sommer, und sie beschlossen, sich in den Gastgarten zu setzen. Doch noch bevor sie sich setzten, musste Karoline ihre Sorge loswerden: »Entschuldige, Tuba, ich habe dich das nicht gefragt. Ich weiß nicht, ob du aufgrund deiner Religion Alkohol trinken darfst.« Als Karoline sich selbst reden hörte, wurde ihr die Situation noch unangenehmer. Hatte sie gerade »aufgrund deiner Religion« gesagt? Tubas Antwort aber kam prompt: »Kein Problem! Wenn Allah gewollt hätte, dass ich keinen Wein trinke, hätte er keine Trauben wachsen lassen.« Und als Karoline lachte, fügte Tuba hinzu: »Hast du gewusst, dass Atatürk an Leberzirrhose gestorben ist?« Tuba bestellte einen Aperol Spritz.

Bei diesem Treffen und auch bei den folgenden – sie gingen nun jeden Dienstag in dieselbe Bar – hatte Tuba immer genau eine Stunde Zeit, bis sie zur U-Bahn musste. Tuba lebte in zwei Welten. Ihre Familie wusste zwar, dass sie in einem Supermarkt im neunten Bezirk arbeitete, aber sie brachte nie Waren aus diesem Supermarkt mit nach Hause. Sie wohnte im dritten Bezirk, kaufte dort in einem türkischen Geschäft ein, traf nur Türken und ging in eine Moschee, die sich in der Keinergasse im Erdgeschoss eines Wohnhauses befand. Manchmal schummelte sie Lebensmittel aus dem Supermarkt zu sich in den Haushalt, aber ihr Mann durfte das nicht bemerken.

»Die zwei gescheitesten Menschen auf der Welt waren Mustafa Kemal Atatürk und der Prophet Mohammed«, sagte Tuba einmal, als sie wieder beim Aperol Spritz saßen. »Man muss verstehen, was der Prophet Mohammed gesagt hat. Man muss verstehen, was seine Worte bedeuten. Als er den Verzehr von Schweinefleisch verboten hat, rettete er damit Millionen Menschen vor Tod und Krankheit. Natürlich hat er nicht dazugesagt, dass es in Ordnung ist, Schweinefleisch zu essen, wenn man einen Kühlschrank hat.«

Besonders oft sprach Tuba von ihrer Tochter Arzu, die im Jahr zuvor die Reifeprüfung am Gymnasium abgelegt hatte und nun Architektur studierte. Damit ihr Mann es nicht bemerkte, hob Tuba über Jahre hinweg für ihre Einkäufe immer zu viel Geld vom Konto ab und zahlte es heimlich auf ein Sparbuch ein. Über 10.000 Euro konnte sie Arzu zu ihrem Schulabschluss geben. Alle diese Geschichten rührten Karoline. Sie hatte sich ein Türkisch-Lehrbuch besorgt und beschloss, sich für einen Sprachkurs anzumelden.

Tuba hatte nur wenig von ihren Söhnen erzählt. Und wenn, dann sprach sie sehr abfällig von ihnen. Sie seien typische Türken, besser gesagt typische Auslandstürken, die sich eine streng islamistische Türkei wünschten, weil sie hier in Österreich ohnehin frei leben konnten. »Vor den Türken spielen sie die Moralapostel«, sagte Tuba, »und selbst saufen sie und gehen in den Puff.« Sie habe auf der Kreditkartenabrechnung von einem ihrer Söhne die betreffenden Zahlungen entdeckt. Ihre Tochter Arzu war mit einem deutschen Studenten zusammen, was ihrem Mann nicht recht war. Doch die Tochter wehrte sich und lebte ihr eigenes Leben. »Sie lässt den ganzen Scheiß hinter sich«, sagte Tuba. »Ihr beschwert euch immer über ausländerfeindliche Österreicher. Aber ich sage dir: Die Türken sind die größten Rassisten und Frauenhasser auf der Welt.«

Eines Tages hatte Tuba bei einem Preisausschreiben gewonnen. Eine Reise nach Venedig für zwei Personen mit drei Übernachtungen im Molino Stucky. Zwar war es Tubas Traum, einmal im Leben in einem Lokal am Canal Grande zu sitzen und Aperol Spritz zu trinken, ihr war aber schon bei der Benachrichtigung über den Gewinn mulmig geworden. Und es kam, wie sie erwartet hatte: Ihr

Mann wollte nicht nach Venedig fahren, was bedeutete, dass die Reise damit auch für sie gestrichen war. Karoline tobte: »Du musst nicht alles machen, was dein Mann sagt.« Tuba beruhigte sie: »Unser Leben ist eben anders als deines.«

Tuba sagte, in ihrem Glauben gäbe es die Tugenden der Geduld und der Dankbarkeit, Sabr und Shukr. Sie schenkte die Reise ihrer Tochter Arzu. Wütend beharrte Karoline darauf, Tuba müsse ihren Mann zur Rede stellen, ihm erklären, dass sie diese Reise unbedingt machen wolle; das werde er bestimmt verstehen. »Eher geht ein Kamel durch ein Nadelöhr«, sagte Tuba und lachte, »so sagt ihr Christen doch, oder? Was ich an dem Spruch nicht verstehe: Hatte Jesus so viel mit Nähnadeln zu tun, dass er so einen Vergleich brachte? Na ja, sein Deutsch war vielleicht nicht besser als meines.«

Nachts lag Karoline wach. Sie nahm ihr Tablet, googelte Zugverbindungen nach Venedig und die Zimmerpreise des Molino Stucky und war entschlossen, diese Reise zu buchen und sie Tuba zu schenken. Diesmal sollte sie wirklich nach Venedig fahren, und zwar mit ihr, mit Karoline. Sie stellte sich vor, gemeinsam in einem Doppelzimmer untergebracht zu sein, nachts Tubas Atem neben ihr im Bett zu hören. Ein wenig schwerer als normal wäre dieser Atem, da Tuba nur einen Lungenflügel hatte. Würde ihre Hand im Schlaf zaghaft oder zufällig Tubas Arm berühren? Dann wieder machte sie sich Vorwürfe wegen dieser Fantasien, die eben nichts als Fantasien waren. Niemals würde Tuba dieses Geschenk annehmen. Und selbst wenn, würde ihr Mann sie nicht mit einer fremden Frau verreisen lassen. Dann aber entschloss sich

Karoline, das Unmögliche zu versuchen. Sie wartete nur auf einen günstigen Moment.

Doch Woche für Woche gingen ihre Treffen vorbei, ohne dass Karoline davon gesprochen hatte. Das eine Mal fand sie es unpassend, das andere Mal traute sie sich nicht. Eines Tages erzählte Karoline von einer kurdischen Ärztin, einer Kollegin, die als Röntgenologin im Spital arbeitete. Dabei kam sie auf das Leid der Kurden zu sprechen, die überall verfolgt würden, im Irak, in der Türkei und in Syrien. Tubas Gesicht verfinsterte sich. Karoline sei, sagte sie dann, bestimmt ein herzensguter Mensch, aber sie verstehe – wie alle Menschen im Westen – nicht, was das wahre Problem sei. Die Kurden seien ein Volk von Terroristen. Sie wollten die Türkei zerstören, nichts anderes. Karoline widersprach, es gäbe gewiss Terroristen unter den Kurden, wie es sie in jedem Volk gäbe. Alle Kurden könnten aber unmöglich Terroristen sein. »Glaub mir«, sagte Tuba und lachte, »wenn man einen Kurden erwischt, muss man ihn gleich an Ordnungsstelle erschießen.« Karoline hätte über die von Tuba falsch verstandene Redewendung *an Ort und Stelle* lachen können. Sie war aber zu aufgeregt und protestierte heftig: Ein Kind könne doch nichts dafür, wenn es als Kurde geboren würde. Und jemanden zu erschießen sei bestimmt nicht im Einklang mit dem Islam. »Wenn es um die Kurden geht, ist es Selbstverteidigung«, sagte Tuba.

Dieser Streit beanspruchte die gesamte Zeit ihres Treffens. Karoline wurde davon müde. Und sie war enttäuscht. Sie rief den Kellner und wollte zahlen. »Zwei Bier und zwei Aperol Spritz«, sagte der Kellner und begann auf seinem Block zu addieren. Tuba sagte: »Macht 17,60.« Sie hielt ihm die genau abgezählte Summe hin. Wie immer ließ Tuba einen Euro als Trinkgeld auf dem Tisch zurück. Dann verließen sie den Gastgarten.

»Also, bis nächste Woche«, sagte Tuba.

»Diese Sache müssen wir noch besprechen.«

»Da gibt es nichts zu besprechen. Karo, du kennst die Lage nicht.«

»Es geht um etwas anderes.«

»Ich muss gehen«, sagte Tuba.

Karoline nickte, ohne Tuba in die Augen zu schauen. Sie kam weder zum Treffen in der nächsten Woche noch zu einem darauffolgenden. Den Supermarkt betrat sie nie wieder.

Dezember 2018

Noch 220 Begräbnisse

Die Woche begann damit, dass Karoline um 6:00 morgens nach Wien fuhr, wo sie montags bis mittwochs im Allgemeinen Krankenhaus arbeitete und danach in einer sechzehn Quadratmeter großen Wohneinheit im Personalwohnheim den Abend verbrachte und schlief. Am Sonntagabend wurde gepackt. Gleich nach dem Einzug im Haus hatte Victor von einem Mechaniker aus Altenmarkt den Golf abholen lassen, den ihm Frau Veit angeboten hatte. Obwohl das Auto fünfzehn Jahre alt war, lobte der Mechaniker seinen Zustand, machte es in zwei Tagen fahrtüchtig und erledigte die Anmeldung. Karoline nannte das Auto *den alten Traktor*.

Es amüsierte Victor, dass Karoline, die nur Bioprodukte kaufte und über Energiesparen und CO_2-Emissionen sprach, dieses alte Auto so liebte. Nicht nur das: Karoline bestand auch auf einem Adventkranz im Haus und pflegte ihn mit einer Victor eifersüchtig machenden Hingabe, indem sie ihn täglich mit Wasser besprühte, damit er nicht vorzeitig austrocknete. *Der Adventkranz ist der Kurzstreckenflug der Katholiken,* sagte Victor immer. Oder: *Ein Adventkranz beschleunigt den Klimawandel und verkürzt die Zeit bis zum Jüngsten Tag – Halleluja!* Seit die zweite Kerze brannte, sprach Karoline manchmal von Übelkeit. Sie klagte nicht darüber, sie erwähnte sie nur. In den letzten Tagen ging sie öfter in den Garten.

Üblicherweise verbrachte Victor die Zeit von Montag bis Mittwochabend alleine im Haus. Von 17. bis 19. Dezember aber musste er mit Karoline nach Wien fahren. Einmal, weil ein weiterer Mediationstermin mit Iris vereinbart war; sie bestand immer noch darauf, nur nach einer Mediation in die Scheidung einzuwilligen. Außerdem, weil er ein Weihnachtsgeschenk für Karoline besorgen wollte.

16. Dezember 2018 / 14:57
Karoline: ich freue mich, dass wir morgen zusammen mit dem 🚜 fahren
Victor: ich auch. wo bist du?
Karoline: bin unten am bach
Karoline: ich liebe dich 🖤🖤🖤
Victor: ich liebe dich auch
Victor: bin gleich bei dir

Hinter der Garage ging das Grundstück noch etwa dreißig Meter weiter und wurde rechts von einer steilen Wiese, die hinauf zum Waldrand führte, und links von der Böschung zum Bach begrenzt. Als Kind hatte Victor oft dort gespielt. Als er ankam, watete Karoline mit Gummistiefeln im Wasser. Wieder einmal kam Victor alles zu klein vor. Er betrachtete Karoline, die im Bach herumging, und versuchte, sich den fünfjährigen Victor vorzustellen. Es ging nicht. Die Proportionen stimmten nicht mit seiner Erinnerung überein. Karoline war patschnass, kam auf ihn zu, umarmte und küsste ihn. Es war viel zu warm für Dezember, fast spätherbstlich, und das zu einer Zeit, zu der in Victors Kindheit bereits Schnee gelegen hatte. Victor zeigte auf eine Stelle, an der der Bach etwas tiefer wurde. Er erzählte, dass er dort als Kind mit dem Großvater ein Becken ausgegraben und mit Steinen begrenzt habe. Der Großvater sei daraufhin zum alten Veit, dem Vater von Frau Veit, gegangen, der Forellen gezüchtet habe. Zwei Fische habe der Großvater ihm abgekauft und Victor in einem Kübel gebracht. Eine Woche lang habe Victor die beiden in seinem Becken gehalten und dann in die Freiheit entlassen.

»Wie hat der alte Veit ausgesehen? Habe ich ihn gekannt?«

»Ich kann mich nicht erinnern, wie er ausgesehen hat. Er hat immer Gummistiefel getragen und *Falk* geraucht.«

»*Falk*. An die Marke kann ich mich erinnern. Hat Frau Veit je geraucht?«

»Sicher. Als ich ein Kind war, hat sie geraucht. Mein Vater hat oft gesagt, dass sie erst zugenommen hat, als sie mit dem Rauchen aufgehört hat.«

»Wahrscheinlich hat sie *Milde Sorte* geraucht.«

»Die Marke weiß ich nicht mehr. Sie hat übrigens gestern angerufen. Ich soll dir schöne Grüße ausrichten.«

»Mein Gott, das wird noch eine Liebesgeschichte zwischen euch beiden! Was wollte sie denn?«

»Fragen, ob wir mit dem Auto zufrieden sind.«

»Sag ihr, wir lieben den alten Traktor.«

»Und sie hat mir wieder das Haus angeboten. Für Hunderttausend. Viel günstiger als den anderen.«

»Kaufen wir es?«

»Was sollen wir damit?«

»Ich könnte eine Arztpraxis aufmachen. Dann müsste ich nicht mehr nach Wien fahren.«

»Wen willst du denn hier behandeln? Da ist es besser,

du wirst Totengräberin. Noch 220 Begräbnisse, dann ist Heiligenbrunn eine Geisterstadt.«

Sie gingen zusammen zurück. An der Hausmauer hinter dem Holzschuppen zeigte Victor Karoline, wo er das erste Mal auf Skiern gestanden hatte.

»Wie kann man hier Skifahren? Es geht ja gar nicht bergab.«

Victor hob eine Augenbraue und sah sie streng an.

»Der Großvater hat mit der Schneeschaufel einen kleinen Hügel aufgeschüttet. Damals gab es noch Schnee im Winter.«

Im Haus angekommen, packte Karoline ihre Sachen für Wien und beschwerte sich wie immer darüber, dass sie das Haus für ganze drei Tage verlassen musste. Sie wäre gerne hier in der Geisterstadt Heiligenbrunn und wolle gar nicht mehr wegfahren. Für Victor war das nicht weiter schlimm. Im Gegenteil. Er hatte in den ersten Tagen im Haus großes Unbehagen empfunden, geglaubt, dass Karoline und er nicht hierhergehörten, dass ihnen die Umgebung und das Haus in Wahrheit fremd waren und Karoline bald wieder nach Wien zurückkehren wollen würde. Wenn Karolines Übelkeit allerdings bedeutete, dass sie vielleicht schwanger war, würde ein Kind den Räumen im Haus, aber auch dem Bach, dem Grundstück, dem Waldrand und dem Garten neue Bedeutung geben. Dann würden Karoline und Victor einander bald Geschichten darüber erzählen, wie und wo das Kind zum ersten Mal dieses oder jenes getan hätte, und nicht mehr nur von längst verstorbenen Familienmitgliedern sprechen.

Frau Veit hatte Victor wiederholt angerufen, sich immer wieder nach dem Befinden ihres Autos erkundigt und sich mehrmals dafür entschuldigt, dass der alte Zaun zwischen den beiden Grundstücken in einem so erbarmenswerten Zustand sei. Die Sache schien sie sehr zu beschäftigen, denn wenige Tage später rief sie abermals an und erklärte, nachdem Victor das Haus nicht kaufen wolle, werde sie wohl im Frühjahr den Zaun erneuern lassen, denn sie erhoffe sich davon einen besseren Verkaufspreis. Der alte, morsche Holzzaun mache doch den Eindruck, man habe ein verfallendes Haus vor sich. Und sie fragte Victor, ob er da wäre, um im Frühjahr die Errichtung des neuen Zauns durch eine Baufirma zu beaufsichtigen.

Einige Tage hatte Victor sich gefragt, ob eine schwangere Tochter und die Erwartung eines weiteren Enkelkindes Tante Margarete und Onkel Rainer besänftigen würde. Und zumindest kurz war er davon überzeugt, dass alles sich wieder normalisieren würde. Der erste Schock darüber, dass Karoline und er ein Paar waren, musste überwunden werden. Vielleicht ging es auch nur darum, wie man eine solche Verbindung den Bekannten und Freunden erklärte, ohne dass es unangenehm wurde. Aber schon in der nächsten Sekunde dachte Victor daran, wie er Tante Margarete beim neunundneunzigsten Geburtstag der Urli beobachtet hatte. Jede Ablenkung von dem Programm, das sie sich gemacht hatte, störte und verstörte sie. Als nicht alle sofort bei Tisch saßen, als Lena nicht am Kindertisch sitzen wollte, als der Bürgermeister und Frau Veit ins Haus platzten – all das hatte ihre Pläne durchkreuzt, und sie konnte es nicht lächelnd hinnehmen. Vor allem konnte sie nicht an ihre Mutter denken, die nun einmal Geburtstag hatte. Sie dachte ausschließlich an sich selbst.

So kam Victor nach reiflicher Überlegung zu der Einsicht, dass sich das Verhältnis zu Tante Margarete und Onkel Rainer nie wieder normalisieren würde. Zu Hanna schon gar nicht. Nun wären Karoline und er eine Familie. Und wenn Karoline wirklich ein Kind bekommen würde, müsste man diesem Kind irgendwann erklären, warum seine Tante, sein Opa und seine beiden Omas es nie besuchten.

Kaffeehäuser voller Chinesen

Damit Karoline auf dem Rücksitz noch ein wenig schlafen oder zumindest dösen konnte, fuhr Victor den alten Traktor. Beständig musste er in den Innenspiegel schauen, nicht um den Verkehr, sondern um Karoline zu betrachten, die ihn auch mit geschlossenen Augen noch anzulächeln schien. Victor fuhr langsam, um die Fahrtdauer zu verlängern.

Er konnte an nichts anderes denken als daran, dass Karoline möglicherweise schwanger war. Er überlegte sich jedes Detail eines zukünftigen Tagesablaufs. Und welcher Raum wohl das Kinderzimmer werden würde. Im Falle einer Schwangerschaft wollte er die Nachricht ruhig aufnehmen und nicht mit überschwänglicher Freude, um Karoline nicht zu stressen. Selbst wenn sie wirklich schwanger war, konnte bis zur Geburt noch viel passieren. Es war wichtig, dass sie spürte, dass Victor an ihrer Seite war, was auch immer geschehen würde.

Victor hatte sich noch am Vortag gefreut, nicht alleine im Haus zurückbleiben zu müssen. Plötzlich aber bemerkte er, dass er nicht gerne nach Wien fuhr. War er Karoline schon so ähnlich geworden? Oder seinem Vater? Er hatte doch Jahrzehnte seines Lebens in dieser Stadt verbracht und sie immer geliebt. Sein Vater und dessen Vorfahren waren seit Generationen Wiener gewesen. Gerne erinnerte er sich an seine Wiener Oma, die Mutter des

Vaters, obwohl sie starb, als Victor erst fünf Jahre alt war. Sie war eine stille Frau gewesen, die akribisch Fotos gesammelt, mit Datum beschriftet, in Alben geklebt und diese Alben dem Vater vermacht hatte. Allerdings gab es in diesen Alben kein einziges Foto, auf dem die Wiener Oma selbst zu sehen war, denn sie hatte sich aus allen Fotos, die von ihr existierten, mit einer Schere herausgeschnitten. Victors Mutter musste die Alben noch haben, auch wenn sie sie seit dem Tod von Victors Vater bestimmt kein einziges Mal angesehen hatte.

Irmgard hatte gelacht, als Victor die Urli einmal als *die normale Oma* bezeichnet hatte, denn das war sie offensichtlich für ihn als Kind gewesen, während ihm die Wiener Oma stets sonderbar und unzugänglich erschienen war. Später hörte er seinen Vater erzählen, dass die Wiener Oma schon ab Ende dreißig regelmäßig Abschiedsbriefe geschrieben habe. Dass sie ein Leben lang schwer depressiv gewesen war und das Verlassenwerden durch ihren Mann nie wirklich verkraftet habe. Dass sie aber auch über die späte Geburt eines Enkelkinds – der Vater war bereits 43 Jahre alt, als Victor geboren wurde – sehr glücklich gewesen sei.

In der vergangenen Woche hatte Irmgard Victor gebeten, sie wieder einmal besuchen zu kommen. Das hatte er Karoline verschwiegen, die verständlicherweise nichts mehr von Irmgard hören wollte und auch nicht mehr nach ihr fragte. Kein einziges Mal war die Mutter seit dem Tod ihrer Mutter bisher ins Haus nach Heiligenbrunn gekommen – und auch sonst niemand von der Familie. Karoline sprach nicht davon, aber es war wohl auch ihr klar, dass sie Weihnachten mit Victor alleine verbringen würde. Bestimmt stellte die Familie seit Wochen Überlegungen an, wie und wo das Fest gefeiert werden sollte. Victor wusste nicht, ob Karoline noch Mitglied der WhatsApp-Gruppe der Familie war. Er wusste nicht, ob man von anderen aus einer solchen Gruppe entfernt werden konnte. Oder war Karoline selbst ausgetreten? Chattete sie noch manchmal mit Hanna oder ihrer Mutter? Mit dem Tod der Urli war alles anders geworden.

»Was wünschst du dir zu Weihnachten?«

Karoline hatte doch nicht geschlafen.

»Immer noch dasselbe wie früher: die Demokratie?«

Victor schwieg.

»Die Demokratie ist leider ausverkauft. Bitte einen anderen Wunsch.«

»Ich habe dich. Das reicht.«

»Heute hole ich einen Schwangerschaftstest aus der Apotheke.«

Victor wollte nicht, dass Karoline zu Weihnachten alleine mit ihm im Haus saß. Er überlegte sogar, Irmgard zu bitten, den Heiligen Abend mit ihnen zu verbringen. Wäre Irmgard stolz auf ihr Enkelkind? Sie wäre in jedem Fall nicht stolz auf Victor. Ein Kinderwagen müsste gekauft werden. Vielleicht hatte aber auch Hanna Lenas Kinderwagen auf dem Dachboden oder in einem Kellerabteil aufbewahrt und würde ihn Karoline schenken. Würde das Kind mit Nachnamen Jarno oder Grill heißen? Im Haus müsste man alle Steckdosen mit einem Kinderschutz ausstatten. Wie würde Iris reagieren? Die Nachricht, dass Victor ein Kind mit einer anderen Frau bekäme, wäre wohl ihr Sargnagel.

Als Victor das Auto in der Tiefgarage des Krankenhauses abstellte und sie ausstiegen, musste er feststellen, dass Karoline wohl einige seiner Gedanken erraten hatte. Sie gab ihm einen Abschiedskuss.

»Ich werde für die Weihnachtsfeiertage eine Kollegin einladen. Ihre Mutter wohnt auf dem Land in der Nähe von Heiligenbrunn. Und wenn sie ihre Mutter besucht, kann sie abends bei uns vorbeikommen. Ist das o. k. für dich?«

»Ich halte es aus«, sagte Victor.

17. Dezember 2018 / 07:42
Victor: Liebe Hanna, es würde uns freuen, wenn ihr an den Weihnachtsfeiertagen nach Heiligenbrunn kämt? Wenn ihr das nicht wollt, würden wir zumindest die Kinder gerne sehen. Es wird auch einen Weihnachtsbaum und Geschenke geben. vlG Victor

Er starrte auf das Display und wartete auf die Antwort. Immer wieder las er seine Sätze und dachte, er hätte die SMS anders formulieren oder wenigstens ein Emoji verwenden sollen. Zum Beispiel: 🎄. In einer Zeitung hatte er am Wochenende gelesen, dass Nachrichten mit Emojis bessere Aussichten hatten, den Empfänger emotional anzusprechen. Seltsam, dass er nun so oft an Emojis dachte. Waren Emojis nicht ebenso unerträglich wie Pulled Pork oder Stand-up-Paddling?

Victor hatte nicht nur Angst, dass Karoline und er alleine im Haus auf dem Land sitzen würden. Er fürchtete, dass Karoline nach einiger Zeit einsam und unglücklich werden und bald nach Norwegen zurückkehren wollen würde. Er selbst konnte sich im Moment nicht vorstellen, ins Ausland zu gehen. Er musste sich doch um die Mutter kümmern. Wieder starrte er auf das Display und hoffte, dass Hanna ihm antworten würde. Vergeblich. Victor nahm den Trolley aus dem Auto und die Taschen mit der Wäsche. Er ging durch den Garagenausgang zum Personalwohnhaus. Er blickte auf die Uhr. Noch drei Stunden. Ob Karoline den Schwangerschaftstest schon besorgt hatte?

17. Dezember 2018 / 09:21
Victor: alles gut?
Karoline: arbeit
Karoline: vor weihnachten ist hier doppelt so viel zu tun
Karoline: hast du schon viele geschenke gekauft?
Victor: kein einziges
Karoline: wann ist mediation?
Victor: um 11:00
Karoline: geh ins kaffeehaus und lies dein buch
Victor: die kaffeehäuser sind voller chinesen
Karoline: wie angenehm
Karoline: ich muss jetzt weitermachen
Karoline: 💋

Marssegel

Zwanzig Minuten zu früh war Victor vor dem Haus der Mediatorin angekommen. Er musste weit gehen, um eine Parkbank zu finden. Dort wollte er beginnen, *Der Graf von Monte Christo* zu lesen. Aber er war unaufmerksam und nervös. Außerdem hielt er schon beim Lesen des zweiten Satzes inne. Er wusste nicht, was das Marssegel eines Schiffes war. Er nahm also sein Mobiltelefon und begann nachzuschlagen, wie die verschiedenen Rahsegel von oben nach unten hießen.

Im Augenwinkel sah Victor Iris um die Ecke biegen. Iris war immer zu spät, also musste Victor die Zeit übersehen haben. Er hoffte, dass Iris ihn nicht entdeckte, und schaute auf die Uhr des Mobiltelefons. Tatsächlich war es bereits 11:08. Er tat so, als würde er in seinem Rucksack etwas suchen, und wartete, bis Iris an der Gegensprechanlage läutete und im Haus verschwand. Dann zählte er bis hundert und ging ebenfalls zum Tor.

Mag. Stelzhamer begrüßte Victor und bot ihm Tee an. Es ging weiter in einen Raum mit Garderobe, wo Iris ihn nun mit Küsschen auf die Wange und folgendem Satz begrüßte:

»Sieh an, ein neues Hemd!«

Victor betrachtete das Kleid, das Iris trug. Er kannte es nicht und stellte fest, dass er sich so ein Untermarssegel vorstellte. Sie wurden in den Raum gebeten, wo die Mediation stattfinden sollte. Victor nahm auf dem linken Fauteuil Platz. Es folgte eine Menge an Formalitäten, die beinahe eine halbe Stunde in Anspruch nahmen. Daraufhin sollte jeder der beiden den aktuellen Zustand der Ehe beschreiben. Iris begann eine klagende, eine Victor anklagende Rede. Dass er sie in den letzten drei Jahren mehrmals verlassen habe, dass er nicht ehrlich zu ihr sei, dass er aufgehört habe, mit ihr über seine Probleme zu sprechen. Dazwischen entschuldigte Iris sich und ging aufs WC. Die Mediatorin sagte zu Victor, sie könne erst mit ihm sprechen, wenn beide Parteien wieder im Raum anwesend seien. Also nahm er sein Mobiltelefon zur Hand.

17. Dezember 2018 / 11:02
Karoline: bist du schon drinnen?
Karoline: ich hoffe, es ist nicht sehr schlimm
Karoline: 🖤🖤🖤 ich liebe dich

17. Dezember 2018 / 11:04
Irmgard: Lieber Victor, kommst du nun morgen?
　　　　　Was soll ich kochen?

Noch bevor sich Iris wieder gesetzt hatte, sagte sie, sie erwarte, dass beide während der Mediation ihr Mobiltelefon ausschalteten. Victor steckte das Telefon wieder in seine Jacke. Iris fuhr fort, sie vermute, dass Victor eine Freundin habe, es ihr aber nicht sage. Und gerade deshalb, weil sie von ihm kein Vertrauen spüre und keine Ehrlichkeit, sei sie bezüglich des Ergebnisses der Mediation sehr skeptisch.
»Wollen Sie etwas dazu sagen?«, fragte Frau Mag. Stelzhamer.

»Ich bin verwirrt«, sagte Victor. »Zuerst verlangt meine Frau eine Mediation, und jetzt sagt sie, sie ist skeptisch.«

Iris reagierte nicht darauf und redete weiter. Sie sagte, dass es nun eines Dritten bedürfe, um die Beziehung wieder ins Lot zu bringen. Dann endlich kam Victor zu Wort. Er sagte, man habe sich bereits in den letzten Jahren mehrmals getrennt und die Ehe mache keinen Sinn mehr. Die Mediatorin unterbrach ihn:

»Also offensichtlich strebt Herr Jarno eine Trennung an, während sie, Frau Jarno, der Meinung sind...«

»Warum sagt er nicht, dass er eine andere hat?«

»Wollen Sie etwas dazu sagen?«

»Wie heißt sie?«

»Ich weiß nicht, was das meiner Frau bringen soll? Will sie Name, Geburtsdatum, Sozialversicherungsnummer, Schuhgröße?«

»Du hast also doch eine andere. Wie lange schon?«

»Sehen Sie, es werden immer mehr Fragen.«

»Wir sollten eine Struktur in das Gespräch bringen.«

»Wie lange schon?«

»Seit Oktober. *Nachdem* ich ausgezogen bin.«

»Er lügt.«

»Nein, ich lüge nicht.«

»Frau Jarno! Herr Jarno!«

»Und wie heißt sie?«

»Was tut das zur Sache?«

»Sehen Sie, Frau Mag. Stelzhamer: Er will mir nicht die Wahrheit sagen.«

Victor dachte, dass es keinen Sinn machte, Iris die Beziehung zu Karoline zu verschweigen, jetzt, wo sie vielleicht ein Kind erwarteten. Er gab auf.

»Karoline.«

»Ich möchte das Gespräch ein wenig moderieren. Ich mache Ihnen einen Vorschlag...«

»Karoline Grill?«

»Ja.«

Der Rest der anderthalb Stunden verging damit, dass Iris und Victor einen Mediationsvertrag unterschrieben und eine Art Aufgabe für die nächste Sitzung bekamen. Hausaufgaben, dachte Victor. Auch das noch! Er hielt eine Karte in der Hand, auf die er irgendetwas schreiben sollte. Er wusste aber nicht was, denn er hatte der Mediatorin nicht mehr zugehört. Er hatte an Karoline gedacht. Und dann an eine seltsame Phrase: *Die Frucht deines Leibes.* Das hatte er wohl in der Bibel gelesen oder bei einem der wenigen Gottesdienste gehört, die er in seinem Leben besucht hatte.

Ein weiterer Termin wurde vereinbart. Victor hätte es für das Büro einer Mediatorin passend gefunden, wenn es zwei Ausgänge gegeben hätte, für jeden Klienten einen eigenen. So aber musste er mit Iris zusammen durch das Tor gehen. Es hatte zu regnen begonnen, und die nächste Straßenbahnhaltestelle war weit weg. Iris erklärte, sie müsse sich beeilen, sie habe noch einen Termin. Victor wollte sie auf die Wange küssen, aber sie wich zurück.

»Sag es mir klipp und klar: Du steckst deinen Schwanz in die Fut deiner Cousine?«

»Wenn du es so bezeichnen willst.«

»Also: Ja?«

»Ich liebe Karoline.«

»Du Arschloch!«

Iris wollte gehen. Dann blieb sie noch mal stehen und zog aus ihrem Rucksack eine kleine Papiertragetasche.

»Bevor ich es vergesse. Es ist Post gekommen für dich. Hier! Bitte richte einen Nachsendeauftrag ein. Ich habe keine Lust, Briefbotin zu spielen.«

Sie ging davon. Es gelang ihr nicht gleich beim ersten Mal, den kleinen schwarzen Knirps aufzuspannen, den sie aus ihrer Handtasche genommen hatte. Doch ging sie nicht langsamer, sondern fuchtelte nur noch wilder mit dem Schirm herum. Victor ging bereits so langsam, wie ein Mensch eigentlich nicht gehen konnte. Als Iris endlich um eine Ecke gebogen war, betrat Victor den Hof eines Gemeindebaus. Er wollte nur aus Iris' Blickfeld verschwinden.

Er sah die Post durch, die er von Iris bekommen hatte. Es waren nur unnötige Werbesendungen und Rechnungen. Allerdings war auch eine Benachrichtigung über die Zustellung eines behördlichen Schreibens darunter. Absender war anscheinend das Bezirksgericht Lilienfeld. Also musste es um das Haus gehen. Victor steckte alles in seinen Rucksack. Er beschloss Karoline erst davon zu erzählen, wenn sie wieder in Heiligenbrunn waren.

17. Dezember 2018 / 12:48

Victor: überlebt
Karoline: und? was sagt iris?
Victor: sie kam als segelschiff verkleidet ⛵
Karoline: hier ist so viel zu tun. montag ist schrecklich
Karoline: noch dazu im dezember. da sollen alle noch schnell operiert werden vor neujahr
Karoline: was hast du gesagt?
Victor: die wahrheit
Karoline: gut. und wie nimmt sie es auf?
Victor: sie ist schockiert

Karoline: dass du deine cousine liebst
Victor: dass ich meinen schwanz in die fut meiner cousine stecke
Victor: X
Karoline: aha! so kann man es auch sagen
Victor: hab ich auch gesagt
Victor: XXX 😃
Karoline: A🏆YPSE NOW
Victor: DER D🐴E MANN
Karoline: du bist so blöd. und jetzt?
Victor: nächster termin im januar
Karoline: passt
Victor: ich glaube, das wird noch anstrengend
Karoline: du hast alles richtig gemacht. ich liebe dich
Victor: ich liebe dich
Karoline: sehen uns um 5. muss jetzt arbeiten 🙊🙊🙊

Victor wartete einige Zeit und ging dann zur Straßenbahn. Die Haltestelle war menschenleer. Er fuhr zu einem Kaffeehaus, in das er vor zwanzig Jahren fast täglich gegangen war, bestellte Kaffee und las weiter im *Grafen von Monte Christo*. Doch schon auf der zweiten Seite fand er einen Ortsnamen, den er nicht kannte: Civita Vecchia. Nein, man kann ein Buch nicht lesen, wenn man Dinge einfach übergeht, dachte Victor. Also suchte er *Civita Vecchia* in seiner Navigationsapp. Es war eine Hafenstadt nordwestlich von Rom. Victor war beruhigt. Warum war er beruhigt? Er wollte ein Geschenk für Karoline besorgen. Doch es fiel ihm nichts ein, was er ihr schenken könnte. Er wusste nur, was sie nicht mochte. In diesem Moment sah Victor Hannas Antwort auf seine SMS:

17. Dezember 2018 / 13:11

Hanna:	es ist unter diesen umständen für uns unmöglich geburtstag oder weihnachten gemeinsam zu feiern
Victor:	Das ist schade. Auch dass Michi, Pauli und Lena ihre Tante und ihren Onkel nicht sehen dürfen.
Hanna:	in diese lage habt gerade ihr uns gebracht. es ist die am meisten verfahrenste situation ever. lösung liegt an euch
Victor:	Welche Lösung?
Hanna:	eure beziehung oder was das auch immer sein soll ist krank. begreift das endlich. wir wünschen keinen kontakt
Victor:	Wir?
Hanna:	mama, papa und ich
Victor:	Es ist Liebe!!!! Weder krank noch verboten.
Hanna:	ich bitte dich, nicht mehr zu schreiben

Victor bestellte noch einen Kaffee. Vor 17:00 wollte er auf keinen Fall in Karolines winzige Dienstwohnung gehen. Er schüttelte den Kopf, als er aus dem Fenster blickte. Er dachte über Hannas Satz nach: *es ist die am meisten verfahrenste situation ever*. Und so etwas, dachte er, ist mit mir verwandt. Und so etwas, dachte er weiter, verlangt von Zuwanderern, dass sie Deutsch lernen. Sollte er zur Post gehen und das Schreiben vom Bezirksgericht abholen? Morgen.

Sargbox

Die Dienstwohnung war winzig, nur sechzehn Quadratmeter groß, bestand aus einem kleinen Eingangsraum, einer Kochnische, einer Dusche und einem Wohnraum. Dort stand ein Bett, ein Couchtisch mit zwei Stühlen und ein Schrank. Karoline lebte, wie sie es ausdrückte, aus dem Koffer. Sie packte nie aus, sondern nahm die frische Wäsche aus der einen Tasche und stopfte die Schmutzwäsche in die andere.

Als Victor kurz nach 18:00 in die Dienstwohnung kam, war Karoline bereits mit dem Kochen fertig: Spinat, Kartoffeln und Spiegelei. Victor war erfreut, denn er hatte den ganzen Tag nichts gegessen. Doch Karoline aß lustlos. Sie war schlechter Laune, das hatte Victor schon beim Betreten der Wohnung bemerkt, als sie ihn nur kurz angelächelt und ihm ein Küsschen auf den Mund gegeben hatte. Das Geschirr wusch Karoline gleich nach dem Essen mit der Hand. Da hatte sie den letzten Bissen noch im Mund.

»Noch eine Nacht hier, dann kann ich endlich wieder ins Haus.«

»Also ich finde es kuschelig in der Sargbox.«

»Glaubst du nicht, dass eine Arztpraxis in Heiligenbrunn funktionieren würde? Es gibt das Altersheim. Dort könnte ich auch Dienste machen.«

»Du musst nicht arbeiten. Ich kann meine Wohnung verkaufen, dann haben wir genug Geld.«

»Nein, das geht nicht. Ich muss auf eigenen Beinen stehen. Aber ich will in Heiligenbrunn arbeiten.«
»Glaubst du, dass es für dich besser wäre?«
»Ja.«
»Dann mach es.«
»Ja, ich mach es.«

Victor hätte schmunzeln sollen über Karolines Wortwahl. Aber er hatte schlimme Befürchtungen. Schlimme Befürchtungen, was seinen Besuch bei seiner Mutter betraf. Vor allem aber, was den behördlichen Brief betraf, den er noch von der Post abholen musste.

Die Abende in der Dienstwohnung waren meist deprimierend. Es wurde nicht viel mehr gemacht als gegessen, geduscht, Zähne geputzt und geschlafen. Manchmal wollte Karoline nicht zu Bett gehen, obwohl sie todmüde war. Sie wolle auch noch ein Leben nach der Arbeit, sagte sie dann. Also blieb Victor mit ihr wach, und sie tranken gemeinsam eine Flasche Wein oder Prosecco. Am darauffolgenden Tag war sie in der Arbeit meist müde und schrieb ihm schon morgens Nachrichten, dass sie Kopfschmerzen habe und sich nicht konzentrieren könne. Nachdem Karoline morgens ins Spital verschwunden war, tat Victor so, als habe er etwas zu tun. Die Gegend, in der seine Wohnung lag, mied er, um Iris nicht über den Weg zu laufen. Den Bezirk, wo sein früheres Büro gewesen war, wollte er nicht wiedersehen. In der Innenstadt waren ihm zu viele Touristen unterwegs. Also ging er zu Fuß durch die Gegend.

Am Vortag war er in den Augarten gegangen, hatte einige Runden gedreht und sich dabei an seinen dortigen Besuch mit dem Vater erinnert. Seit der Vater die Stadt verlassen hatte, war er nur nach Wien gekommen, um seine Mutter zu besuchen, die 1976 starb. Danach kam er noch ein einziges Mal nach Wien, als Victor im Jahr 1989 zu studieren begonnen und eine kleine Garçonnière bezogen hatte. Der Besuch in Victors Studentenwohnung hatte aber nur zwei Minuten gedauert. Konrad hatte den Kopf durch die Wohnungstür gesteckt und die übereinandergestapelten Umzugskartons gesehen. »Da sieht's ja furchtbar aus. Was für ein Saustall! Gehen wir ins Caféhaus«, hatte Konrad gesagt. Das war die Wohnungsbesichtigung gewesen. Aber auch im Café Rathaus wurde er schnell ungeduldig. Also gingen sie in den Augarten.

Konrad Jarno, Jahrgang 1928, war 1944 als Flakhelfer eingezogen worden. Obwohl seine Mutter ihm immer wieder gesagt hatte, er solle heilfroh sein, dass er nicht auch an die Front geschickt wurde wie sein Bruder, war er darüber unglücklich. Im Augarten saß er auf der Bank und erzählte diese Geschichte, die Victor schon Hunderte Male gehört hatte. Und jedes Mal, wenn er das Wort *heilfroh* sagte, betonte er es auf der ersten Silbe. Er sagte es noch lauter, wenn jemand vorbeiging. *Heil heil heilfroh*, schrie er dann fast. Victor genierte sich für den Vater. Irgendwann zeigte Victor auf den Flakturm im Augarten und fragte, ob er dort Flakhelfer gewesen sei. Verwirrt und als habe er nichts damit zu tun, betrachtete Konrad den Flakturm.

»Nein, hier war es nicht.«
»Wo dann?«
»Ich weiß es nicht.«
»Es gibt nur vier Flaktürme in Wien.«
»Ich weiß nicht, wo es war.«

»Du kennst doch Wien wie deine Westentasche. Es ist deine Heimatstadt. Du wirst doch wissen, wo du Flakhelfer warst.«

»Keine Ahnung. Ich war heil heil heil heilfroh, dass ich nicht an die Front musste.«

Und niemals kam Victors Vater mehr nach Wien. Und niemals bekam Victor eine Antwort darauf, auf welchem Flakturm der Vater 1944 und 1945 Dienst hatte leisten müssen.

Karoline drehte sich zu Victor und legte ihren Kopf auf seinen Brustkorb. Sofort begann Victor sie vom Nabel abwärts zu streicheln. Doch Karoline stoppte ihn.

»Ich habe die Regel.«

»Wirklich? Und der Test?«

»Negativ.«

Auf einmal schien Karoline weit entfernt zu sein, obwohl ihr Kopf auf ihm lag. Sie hatte recht. Diese Wohnung war eine Kiste. Das Bett eine Zumutung. Victor fühlte sich beengt. Er bekam einen Schweißausbruch.

»Negativ. Warum hast du mir keine Nachricht geschrieben?«

»Es war so viel los heute…«

Victor wollte aufstehen, hinausgehen, auf die Straße, in die Kälte. Karoline war nicht schwanger. Kein Kind. Und keine Heimatstadt mehr. Victor hatte in Wien nichts mehr verloren. Schnell war das gegangen. In drei Monaten war ihm sein früheres Leben fremd geworden.

»Was machst du morgen? Gehst du Irmgard besuchen?«

»Ich dachte, du bist vielleicht schwanger.«

»Tut mir leid, mein Schatz. Du wirst dir eine Jüngere suchen müssen.«

»Ich will dich. Nur dich.«

»Also, gehst du Irmgard besuchen?«

Immer wenn das Gespräch auf seine Mutter kam, hatte Victor sich angewöhnt, das vorige Thema des Gesprächs weiterzuführen. Im Chat passierte das oft, wenn beide gleichzeitig Nachrichten tippten und man eine Frage beantwortete, während der andere bereits eine neue Nachricht geschickt hatte. Karoline aber hatte Victor durchschaut und wiederholte ihre Frage.

»Also, gehst du Irmgard besuchen?«

Victor starrte an die Zimmerdecke.

»Mich will sie wohl nicht sehen?«

»Nein, sie will dich nicht sehen.«

»Sie wird mit meiner Mutter um das Haus kämpfen.«

»Das wird sie nicht.«

»Doch. Du wirst sehen.«

Kein Platz

Nachdem Victor den Brief vom Postamt abgeholt hatte, fuhr er nach Mödling zur Mutter. Die Eingangstür war unversperrt. Victor betrat das Haus und rief nach seiner Mutter. Früher hatte sie ihn bereits im Vorzimmer begrüßt. Neuerdings aber blieb sie auf ihrem Zimmer. Er rief noch einmal. Keine Antwort. Er stellte seinen Rucksack ab, zog die Schuhe aus und ging über die Treppe in das obere Stockwerk. In dem kleinen Zimmer, in dem die Mutter meist auf ihrem Fauteuil saß, hatte sie einen Adventkranz auf den Tisch gestellt, aber alle Kerzen waren noch unbenutzt. Und das am 18. Dezember.

Victor sah Licht im Lesezimmer, in dem auch ein kleiner Schreibtisch mit dem Computer stand. Dort fand er sie, konzentriert an der Tastatur sitzend.

»Wo bist du denn?«

»Wo soll ich denn sein?«

»Du weißt genau, was ich meine.«

»Ich bin alleine. Ich hasse dieses Haus und ich hasse Mödling.«

Das war nun eigentlich keine Begrüßung gewesen. Und hatte die Mutter nicht bei Victors letztem Besuch gesagt, sie liebe dieses Haus? Der Vater hatte jedenfalls immer gesagt, er fühle sich in diesem Haus zu Hause, auch wenn es in Mödling stand. In München und Salzburg hatten die beiden zuvor gelebt und waren schließlich in Mödling gelandet. »Immerhin ist Mödling nicht Wien«, hatte der Vater gesagt, »das war es nur unter dem Führer.« Die Mutter hatte geantwortet: »Mödling kann eigentlich nichts dafür.« Und der Vater sagte darauf: »Ich weiß. Trotzdem sollte man eine Atombombe auf Mödling abwerfen.«

Irmgard hatte ihre Lesebrille auf und starrte konzentriert auf den Bildschirm. Neben ihr stand ein Stuhl, darauf lagen einige Fotoalben.

»Ich versuche gerade... was ist das... was machst du denn jetzt?«

»Der Computer hört dich nicht.«

»Ich verstehe das nicht.«

»Du wolltest doch, dass ich zu dir komme.«

»Was brauche ich denn da für ein Passwort, wenn ich mit Kreditkarte zahle? Was willst du denn jetzt wieder?«

Es hatte Victor schon früher, als er noch gearbeitet hatte, gestört, wenn Menschen mit ihrem Computer sprachen, besser gesagt mit ihrem Bildschirm, denn die Mehrheit der Menschen glaubte, dass die eigentlichen Vorgänge auf dem Bildschirm geschahen. Voice-Control, hatte Victor dann immer gelästert.

»Ich habe hier noch einige Fotoalben. Ich habe keinen Platz mehr dafür. Wenn du sie mitnehmen willst, nimm sie.«

Victor nahm das erste Album und öffnete es. Es waren Polaroids aus den Jahren 1969 bis 1973, zum Teil noch schwarz-weiß. Victors Vater hatte die Fotos gemacht und seiner Mutter, Victors Wiener Oma, geschickt. Das war daran zu erkennen, dass die Wiener Oma das Datum der Aufnahme links unten an den Rand geschrieben hatte. Und dass es darin Fotos gab, die zerschnitten worden waren, weil die Wiener Oma kein Bild von sich in einem Album duldete. Ein wenig zittrig war ihre Schrift damals schon gewesen, aber unverkennbar schön. Victor liebte diese Schrift, und er fand, dass es heutzutage niemanden mehr gab, der eine schöne Handschrift hatte oder überhaupt noch das Schreiben mit der Hand beherrschte.

Beim Durchblättern entdeckte Victor ein Foto, das an seinem zweiten Geburtstag, am 4. April 1973, gemacht worden war. Es zeigte ihn vor seiner Geburtstagstorte und seinen Geschenken. Victor erinnerte sich, dass ihm die Urli diese Geschichte immer wieder im Detail erzählt hatte. Wie Irmgard sich, kurz nachdem sie nach München gezogen war und dort zu arbeiten begonnen hatte, in Konrad verliebt hatte, der damals beim Messamt beschäftigt war. Das war im Januar 1970 gewesen. Schon wenige Monate später war Irmgard schwanger.

Im November desselben Jahres fuhren Irmgard und Konrad nach Wien zum 75. Geburtstag von Konrads Mutter, die Victor später die Wiener Oma nannte. Konrad hatte Irmgard bis dahin wenig über seine Eltern erzählt. Sie wusste, dass Konrads Mutter alleine lebte. Über seinen Vater wusste sie nichts.

Auf der Fahrt nach Wien legte Konrad eine Hand auf Irmgards Oberschenkel, streichelte sie und legte die Hand dann kurz auf ihren Bauch.

»Du musst wissen, dass ich meinen Vater mit vier Jahren verloren habe.«

»Das tut mir leid. Was hatte er denn?«

»Nichts. Er lebt noch. Er hat meine Mutter mit drei Kindern verlassen. Er ist mit einer anderen Frau nach Vorarlberg gezogen.«

Irmgard wusste nicht, was sie sagen sollte.

»Ich wollte dir nur sagen, wenn meine Mutter *er* sagt, dann redet sie von *ihm*. Seinen Namen spricht sie nicht aus.«

Konrad hatte englische Zeitungen gekauft, und Irmgard las ihm auf dem Beifahrersitz daraus vor. Besonders interessierte ihn der Artikel über das Massaker von Mỹ Lai in Vietnam, wo US-Soldaten Hunderte Frauen, Kinder und Greise getötet hatten. Konrad klopfte beim Zuhören immer wieder mit der Hand auf das Lenkrad:

»Das sind Massenmörder! Kriegsverbrecher!«

Konrads Mutter begrüßte Irmgard herzlich. Die Wohnung erschien Irmgard wie aus einer anderen Zeit, aus der Zeit vor dem Krieg. Dusche oder Bad gab es nicht. Das WC befand sich im Treppenhaus. Aus der finsteren Küche brachte die Mutter einen Schokopudding, auf den man Himbeersirup gießen sollte. Irmgard aß den Pudding ohne Sirup. Dazu gab es Kaffee. Andere Gäste schienen nicht erwartet zu werden.

»Der Pauli war gestern schon da.«

Die Rede war von Konrads Bruder.

»Ich rufe ihn morgen an.«

Die Mutter führte zitternd ihre Tasse zum Mund.

»Er hat Angst wegen der Proteste gegen den Vietnamkrieg.«

»Er ist ein feiger Opportunist – wie sein Vater.«

Die Mutter schwieg und trank. Ein großer Karton voll mit Schachteln und Streifen von Tabletten stand neben ihr auf dem Esstisch. Als Konrad aufs WC ging, winkte die Mutter Irmgard zu sich. Irmgard stellte sich neben sie und betrachtete ihr langes graues Haar, im Nacken verknotet und von einem Haarnetz zusammengehalten. Die Mutter nahm Irmgards rechte Hand.

»Auf dich habe ich gewartet.«

Dann berührte sie Irmgards Bauch kurz mit beiden Handflächen.

»Auf euch!«

Irmgard stand stumm da.

»Ich will dir etwas geben. Es ist ein Ring von meiner Mutter.«

Sie stellte eine kleine, alte Schatulle auf den Tisch, zog aus der Tasche ihres Hausmantels einen Tausendschillingschein und legte ihn daneben. Irmgard wollte etwas sagen, aber die Mutter kam ihr zuvor.

»Ihr sollt es gut haben. Ich lebe nicht mehr lange. Der Conny ist ein Träumer. Er regt sich zu sehr auf wegen der Amerikaner und dem Krieg da unten. Aber er ist ein Lieber, ein ganz Lieber!«

Auf dem Rückweg fuhr Irmgard das Auto, damit Gleichheit herrschte. Konrad legte wieder seine Hand auf ihren Oberschenkel.

»Bestimmt hat sie dir einen Tausender zugesteckt. Sie vergisst immer, dass wir nicht in Österreich leben.«

»Wir wechseln ihn an der Grenze in D-Mark. Wo lebt denn dein Vater jetzt?«

»Ich glaube in Höchst in Vorarlberg. Der Pauli weiß es. Er war ihn einmal besuchen. Alleine. Ich will mit ihm nichts zu tun haben! Er war zuerst christlich-sozial, in der Systemzeit Austrofaschist und in der NS-Zeit ein Nazi. Ein widerlicher Charakter.«

»Möchtest du nicht, dass dein Vater sein Enkelkind kennenlernt?«

»Mein Kind soll diesen feigen Verräter niemals zu Gesicht bekommen.«

Einige Wochen später brachte Irmgard die Post vom Briefkasten. Es war eine an Konrad adressierte Postkarte dabei. Der Text war in Kurrent geschrieben. Irmgard hatte diese Schrift zwar noch in der Schule gelernt, aber sie brauchte lange, um den Text zu entziffern: *Lieber Conny! Pauli hat mir erzählt, dass du geheiratet hast und ihr ein Kind bekommt. Als dein Vater würde mich doch interessieren, wer die Glückliche ist. Dein Vater.*

Konrad redete lange über den Prozess gegen Leutnant Calley, der vermutlich die Verantwortung für das Massaker von Mỹ Lai trug. Als er die Postkarte sah, warf er sie in die oberste Schublade seines Schreibtisches. Abends setzte er sich an die Schreibmaschine. Er tippte. Zwischendurch rief er in die Küche:

»Was ist deine Schuhgröße, Schatz?«

»38.«

Am nächsten Morgen fuhren die beiden gemeinsam zur Arbeit. Konrad setzte den Wagen zurück, blieb aber gleich wieder stehen, da er den Brief auf dem Schreibtisch vergessen hatte. Er bat Irmgard, in die Wohnung zu laufen und ihn zu holen.

Sie fand den Brief auf dem Schreibtisch. Das Kuvert war nicht verschlossen. Sie war neugierig. Sie überlegte, den Brief herauszunehmen und zu lesen. Dann aber ließ sie es sein und verließ die Wohnung.

Zurück im Auto legte sie den Brief auf die Ablage über dem Handschuhfach.

»Hast du ihm doch geantwortet?«

Irmgard hatte oft erzählt, dass Konrad gesagt habe, das

sei sein erster und letzter Brief an den Vater gewesen. Sie habe ihn dann nie wieder auf die Sache angesprochen.

Victor schlug das Fotoalbum zu: »Also, wenn im ganzen Haus kein Platz dafür ist, nehme ich die Alben mit.«

Irmgard reagierte nicht auf Victors zynische Bemerkung: »Komm, wir essen. Ich schaffe das sowieso nicht mit dieser Kreditkartenzahlung. Wo sind jetzt nur wieder meine Tabletten?«

»Wie willst du regelmäßig deine Tabletten nehmen, wenn du gar nicht weißt, wo sie sind?«

»Bitte lass mich in Ruhe!«

Die Mutter ging nach unten. Victor nahm die Fotoalben und dazu eine gelbe Mappe, der man ansah, dass sie aus den 80er-Jahren stammte. Wenn seine Mutter in der Küche hantierte, sah er ihr zu, um sie daran zu hindern, beim Kühlschrank einen Schluck aus einer Weißweinflasche zu nehmen. Aber Irmgard wusste das längst und hatte auch in der Abstellkammer ein offenes Fläschchen bereitstehen. Victor setzte sich zu Tisch. Irmgard brachte die Suppe.

»Ich mochte die Geschichte von dem Anwalt, der sein Gold in Heiligenbrunn auf unserem Grundstück vergraben und nie wiedergefunden hat.«

»Dr. Gebharter.«

»Erzählst du sie noch einmal?«

»Was heißt nie wiedergefunden? Wir haben das Gold wiedergefunden. Ich habe als Kind sogar eine Goldmünze geschenkt bekommen als Dank.«

»Der Karo hast du es anders erzählt.«

»Unsinn. Ich zeige dir die Münze. Ich räume ohnehin gerade das alte Zeug auf, da werde ich sie schon finden.«

»Warum musst du eigentlich aufräumen?«
»Weil kein Platz mehr ist!«
»Kein Platz mehr. Ein zweistöckiges Haus mit Keller und Dachboden ist zu klein für zwei Fotoalben und eine Mappe?«
»Es ist, wie ich es dir sage. Ich habe keinen Platz mehr!«
Victor war irritiert. Er war sicher, dass seine Mutter noch im September erzählt hatte, das Gold sei niemals gefunden worden. Das hatte auch die Urli erzählt, an dem Tag, als Karoline und Victor mit ihr zum Stephansdom gefahren waren. Litt seine Mutter an beginnender Demenz? Oder war sein eigenes Gedächtnis so schlecht?

Schuhgröße 38

Nach dem Essen machte Victor Kaffee. Als er ihn zum Tisch brachte, hatte die Mutter ihr Tortenstück schon aufgegessen.

»Iss nicht zu viel von dem süßen Zeug!«

»Ja, ja, alles ist ungesund. Leben überhaupt ist ungesund in meinem Zustand.«

»Wie geht es denn Frau Hrabec? Die hat doch auch Zucker, oder? Kommt sie manchmal noch zu dir herüber?«

Doch die Mutter war nicht gut auf die Nachbarin zu sprechen.

»Hör auf mit deinem Zucker! Und mit der Hrabec rede ich schon seit zwei Jahren nichts mehr. Reicht schon, dass das Lokal gegenüber jetzt wieder geöffnet hat.«

»Das *Don Pedro*?«

»*Cassis* heißt es jetzt.«

»Was stört dich daran?«

»Dass es nachts laut ist und ich nicht einschlafen kann.«

»Aber Mama, das ist doch gegenüber. Das kannst du doch gar nicht hören.«

»Das weißt du also besser als ich, was ich höre und was nicht.«

»Du sagst doch selbst, dass du schwerhörig bist.«

Wieder wurde lange geschwiegen. Victor wurde klar, dass die Mutter hier vereinsamte, der Lebensraum für sie zusammenschrumpfte von der Welt auf ihre Straße, von der Straße auf ihr Haus, vom Haus auf das obere Stockwerk. Irgendwann würde nur noch ein Zimmer übrig bleiben.

»Bald ist Weihnachten. Wir würden uns freuen, wenn du zu den Feiertagen einmal nach Heiligenbrunn kommst, uns besuchen.«

»Hör auf, Victor! Ich komme nicht. Das weißt du genau.«

»Karoline lässt dich lieb grüßen. Sie würde sich auch sehr freuen, wenn du kommst.«

»Ich brauche ihre Grüße nicht. Sie weiß genau, was sie mir antut. Mir und vor allem ihrer eigenen Mutter.«

»Sie mag dich so. Du hast sie auch immer gerngehabt.«

»Deine Scheidung hatte ich eingeplant. Schon als du Iris geheiratet hast. Warum, hat sowieso niemand verstanden. Warum heiratet man, wenn keine Kinder unterwegs sind? Aber jetzt das! Wer rechnet mit so etwas. Das ist nicht normal.«

»Es ist weder verboten noch abnormal.«

»Was ihr da macht, das geht einfach nicht. Und du weißt, dass die Gretl und ich laut Gesetz Anrecht auf ein Viertel des Erbes haben. Pflichtanteil heißt das.«

»Wenn Tante Margarete das Testament ihrer eigenen Mutter nicht anerkennen will, dann muss ich sie eben auszahlen.«

»Ihr habt euch eingeschleimt. Und das mit einer einzigen Fahrt zum Stephansdom. Was die Gretl und der Bimbo alles gemacht haben im Haus über Jahrzehnte! Die Heizung hat er eingebaut und keinen Groschen dafür verlangt.«

»Es geht mir nicht um Geld. Sie können das Geld haben.

Aber das mit der Fahrt zum Stephansdom ist Unsinn. Das Testament war schon längst geschrieben.«

»Woher willst du das wissen?«

»Die Urli hat es mir vorher gegeben. An ihrem Geburtstag.«

»Sie war offensichtlich nicht mehr zurechnungsfähig.«

»Das war sie bis zum Schluss.«

»Woher willst du das wissen?«

»An ihrem Geburtstag hast du noch mit ihr gestritten. Du weißt genau, dass sie geistig voll da war. Du willst ihren Letzten Willen nicht akzeptieren. Ich verstehe nur nicht, warum.«

»Ich habe laut Gesetz das Recht, meinen Pflichtanteil zu bekommen.«

»Wozu willst du das Haus haben?«

»Ich will es nicht haben. Ich verzichte auf meinen Anteil. Ich verzichte zugunsten meiner Schwester.«

Die kurze Erleichterung, die Victor verspürt hatte, wurde von Irmgards letztem Satz zunichtegemacht. Er musste mit sich kämpfen, um die Wut, die ihn plötzlich befiel, nicht zu zeigen. Vom Kaffee hatten beide noch keinen Schluck getrunken.

»Warum tust du das? Weil Karoline und ich zusammen sind?«

»Du kriegst sowieso unser Haus. Und du hast eine Eigentumswohnung. Das Haus in Heiligenbrunn steht der Gretl zu.«

»Es steht dem Erben zu.«

»Die Gretl und ich haben das Anrecht auf je ein Viertel.«

»Dann zahle ich euch euren Pflichtanteil aus.«

»Nein. Sie bekommt das Haus und du das Geld.«
»Wer sagt das?«
»Der Richter wird das entscheiden.«
»Tante Margarete wirft ihre eigene Tochter raus?«
»Red keinen Unsinn!«
»Die Karo hat keinen anderen Wohnsitz.«

Victor wurde klar, dass er die Reaktion der Familie unterschätzt hatte. Doch er hatte auch seinen eigenen Widerstandsgeist unterschätzt. In dem Moment, in dem seine eigene Mutter ihm seine Kindheitsfotos aushändigte, weil sie dafür nach eigenen Worten *keinen Platz mehr* hatte, in dem Moment, in dem sie zusammen mit seiner Tante mit allen rechtlichen Mitteln gegen den Letzten Willen der eigenen Mutter vorging, begann Victor, sie und ihre ganze Generation zu verachten. Ihre Eltern hatten kämpfen müssen, damit die Kinder überlebten, damit sie zur Schule, zur Universität gehen und in Wohlstand leben konnten. Doch als die Generation von Victors Mutter und Tante Margarete in ihrer Jugend ihre Scheinideale ausgelebt hatte, wählte sie Rechtsparteien und forderte die Scheinmoral, die sie an ihren Eltern kritisiert hatte, neuerdings von ihren Nachkommen. Dabei sprach sie über ihre Jugend so wenig wie die Kriegsgeneration, der sie ihr Schweigen immer zum Vorwurf gemacht hatte. Sie hatte einen maximalen Gewinn aus dem wachsenden Wohlstand in ihrer Jugend, aus den Arbeitsbedingungen der 60er- bis 90er-Jahre und schließlich aus ihren Pensionen, von denen die Generation ihrer Kinder nur träumen konnte. Das Friedens- und Freiheitsgeschwätz, mit dem sie ihren Eltern und sich selbst auf die Nerven gefallen war, kümmerte sie nicht mehr. Die traditionellen Parteien, die ihnen ihren

Wohlstand verschafft hatten, kümmerten sie nicht mehr. Sie waren Rechtspopulisten geworden, weil nun kein Platz mehr war. Eine träge, selbstgerechte, unmenschliche Generation.

»Tante Margarete könnte endlich dazu stehen, was passiert ist. Sie könnte wenigstens Karoline die Wahrheit erzählen.«

»Untersteh dich und sag ihr, was ich dir erzählt habe!«

»Es ist für mich nicht leicht, ihr das nicht zu sagen. Aber es wird auch so gehen.«

»Was soll das heißen?«

»Alle Lügen fliegen irgendwann auf. Auch die eurer geliebten Regierung.«

»Es spricht der letzte treue Sozialist in der Familie.«

»Eine Demokratie gibt es in Österreich nur mit den Sozialdemokraten. Deine neuen Freunde erkennen die Demokratie nicht an. So wie du.«

»Was für eine Hochnäsigkeit.«

»Du willst ja nicht einmal den Letzten Willen deiner Mutter anerkennen, das Testament, das sie eigenhändig geschrieben hat.«

»Wir haben das gesetzliche Recht auf unseren Pflichtanteil.«

»Und das Recht, Karoline nicht zu sagen, wer ihr Vater ist?«

»Das ist nicht meine Angelegenheit.«

»Nein?«

»Nein!«

»Du liebst doch die Hanna und ihre Kinder, oder?«

»Natürlich!«

»Und du siehst sie bestimmt zu Weihnachten.«

»Selbstverständlich werden wir gemeinsam Weihnachten feiern.«

»Dann kannst du die Karo genauso lieben.«

»Nein!«

»Sie ist trotzdem deine Nichte, auch wenn der Bimbo nicht ihr Vater ist.«

»Das hat doch damit nichts zu tun.«

»Natürlich.«

»Das mit euch beiden, das geht nicht. Wie könnt ihr der Familie das antun?«

»Und wenn wir ein Kind bekommen? Willst du dann deinen Enkel nicht sehen?«

»Untersteht euch!«

»So wie Konrad nicht wollte, dass ich seinen Vater sehe?«

»Das war doch etwas ganz anderes! Außerdem ist die Karo 44.«

»Was, wenn wir ein Kind hätten?«

»Ein solches Kind wäre nicht mein Enkelkind.«

»Wie kann man so etwas Furchtbares nur sagen?«

»Bitte hör jetzt auf!«

»Ich gehe. Man muss hier raus. Hier ist kein Platz für jemand anderen. Von hier muss man weggehen oder sich erschießen.«

»Drohst du mir jetzt? Es war sowieso besser, dass sich dein Vater umgebracht hat. Was hätte er noch vom Leben gehabt? So versaut er mir wenigstens nicht die letzten Weihnachten, die ich noch erlebe.«

Victor stand auf und ging die Treppe hinunter ins Erdgeschoss. Er musste nur seine Schuhe anziehen. Wie immer hatte er alles in seiner Jackentasche: Autoschlüssel, Geldtasche, Brille und seine Schlüssel. Die Jacke hatte er an den letzten Haken der Garderobe gehängt. Noch wartete er, ob die Mutter ihm etwas nachrief, aber es war ganz still. Er ging langsam nach draußen und setzte sich ins Auto. Panisch tastete er nach dem Mobiltelefon in der linken Jackentasche. Zum Glück hatte er es bei sich, sonst hätte er zurück ins Haus gehen müssen.

Lange saß Victor im Auto, bevor er den Motor startete. Als er anfuhr, war er plötzlich erleichtert. Er war erleichtert wegzufahren und bestimmt war auch seine Mutter erleichtert, dass er endlich fort war. Irgendwann einmal, vor langer Zeit, musste seine Mutter glücklich gewesen sein, dass er auf die Welt gekommen war. Nun aber wollte sie alle Menschen loswerden. Frau Hrabec, ihre Nachbarin, ihre Verwandten und sogar ihn, ihren eigenen Sohn.

Dass es nach dem schwarzen Jahr der schönste Moment in ihrem Leben gewesen sei, als Victor geboren wurde, hatte die Urli immer erzählt. Am 4. April 1971 um 21:32, das wisse sie noch ganz genau. Und dass, nachdem sie aus dem Spital nach Hause gehen durften, Irmgard gerührt war, wie Konrad sich um das Baby kümmerte. Nachts blieb er lange wach, um Zeitungen und Magazine zu lesen und Artikel auszuschneiden und zu sammeln, aber er stand immer auf, wenn Victor zu schreien begann, wickelte ihn und pflegte ihn, wenn er krank war. Er kaufte eine Sofortbildkamera und machte Fotos von Victor; manchmal von Irmgard und Victor. Jedes Foto machte er zwei Mal. Das erste klebte er in ein Album, das zweite schickte er seiner Mutter nach Wien.

Jedes Jahr zu Victors Geburtstag kam Konrads Mutter nach München, um mit ihnen zu feiern. Die Großmutter liebte Victor besonders, da sie nicht mehr mit einem Enkelkind gerechnet hatte. Ihr Besuch wurde lange vorbereitet. Konrads Bruder Paul brachte die Mutter in Wien zum Westbahnhof, und er holte sie in München vom Bahnhof ab. Sie blieb dann über Nacht und fuhr am darauffolgenden Tag nach Wien zurück. Zu dieser Zeit telefonierte Konrad öfter mit seinem Bruder Paul, was sonst nur zu Neujahr vorkam.

Auch zu Victors zweitem Geburtstag kam die Wiener Oma mit dem Zug angereist. Die Urli und der Großvater kamen ebenfalls, übernachteten aber in einem Hotel. Irmgard hatte viel Arbeit damit, für alle zu sorgen, und obwohl es nicht das erste Zusammentreffen der Schwiegereltern war, war sie ein wenig nervös. Victor bekam von der Urli eine hölzerne Matroschka. Die Wiener Oma brachte ein Schiff aus Plastik als Geschenk, das Victor beim Baden mit in die Wanne nahm.

Kurz nachdem Victor seine Geschenke erhalten und Irmgard die Torte angeschnitten hatte, läutete das Telefon. Konrad ging ins Arbeitszimmer, um abzuheben, und forderte Irmgard und die Gäste auf, weiter Torte zu essen.

Das Telefonat dauerte lange. Konrad kam zurück.

»Der Pauli war dran. Er holt dich morgen vom Westbahnhof ab.«

Dann wurde am Tisch weitergesprochen. Konrad übergab seiner Mutter ein Foto, das er mit der Sofortbildkamera gemacht hatte, als Victor die Kerzen der Geburtstagstorte ausgeblasen hatte. Die Wiener Oma schrieb mit zittriger Hand das Datum links unten auf das Polaroid und steckte es ins Album.

Irmgard war erschöpft, als ihre Eltern gegangen und

Victor und Konrads Mutter eingeschlafen waren. Sie legte sich neben Konrad ins Bett und seufzte. Konrad lag auf dem Rücken und starrte zur Decke.

»Er ist gestorben. Schon vor zwei Tagen.«

»Wer?«

»Der Vater.«

»Hast du deshalb so lange mit dem Pauli telefoniert?«

»Ja, er sagt es der Mama erst morgen in Wien. Ich wollte euch die Stimmung nicht verderben.«

Wochen später bekam Konrad von seinem Bruder einen Umschlag mit Briefen seines Vaters. Irmgard durfte die Briefe lesen und erfuhr zum ersten Mal, dass Konrads Vater Karl Jarno geheißen hatte. Sie fand ein Gedicht, das Karl zu Konrads viertem Geburtstag geschrieben hatte. Und sie fand ein Kuvert, das sie schon einmal gesehen hatte. Es war der Brief, den Konrad mehr als zwei Jahre zuvor an seinen Vater geschrieben hatte. Irmgard öffnete ihn. Es befand sich nur ein mit Schreibmaschine geschriebenes Kärtchen darin:

Name:	Irmgard Sandbichler
geb. am:	23. Juni 1942
Glaubensbekenntnis:	röm. kath.
Beruf:	Geologin
Größe:	1,65 cm
Augenfarbe:	blau
Haarfarbe:	brünett
Schuhgröße:	38
besondere Kennzeichen:	keine

Ein Pferd verschluckt

Zum Glück war es die zweite und letzte Nacht in Karolines Dienstwohnung. Victor bekam Platzangst und kämpfte noch dazu mit Übelkeit. Dennoch wollte er nicht länger warten und Karoline den Brief zeigen, den er am Nachmittag vom Postamt abgeholt hatte.

»Ich habe einen Brief bekommen.«

»Von wem?«

»Vorladung zu einem Gerichtstermin.«

»Ist es so weit?«

Victor gab Karoline den Brief. Bestimmt fünfzehn oder zwanzig Mal hatte er ihn an diesem Tag gelesen, ohne dass sich sein Inhalt dadurch veränderte. Lange hielt Karoline ihn in der Hand und las dann vor: »14. Januar 2019… mit einem Rechtsbeistand zu erscheinen… Hast du einen Rechtsbeistand?«

»Nein, mein ganzes Leben lang habe ich keinen Rechtsanwalt gebraucht.«

»Ich kenne da jemanden. Soll ich ihn fragen?«

»Ja, bitte. Wenn du Zeit hast.«

Dann ließ Karoline das Blatt sinken und blickte Victor an. Sie war ganz gefasst, nachdenklich, aber nicht bestürzt.

»Die wollen das Haus.«

»Ja, die wollen das Haus.«

Karoline wühlte in ihrem Koffer nach frischen Kleidern. Dazwischen kam sie halb nackt und mit erhobenem Zeigefinger auf Victor zu: »Aber sie werden es nicht bekommen.«

»Keine Ahnung. Ich brauche einen Anwalt. Und weiß Gott, wie lange sich so eine Sache zieht. Und ob wir in dieser Zeit überhaupt in Heiligenbrunn wohnen können.«

»Du brauchst eine Anwältin. Und ich sage dir: Sie kriegen das Haus nicht.«

»Was ist, wenn wir nicht dort wohnen dürfen, bis der Prozess vorbei ist? Wo gehen wir dann hin?«

»Natürlich können wir dort wohnen. Bis jetzt hat uns niemand vertrieben.«

»Ich habe keine Ahnung. Ich verstehe das alles nicht.«

Karoline legte sich neben Victor ins Bett, beachtete ihn aber nicht weiter, sondern wischte auf ihrem Smartphone herum.

»Und? Was gibt es Neues im Internet?«

»Ich will noch nicht schlafen.«

»Hast du den gesamten Zalando aufgekauft?«

»Ja, ja, ist schon gut, Walter.«

Sie scrollte lange auf dem Smartphone. Victor störte das helle Licht, aber er konnte jetzt ohnehin nicht mehr einschlafen. Irgendwann legte Karoline das Telefon zur Seite.

»Ist was passiert? Bei Irmgard?«

»Sie will ebenfalls ihren Pflichtanteil am Haus. Aber sie gibt ihn nicht mir.«

»Sondern?«

»Deiner Mutter.«

»Das ist nicht wahr!«

Victor schämte sich für seine Mutter. Und das mindestens schon seit zwei Jahren. Seit der Bundespräsidentenwahl. Danach hatte kaum mehr ein Gespräch über Politik stattgefunden. Nur einmal, nach der Nationalratswahl hatte er sie gefragt, welche Partei sie gewählt hatte. Und sie hatte geantwortet, dass sie das nicht sagen werde, weil sie dafür von ihm verurteilt würde. Nun hatte sie nicht nur dieselbe politische Einstellung wie ihre Schwester, sondern sie unterstützte sie im Kampf gegen das Testament ihrer Mutter.

Karoline blieb ganz ruhig. Nur Daumen und Zeigefinger, mit denen sie ihre Unterlippe leicht quetschte und dann wieder losließ, bewegten sich. Vielleicht würde auch die Nachricht, dass der Bimbo nicht ihr Vater war, keine Katastrophe auslösen?

»Ich rufe morgen einen Freund an. Er hat kurz mit mir studiert, hat dann aber auf Rechtswissenschaft umgesattelt und ist jetzt Anwalt. Ich frage ihn, wie er die Chancen sieht. Es gibt doch ein Testament. Man kann das Haus doch dem, der es geerbt hat, nicht wegnehmen.«

»Das glaube ich auch nicht. Aber die Hälfte gehört deiner Mutter.«

»Warum tut Irmgard das? Ist sie meiner Mutter so hörig?«

»Sie kann dich nicht so lieben wie Hanna.«

»Das hat sie gesagt?«

»Das hat sie gesagt.«

»Sie ist alt und verbittert.«

»Nichts und niemand entspricht ihren Vorstellungen. Die Sozialdemokraten nicht. Also wählt sie rechts. Ihre eigene Mutter nicht. Also bekämpft sie ihr Testament. Und auch ihr Sohn nicht.«

»Genau wie meine Mutter. Nur wählt meine Mutter schon seit dreißig Jahren rechts.«

»Irmgard ist sogar noch Mitglied bei den Sozialdemokraten.«

»Die können wir vergessen.«

»Ja, die können wir vergessen«, wiederholte Victor, fragte sich aber gleich danach, ob Karoline seine Mutter oder die Sozialdemokraten gemeint hatte. Karoline lächelte. Überhaupt blieb sie vollkommen ruhig. Lange saßen sie so da und sahen einander an.

»Bereust du es schon, dass du deinen Schwanz in die Fut deiner Cousine steckst?«

»Nein, ich liebe meine Cousine. Ich habe sie immer geliebt.«

»Gut.«

»Aber ich muss mich auch darum sorgen, wo meine Cousine wohnen wird, wenn man mir das Haus wegnimmt.«

»Was ist mit dem Haus von Frau Veit?«

»Was soll damit sein?«

»Ist es noch zu haben?«

»Ich weiß nicht. Ich müsste sie anrufen. Warum?«

»Ich will nicht nach Wien pendeln und hier in der Sargbox wohnen. Ich will eine Praxis, draußen in Heiligenbrunn.«

»Im Veit-Haus?«

»Warum nicht? Ich weiß, du willst es nicht. Du wirst Geld ausgeben müssen bei deiner Scheidung. Aber bitte: Kauf das Veit-Haus. Ich verdiene das Geld und gebe es dir zurück.«

»Es geht mir nicht ums Geld.«

»Und es hat noch einen Vorteil: Wenn wir wirklich aus dem Haus rausmüssen, bis der Prozess vorbei ist, können wir in Heiligenbrunn bleiben. Wir wohnen dann im Veit-Haus.«

»Und wenn deine Mutter den Prozess gewinnt, sind wir dann Nachbarn?«

»Die gewinnt doch nicht. Außerdem zieht sie nicht hin. Sie will das Haus verkaufen. Überleg doch mal. Das ist genial. Frau Veit liebt dich doch ohnehin. Sie will dir das Haus verkaufen. Bestimmt geht sie mit dem Preis noch runter.«

»Meinst du?«

»Na, sicher. Bitte, Victor, bitte ruf Frau Veit an. Gleich morgen.«

»O. k.«

»Hast du Zweifel? Ist es dir zu langweilig draußen? Geht es mit uns schon bergab?«

»Nein.«

»Was dann?«

»Nichts. Ich will es ja auch. Es geht nur alles sehr schnell. Ich bin wahrscheinlich zu langsam. Jetzt muss ich auch noch meine Mutter abschreiben.«

»Es ist so schade. Ich mag sie so.«

»Ich mag deine Mutter auch.«

»Ich weiß. Komm, wir gehen ins Bett.«

»Ich kann doch jetzt nicht schlafen.«

»Wir schlafen noch einmal drüber. O. k.? Das mit deiner Mutter wird sich wieder einrenken. Ganz bestimmt.«

»Da muss ich dich enttäuschen. Das ändert sich nicht mehr.«

In diesem Moment fiel Victor ein, was seine Mutter gesagt hatte, als er schon im Gehen war. Schnell stand er auf und ging zur Toilette. Als er zurückkam, war er bleich im Gesicht und ließ sich ins Bett fallen.

»Ist dir übel?«

»Ich glaube, ich habe zu Mittag ein Pferd verschluckt.«

Victor drehte sich zur Seite und tat so, als würde er schon einschlafen. Karoline war immer noch mit dem Mobiltelefon beschäftigt.

»Was hast du denn gegessen?«

Doch Victor antwortete nicht. Er versuchte die letzten Sätze zu vergessen, die seine Mutter an diesem Tag zu ihm gesagt hatte. Noch auf der Rückfahrt hatte er es nicht glauben können. Nun aber gingen ihm die Sätze nicht mehr aus dem Kopf. Er wusste, dass er niemandem davon erzählen durfte, auch nicht Karoline. Er wischte sich den kalten Schweiß von der Stirn und spürte, wie sein Körper auf einmal vom Kopf bis zu den Zehen heiß wurde. Hatte seine Mutter das wirklich gesagt? Hatte sie gesagt, es sei für den Vater besser gewesen, sich umzubringen? Sie hatte es gesagt.

Ein riesiger Haufen Gold

»Nichts wie weg hier!«

Victor hatte die Karte für die Parkgarage zwischen den Lippen und konnte gerade nicht sprechen. Er musste sich darauf konzentrieren, auf der engen Rampe der Parkgarage nicht die Wand zu streifen, die bereits von den anderen Autos gezeichnet war. An der Schranke galt es, das Fenster auf der Fahrerseite zu öffnen und ganz nah an das Kästchen mit dem Kartenleser zu fahren. Viele Fahrer, besonders Fahrerinnen, mussten sich weit aus dem Fenster beugen, um die Karte in den Leser stecken zu können. Victor machte meist eine Bemerkung über Frauen am Steuer und erhielt dann sofort eine Zurechtweisung Karolines für seine misogynen Äußerungen. Victor nahm die Karte aus dem Mund und steckte sie in den Kartenleser.

»Wann habt ihr wieder Mediation?«

»Am 8. Januar.«

»Na bitte, drei Wochen Ruhe.«

Aber wie sollte Victor Ruhe finden? Er sollte das Haus von Frau Veit kaufen und hatte Angst davor, alleine mit Karoline Weihnachten in Heiligenbrunn zu verbringen, nicht, weil es ihm selbst unangenehm war, sondern weil er befürchtete, Karoline könnte nach ein paar Tagen trübselig werden und sich nach Gesellschaft sehnen. Bis jetzt hatte Victor keine Ruhe gefunden. Alle Pläne, die Zimmer zu renovieren oder nur ein paar Einrichtungsgegenstände auszutauschen, waren noch nicht einmal angegangen worden. Auch gelesen hatte er nichts. *Der Graf von Monte Christo* war die falsche Wahl gewesen, *Die Brüder Karamasow* hatte er noch gar nicht begonnen, und schon trug er sich mit dem Plan, *Grundsätze und Forderungen der Sozialdemokratie* von Karl Kautsky zu lesen. Er hatte sich sogar ein Heft besorgt, um die wichtigsten Stellen abzuschreiben. Ein Exzerpierheft. Als er dieses Wort Karoline gegenüber ausgesprochen hatte, lachte sie laut: »Exzerpierheft, mein Gott und Vater! Dieses Wort habe ich seit meinem Lateinunterricht nicht mehr gehört.« Karoline lehnte sich auf dem Beifahrersitz zurück.

»Besuchst du Irmgard an den Weihnachtsfeiertagen?«

»Nächste Frage!«

Karoline lächelte und streichelte Victors Wange. Victor hatte ihr Weihnachtsgeschenk schon besorgt, nämlich eine Trainingsstunde in einem Schießsportzentrum. Wahrscheinlich würde die Scheidung von Iris sein ganzes Geld verschlingen. Und wenn er wirklich noch das Haus von Frau Veit kaufen sollte, hatte er danach nichts mehr. Es war anders geplant gewesen. Ganz anders. Es verursachte ihm körperliches Unbehagen, machte ihn schlaflos, und Karoline wusste das.

»Ich freue mich auf Weihnachten. Du auch?«

»Ja.«

»Die Vorfreude ist das Beste daran.«

Auch Victors Vater hatte die Vorfreude auf Weihnachten zelebriert. Allerdings war es bei der Vorfreude geblieben. Bereits Ende August hatte er die ersten Weihnachtsgeschenke besorgt. Er versteckte sie nicht, sondern legte sie auf einen Schrank im Wohnzimmer, wo die anderen sie sehen konnten. Er besorgte alles, was man für das Fest brauchte, viele Wochen im Voraus und hatte eine genaue Vorstellung davon, wie der Heilige Abend ablaufen sollte, was zum Essen serviert werden würde. In der Adventzeit weckte er Victor vor der Schule noch früher, damit er täglich ein Säckchen des Adventkalenders, den der Vater mit Liebe selbst gemacht hatte, öffnen konnte. Victor musste früher aufstehen, damit sein Vater sich an der Freude des Sohnes erfreuen konnte.

Den Adventkalender gab es auch noch, als Victor elf oder zwölf Jahre alt war. Damals bekam er zum Nikolaustag eine elektrische Schreibmaschine, bei der man die Typenräder auswechseln konnte. Und in den folgenden Tagen enthielt der Kalender sieben oder acht Typenräder mit verschiedenen Schriftarten. Die Schreibmaschine sollte letztlich das Lieblingsgerät von Victors Vater werden. Alles, was er bis zu seinem Tod noch schrieb, eine Menge Leserbriefe an Zeitungen und schließlich seinen Abschiedsbrief zu Weihnachten 1989, tippte er auf dieser Maschine.

Doch gegen Ende der Adventzeit, sobald er einen Christbaum besorgt und ihn im Keller in das hölzerne Kreuz geschlagen hatte, wurde Victors Vater von Tag zu Tag missmutiger. Weder die kindliche Freude seines Sohnes über die Geschenke noch die gelungene Zubereitung und der Verzehr von Karpfen oder Gans konnten Weihnachten für ihn wirklich erträglich machen. Meist war der Vater am Heiligen Abend schon um 19:00 betrunken, lästerte über Kirche, Politik und den Zustand der Welt im Allgemeinen und ging zu Bett. Dann kramte die Mutter eine Videokassette hervor und sah mit Victor zuerst

Herr Karl mit Helmut Qualtinger und *Kurzer Prozess* von Michael Kehlmann, ebenfalls mit Qualtinger in der Hauptrolle. Victor war es also gewohnt, Weihnachten zu zweit zu verbringen.

Dennoch konnte er nicht ohne Bitterkeit daran denken, dass Karoline und er ganz alleine im Haus sein würden, und das nicht nur an den Weihnachtsfeiertagen, sondern auch an Silvester. Victor kannte den Stolz, mit dem Karoline ein Problem zuerst scheinbar ungerührt zur Kenntnis nahm, um schließlich doch in schwachen Stunden darunter zu leiden. Von Freunden war keine Abhilfe zu erwarten, denn Karoline hatte keine. Sie war lange in Norwegen gewesen und kannte niemanden mehr von früher. Auch Victor musste in den vergangenen Wochen feststellen, dass er sich um Freundschaften niemals gekümmert hatte. Wie ähnlich sie einander auch darin waren! Dass man mit anderen Bewohnern von Heiligenbrunn in Kontakt kam, war nicht in Aussicht. Selbst wenn Frau Veit ihnen bestimmt den Gefallen täte, sie zu besuchen, würde der Gesprächsstoff wohl nach einigen Minuten ausgehen.

»Mama hat mir Fotoalben mitgegeben. Es scheint, sie will die Vergangenheit ganz loswerden.«

»Ist das in dem Plastiksack auf dem Rücksitz?«

»Ja. Wir können uns zu Weihnachten die Fotos anschauen.«

Karoline griff nach dem Plastiksack und zog die gelbe Mappe heraus.

»Was ist das?«

»Sie hat mir noch eine Mappe von Konrad mitgegeben.«

Karoline öffnete die Mappe. Obenauf lag eine Kinderzeichnung.

»Aber das ist doch nicht von Konrad. Das ist die Zeichnung, die Lena beim Geburtstag der Urli gemacht hat.«

»Wann?«

»Na, dieses Jahr. Irmgard und ich haben neben ihr gesessen. Lena hat uns die Zeichnung erklärt und sie dann Tante Irmgard geschenkt.«

Karoline zeigte Victor die Zeichnung, obwohl sie es sonst nicht gerne hatte, wenn er beim Fahren nicht auf die Straße sah. Die Zeichnung zeigte zwei Menschen, zu deren Füßen große schwarze und braune Haufen lagen. Karoline sagte, sie habe Lena gefragt, was denn das für Haufen seien, etwa Maulwurfshügel oder Berge.

»Und wer sind die zwei?«

»Die Oma und ich.«

»O. k. Und was liegt da bei euren Füßen?«

»Ein riesiger Haufen Gold.«

Nachdem sie in Heiligenbrunn angekommen waren, setzte Victor sich mit der Mappe an seinen Schreibtisch. Karoline war gerade im Garten verschwunden. Schnell schaute Victor die Dokumente durch. Wie vermutet enthielt die Mappe den Abschiedsbrief seines Vaters, den er auf Victors elektrischer Schreibmaschine getippt hatte. Victor hatte diesen Brief einmal gelesen, im Jahr 1989, und danach nie wieder gesehen. In einer weiteren Klarsichthülle fand er die Abschiedsbriefe seiner Wiener Oma. Gestorben war sie allerdings eines natürlichen Todes. Die Briefe waren in Kurrent geschrieben. Victor würde lange brauchen, um sie zu entziffern. Schließlich fand er den Ahnenpass der Familie Jarno aus der NS-Zeit. Victor hatte gerade einige Seiten durchgeblättert und begonnen, die Absätze *Der Rassegrundsatz* und *Der Begriff der arischen Abstammung* zu lesen, als er Karolines Schritte hörte. Er hatte keine Zeit mehr, die Dokumente in die Klarsichthüllen zurückzustecken, legte sie einfach in die gelbe Mappe und ließ sie schnell in der Schublade des Schreibtisches verschwinden.

Wir spielen Leben

Der Weihnachtsbaum, den Victor mit dem alten Traktor aus Altenmarkt gebracht hatte, wurde in dem Zimmer aufgestellt, das jetzt Victors Zimmer war und in dem früher auch der Großvater den Weihnachtsbaum aufgestellt hatte, der dann bis zum 2. Februar, bis Maria Lichtmess, stehen bleiben musste. Als Kind hatte Victor gerne die vertrockneten Nadeln, die massenhaft auf dem Boden lagen, zusammengekehrt, sie in der Küche in das Feuer des Sparherds geworfen und dem Knistern zugehört, das er *das Schießen* genannt hatte. Bis Maria Lichtmess war es aber noch lange hin. Jetzt musste erst einmal der Baum geschmückt werden. Doch Victor hatte ein Weihnachtsbaumtrauma, wenn es auch ein Stellvertretertrauma war. Zur selben Zeit des Jahres, zu der sein Vater sich erschossen hatte, am selben Ort zu sein, ging ihm nahe. Schon als er aus dem Schrank der Urli die uralte Schachtel mit dem Weihnachtsschmuck, einen Karton mit der Aufschrift *Hirsch Zitronella*, der bestimmt vierzig oder fünfzig Jahre alt war, geholt hatte, musste er das erste Mal pausieren.

Karoline erkannte schnell, was mit ihm los war, und übernahm das Schmücken des Baums. Danach legte sie ihre Geschenke unter den Baum. Auch Victor legte zwei Kuverts dazu, ging dann in die Küche, hielt sein Mobiltelefon in der Hand und überlegte, es ganz abzuschalten. Aber vielleicht würde doch noch ein Anruf kommen? Von

Hanna bestimmt nicht, aber möglicherweise von Onkel Rainer. Bestimmt war Irmgard bei Tante Margarete eingeladen und schlich schon seit Mittag regelmäßig zum Kühlschrank, um ein Glas Weißwein zu trinken. Tante Margarete oder Hanna hatte sie dabei mehrmals ertappt und ermahnt, wegen ihrer Zuckerwerte und des Bluthochdrucks nicht zu viel zu trinken. Und Irmgard hatte ein wenig geschimpft und nicht auf sie gehört. Die Kinder schwirrten vermutlich um Hanna herum, vor allem Lena, und bettelten, bald mit der Bescherung zu beginnen. Vielleicht würden sie aber auch nach Victor fragen oder nach Karoline, und wenigstens der eine oder andere Gedanke an sie würde auf ihr Gewissen drücken. Vielleicht hatte der Bimbo manchmal sein Mobiltelefon in der Hand und überlegte, dass es nur einiger weniger Tastendrucke bedurfte, um Karoline zumindest eine Nachricht zu schicken.

Glücklicherweise hatte Victor sein Telefon lautlos gestellt, denn plötzlich sah er einen eingehenden Anruf. Allerdings von Iris. Victor ging schnell in den Holzschuppen und hob ab. Iris, die mitten im Gespräch zu heulen begann, erklärte ihm, dass sie ihn vermisse und zurückhaben wolle. Er sagte nicht viel, sodass Iris nachfragen musste, ob er noch dran sei. Victor hob mit der rechten Hand die Holzhacke an und ließ sie so fallen, dass sie im Hackstock stecken blieb. Victor sei bestimmt bei seiner Familie, sagte Iris, und alle seien heilfroh, dass er sie verlassen habe. Victor wünschte Iris frohe Weihnachten. Er fügte hinzu, man würde einander ja am 8. Januar bei der Mediation wiedersehen.

»Wenn das alles ist, was du zu sagen hast«, sagte Iris. Sie

wünschte ein frohes Fest und legte auf. Nun schaltete Victor das Mobiltelefon ab. Er legte es auf den Stoß mit dem ungehackten Holz. Victor hatte das Prozedere des Großvaters genau übernommen. Das Holz wurde im angrenzenden Geräteschuppen gelagert. Dort befand sich auch die Kreissäge, mit der das große Holz in ca. 25 Zentimeter lange Stücke geschnitten, mit einem Schubkarren in den Holzschuppen gebracht und an der linken Wand gestapelt wurde. Zum Heizen wurde dieses Holz je nach Größe in zwei oder vier Scheite zerhackt. Einige der Scheite wurden mit einer kleineren Hacke zu ein bis zwei Zentimeter dicken Spänen zerkleinert, die für das Anheizen des Sparherds benötigt wurden. Die Scheite und Späne wurden an der rechten Wand gestapelt. Victor kontrollierte täglich, ob genug Holz vorhanden war. »Bist du wieder bei deinem Holz?«, fragte Karoline dann und musste schmunzeln.

Victor befüllte den Korb mit ein paar Scheiten und Spänen. Außerdem zog er eine sehr alte Zeitung aus dem Altpapier. Tatsächlich war es die *Kronen Zeitung* vom 1. Januar 1976. Die Schlagzeile brachte Victor zum Lachen.

> Ausgerechnet zu Silvester:
> Rauchfangkehrer überfiel Bank

Victor nahm sich vor, die Zeitung zu lesen. Doch jetzt musste er zu Karoline zurück, die schon mit der Bescherung beginnen wollte. Dennoch konnte er den Blick kaum von seinem Fund abwenden. Er steckte die Zeitung in den Haufen mit dem Altpapier zurück, ganz weit unten, so dass Karoline sie nicht zufällig nehmen und zum Einheizen verwenden würde.

In der Küche schloss Victor die Tür hinter sich, denn in Holzschuppen und Waschküche war es kalt; dort wurde nicht geheizt. Karoline bimmelte mit dem Glöckchen, mit dem auch die Urli immer zur Bescherung gerufen hatte. Victor trat in das Zimmer, in dem der Weihnachtsbaum stand. Sehr warm war es dort. Karoline hatte eingeheizt, eine Flasche Champagner geöffnet und beiden ein Glas eingeschenkt. Am Weihnachtsbaum brannten die Kerzen. Victor stand reglos vor dem Baum.

»Was machen wir jetzt?«

»Wir ziehen uns aus.«

»Ganz?«

»Ich hoffe, es ist warm genug.«

Karoline und Victor schlüpften aus den Kleidern. Karoline zündete vier Wunderkerzen an und hüpfte dann nackt auf das Sofa.

»Komm schnell zu mir! Alles Gute zu Weihnachten!«

»Alles Gute!«

»Endlich mit dir.«

»Was möchtest du?«

»Dich! Komm!«

»Gefällt dir unser Baum?«

»Ja. Komm!«

»Sollen wir die Geschenke auspacken?«

»Jetzt nicht. Mach weiter!«

»So?«

»Ja! Ja!«

»Ich liebe dich, mein Schatz!«

»Ja!«

»Glaubst du, die Wunderkerzen…?«

»Still! Jetzt!«

Victor hatte sich Mühe gegeben mit den Geschenken. Er hatte etwas finden wollen, das Karoline wirklich begeistern würde, und sich für eine Übungsstunde in einem Schießsportzentrum entschieden. So könnten sie ihre Fähigkeiten testen und später eigene Gewehre kaufen, um das Grundstück zu verteidigen. Außerdem hatte er einen Tischtennistisch für die Garage besorgt und ihn an einem Montag, als Karoline allein in Wien war, liefern lassen. Die Kuverts unter dem Weihnachtsbaum waren nur Gutscheine und sahen im Vergleich zu Karolines Paketen etwas mickrig aus. In einem der Kuverts befand sich die Aufforderung, in die Garage zu gehen.

Karoline streckte sich auf dem Sofa aus und legte den Kopf auf Victors Oberschenkel.

»Herrlich. Wir sollten immer nackt im Haus herumlaufen. Oder nur einen Überwurf tragen. Dann können wir es immer machen, wann und wo wir wollen.«

»Prost, mein Schatz!«

»Bist du glücklich?«

»Ich bin sehr glücklich.«

Bestimmt packten Lena, Paul und Michael gerade ihre Geschenke aus. Der Bimbo hatte sich sicher bemüht, Lena Geschenke zu kaufen, die sie sich wirklich gewünscht hatte. Und Victors Mutter hatte ihn einfach angerufen und darum gebeten, sich daran beteiligen zu können. Während die Familie also lebte wie immer, spielten Karoline und Victor hier Leben.

»Woran denkst du?«

»Du solltest jetzt deine Geschenke aufmachen.«

»Du fängst an.«

Victors erstes Paket enthielt ein Buch von Karl Kautsky:

Texte zu den Programmen der deutschen Sozialdemokratie.

»Verdammt, nun muss ich es wirklich lesen.«

»Kein Stress! Du bist der letzte Sozialdemokrat auf der Welt. Es kommt kein zweiter und prüft dich ab.«

»Sollen wir uns nicht wieder anziehen?«

»Warum, es ist doch recht gemütlich so. Und wer weiß?«

Victor packte sein zweites Geschenk aus. Ein Feldstecher. Er wusste genau, warum Karoline ihn gekauft hatte. Auf einer ihrer Wanderungen hatte Victor bemängelt, dass sie keinen Feldstecher dabeihatten. Es war ein schweres Gerät. Bestimmt war er teuer gewesen. Nun endlich nahm Karoline das erste Kuvert in die Hand. Plötzlich ertönte eine seltsame Glocke. Victor hatte sie schon lange nicht mehr gehört, aber er erinnerte sich, dass es die Türglocke war.

»Schnell, zieh dich an!«

»Was ist das?«

»Die Türglocke.«

Kichernd suchte Karoline ihre Unterwäsche auf dem Boden. Victor war schon angezogen und ging zur Tür. Wie er vermutet hatte, war es Frau Veit.

»Sie sind aber nicht schon bei der Bescherung?«

»Doch, aber das macht nichts. Kommen Sie herein!«

»Mein Gott, ich bin zu spät dran!«

»Kommen Sie nur herein!«

In diesem Moment trat Karoline ins Vorzimmer. Man sah ihr an, dass sie es nur mit Mühe in ihre Kleidung geschafft hatte. Doch Karoline konnte Frau Veit zu einem Glas Champagner überreden. Man setzte sich in die Küche.

Victor legte Holz im Herd nach, und Karoline brillierte mit ihrem Altgriechisch, als sie erklärte, Victor sei ein richtiger Banause, denn *banausos* bedeute im Altgriechischen *Ofenheizer*.

»Also, junger Herr, wir hätten einen Termin bei einem Notar in Hainfeld. Für das Haus. Am 10. Januar, das ist, glaube ich, ein Donnerstag.«

»Hainfeld. Also, wenn das kein Omen ist.«

Victor ging und holte den Stehkalender von seinem Schreibtisch.

»10. Januar. Ist schon eingetragen.«

Dann wandte er sich zu Karoline.

»Das ist mein drittes Geschenk.«

Karoline hatte eine Träne im Auge. Victor war von ihrer Rührseligkeit ein wenig genervt. Immer diese Tränen! In Anwesenheit von Frau Veit war ihm das unangenehm. Auch als Karoline aufstand, sich hinter Victor stellte, seinen Nacken küsste und ihn eng umschlang, wartete er nur darauf, dass Karoline sich endlich wieder an den Küchentisch setzte. Langsam begriff Frau Veit, dass Karoline wirklich erst in diesen Minuten davon erfahren hatte.

»Mein Gott, jetzt habe ich Ihnen die Überraschung verdorben.«

»Im Gegenteil, liebe Frau Veit. Schöner hätte die Überraschung nicht sein können.«

Gaffaband

Am 20. Dezember, dem vorangegangenen Donnerstag, hatten Karoline und Victor das Auto randvoll mit Einkäufen gefüllt, um bis zum 2. Januar ohne weitere Einkäufe auskommen zu können. Es war eine logistische Meisterleistung, die beide mit einer gewissen Sportlichkeit betrieben hatten. Karoline bezeichnete Victor aufgrund seiner ständigen Angst vor Versorgungsengpässen, egal ob das Brennholz oder Lebensmittel betraf, als Prepper. Victor kannte diesen Begriff nicht und musste ihn erst einmal googeln.

Dass mit der Speisekammer ein eigener Raum da war, in dem man alle Lebensmittel kühl lagern konnte, faszinierte Karoline, die seit vielen Jahren das Leben in sehr kleinen Wohnungen gewohnt gewesen war. Sie war hingerissen von den Möglichkeiten, die sich boten, und genoss es, im eigenen Haus immer noch neue Winkel zu entdecken. Sie machten täglich einen langen Spaziergang, der oben am Waldrand begann, von wo aus ihnen Irmgard noch im September die Lage der Panzersperren im April 1945 gezeigt hatte, und der damit endete, dass sie, weil sie sich ein wenig verirrt hatten, nicht immer genau wussten, wo im Dorf sie wieder aus dem Wald herauskommen würden.

Der zweite Tagesordnungspunkt waren kleine Arbeiten im Haus. An diesem Tag musste das neue Bett, das sie für das Dachbodenzimmer gekauft hatten, zusammengebaut und aufgestellt werden. Die größere Schwierigkeit war es, das alte Bett aus dem Zimmer zu bekommen und zu den anderen alten Möbeln auf den Dachboden zu stellen. Der Aufbau des neuen Betts gelang besonders aufgrund von Karolines großer Sorgfalt beim Lesen der Anleitung. Sie überprüfte erst, ob alle Teile da waren, und führte dann Schritt für Schritt die Montage durch. Sie hatte tatsächlich etwas Schwedisches an sich.

Der dritte Punkt war ein Spaziergang im eigenen Haus oder auf dem eigenen Grundstück, denn sie wollten für jeden Raum und jeden Teil des Gebäudes überlegen, was sie damit anfangen würden. Am Stefanitag, dem 26. Dezember, gingen sie in den Schuppen im Nebengebäude. Der vordere Teil zur Straße hin war vom Großvater Ende der 70er-Jahre zu einer Garage umgebaut worden. Das hässliche Garagentor war immer noch original. Statt eines Autos stand dort der Tischtennistisch, den Victor Karoline zu Weihnachten geschenkt hatte.

Der hintere, größere Teil des Schuppens war vollgeräumt mit Leitern, den alten Rehgittern, der Kreissäge, meist kaputten und verrosteten Spaten, Rechen, Schubkarren, Gartengeräten und allem möglichen Zeug, das seit 20 oder 25 Jahren nicht benutzt worden war. Seit die Urli den Gemüsegarten nicht mehr selbst pflegen konnte, hatte sie ihre Gartengeräte nicht mehr gebraucht und den Schuppen wohl kaum noch betreten. Victor erinnerte sich, dort zwei oder drei Mal mit Onkel Rainer etwas gelagert zu haben, meist Gartenmöbel, die man bei Familienzusammenkünften brauchte, wenn das Wetter schön genug war, um draußen zu sitzen.

Wieder einmal war Karoline fasziniert, wie viel Platz zur Verfügung stand. Sie erklärte, sie wolle im Frühjahr den Gemüsegarten ganz neu anlegen und brauche dazu einige wenige Gartengeräte, die man hier unterstellen könne. Den Rest wolle sie wegschaffen. Wozu aber konnte man den Schuppen nutzen? Victor fiel nichts ein. Man könne den Schuppen doch jetzt erst einmal so belassen, wie er war. Zuerst müssten ohnehin die Zimmer im Haus neu eingerichtet werden. Karoline gab Victor recht. Sie träumte aber davon, sich eine Vespa anzuschaffen, und die könnte doch hier untergestellt werden.

Karoline und Victor erschraken, als sie ein Auto auf das Grundstück fahren hörten. Sie dachten zuerst, sie müssten sich irren, aber das Geräusch war ganz nah und eindeutig. Als sie aus dem Schuppen traten, stand da wirklich ein weißes Auto vor der Eingangstür. Erst als Karolines Arbeitskollegin Britta aus dem Auto stieg, war die Sache klar. Der angekündigte Besuch war da. Auf der Fahrerseite stieg ein Mann aus.

Karoline und Victor waren alles andere als festlich gekleidet. Sie trugen für den Spaziergang und ihre Rundgänge bequeme alte Kleidung und Wanderschuhe, die vom letzten Waldspaziergang noch sehr schmutzig aussahen. Victor genierte sich ein wenig dafür, als er sah, dass unter Brittas Kamelhaarmantel ein dunkelblaues Kleid herausschaute.

»Ja, sag einmal, seit drei Tagen versuche ich dich zu erreichen«, sagte Britta und schüttelte den Kopf.

Karoline sah zu Victor und bedeckte ihren Mund mit der Hand.

»Oh, hast du dein Handy an? Meines ist seit Tagen aus.«

Man bat die Gäste ins Haus, und Karoline erklärte wortreich, Victor und sie seien so damit gefordert, das große Haus und das Grundstück kennenzulernen, dass sie an nichts anderes gedacht hatten.

Victor bot Bier oder Prosecco an. Dann setzten sich alle in die Küche. Das von Karoline offensichtlich erwartete Kompliment, wie toll und groß und schön das Haus sei, blieb aus. Victor stellte mit einiger Scham fest, dass Karoline offensichtlich Dinge erzählt hatte, die die Gäste vor Ort nun nicht bestätigt fanden. Man musste auch offen sagen, dass in diesem Haus seit den 90er-Jahren wenig verändert worden war, ja, dass mit wenigen Ausnahmen, wie der Zentralheizung, alles auf dem Stand der 70er-Jahre war. Das wäre vielleicht nostalgischen Menschen bewundernswert oder zumindest kurios erschienen; den anwesenden Gästen kam das Haus aber einfach alt und heruntergekommen vor. Die Gesichter der Gäste beim Hausrundgang, der in der klassischen Rollenverteilung stattfand, indem Karoline Britta führte und Victor ihren Mann, der Erich hieß, verrieten es. Was auch immer Victor Erich zeigte, er wartete nur darauf, dass er etwas sagen würde wie: »Warum reißt ihr das Haus nicht ab und baut ein neues?« Oder: »Wollt ihr wirklich das restliche Leben hier wohnen?«

Die ganze Zeit suchte Victor Karolines Blick, doch sie erklärte und redete auf Britta ein, bis nach einem Satz, der offensichtlich eine Antwort auf die Frage war, von wem das Haus geerbt worden war, Stille einkehrte.

»Von unserer Großmutter«, sagte Karoline. Dann wieder Stille.

»Sie ist im Oktober verstorben. Mit 99 Jahren«, sagte Karoline. Dann wieder Stille.

»Also war das deine Großmutter oder Victors Großmutter?«, fragte Britta.

»Es war seine und meine Großmutter. Unsere Mütter sind Schwestern. Wir sind Cousin und Cousine«, sagte Karoline.

Die Stimmung erholte sich nach diesen Sätzen den ganzen Abend nicht mehr. Die Gäste hatten schlagartig aufgehört, Fragen zu stellen. Den ihnen servierten Alkohol tranken sie nun hastiger. Das Essen – Karoline servierte Paprikahuhn mit Teigware – aßen sie vorsichtig, lobten aber die Köchin. Victor erkannte an Karolines Miene und daran, wie schweigsam sie geworden war, dass sie unterschätzt hatte, wie die Tatsache, dass sie und ihr Cousin ein Liebespaar waren, aufgenommen werden würde. Offensichtlich hatte sie geglaubt, die ablehnende Haltung dazu sei alleine eine Sache ihrer Familie. Im Moment galt es zunächst einmal, den Besuch hinter sich zu bringen. Victor dachte erst, das wäre nur noch eine Frage von wenigen Minuten. Dann dauerte es aber doch länger.

Als Karoline erzählte, man habe diesen oder jenen Gegenstand bei Amazon bestellt, kam es zu einem lebhaften Gespräch, das bald zu einem Monolog wurde. Erich, der Buchhändler war und einen kleinen Laden im neunten Bezirk hatte, erklärte, wie ausbeuterisch der Online-Buchhandel war, und schilderte die unmenschlichen Arbeitsbedingungen, wenn da überhaupt noch Menschen arbeiteten. Noch dazu wäre der Onlinehandel ein riesiges ökologisches Problem.

»Du musst dir vorstellen«, sagte Erich und goss sich selbst noch aus der Flasche ein, »dass ein Buch von einem Verlag in Wien über alle Lager und Depots durchschnittlich 2.500 Kilometer auf der Straße zurücklegt, bis es bei einem Kunden in Wien ankommt. Es fährt von Wien nach Wien 2.500 Kilometer. Im Lkw. Wenn du es als Kunde dann zurückschickst, fährt es wieder mindestens 1.000 Kilometer. Und dann, dann wird es nicht wieder verkauft, sondern es wird weggeworfen. Weil ein nochmaliger Verkauf« – Erich zeichnete die Anführungszeichen in die Luft – »*zu teuer ist*. Es wird weggeworfen und schwimmt dann samt Cellophanierung oder Plastikverpackung im Meer.«

»Ein Buch hat doch keine Plastikverpackung«, wandte Britta ein. Sie wollte ihren Mann in seinem Vortrag bremsen.

»Amazon verkauft doch nicht nur Bücher, die verkaufen alles. Alles. Die zurückgegebenen Artikel schwimmen dann im Meer. Vor Mexiko schwimmt eine Plastikinsel im Meer, die viermal so groß ist wie Deutschland. Vier Mal so groß!«

Ziel dieser Firmen sei einzig und allein die vollständige Überwachung aller Menschen, so Erich, und sie verstoßen allesamt permanent gegen Gesetze, indem sie persönliche Daten an andere Firmen zu Werbezwecken verkauften und die gesetzliche Frist der Löschung aller Daten nach drei Monaten nicht einhielten. Ganz zu schweigen davon, dass sie in den Staaten, in denen sie sich niedergelassen hatten, Milliarden von Steuergeldern nicht bezahlten und straffrei davonkamen, während man Menschen, die ihre Steuererklärung zu spät abgaben, wegen Centbeträgen hohe Verwaltungsstrafen aufbrummte. Erich empfahl Karoline und Victor dringend, alle ihre Webshop-Accounts zu löschen.

26. Dezember 2018 / 17:21
Karoline: hältst du den typen aus?
Karoline: vielleicht hat er ja nicht unrecht
Karoline: aber ein arsch ist er schon
Karoline: ich hatte das handy wirklich seit 3 tagen nicht an
Karoline: über 100 messages 😂😂😂
Karoline: keine einzige von meiner familie

Britta hatte es inzwischen aufgegeben, Erich in seinem Vortrag zu bremsen. Während Karoline mit ihrem Handy auf dem WC verschwunden war, hatte Victor eine Flasche St. Laurent geöffnet und vier neue Gläser zum Tisch gebracht. Erich war inzwischen dazu übergegangen, das Smartphone zu geißeln, und wollte Karoline und Victor davon überzeugen, wieder auf ein *klassisches Handy* umzusteigen. Immer wieder sagte er *klassisches Handy*, bis auch Victor aufs WC gehen musste, einfach, um sich kurz zu erholen.

26. Dezember 2018 / 17:38
Victor: wenn wir nur schon wieder alleine wären!!!

Als Victor zurückkehrte, lief Erich gerade aus dem Haus und holte eine Rolle schwarzes Gaffaband aus dem Auto.
»Wenn ihr schon Smartphones und Computer verwendet, dann bitte, bitte, klebt wenigstens die Kameras zu. Ich schenke euch dieses Gaffaband. Bitte klebt einen Streifen über jede Kamera.«
Als die beiden endlich fuhren, stieg Britta sofort auf der Fahrerseite ein und verbot Erich, das Auto in seinem

Zustand zu lenken. Karoline und Victor winkten. Gleichzeitig waren sie sicher, dass sie die beiden das letzte Mal empfangen hatten.

»Das waren Erich und Britta.«

»Wahnsinn, wie der Typ nervt.«

»Aber die Sache mit dem Löschen der Accounts finde ich trotzdem gut.«

»Er nervt auch Britta.«

»Woher weißt du das?«

»Sie hat mir erzählt, dass sie seit anderthalb Jahren keinen Sex mit ihm hatte.«

»So etwas erzählen Frauen einander?«

»Ich möchte heute das neue Bett im Dachbodenzimmer einweihen.«

»Sollen wir da alle Laptops und Handys vorher zukleben?«

»Was meinst du?«

»Die Gaffer sollen ruhig etwas zu sehen bekommen.«

26. Dezember 2018 / 22:09

Victor:	hi, peter. alles gute zu weihnachten. wie geht's dir?
Peter:	dass du dich mal meldest. brauchst du die wohnung? 😃
Victor:	nein. wohne jetzt auf dem land. hab ein haus geerbt
Peter:	wow, mit hühnern und schweinen?
Victor:	nein. hab mich von iris getrennt
Victor:	lebe jetzt hier mit meiner cousine.
Peter:	halleluja
Victor:	wir sind ein paar.

Peter: kenn ich die?
Peter: hey, schick mir ein foto von ihr
Victor: bist du nicht schockiert?
Peter: don't worry und plag dich nicht

and April 2019
Januar bis April 2019

In den Monaten Januar bis April lebte Victor anders als sonst. Er pflegte diese Gewohnheit nun schon seit über fünfzehn Jahren. Er trank keinen Alkohol, aß weder Fleisch noch Zucker und machte im Februar eine Fastenkur. Früher waren den meisten seiner Freunde und Bekannten die Ergebnisse dieser Monate aufgefallen. Die einen bemerkten, dass er abgenommen hatte, die anderen, dass man ihn monatelang nicht oder nur sehr wenig zu Gesicht bekam. Seit er mit Karoline in Heiligenbrunn lebte, konnte nur sie bemerken, wie er sich veränderte. Zu Victors Überraschung gefiel Karoline diese Phase nicht nur, sie schloss sich ihm sogar in vielem an. In einem aber nicht: Karoline suchte Gesellschaft. Und erstaunlicherweise gelang ihr das sogar in einem Geisterdorf.

Karoline war regelmäßig in der Ordination, im Altersheim, im Schießsportzentrum, im örtlichen Gasthaus und im Büro des Bürgermeisters. Oft kam sie später nach Hause als angekündigt und erzählte Victor von Menschen, die sie kennengelernt hatte. Victor hingegen verließ das Haus, außer um einkaufen zu gehen, nicht mehr. Seine Tage waren ruhig, eintönig geworden.

Nicht, dass es nichts zu tun gab. Und wegen eines Gerichtstermins in Lilienfeld musste Victor dann doch außer Haus. Der begann zwar mit einer Verhandlung, die aber nur wenige Minuten dauerte. Die Richterin legte beiden

Parteien nahe, ihren Konflikt bei einer Schlichtungsstelle zu lösen. Dafür wurde ein weiterer Termin sechs Wochen später vereinbart, und Victor rechnete sich bereits aus, dass sich auf diese Weise bei geschickter Verhandlungsführung die endgültige Entscheidung auf einen Zeitpunkt verschieben ließ, der nach seinem und Karolines Tod lag. Der Rechtsstreit mit der eigenen Familie ging ihm nicht mehr so nahe. So sehr er noch vor dem ersten Termin Herzklopfen verspürt hatte, so beruhigt fuhr er danach nach Hause; beruhigt vor allem deshalb, weil er sicher war, dass Tante Margarete mit diesem Rechtsstreit den falschesten aller Wege eingeschlagen hatte. Achtzehn Jahre lang war Victor berufstätig gewesen. Er kannte die Welt der Besprechungen nur zu genau, er kannte ihre Ergebnislosigkeit, ihre Harmlosigkeit. Die runden Tische, Meetings und Arbeitskreise waren Zentren eines nur scheinbaren Geschehens.

Auch Karoline bemerkte bald, dass bei der Verhandlung lediglich immer dieselben Argumente wiederholt wurden, ohne dass ein Lösungsvorschlag angenommen wurde. Und in diesem Konflikt war die Lösung Verzicht. Doch in diesen Zeiten gab es keine Kultur des Verzichts mehr. Verzicht galt als Verlust. Niemand war mehr in der Lage zu erkennen, dass man durch Zurücktreten auch etwas gewinnen konnte. Warum also verzichtete Victor nicht? Wegen Karoline. Längst hatte er eingesehen, dass Karoline nach ihrer Flucht nach Norwegen zu keiner zweiten Flucht vor ihrer Mutter bereit war. Sie war, wenn es um ihre Mutter ging, hart und verständnislos.

Victors Mediation mit Iris verlief ähnlich. Für Iris war sie ein Tribunal, um Victor für seine Untaten anzuklagen, für Victor das bloße Feilschen um eine Geldsumme, für die Mediatorin ihre tägliche Arbeit. Dem Ziel einer einvernehmlichen Scheidung kam man nicht näher, und Victor sah auch diese Lösung als eine, die erst sein Tod ermöglichen und gleichzeitig obsolet machen würde.

Ende Februar hatte er neun Kilo abgenommen. Er schlief besser und tiefer als das restliche Jahr. Und wenn er beobachtete, wie erschreckend gut Karoline in ihrem Leben organisiert war und sich sofort auf jede Veränderung einstellen konnte, so hielt er meist traumlosen Schlaf für die beste Möglichkeit, der Vergangenheit täglich ein Stück weiter zu entkommen. Für Karoline hingegen ging es, nachdem das Veit-Haus gekauft worden war, um das Einrichten ihrer Praxis und darum, durch ihre Arbeit dort und durch einen Zwanzig-Stunden-Job im Altersheim des Ortes zu einem vertretbaren Monatsverdienst zu kommen.

Victor half Karoline beim Umbau des Veit-Hauses und ließ sie sonst gewähren. Am 24. Februar 2019 allerdings plagte Victor ein seltener Traum und nach dem Aufwachen aus diesem Traum eine Erinnerung. In diesem Traum waren Victor und seine frühere Lebensgefährtin Barbara, mit der er, bevor er Iris kennengelernt hatte, neun Jahre zusammen gewesen war, immer noch ein Paar. Es war Sommer, und Victor hatte sich in den Kopf gesetzt, im Freien auf einer Wiese zu übernachten. Barbara weigerte sich mitzumachen, und so legte Victor sich mit einer Luftmatratze allein ins hohe Gras, wurde aber, kaum hatte er sich hingelegt, von einem Schwarm Hornissen in den linken Unterarm gestochen. Der Arm schwoll auf die zehnfache Größe an, Victor bekam Panik und ging ins Haus. Barbara, die von Beruf Krankenschwester war, rieb den

Arm mit einer Salbe ein, sagte dann drohend: »Wehe, du legst dich mit der Kleinen in die Wiese!« Hinter Barbaras Rücken lag das Baby in seinem Gitterbett.

Als Victor erwachte, stellte er fest, dass sein Arm eingeschlafen war. Das waren die langweiligen Punkte, wie die kleine Lena es nannte. Und dann erinnerte er sich an das Jahr 1994. Barbaras Regelblutung war schon den zweiten Monat ausgeblieben, also gingen sie in eine Ambulanz. Der Arzt war erst mürrisch, doch beim Ultraschall war er plötzlich bester Laune.

Das wiederum erinnerte Victor an eine Rundreise durch Ghana mit Barbara im Jahr 1992. Schon nach einer Woche bekam er über Nacht hohes Fieber. Barbara meinte, man müsse klären, ob er nicht Malaria habe. Victor verwies auf die Tabletten, die er zur Prophylaxe einnehme, aber Barbara sagte, die Prophylaxe sei kein hundertprozentiger Schutz. Sie fuhren in eine Klinik, wo Victor Blut abgenommen wurde, das ein Assistenzarzt unter dem Mikroskop untersuchte. Victor erinnerte sich noch genau, wie der Mann in seinem Labor verschwand und wenig später wieder ins Krankenzimmer zurückkam. Er war groß und bewegte sich elegant. Er lächelte hinreißend. Auch er war bester Laune und sagte zum behandelnden Arzt: »Yes, he has the parasite!«

Mit ähnlich guter Laune zeigte der Arzt 1994 Barbara und Victor im Ultraschall, dass man den Kopf des Kindes bereits erkennen konnte. Sie gingen nach Hause, entschieden sich aber noch am selben Tag für einen Schwangerschaftsabbruch. Victor wusste nicht mehr, wie viele Tage später er Barbara ins Krankenhaus brachte, und seltsamerweise konnte er sich auch an das Krankenhaus nicht mehr erinnern. So wie sein Vater nicht mehr wusste, wo sich sein Flakturm befunden hatte, so war Victor, der Wien wie seine Westentasche kannte, entfallen, in welches Spital er und Barbara gingen. Er erinnerte sich noch an ein Wartezimmer, in dem er saß, und dass es dunkel wurde, dass er einschlief und erwachte, weil er von der Sitzbank des Wartesaals auf den Laminatboden gefallen war.

Als das Bett aus dem OP geschoben wurde, sprang Victor auf und eilte den zwei Schwestern, die Barbara im Bett den Korridor entlangschoben, entgegen. »Es ist alles in Ordnung«, sagte eine Schwester. Victor wusste, die Krankenschwestern wollten nur, dass er wegging. Er hielt dennoch Barbaras Hand und lief ein Stück neben dem Bett her. »Ich muss aufs Klo«, sagte Barbara. »Bitte, ich muss dringend aufs Klo!« Eine der Schwestern nickte Victor zu: »Das ist normal nach einem solchen Eingriff.«

Am Abend verließ er das Spital. Die nasse Herbstkälte war angenehm. Er las die leuchtenden Schilder und Aufschriften im Dunkeln wie ein Kind, langsam und so, dass das Buchstabieren von G-A-S-T-H-A-U-S sich gar nicht zum Wort Gasthaus zusammensetzen wollte. Victor ging nicht nach Hause. Nicht in Richtung der Wohnung, die – wie Barbara immer sagte – gerade groß genug für sie beide war. Sie hatten sich schnell entschieden. Zu schnell. Barbara hatte sicher gewirkt. Sie waren beide zweiundzwanzig Jahre alt.

Er ging ins Gasthaus Reinthaler in der Gluckgasse, wo er auch manchmal mit Barbara essen war. Es gefiel den beiden, dass es noch ein richtiges Wirtshaus gab mitten in der Innenstadt. Er trank vier oder fünf Bier und blieb lange dort sitzen.

Am nächsten Morgen telefonierte er mit Barbara. Er solle sie um 09:00 abholen, sie wolle dann mit ihm im Wienerwald spazieren gehen. Das hatten sie schon lange nicht mehr gemacht. Victor nahm einen kleinen Rucksack und packte ein, was Barbara ihm mitzunehmen aufgetragen hatte: frische Unterwäsche, Socken und ein weißes T-Shirt.

Barbara begrüßte ihn mit einem Wangenküsschen. Ihr Blick wirkte abwesend. Abweisend. Sie musste auf der Station noch irgendetwas unterschreiben. »Was hast du gestern noch gemacht?«, fragte sie. »Gar nichts«, sagte Victor, »ich bin ein wenig durch die Stadt spaziert.« Barbara nickte. Victor hatte das Gefühl, keine sehr falsche Antwort gegeben zu haben.

Die Straßenbahn war voll. Es gab nur noch einen Sitzplatz neben einer jungen Frau, die ein gelbes Kleid trug und ein kleines Kind auf dem Schoß hatte. Das Kind lutschte halb schlafend an seinem Daumen, die Mutter schwitzte stark, seufzte immer wieder und wischte sich den Schweiß von ihrer Stirn. Dann wieder tätschelte sie den Kopf des Kindes. Das Tätscheln kam Victor sehr grob vor. Das Zuschauen wurde ihm unerträglich. Er wollte etwas zu Barbara sagen, ließ es dann aber sein.

Einen Monat nach dem Schwangerschaftsabbruch trennte Victor sich von Barbara.

Mai 2019

Anything else

Hatte Karoline in den Monaten davor abends im Bett noch lange auf ihrem Mobiltelefon Nachrichten gelesen, so schrieb sie jetzt in das Heft, das Victor ihr zu Weihnachten geschenkt hatte. Das Papier dafür hatte er bei einem Altwarenhändler entdeckt, immer fünf Blatt zu einem Heftchen gefaltet und diese in die Buchbinderei gebracht. Für den Einband hatte er weinrotes Leinen ausgesucht.

Lange war dieses Notizbuch unbeschrieben geblieben, seit einigen Tagen lag es nun aber aufgeschlagen auf Victors Schreibtisch. Die Versuchung, darin zu lesen, war groß. Doch Victor betrachtete nur Karolines schöne Schulschrift, schob das Buch dann zur Seite und bedeckte es mit irgendeiner Mappe. Zu Karolines nächstem Geburtstag würde er ihr eine Montblanc-Füllfeder schenken.

Saß er an seinem Schreibtisch, am früheren Schreibtisch des Großvaters, waren die Erinnerungen an diesen und daran, wie er an genau demselben Ort auf genau demselben Stuhl gesessen hatte, die einzig angenehmen Gedanken. Links von Victor lagen Unterlagen für die Schlichtungsstelle. Bisher hatte Tante Margarete Victors Angebote alle abgelehnt. Und er ihre. Rechts von ihm lagen Unterlagen für die Mediation. Im März hatte Iris gegen eine einmalige Zahlung in die Scheidung eingewilligt. Diese Summe plus der Betrag, den er Frau Veit für den Kauf ihres Hauses bezahlt hatte, ergaben die Summe jener Ersparnisse, mit denen er sich vorgenommen hatte, bis an sein Lebensende auszukommen. Weg war das Geld. Ausgegeben für nichts. Der Scheidungstermin war für den 23. Mai vereinbart; spätestens zwei Wochen danach musste er Iris das Geld auszahlen. Nach der Scheidung blieben Victor fünftausend Euro. Die mussten in den nächsten Jahren bestimmt für das Auto ausgegeben werden. Niemals hatte Victor ein Auto haben wollen. Jetzt besaß er eines. Und er besaß es nur Karoline und Frau Veit zuliebe. Im Scherz sagte er immer: »Seit ich mit einer Grün-Wählerin zusammen bin, habe ich das erste Mal in meinem Leben ein Auto.« Eigentlich war es kein Scherz.

Karoline hatte ihren Job im Krankenhaus in Wien aufgegeben. Im April hatten sie Victors achtundvierzigsten Geburtstag gefeiert – nur sie beide, alleine, zu Hause. Am ersten Mai, dem Tag der Arbeitslosigkeit, wie Victor ihn nannte, hatten sie Karolines Arbeitslosigkeit (sie nannte es *Freiheit*) gefeiert – nur sie beide, alleine, zu Hause. Nun steckte Karoline alles Geld, das sie von der Urli bekommen hatte, in den Umbau des Veit-Hauses in eine Arztpraxis. Doch die Bauarbeiten verzögerten sich, und statt den Betrieb im Juni beginnen zu können, sah es nun nach Juli oder August aus. Immerhin hatte Karoline im Wohnzimmer des Veit-Hauses notdürftig ein Büro eingerichtet, in dem sie jeden Tag verschwand. Karolines zweites Standbein sollte ein Zwanzig-Stunden-Job im Altersheim von Heiligenbrunn sein. Der darauffolgende Montag würde ihr erster Arbeitstag sein. Doch ihr erstes volles Gehalt käme erst Ende Juni.

Es blieb Victor also nichts anderes übrig, als seine Wohnung in Wien zu verkaufen, um wieder zu Geld zu kommen. Das konnte er aber erst, wenn Iris ausgezogen war. Und Iris hatte nur gegen die Möglichkeit, bis Jahresende in der gemeinsamen Wohnung bleiben zu dürfen, in die Scheidung eingewilligt.

Victor legte alle Akten auf dem Schreibtisch zu einem Stapel zusammen und steckte ihn in die Schublade, in der sich bereits die Abschiedsbriefe seiner todessehnsüchtigen Familie und ihre Nazi-Akten befanden. Nun waren nur noch der Laptop und das Smartphone auf dem Tisch. Das Mobiltelefon machte Victor ungern an, denn entweder rief seine Anwältin an oder seine Bankberaterin oder seine Mutter, um über ihren Gesundheitszustand zu klagen und ihn zu bitten, sie endlich wieder zu besuchen – ohne Karoline. Seit Januar verlief jedes Telefonat gleich. Victor sagte, er wolle sie nur zusammen mit Karoline besuchen kommen. Irmgard bezeichnete das als Erpressung und lehnte ab.

Victor rief seine E-Mails ab. Er tat das nur noch, um festzustellen, auf welchen Seiten er noch ein Konto hatte. Im Januar hatte er damit begonnen, seine Accounts nach und nach zu löschen: Zalando, Booking, eBay, Willhaben, Car2Go, DriveNow, Uniqlo, Muji, Universal, Medimops, ZVAB, Fluglinien, Verkehrsverbünde, Onlinehändler für Schusswaffen, Lotterien und Glücksspielbetreiber und zwei E-Mail-Accounts, die er ohnehin schon lange nicht mehr benutzt hatte. Es war beeindruckend, was sich in den Jahren alles angesammelt hatte. Auf die Idee, diese Accounts zu löschen, hatte ihn der zugegebenermaßen paranoide Mann von Karolines früherer Kollegin gebracht. Victor fand die Idee dennoch richtig. Karoline spottete darüber und nannte Victor *den großen Aussteiger* und seine Löschaktion *The Big Easy*. Die E-Mails von der Bezirkssektion der Sozialdemokratischen Partei, der Frau Veit jetzt angehörte, las er und löschte sie nicht. Und dann kamen noch E-Mails vom Schießsportzentrum.

Im Januar hatte Karoline ihr Weihnachtsgeschenk bekommen: Victor war mit ihr in ein Schießsportzentrum gefahren. In der ersten Schießstunde war Karoline schwer verärgert – über sich selbst. Der Rückstoß des Gewehrs war so stark, dass sie es beim Schuss nicht ruhig halten konnte. Sie verfehlte ihr Ziel so deutlich, dass Victor lachen musste. Karoline konnte nicht mitlachen.

Schon die zweite Stunde war Victors letzte Stunde gewesen. Dieser Verein, das hässliche Gebäude, in dem es in jeder Ecke nach Energydrinks stank, die Menschen dort, die entweder rechtsextrem oder geisteskrank oder meist beides waren – all das stieß ihn ab. Aber auch wenn Victor das Schießsportzentrum seither mied, zog es Karoline weiter dorthin. Anfangs fragte sie Victor noch, ob er zum Schießen mitkäme. Dann irgendwann hatte er den Überblick verloren, wie oft sie zum Training ging. Karoline war ehrgeizig geworden. Sie musste die Beste sein.

Außer dem Schießsportzentrum besuchte sie oft das Büro des Bürgermeisters, das Altersheim und zwei Gasthäuser: das eine im Zentrum von Heiligenbrunn und das andere in Schöpflgitter. Wenn Karoline nach Hause kam, roch Victor, dass sie Wein getrunken hatte. Immer wieder wurde sie von Menschen aus dem Dorf, die Victor meist gar nicht kannte, in wichtigen Angelegenheiten angerufen. Karoline duldete keine Witze darüber und sagte mit vollem Ernst: »Man muss etwas tun für diesen Ort, sonst geht er vor die Hunde.«

Sobald Victor noch einen Newsletter in seinem Postfach entdeckte, steuerte er die entsprechende Seite an und löschte sein Konto. Nur einen Account hatte er aufgehoben, doch nun beschloss er auch diesen zu löschen: das Amazon-Konto. Er suchte die Seite mit den Einstellungen, fand dort aber keine entsprechende Funktion. Tatsächlich musste er die FAQ lesen; das war ihm bei keiner anderen Webseite passiert. Dort erfuhr er, dass er bei der Hotline anrufen musste, um das Konto zu löschen. Er wählte die Nummer, suchte als Sprache Englisch aus und landete in der Warteschleife.

18. Mai 2019 / 16:01
Victor: bist du unterwegs?
Karoline: komme gleich. was machst du?
Victor: accounts löschen
Karoline: bist du schon ganz offline?
Karoline: dass du überhaupt das handy anhast
Victor: musste es leider aufdrehen. um das amazon-konto zu löschen, muss man dort anrufen
Karoline: wirklich? gibt's keinen chat-support?
Karoline: schau dir bitte vorher das video an, das ich dir gestern geschickt habe
Karoline: bist du nackt?
Victor: fast
Karoline: fast was? 😱
Karoline: bitte, schau es an. nur dieses eine mal
Karoline: dann darfst du offline gehen
Victor: komm und überzeug dich selbst

Tatsächlich hatte Victor nicht nachgesehen, ob es einen Chat-Support gab. Dann war er aber endlich dran und erklärte einer freundlichen Frauenstimme sein Anliegen. Sie sagte, dass sie die Löschung des Kontos beauftragen könne. Er müsse aber wissen, dass er danach keine Bestellungen mehr machen, seine Kontodaten nicht mehr einsehen und sich nicht mehr einloggen könne. Victor dachte, sie würde die Sache nun ewig hinauszögern, bis er von seinem Wunsch abkam. Doch irgendwann sagte sie, sie werde das Konto nun löschen lassen, es könne aber dauern, bis die Änderung aktiv sei. »Can I do anything else for you, Sir?« Victor musste lachen und verabschiedete sich.

18. Mai 2019 / 16:17
Karoline: störe ich dich beim lesen?
Victor: warum bist du denn heute drüben?
           es ist samstag
Karoline: bürokram

Victor las leider nicht. *Die Brüder Karamasow* blickten ihn vorwurfsvoll an. Auch in dem Band mit den Schriften von Karl Kautsky, den Karoline ihm zu Weihnachten geschenkt hatte, hatte er bisher kaum gelesen. Nicht einmal den *Graf von Monte Christo* hatte er geschafft. Schuld daran war das andauernde Holzhacken und Waschen und Einkaufen und Kochen und Einheizen und Aufräumen. Und die Bauarbeiten im Veit-Haus. Und der Rechtsstreit um das Haus. Und die Scheidung. Hätte Victor ein Kind großzuziehen gehabt, dann wäre es leicht gewesen, all diese Dinge zur Seite zu schieben. Weil es einen triftigen Grund gegeben hätte. Das Kind hätte Vorrang. Und jeder würde das verstehen müssen. So aber, ohne Kind, ohne Arbeit, ohne irgendeine erkennbare Notwendigkeit, musste sein Leben auch anderen so erscheinen, wie es auf ihn wirkte: ein heilloses Chaos. Heil heil heilloses Chaos.

18. Mai 2019 / 16:42
Karoline: kommst du mich abholen?
Karoline: du kannst durch den garten gehen. der zaun ist ja schon weg
Karoline: oder willst du mich nicht abholen kommen?

Das Video

Eigentlich hatte Victor das Auto von Frau Veit gekauft, damit Karoline nach Wien pendeln konnte. Doch sie behielten es ohne Diskussion auch jetzt, wo Karoline ihren Job in Wien gekündigt hatte. Sie war gerne damit unterwegs, liebte das Auto besonders in Kurven und hatte die auf dem Land immer noch übliche Angewohnheit angenommen, auch nach Alkoholgenuss damit zu fahren. Das Auto war beim Kauf bereits fünfzehn Jahre alt gewesen und laut Mechaniker nur deswegen noch in so einem guten Zustand, weil es garagengepflegt und kaum benutzt worden war. Karoline aber stellte es seither nie in die Garage. Sie fuhr mit einem täglich schnelleren Schwung über den kleinen Steg auf das Grundstück, ließ das Auto vor der Eingangstür stehen und sprang heraus, ohne es abzuschließen.

»Hast du dir das Video angesehen?«
»Welches?«
»Ich hab dir den Link geschickt, Schatz!«
»Noch nicht.«
»Komm, wir schauen es gemeinsam an.«
»Ich glaube, ich will das nicht sehen.«
»Warum denn nicht? Es gibt eine Regierungskrise. Vielleicht kommen bald Neuwahlen.«

Karoline zog Victor an der Hand auf das Sofa in seinem Arbeitszimmer. Seit Weihnachten zogen sie dieses Sofa der großen Eckcouch im Fernsehzimmer vor. Schon lief das Ibiza-Video auf Karolines Tablet. Karoline sah es nicht das erste Mal, denn sie wies Victor schon im Voraus auf bestimmte Stellen hin. Es war also nicht nur Bürokram gewesen, den Karoline an diesem Samstag erledigt hatte. Es stellte sich heraus, dass es sich nur um Ausschnitte eines offensichtlich viel längeren Videos handelte. Karoline lachte immer wieder. Manchmal musste auch Victor lachen.

»Ist das nicht herrlich? Was sagst du dazu?«

»Wir sind nicht nackt.«

Karoline legte das Tablet zur Seite.

»Schade. Du freust dich nicht.«

»Worüber soll ich mich freuen?«

»Gibt dir das nichts?«

»Was soll es mir geben?«

»Hoffnung.«

»Sorry: no.«

»Na gut, ich habe noch eine Nachricht für dich: Dein Freund Erich...«

»Wer ist das?«

»Dein Mentor beim Account-Löschen. Der Paranoiker.«

»Ach ja, der nervige Typ. Was ist mit ihm?«

»Er wird Vater.«

»Aha!«

»Britta ist im vierten Monat.«

»Hast du nicht vor fünf Monaten erzählt, dass sie anderthalb Jahre keinen Sex hatten? Und nun ist sie im vierten Monat.«

»Irgendwann muss es wohl passiert sein!«

Es war Victor bewusst, dass er Karoline den Abend verdarb. Wie er das aber ändern sollte, wusste er nicht. Das Video, das offensichtlich vor der Wahl aufgenommen worden war, zeigte den Vizekanzler der Republik dabei, wie er davon sprach, öffentliche Bauaufträge in Zukunft an Günstlinge zu vergeben. Beachtete man das Datum der Aufnahme des Videos, das vor den Wahlen lag, so wurde klar, dass die Koalition der beiden rechtsextremen Parteien schon vor der Wahl vereinbart worden war. Das war für Victor wenig überraschend.

Außerdem sprach der Vizekanzler davon, Einfluss auf die größte Boulevardzeitung des Landes und ihre Eigentumsstruktur nehmen zu wollen. Auch das war nichts Neues. Die Partei des Kanzlers tat das ja auch, allerdings ließ der Kanzler sich nicht dabei filmen, wenn er davon redete. Nun würde genau das Verkehrte passieren: Die Partei würde für das Aussprechen korrupter Methoden an den Pranger gestellt, nicht aber für die Methoden selbst.

»Es passiert das Falsche aus den falschen Gründen«, wollte Victor sagen, behielt es aber dann für sich. So gut es ging tat er nun so, als teile er Karolines Euphorie. Für sie gab es kein anderes Thema. Sie war die ganze Zeit mit ihrem Tablet und ihrem Smartphone beschäftigt, las Artikel und alle Postings unter den Artikeln. So bemerkte sie nicht, wie sich Victor zunehmend langweilte. Dass sie ihm ganz nebenher von Brittas Schwangerschaft erzählt und das anscheinend sofort wieder vergessen hatte, traf ihn jetzt mehr, als dass ihr Innenpolitik ganz offensichtlich wichtiger war als Sex mit Victor.

Als sie zu Bett gingen, nahm Victor das Buch von Karl Kautsky, das Karoline ihm zu Weihnachten geschenkt hatte, zur Hand und begann ganz hinten zu lesen. Er fand eine bemerkenswerte Stelle, in der Kautsky Günther Anders zitiert, der wiederum Kautsky zitiert:

Kautsky spricht von einer »Bevölkerung, die gelernt hat, selbst zu denken und zu handeln«. Machen wir uns nichts vor! Die Millionenmasse denkender Arbeiter und klassenbewusster Proletarier, mit denen wir zu rechnen gewohnt waren, gibt es nicht mehr ... Und vollends die jungen Menschen! Diese Jugend hat seit dem Kriege in wachsendem Maße das Denken verlernt, und jeden Tag unter faschistischer Herrschaft verlernt sie es weiter.

»Ich muss dir etwas vorlesen.«
»Was denn?«
»Ich lese das Buch, das du mir geschenkt hast.«
»Ach, Kautzki-Plautzki?«
Leider fand Victor keinen Kugelschreiber auf dem Nachtkästchen. Er hätte die betreffende Stelle gerne abgeschrieben. Stattdessen bemerkte er, dass es Karoline war, die er für die nächsten Tage abschreiben konnte.

Victor musste sich vorbereiten. Vorbereiten für viele Tage der Isolation und Quarantäne, vermutlich bis an sein Lebensende. Sein Vater hatte immer *Kontumaz* dazu gesagt. Dieser Ausdruck gefiel Victor, obwohl er nicht wusste, woher er kam und ob er überhaupt korrekt war. »Ein Demokrat lebt bei uns in lebenslanger Kontumaz«, hatte Konrad gesagt. Und nie hatte Victor im Wörterbuch nachgesehen, was dieses Wort bedeutete oder wie man es schrieb. »Irgendwann kriegt man dann Lagerkoller«, hatte Konrad gesagt. Und Irmgard hatte ihn unterbrochen, denn sie wollte nicht, dass er weiterredete. Dabei wäre das Wichtigste erst noch gekommen.

Victor war sicher: Seine Angst, dass Karoline in Heiligenbrunn Lagerkoller bekommen würde, war seine eigene Angst vor dem Lagerkoller, demselben Lagerkoller, den sein Vater bekommen hatte. Seit die Sozialdemokraten keine Ruhe mehr in dieses Land brachten, war es krank geworden, krank machend. Es war weder gesund, sich überall und andauernd gegen Dummheit und Aggression wehren zu müssen, noch sich einzusperren, um dieser aggressiven Dummheit zu entgehen. Aber es musste sein. Karoline wollte Victor retten. Aber sie wusste auch, dass ein Gasthaus, ein Schießsportzentrum oder das Büro eines Bürgermeisters keine Orte für Victor waren.

Als Karoline und Victor am Badesee nebeneinander gelegen hatten vor dreißig Jahren, war die Welt groß und offen gewesen, die Politik in diesem Land hingegen lächerlich und harmlos. Damals hatte Victor über den Bundeskanzler gelacht. Er war ihm als eine Witzfigur erschienen, wie heute der Bürgermeister von Heiligenbrunn. Nun war die Politik noch dümmer geworden. Aber sie war nicht mehr harmlos. War es die Generation seiner Mutter und von Tante Margarete, die daran Schuld hatte?

»Komm, es gibt eine Sondersendung und eine Studiodiskussion. Das schauen wir uns an.«

»Muss das sein?«

»Ja, es muss sein. Es gibt Popcorn und Prosecco.«

Victor aß Popcorn. Zwar hatte er von Karoline ein Glas bekommen und mit ihr angestoßen, doch er trank keinen Schluck vom Prosecco. Seit dem Silvesterabend hatte er keinen Alkohol getrunken. 137 Tage. Und Victor wollte seinen Weltrekordversuch jetzt nicht abbrechen; schon gar nicht, nur weil ein rechtsextremer Vizekanzler zurückgetreten war. Er wollte Karoline nicht enttäuschen. Sie amüsierte sich auch so gut, sah aber bei der Diskussion kaum zu, war ununterbrochen mit ihrem Mobiltelefon beschäftigt und trank im Verlauf des Abends die ganze Flasche Prosecco.

Wie leicht war es früher gewesen, Kommunist zu sein und die Sozialdemokraten zu kritisieren. Und zum Teil war diese Kritik auch gerechtfertigt gewesen. »Wer mit siebzehn kein Kommunist ist, ist nicht ganz normal«, hatte Vater immer zur Mutter gesagt, wenn diese sich darüber beklagt hatte, dass Victor sich ständig mit Lenin und Trotzki beschäftigte. Damals hielt Victor die Sozialdemokraten für Loser, die sich dem Kapitalismus angepasst hatten, um Karriere zu machen. Klar, sie waren immer noch intelligenter als die Konservativen, aber das war kein Kunststück. Und man vergaß einfach, dass sie jahrzehntelang die Christlich-Sozialen davon abhielten, den Staat zu übernehmen und ihn wieder zu einer Diktatur zu machen.

Vor der Sondersendung kam nun endlich das lange angekündigte Statement des Bundeskanzlers, der mitteilte, dass es Neuwahlen geben werde. Karoline jubelte. Sie erhob ihr Glas und bemerkte, dass es leer war. Als sie aus der Flasche nachschenken wollte, sah sie, dass der Prosecco aus war. Nur Victors Glas war immer noch voll. Er gab es Karoline.

»Du hast ja gar nichts getrunken?«
»Nein.«
»Willst du mit mir nicht auf die Neuwahlen anstoßen?«

»Nein.«

»Bist du gemein!«

»Du könntest mir ein wenig von Tuba erzählen.«

»Die fasziniert dich anscheinend.«

»Stimmt. Das ist wenigstens etwas Wirkliches. Nicht wie dieses Politspektakel mit Dingen, die man schon längst weiß.«

»Aber weil du heute so gemein warst, erzähle ich dir nicht von Tuba.«

»Soll ich noch eine Flasche Prosecco aufmachen?«

»Wie lange trinkst du jetzt schon nicht?«

»Heute ist der 138. Tag.«

»Bewundernswert. Wie schafft man das? Selbsthypnose? Autosuggestion?«

»Durch Nicht-Trinken.«

Rauche nicht und trinke nicht, baue dir kein Haus

Die Arbeiter waren nicht gekommen. Karoline hatte an diesem Tag ihren ersten Dienst im Altersheim. Anstatt aber dorthin aufzubrechen, stand sie in ihren Gummistiefeln neben Victor.

»Reg dich nicht auf. Sie werden schon kommen.«
»Wir sind ohnehin im Verzug. Und jetzt das!«
»Sei weise und klug und bau dir ein Haus.«
Victor lächelte.
»Ich habe schon so viele Häuser. Oder zumindest Hälften von Häusern.«

Sofort musste Victor daran denken, wie sein Vater seiner Mutter – also Victors Wiener Oma – gegenüber davon gesprochen hatte, dass er das Rauchen aufgeben wolle.

»Rauche nicht und trinke nicht, baue dir ein Haus!«, hatte die Wiener Oma damals gesagt. Konrad hatte gelacht und geantwortet: »Ich würde sagen: Rauche nicht und trinke nicht, baue dir kein Haus!«

Die Löcher, die am Freitag ausgehoben worden waren, um die Pfähle für den Zaun zu versenken, hatte der Regen übers Wochenende ausgespült. Nun war kein Arbeiter da. Karoline blickte stumm in eines der gegrabenen Löcher.

»Ist das tief genug?«
»Wenn wir unsere eigenen Nachbarn sind, brauchen wir dann einen Zaun?«
»Keine Ahnung.«

»Aber wenn deine Mutter unsere Nachbarin ist, dann brauchen wir einen Burggraben. Und eine Mauer. Mit Schießscharten.«

Karoline zählte die gegrabenen Löcher, während Victor ein drittes Mal den Chef der Baufirma anrief, um zu fragen, wo die Arbeiter blieben. Nun hatte er zwei Häuser. Frau Veit war glücklich gewesen, Victor das Haus ihrer Eltern verkaufen zu können, und hatte es ihm zu einem viel zu niedrigen Preis gegeben. Es waren eigentlich zwei Gebäude. Das Haupthaus war gut eingerichtet, und es gab nicht viel zu renovieren. Karolines Praxis sollte im Nebenhaus eingerichtet werden. Die Einrichtung dafür gab es schon in einer stillgelegten Arztpraxis im Dorf. Zuvor aber musste das Nebengebäude saniert werden. Die Stromleitungen sollten völlig erneuert werden, und es musste auch ein Warteraum her für die Patienten. Victor wollte alles von einer Baufirma machen lassen. Nun aber wurde sie schon nach wenigen Tagen unzuverlässig. Bestimmt gab es irgendwo eine lukrativere oder wichtigere Baustelle, und der Chef hatte die Arbeiter dorthin geschickt und log, wenn er behauptete, er erreiche den Polier nicht.

Den Zaun zu erneuern war der letzte Wunsch von Frau Veit gewesen. Denn eigentlich war es absurd, dass Victor nun einen Zaun baute zwischen zwei Häusern, die beide ihm gehörten.

»Lass dich umarmen.«

»Warst du gestern wieder im Sportzentrum?«

»Ja, ich werde bald Schützenkönigin von Heiligenbrunn.«

»Das ist gut.«

»Und heute habe ich meinen ersten Dienst im Altersheim.«

»Willst du gleich zum ersten Dienst zu spät kommen?«

»Liebst du mich noch?«

»Liebe zwischen Cousine und Cousin ist gesetzlich nicht verboten.«

»Was ist das für eine Antwort?«

»So würde meine Anwältin antworten. Die sagt immer solche Sachen.«

»Und wie würdest du antworten?«

Karoline stand da und hatte ihre Hände in den Ärmeln des Pullovers versteckt, wie Schulmädchen das in Victors Kindheit gemacht hatten. Und als wäre Karoline wirklich wieder Kind geworden, betrachtete sie nun lange eine Pfütze an der Grundstücksgrenze, bevor sie mit beiden Füßen gleichzeitig hineinsprang, sodass der Matsch zur Seite spritzte.

»Ich werde die Königin!«

»Du bist die Königin.«

Karoline umarmte Victor von hinten und küsste ihn in den Nacken. Dann streichelte sie seinen Kopf.

»Reg dich nicht auf. Die werden schon kommen. Und du wirst sehen: Die Regierung ist bald weg. Der Kanzler gehört weg.«

»Ja und? In ein paar Monaten haben wir wieder dasselbe.«

Wie oft hatten sie dieselbe Angelegenheit in den letzten Tagen schon besprochen? Aber Karoline wurde nicht müde, davon zu reden. Victor strengte es hingegen sehr an.

»Du bist genau wie ich: Man kann dich nicht aufheitern. Ich liebe dich!«

Karoline küsste Victor. Sie hatte ihm immer gefallen in ihren eleganten Kleidern und auch im Arztkittel, den sie am Vortag für den Dienst im Altersheim ausgepackt hatte. Nun aber trug sie öfter legere Kleidung, eine alte Hose, feste Schuhe und eine Strickweste.

»Ich bin so froh, dass ich nicht mehr nach Wien pendeln muss. Wir werden hier etwas aufbauen. Ich bin sehr glücklich.«

»Mit diesen Arbeitern werden wir gar nichts aufbauen.«

»Ach, du grantiger Mensch. Alles wird gut.«

»Du hast recht. Bitte, mach dich jetzt auf den Weg!«

»Gehe ich dir auf die Nerven?«

Karoline hüpfte weiter in den Pfützen herum. Dann blieb sie vor einem der ausgegrabenen Löcher stehen und blickte konzentriert hinein.

»Da sind Regenwürmer.«

»Was für eine Überraschung!«

»Und da ist ein alter Pullover.«

Victor hatte nicht zugehört. Er hatte damit begonnen, Platz zu schaffen für die Paletten mit den Steinplatten, die vom Eingang des Grundstücks bis zur zukünftigen Arztpraxis führen sollten. Dann erst antwortete er.

»Den kannst du anziehen, wenn du ins Altersheim gehst.«

»Den hier kann niemand mehr anziehen.«

»Wann musst du ins Altersheim? Du kannst den alten Traktor nehmen. Ich brauche ihn ja nicht.«

»Victor, da liegt wirklich etwas.«

Victor war genervt. Er wollte, dass Karoline endlich ging. Dann könnte er aufhören, so zu tun, als müsse er arbeiten. Er wollte lesen und Holz hacken und Wäsche waschen und überhaupt wieder in seinem Haus sein.

»Hast du eine Schaufel?«

Victor lachte. Er nahm die Schaufel, die die Arbeiter einfach an die Hausmauer gelehnt hatten. Mit der Schaufel ging er zu Karoline, die in das Loch zeigte.

»Was ist das?«

»Irgendein alter Fetzen. Was soll das schon sein?«

Karoline nahm Victor die Schaufel aus der Hand und versuchte, das Tuch aus dem Schlamm zu ziehen.

»Es ist zu schwer. Man muss es ausgraben.«

»Ich lass das die Arbeiter machen. Wenn sie je kommen.«

Aber Karoline war schon in das Loch gestiegen und hatte zu schaufeln begonnen. Tatsächlich wurde ein braunes Tuch sichtbar. Als Karoline es freigelegt hatte, begannen sie und Victor daran zu ziehen. Sie knieten nun vor dem Loch, und ihre Hosen wurden nass. Dann zogen sie das ganze Ding nach oben. Wahrscheinlich war es einmal ein Sack gewesen, aber es war ganz zerschlissen. Victor schlug es auf. Darin waren mehrere kleine Säcke.

»Das ist ein Schatz.«

»Glaubst du. So wie beim Grafen von Monte Christo?«

Victor holte nun den Schubkarren und legte die kleinen Säcke hinein.

»Mach endlich auf!«

»Das ist wirklich ein Schatz.«

Tatsächlich befand sich in dem ersten Sack ein Lederbeutel. Karoline hüpfte unablässig auf und ab.

»Jetzt mach schon auf!«

Victor konnte keine Öffnung finden. Er suchte beim

Werkzeug nach einem Stanleymesser. Nachdem er es gefunden hatte, gab er es Karoline.

»Ich glaube, die Frau Doktor kann mit dem Skalpell besser umgehen.«

Karoline schnitt den Lederbeutel auf, griff hinein und zog eine schmutzige Münze heraus. Sie betrachtete die Münze und hüpfte wie ein Kind, sodass der Matsch auf Victors Hose spritzte.

»Ein Schatz. Ein Schatz, ich habe es ja gesagt.«

»Du hast es gesagt, mein Schatz.«

Karoline zog eine weitere Münze aus dem Lederbeutel und noch eine dritte. Dann zählte sie die Lederbeutel.

»Weißt du, was das ist?«

»Goldmünzen.«

»Ein Haufen Gold. Wie Lena es gezeichnet hat.«

»Das gibt's ja nicht!«

»Das ist das Gold vom Doktor Sowieso. Wie hieß er noch?«

Victor konnte ihr zuerst nicht folgen.

»Tante Irmgard hat uns doch davon erzählt, wie die Urli und der Doktor Sowieso die Münzen vergraben haben. Bevor die Russen kamen.«

Victor fiel der Name nicht ein.

»Dr. Gerhart oder Gerharter oder Gebhart. Oder so ähnlich.«

»Gebharter. So hat er geheißen. Das ist das Gold, das sie nach dem Krieg nicht mehr gefunden haben.«

»Ein Schatz. Ein Schatz. Wir haben einen Schatz gefunden. Jetzt sind wir reich.«

Münzenreiniger

21. Mai 2019 / 07:21
Victor: stehst du nie auf?
Karoline: ist schon mittag?
Victor: ich habe dich so vermisst in der nacht
Karoline: verzeih, ich war so müde
Victor: es geht bergab 🏔️ ⬇️
Victor: du hast 10 stunden geschlafen
Karoline: nein, ich war dazwischen wach und habe gegoogelt
Victor: einkauf bei amazon?
Karoline: nein! du bist so blöd! nein, ob ich die nachfahren von diesem dr. gebharter finde
Victor: 💰 ✨
Karoline: wir müssen das gold denen zurückgeben, denen es gehört

Zu Mittag kam der Postbote. Früher hatte er Briefträger geheißen. Wie vor vierzig Jahren kam er mit seinem Auto über den kleinen Steg gefahren und blieb vor der Haustür stehen. In Victors Kindheit fuhr der Postler noch einen VW-Käfer. Nun war es irgendein Auto. Früher war die Urli hinausgegangen und hatte die Post in Empfang genommen. Wenn Victor in den Ferien bei ihr war, kaufte sie für ihn manchmal eine 100-Schilling-Silbermünze vom Briefträger. Jahrelang hatte Victor diese Münzen in einem

Album gesammelt. Als er sie später in seiner Studienzeit verkaufte, war er schockiert gewesen über den geringen Gesamtwert.

Der Postbote brachte einen Brief und ein kleines Paket. Karoline hatte bei Amazon einen Münzenreiniger bestellt. Bei Amazon. Ausgerechnet. Und da sie Prime-Kundin war, wurde schon heute geliefert. Victor gab dem Boten ein kleines Trinkgeld und plauderte kurz mit ihm. In seiner Kindheit hatte es manchmal sogar ein Achtel Wein oder einen Schnaps für den Briefträger gegeben. Als der Postbote wieder wegfuhr, ging Victor ins Haus. Karoline saß im Schlafrock in der Küche und hatte die Beutel mit den Goldmünzen vor sich ausgebreitet.

»Ist es gekommen?«

»Ja!«

»Yeah! Jetzt können wir unsere Münzen polieren!«

»Wie war das, was du über Hanna gesagt hast und darüber, dass sie nur auf die Lieferung von Zalando-Paketen wartet?«

»Nicht frech werden! Arbeiten!«

»Ist schon gut, Mama!«

»Amazon Prime ist super.«

»Die Produktivkräfte der heutigen Gesellschaft sind unvereinbar geworden mit dem Privateigentum.«

»Kannst du Kautzki-Plautzki schon auswendig?«

»Nicht frech werden!«

Victor setzte sich zu Karoline, die den Münzenreiniger auspackte. Sie holte vier Tücher aus dem Schrank unter der Spüle und legte sie auf den Tisch neben die Münzen. Nun begannen sie zu polieren, bis die Münzen glänzten. Karoline stapelte sie in Türmen zu je zehn Stück und zählte sie immer wieder. In zwei der Lederbeutel befand sich Schmuck. Karoline deutete auf das kleine Heft, das auf dem Tisch lag.

»Ist das dein Exzerpierheft?«
»Ja!«
»Lies vor!«

Hand in Hand mit der Monopolisierung der Produktionsmittel geht die Verdrängung der zersplitterten Kleinbetriebe durch kolossale Großbetriebe, geht die Entwicklung des Werkzeugs zur Maschine, geht ein riesenhaftes Wachstum der Produktivität der menschlichen Arbeit. Aber alle Vorteile dieser Umwandlung werden von den Kapitalisten und Großgrundbesitzern monopolisiert. Für das Proletariat und die versinkenden Mittelschichten bedeutet sie eine wachsende Zunahme der Unsicherheit.

Der Text war mit schwarzer Tinte geschrieben. Daneben hatte Victor mit grüner Tinte seine Kommentare notiert. So stand neben dem Wort *Großbetriebe*: AMAZON MÜNZENREINIGER.

Der Abgrund zwischen Besitzenden und Besitzlosen wird noch erweitert durch die im Wesen der kapitalistischen Produktionsweise begründeten Krisen, die immer umfangreicher und verheerender werden, die allgemeine Unsicherheit zum Normalzustand der Gesellschaft erheben und den Beweis liefern, daß die Produktivkräfte der heutigen Gesellschaft über den Kopf gewachsen sind.

Und neben *die allgemeine Unsicherheit zum Normalzustand der Gesellschaft erheben*, schrieb Victor: IBIZA.

»Bekomme ich Kaffee?«

»Ja.«

Victor stand auf und ging zum Herd.

»Was glaubst du, was das Gold wert ist?«

»Ich habe keine Ahnung.«

»Vor wie vielen Jahren ist dieser Schatz versteckt worden?«

»Vor vierundsiebzig Jahren.«

»Warum muss ich nur andauernd an Tante Irmgard denken?«

Victor berichtete Karoline, dass ihm seine Mutter bei einem seiner Besuche eine ganz andere Geschichte über das vergrabene Gold erzählt hatte als beim Geburtstag der Urli.

»Sie hat doch erzählt, das Gold sei niemals gefunden worden.«

»Genau.«

»Im Dezember hat sie aber behauptet, das Gold sei später gefunden worden. Sie habe damals eine Münze als Dank erhalten.«

»Eigenartig. Vielleicht ist sie dement.«

»Und sie hat auch von einer Verwandten von Dr. Gebharter gesprochen, mit der sie später noch Kontakt hatte. Ich glaube sogar seine Tochter. Aber ich habe den Namen vergessen.«

Lange hatte Victor überlegt, seine Mutter anzurufen. Seit Dezember war das Verhältnis zu ihr deutlich abgekühlt. Er hatte sich einmal in der Woche gemeldet, aber die Gespräche waren kurz, und er rief lieber an, wenn

Karoline nicht im Haus war, und verschwieg die Telefonate. Die Mutter redete ohnehin nicht viel, sagte, dass sie ihre Tabletten regelmäßig nehmen und bald zur Kontrolluntersuchung gehen würde. Nach Karoline erkundigte sie sich nicht. Über das Haus verlor sie kein Wort.

Noch vergangenen September hätte sich Victor sofort nach dem Fund des Goldes bei der Mutter gemeldet und gefragt, ob sie etwas über den Verbleib der Kinder oder Enkel des Dr. Gebharter wisse. Doch nun war ihm klar, dass sie Tante Margarete sofort davon erzählen und diese das Gold dann womöglich auch für sich beanspruchen würde. Nein, das Gold gehörte ihm, Karoline und ihm. Eigentlich hatte Karoline es gefunden, denn wer weiß: Wären die Arbeiter pünktlich gekommen, hätten sie den Zaunpfahl aufgestellt und das Loch mitsamt dem Gold längst zubetoniert gehabt.

Karoline und Victor polierten und polierten. Sie hörten Nachrichten, und wieder spielte Karoline das Video ab, das die Regierungskrise ausgelöst und zu Neuwahlen geführt hatte.

»Freust du dich nicht über die Neuwahlen?«

»Nein.«

»Warum nicht?«

»Alle anderthalb Jahre Wahlen. Italienische Verhältnisse nannte man das in meiner Jugend.«

»Aber es ist doch schön, dass die Regierung gescheitert ist.«

»Diese Regierung ist gescheitert. Jetzt kommen Wahlen. Danach wird dieselbe Regierung wieder eine Mehrheit haben.«

»Du bist und bleibst ein Optimist.«

»Wollen wir wetten?«

»Besser nicht.«

Victor war plötzlich glücklich. Wie sie da seit Stunden saßen und Münzen polierten, gefiel ihm. Es erinnerte ihn an die Tage, an denen er als Kind der Urli bei Hausarbeiten geholfen hatte, zum Beispiel beim Einkochen. Etwa wenn die Stachelbeeren geerntet und am darauffolgenden Tag eingekocht wurden. Die Urli machte daraus Dicksaft und Marmelade. Victor saß am Küchentisch und bereitete die Schüsseln vor. Er trennte die weißen Stachelbeeren von den roten und hatte die Aufgabe, sie zu waschen und von jeder Beere Stiele und Blütenansatz zu entfernen. Ähnlich monoton ging die Arbeit mit den Münzen voran, sodass Karoline und Victor die Zeit vergaßen und erst kurz vor 17:00 bemerkten, dass es schon Abend geworden war.

Victor stand auf, ging in die Speisekammer und kam mit einer Flasche Prosecco wieder.

»So. Nach 140 Tagen wird heute, am 141. Tag, angestoßen.«

Karoline sah ihn mit einem eigenartigen Blick an, als er die beiden Gläser aus dem Schrank nahm und zum Tisch brachte.

»Heute trinke ich nicht.«

»Was ist denn los?«

»Weißt du noch, wie vor vier Wochen meine Blutung ausgeblieben ist? Jetzt ist es wieder so weit. Also: Es ist eben *nicht* so weit. Es könnte sein, dass ich in der sechsten oder siebten Woche bin.«

Victor setzte sich neben Karoline auf die Küchenbank. Er hatte die Proseccoflasche immer noch in der Hand, als er sie umarmte.

»Freu dich nicht zu früh!«

»Doch, ich möchte mich jetzt freuen. Und ich trinke diese Flasche sehr gerne nicht mit dir.«

»Ich bin einfach viel zu alt. Was ist, wenn das Kind behindert ist? Ist das verantwortungsvoll, was wir tun?«

»Was passiert, passiert eben, hast du gesagt.«

»Ich weiß, aber jetzt habe ich Angst.«

Niemals

Als Victor erwachte, hatte er kurz vergessen, dass er glücklich war. Hatte ihm Karoline gestern wirklich mitgeteilt, dass sie vielleicht schwanger war? Oder war das ein Traum gewesen, einer dieser Träume, aus denen man aufwacht, um sich kurz zu fragen, ob es wirklich Menschen mit drei Augen gibt oder ob man die Reifeprüfung tatsächlich nachholen muss. War die Phantomzeit, waren die dreißig Jahre zwischen dem Badesee und dem neunundneunzigsten Geburtstag der Urli notwendig gewesen? War es wirklich möglich, dass er nun mit Karoline eine Familie gründete?

Victor stellte fest: Es war wirklich. Bis zu seinem Lebensende würde er das nicht wieder vergessen können. Mit einem Mal wurde ihm heiß, von den Zehen bis zum Kopf, in seinem Bauch kribbelte es, dann wurde ihm plötzlich wieder kalt, und er bekam Gänsehaut. Aber er wollte vorsichtig sein: Erstens war es nicht sicher. Zweitens hatte Karoline große Angst vor einer Fehlgeburt. Und drittens war sie seine Geliebte und keine Gebärmaschine.

Noch am vorigen Abend hatten Victor und Karoline im Badezimmer eine halbe Stunde lang den Schwangerschaftstest betrachtet: Konnte man einen violetten Strich sehen oder nicht? Für Karoline war klar gewesen: Man konnte den Strich sehen. Und Victor sah ihn auch, er war nur viel blasser und dezenter als der Strich, der in der Anleitung zu sehen war.

Am Morgen saß Karoline bereits wach im Bett, und das Display beleuchtete ihr Gesicht. Üblicherweise nervte es Victor, dass sie schon frühmorgens auf ihrem Handy Nachrichten und – noch schlimmer – die Postings darunter las. An diesem Tag aber amüsierte es ihn. Victor grinste ohnehin schon, nun aber musste er lachen.

»Was ist los?«

»Das fragst du mich? Du liest doch die Nachrichten.«

»Ich meine, was ist mit dir los?«

»Steht das nicht in deinem Handy?«

Karoline tätschelte Victors Kopf und las schweigend weiter.

»Diese stinklangweilige Innenpolitik! Wer sich für Innenpolitik interessiert, ist wie jemand, der glaubt, dass die Erde eine Scheibe ist.«

»Ist da jemand genervt?«

»Ich bin niemals genervt.«

»Niemals?«

»Niemals. Das gibt es bei mir nicht.«

»Und vorgestern, bevor ich das Gold entdeckt habe und du wolltest, dass ich endlich gehe …?«

»Du warst zu spät dran.«

»Du warst genervt. Du wolltest, dass ich gehe.«

»Ich möchte, dass du nie wieder gehst.«

»Warte nur, wie sehr ich dir bald auf die Nerven fallen werde.«

Karoline begann Victor zu küssen.

»Netter Versuch, dass du den Pyjama angezogen hast. Aber er muss noch mal runter.«

Danach lagen sie auf dem Rücken im Bett. Victor war das alles verdächtig: dieses Glück? Wo war der Haken?

Er dachte nicht daran, dass Mittwoch war, ein normaler Wochentag. Er dachte nicht daran, dass Karoline aufstehen und ins Altersheim gehen musste, um zu arbeiten. Und er dachte auch nicht daran, dass er am darauffolgenden Tag in Wien geschieden werden würde.

»Es ist so schön, mit dir zu sein, zu leben, hier zu wohnen. Bitte verlass mich niemals!«

»Soll ich morgen mit nach Wien fahren?«

»Wozu denn?«

»Um nach der Scheidung bei dir zu sein.«

»Nein, ich fahre sofort wieder zurück. Keine große Sache. Morgen ist doch Sozialtag in der Ordi.«

»Ich kann später anfangen.«

»Nein, das ist nicht notwendig.«

»Bist du sicher?«

Victor war in Gedanken weggekippt. Karoline stapelte drei Kissen übereinander, machte es sich bequem und nahm ihr Mobiltelefon wieder in die Hand. Das Display leuchtete hell.

»Vielleicht sollten wir im Juli Urlaub machen? Wo möchtest du hin?«

»Ich wollte immer schon nach Norwegen.«

»Da muss ich nicht unbedingt hin.«

»Schweden.«

»Gute Idee. Wie wär's mit Strömstad? Das ist ganz nah an der norwegischen Grenze. Die meisten Boote kommen aus Norwegen, und die Möwen, die den Menschen beim Kiosk an der Strandpromenade das Essen wegnehmen, sind illegale Migranten.«

»Sind dort viele Touristen? Du weißt, ich bin rechtsextrem.«

»Glaub ja nicht, dass es in Schweden keine Rechten gibt. Aber keine Angst: Dort bist *du* der Fremde.«

Immer wieder hatte Karoline von diesem Ort am Meer geschwärmt, an dem die Schriftstellerin Emilie Flygare-Carlén geboren worden war. Als Karoline von ihr erzählte, musste Victor sie erst einmal googeln. Karoline hatte sogar ein Buch von ihr in das Bücherregal gestellt, den Küstenroman *Der Einsiedler auf der Johannis-Klippe*, aber gelesen hatten ihn beide bisher nicht.

»Wir fahren mit dem Zug nach Strömstad. Über Göteborg«

»Können wir nicht fliegen?«

»Wir könnten nach Oslo fliegen und von dort mit dem Bus fahren. Aber ich möchte nicht mehr nach Oslo.«

»Wie lange fährt man mit dem Zug? Das ist doch sehr weit!«

»Ich schaue gleich nach.«

Das war wieder ein guter Vorwand für Karoline, das Mobiltelefon zu benutzen. An Arbeitstagen hatte Victor das Gefühl, als zögere Karoline den Aufbruch von zu Hause so lange wie möglich hinaus. Bald würden sie bestimmt auch wieder bei Amazon bestellen, und Victor dachte daran, einen neuen Account zu eröffnen. Seit seiner Account-Schließung war es immer wieder zu Diskussionen gekommen. Karoline sagte dann Sätze wie: »Amazon ist einfach so praktisch.« Und Victor antwortete: »Ja, Sklaverei ist sehr praktisch. Wir werden uns hier auch einen Sklaven zulegen.« Doch jetzt dachte er, es würden bald allerlei Dinge für das Kind gebraucht werden, die man in Heiligenbrunn einfach nicht bekommen konnte. Dann würde es wieder zum Streit kommen. Und Karoline würde sagen, Amazon sei eben *praktisch*. Und er würde sich wieder in Rage reden, gegen das Frächterunwesen, gegen Großkonzerne, gegen den Überwachungskapitalismus.

»Also, wollen wir im Juli nach Strömstad fahren?«

Normalerweise redete sich Victor auch gegen das Reisen in Rage. Aber nun war alles anders. Er fand, sie sollten nach Schweden fahren. Gegen seinen Meinungsumschwung sprach nur ihre prekäre finanzielle Situation. Gerne hätte Victor ein paar Tausend Euro ausgegeben, um eine luxuriöse Reise zu machen, gemeinsam zwei Wochen zu verbringen, von denen sie noch jahrelang sprechen würden. Doch nun mussten sie auf ihr Geld achten. Und so fand er wieder zu den alten Argumenten zurück. Auf Flughäfen und beim Betreten von Gebäuden würde man wie ein Terrorist behandelt. Die Hotels seien überfüllt, und man müsse sich beim Frühstücksbuffet um jedes Stück Käse streiten. Kaum verlasse man den Trampelpfad von Sehenswürdigkeit zu Sehenswürdigkeit, bemerke man, wie sehr die Einheimischen einen verachteten. Der Luxus der heutigen Zeit bestünde darin, auf Dinge zu verzichten: nicht erreichbar zu sein. Langeweile. Zu Hause bleiben zu können, ohne von Touristen zertrampelt zu werden. Keine Nachrichten lesen zu müssen – das seien die schönen Dinge im Leben.

»Den Vortrag kenne ich schon. Hast du nicht einen neuen?«

»Karo?«

»Hast du gerade Karo zu mir gesagt?«

»Was?«

»Du hast Karo zu mir gesagt.«

Noch vor der Mittagspause

Mag. Sarah Vollmar, Rechtsanwältin, spezialisiert auf Familienrecht, war neben Karoline die Einzige, die über Victors Umstände Bescheid wusste. Freunde hatte Victor keine. Karoline machte ihm deshalb immer wieder Vorwürfe. Sarah Vollmar vertrat ihn in der Sache gegen seine Tante, Margarete Grill, und sie wickelte auch Victors Scheidung ab.

Selbstverständlich hatte Victor ihr erzählen müssen, dass er eine Beziehung mit seiner Cousine hatte. Sarah Vollmar hatte darauf, wie auf alles, was Victor ihr erzählt hatte, gar nicht reagiert. Das Einzige, was sie tat, wenn Victor ihr etwas mitteilte, war, ihre Füllfeder aufzuschrauben und etwas auf ein Blatt Papier zu schreiben. So hatte auch alles begonnen. Beim ersten Treffen verlangte Mag. Vollmar Victors Personendaten. Sie benutzte keinen Computer, alles wurde auf kariertes Kanzleipapier geschrieben. Die beschriebenen Bögen wurden, wenn Victor wiederkam, aus einem Aktenschrank geholt. Das erledigte keine Sekretärin, sondern Sarah Vollmar selbst, die immer – auch in den Wintermonaten – barfuß durch die Kanzlei ging. Sollte die Kanzlei einem Brand zum Opfer fallen, wären auch Victors Daten weg. Sie waren in keinem Computer, auf keiner Festplatte, keinem Back-up und in keiner Cloud.

Der schwierigste Moment für Victor war also der gewesen, in dem er Sarah Vollmar erzählen musste, dass er und seine Cousine Karoline ein Paar waren. Lange hatte er sich gefragt, ob er es schaffen würde, diesen Satz vor einem fremden Menschen über die Lippen zu bringen. Er hatte sich vorgenommen, an die Decke zu starren oder aus dem Fenster zu schauen und es in einem Zug auszusprechen. Als es aber so weit war, blickte er Sarah Vollmar direkt in die Augen. Das heißt, dazwischen war Sarah Vollmars Brille, die Victor in diesem Moment als ein ausreichender Schutzschild erschien.

»Seit September 2018 ist meine Lebensgefährtin Karoline Grill, die Tochter meiner Tante Margarete.«

Victor wartete ab. Sarah Vollmar schraubte ihre Füllfeder auf und machte sich Notizen. Sie zeichnete auch ein kleines Diagramm. Von einem Kästchen, in dem *Haus* stand, führten zwei Striche zu zwei Kästchen darunter, in denen *T1* und *T2* stand. Das waren die Töchter der Urli: Victors Mutter und seine Tante.

»Sind Sie nicht schockiert? Ich bin mit meiner Cousine zusammen.«

»Nicht verboten.«

Die Antwort war keine Antwort. Sarah Vollmar blickte Victor in die Augen, hielt die offene Füllfeder in der Hand und wartete auf weitere Informationen.

»Haben Sie Kinder?«, fragte Victor.

»Eine Tochter.«

»Würde es Sie nicht stören, wenn Ihre Tochter eine Beziehung mit jemandem aus der Familie hätte? Eventuell sogar Kinder mit ihm bekäme?«

Die Anwältin zögerte kurz und ließ den rechten Arm drei oder vier Mal vor ihrem Körper hin- und herpendeln.

Diese Geste war die äußerste Gefühlsregung, die Victor bei Sarah Vollmar je miterlebt hatte.

»Vermutlich wäre mir jemand anderer lieber.«

Am Tag seiner Scheidung war Victor eine halbe Stunde zu früh vor dem Bezirksgericht. In diesem Fall aber mit Absicht. Frau Vollmar hatte ihn darum gebeten, noch einmal alles durchzusprechen.

23. Mai 2019 / 09:31
Karoline: ich bin gerade glücklich glücklich
Karoline: so schön war es noch nie 🖤🖤🖤
Victor: ich liebe dich. und denk an dich.
Victor: und pass auf
Karoline: worauf? dass ich nicht über einen rollator stürze?
Victor: zum beispiel 😂

Sarah Vollmar hielt auf einer Vespa vor dem Bezirksgericht und nahm den Helm ab. Sie machte auf Victor plötzlich einen viel jugendlicheren Eindruck als bei den Treffen zuvor. Vielleicht war sie sogar jünger als er? Victor war unbewusst davon ausgegangen, dass sie älter war. Diesen Fehler machte er immer bei Menschen, die Autorität ausstrahlten.

»Gut, dass Sie da sind.«

»Guten Morgen.«

»Sollen wir beim Kaffee noch mal alles durchgehen?«

In der Nähe war ein kleines Café, das Sarah Vollmar kannte, da sie regelmäßig am Bezirksgericht zu tun hatte. Sie betraten es, setzten sich, bestellten jeder eine Melange, obwohl Victor wusste, wie Kaffee in solchen Lokalen schmeckte. Er zahlte sofort, als der Kaffee serviert wurde. Er hörte der Anwältin nicht zu, die Satz für Satz des Scheidungsvergleichs vorlas. Dabei zeigte sie mit ihrer Füllfeder immer auf den jeweiligen Punkt der Vereinbarung.

»Damit verzichten Sie für alle Zukunft auf mögliche Unterhaltszahlungen. Ist Ihnen das klar?«, sagte die Anwältin so oder ähnlich. Victor nickte, während er aus dem Fenster schaute.

»Wie geht es Ihrer Tochter?«

»Witzig, dass Sie mich das ausgerechnet heute fragen.«

»Wieso?«

»Meine Tochter hat heute Geburtstermin. Ich werde Großmutter.«

Victor gratulierte. Auch jetzt sah er keine Regung im Gesicht der Anwältin, außer vielleicht, dass sie den Kopf ein wenig zur Seite neigte. Dann sagte sie doch noch etwas: »Ich bin schon mit neunzehn Mutter geworden. Und meine Tochter ist auch früh dran. So werde ich eben jung Oma.«

»Freuen Sie sich darauf?«

»Es ist schon ein ungewöhnlicher Tag heute.«

»Darf ich Sie noch etwas fragen?«

»Bitte!«

»Können Sie von einem Rechtsanwalt, der schon lange tot ist, in Erfahrung bringen, ob es noch Nachfahren von ihm gibt?«

»Ich verstehe nicht. Sie suchen einen Anwalt?«

»Ja, einen, der längst verstorben ist. Ich habe etwas gefunden, das ihm gehört. Oder gehört hat. Und ich möchte es seinen Nachfahren zurückgeben.«

»Sie könnten bei der Wiener Rechtsanwaltskammer nachfragen. War dieser Anwalt Wiener?«

Victor nickte. Er war froh, das nicht vergessen zu haben. Karoline hatte gemeint, er könne ja einmal seine Anwältin fragen, nachdem alle Suchen im Netz nach den Nachfahren von Dr. Gebharter erfolglos geblieben waren. Victor wollte nicht in das Gerichtsgebäude. Er wollte hier mit der Anwältin sitzen und ihr alles erzählen. Nicht alles vielleicht. Aber dass Karoline schwanger war und dass er in seinem Leben noch kein größeres Glück empfunden hatte als bei dem Gedanken daran. Karoline hatte ihm den Schwur abgenommen, bis zum dritten Monat zu niemandem etwas zu sagen, aber Mag. Vollmar war eine Koryphäe der Verschwiegenheit, und er hätte keine Bedenken gehabt, sie zu informieren.

Sie brachen auf. Beim Betreten des Gerichtsgebäudes musste man seinen Personalausweis vorzeigen und eine Sicherheitsschleuse passieren. Iris wartete schon mit ihrer Anwältin. Alle gaben einander die Hand. Dann wurde man in ein Zimmer gebeten.

Mehr als eine Amtsstube war das nicht, ein Büro, wie man es tausendfach kannte. Rechts neben der Tür stand ein großer Drucker. Darüber waren Notizen angebracht, die sich mit Handlungsanweisungen und Verboten an die Benutzer richteten. Victors Lieblingsspruch lautete:

> Bitte ORANGENES Papier IMMER NUR
> in Lade 4 füllen!!!!

Der Richter, der einen Schreiber oder Adlatus zur Seite hatte, einen jungen Burschen, fragte nach den Personendaten. Victor hatte seinen Meldezettel, die Heiratsurkunde und seinen Reisepass in der Hand. Er fragte sich, ob er im Haus auch solche Zettel aufhängen sollte. Etwa im Holzschuppen:

> Für SPÄNE bitte ausschließlich die
> KLEINE HACKE verwenden!!!!

Der Richter erklärte, er müsse von Gesetzes wegen einen Versöhnungsversuch unternehmen; da es aber im Vorfeld eine Mediation gegeben habe, gehe er davon aus, dass sich diese Frage erledigt habe. Victor fiel es schwer, den Richter zu verstehen. Er gähnte immer wieder und hoffte, dass sich sein linkes Ohr, das gerade völlig taub war, wieder öffnete. Es nützte aber nichts. Er drehte sich also mit dem rechten Ohr zum Richter und war froh, dass dieser nicht die Frage stellte, ob die Ehe nicht noch gerettet werden könne. Die beiden Anwältinnen unterhielten sich über zwei Punkte der Vereinbarung und tauschten dabei mit dem Richter scherzend Erinnerungen an das Studium aus. Das hätte Victor auch dann nicht verstanden, wenn er es gut gehört hätte. Die Unterhaltung gab ihm ein Gefühl der Geborgenheit; dieselbe Geborgenheit, die er empfunden hatte, wenn er als kleines Kind unter dem Tisch spielte, während sein Vater mit Gästen über die Mehrwertsteuer debattierte. Victor hatte all die Worte, die er nicht verstand, geliebt: Wertschöpfungskette, Ausgleichszulage, flankierende Maßnahmen, Nationalprodukt. Sie beruhigten ihn.

Und so nickte er einfach wieder, als er von Mag. Vollmar gefragt wurde, ob dieses oder jenes für ihn in Ordnung sei. Verzögert wurde die schnelle Abwicklung von der verdächtig guten Laune, die Iris an den Tag legte. Sie machte drei oder vier Scherze und lächelte. Victor betrachtete nicht Iris, sondern ihre Bluse. Es war dieselbe Bluse, an deren Kragen er sie im September aus dem Küchenstuhl hochgezogen hatte, um ihr ins Gesicht zu brüllen, dass sie kein Kind mehr bekommen würde. Nun war alles anders gekommen. *Wir sind schwanger*, dachte Victor. So hieß es jetzt immer im Haus, wenn es darum ging, was gegessen werden durfte und was nicht. Kein Prosciutto crudo, *wir sind schwanger*!

Der Richter erklärte, die Scheidung werde in zwei Wochen rechtskräftig werden; bis dahin sei Einspruch möglich. Es sei denn, beide wollten auf die Einspruchsfrist verzichten, dann könne die Scheidung an diesem Tag bereits rechtskräftig werden. Man verständigte sich darauf.

Als sie aus dem Richterzimmer traten, war es eigentlich vorbei. Und doch nicht. Während die Anwältinnen sich mit dem Richter besprachen, umarmte Iris Victor und wünschte ihm alles Gute. Er erstarrte und konnte nicht darauf antworten. Sarah Vollmar befreite ihn aus dieser Situation, indem sie erklärte, wenn er die Gerichtsgebühr noch vor der Mittagspause entrichte, könnten alle Dokumente sofort ausgefertigt werden. Nun eilte er also mit Mag. Vollmar einen Stock höher zur Kassastelle, wo man hoffte, die zuständige Dame noch vor der Mittagspause anzutreffen. Tatsächlich saß sie da, tippte gerade mit klackenden Fingernägeln auf ihrem Smartphone, das in einer abgenutzten, aufklappbaren Plastikhülle steckte, von der eine Kette mit drei kleinen Plüschtieren baumelte. Beim Anblick dieses Arrangements musste Victor an die Worte Karl Kautskys denken, der über bestimmte Artikel geschrieben hatte, sie seien nicht die Produkte ökonomischer Notwendigkeit, sondern ökonomischer Verlegenheit. Leider konnte Victor die Stelle nicht auswendig.

Mit bedächtigen Bewegungen machte sich die Dame nun daran, eine Rechnung auszustellen, und unterhielt sich mit Sarah Vollmar darüber, wie viel eine Scheidung früher gekostet hatte und wann die Gebühr erhöht worden war.

»Ich habe damals nicht so viel bezahlt.«
»Dann lassen Sie sich besser nicht noch mal scheiden.«
»Kein Sorge! So etwas macht man nur einmal im Leben.«

> Bitte IMMER NUR EINMAL IM LEBEN
> scheiden lassen!!!!

Sarah Vollmar und Victor gingen einen Stock tiefer und kehrten zu Iris und ihrer Anwältin zurück, um auf die Aushändigung der Dokumente zu warten. Dann verließen sie gemeinsam das Gerichtsgebäude. Victor hatte mit Sarah Vollmar einen weiteren Gerichtstermin, der das Haus betraf, allerdings an einem Bezirksgericht in Niederösterreich. Sie verabschiedete sich kurz und ging zu ihrer Vespa. Iris blieb neben Victor stehen.

»Bist du jetzt erleichtert?«
Victor wusste keine Antwort.
»Ich gehe jetzt spazieren.«

Iris gab ihm ein Küsschen rechts und links. Als sie weg war, musste Victor überlegen, wo er den alten Traktor abgestellt hatte. Das linke Ohr war immer noch nicht besser geworden. Im Gegenteil.

Irgendwie muss es wohl passiert sein

Als Victor in Heiligenbrunn ankam, war Karoline nicht da. Das Haus war verschlossen. Victor ging ins Arbeitszimmer. Aus alter Gewohnheit fuhr er seinen Laptop hoch und rief seine E-Mails ab. Er hatte noch den Newsletter eines Computerhändlers erhalten, bei dem er sich offensichtlich einmal registriert hatte. Er wollte sich auf der Webseite einloggen, doch wusste er das Passwort nicht mehr. Er ließ sich einen Link schicken, um das Passwort zu ändern, und löschte dann den Account. War das nun der allerletzte gewesen? Erich wäre stolz auf Victor gewesen. Hieß der Paranoiker wirklich Erich, der Mann, der es ohne Sex zum Vater geschafft hatte?

Nun ging es ans Holzhacken. Victor hatte das Holz in den äußeren Schuppen liefern lassen. Dort stand auch die Kreissäge. Victor liebte es, sie in Betrieb zu nehmen und mit ihrem Lärm die restliche Welt völlig auszublenden. Seit es in seinem linken Ohr ständig brummte, waren ihm die Laute der Umgebung unangenehm. Er konnte nichts mehr heraushören, nichts mehr unterscheiden. Irgendwann würde er zum Arzt gehen müssen. Karoline würde bestimmt sagen, Victor sei ein Hypochonder und übertreibe.

Die Kreissäge hatte ein Pedal, das gedrückt gehalten werden musste, wenn sich das Sägeblatt drehen sollte. Der Großvater hatte früher einfach einen Ziegelstein daraufgelegt. Er hatte gewusst, dass das gefährlich war, es aber doch getan. Gerne hätte Victor in diesem Moment neben dem Großvater gestanden und hätte ihm zugesehen. Der Großvater hätte ihn dann gewarnt, der Säge nicht zu nahe zu kommen, hätte ihm Schutzmaßnahmen erklärt, an die er sich selbst nicht hielt. Aber Victor hätte sich sicher gefühlt, wie er überhaupt immer das Gefühl gehabt hatte, dass der Großvater ein Mensch war, der in jeder Situation das Richtige tat.

Wieder fiel ihm Erich ein. Eigentlich ging es nicht um Erich, sondern darum, dass Karoline ihm kurz nach Weihnachten erzählt hatte, dass Britta und Erich keinen Sex hatten. Eigentlich ging es auch nicht darum, sondern um Karolines Reaktion, als sie ihm von Brittas Schwangerschaft erzählt hatte. Victor hatte gesagt, Britta habe doch über fehlenden Sex in der Beziehung geklagt. Wie konnte es da zur Schwangerschaft kommen? Karolines Antwort wusste Victor noch wortwörtlich: »Irgendwie muss es wohl passiert sein!«

Aber was hatte der blöde Erich damit zu tun? »Blöd sagt man nicht«, würde Victors Tochter bald sagen, so wie es jetzt schon die kleine Lena bei jeder Gelegenheit sagte. Der blöde Erich hatte nichts damit zu tun. »Nein, ich möchte keine Kinder«, hatte Karoline noch im September gesagt. Und er vermutete, dass sie es auch zu anderen gesagt hatte. Was also würde Karoline Britta antworten, wenn sie von ihr auf ihre Schwangerschaft angesprochen werden würde. Na eben: »Irgendwie muss es wohl passiert sein!« Karoline hatte die Antwort schon gegeben, bevor die Frage existiert hatte. Das machte Victor glücklich.

Sie hatten alles noch zur rechten Zeit geschafft. Knapp

war es gewesen, aber eben noch rechtzeitig. Dass er und Karoline zusammengekommen waren, dass sie nun ein Kind bekommen würden und dass er sich von Iris hatte scheiden lassen. Er fühlte sich plötzlich frei, so frei, wie er es auch seinem linken Ohr zu sein wünschte. Alles könnten sie jetzt anders machen. Sie brauchten die Familie nicht mehr. Und schon gar nicht diese Welt, in der Reiche wie Arme dem Zynismus verfallen waren.

Victor schaltete die Kreissäge kurz ab. Nun hörte er auf dem linken Ohr gar nichts mehr. Er ging in die Küche, aß Butterbrot und trank ein Glas Saft, wie der Großvater es immer getan hatte. Dann ging er zurück zur Kreissäge und arbeitete weiter. Victor vergaß sich ganz bei der Arbeit. Umso mehr erschrak er, als er eine Stimme neben sich hörte. Er nahm den Fuß vom Pedal der Kreissäge.

»Hey, Schatz! Du bist schon da.«

»Entschuldige, ich habe dich nicht gehört.«

»Schon gut. Du entspannst dich bei deinem Holz. Alles gut?«

»Es ist vollbracht.«

Karoline gab ihm ein Küsschen.

»Hast du schon gegessen?«

»Nur Jause.«

»Was möchtest du heute machen?«

»Holz.«

»Dann lass ich dich jetzt. Ich mache Schopfbraten.«

Victor ging zur Kreissäge zurück und schaltete sie wieder ein, doch die Arbeit hatte nicht mehr dieselbe wohltuende Wirkung auf ihn. Er machte sich Vorwürfe. Seit Tagen ließ er Karoline mit jedem Vorschlag auflaufen. Egal, ob es das Ibiza-Video gewesen war oder ihre Frage gerade, ob sie heute noch etwas unternehmen wollten; Victor lehnte alles ab. Das konnte so nicht weitergehen. Nicht Karoline war die schlechte Fahrerin, sondern Victor war der schlechte Beifahrer.

Zwei ganze Meter hatte Victor nun geschnitten. Würden sie im Mai so viel Holz brauchen? Er setzte sich auf den Holzstoß und wollte kurz zufrieden sein. Schön wäre es gewesen, er hätte sich von Karoline jetzt ein Glas gespritzten Weißwein bringen lassen können. Aber das ging nicht. Er musste so zufrieden sein. Ohne Weißwein.

Abends aßen sie Karolines Schopfbraten. Besonders die Semmelknödel waren ihr gelungen, und Victor scherzte, dass sie beide sich langsam in ihre Großeltern verwandelten.

»Was hat Iris gesagt?«

»Was? Ich höre seit heute fast nichts. Muss ich zum Arzt?«

»Du hast nichts. Du bist Hypochonder.«

»Was?«

»Das wird schon wieder. Ich wollte wissen, was sie gesagt hat.«

»Wer?«

»Deine Frau.«

»Du meinst meine Ex-Frau.«

»Was? Ist die Scheidung schon gültig?«

»Ja. Rechtskräftig.«

»War sie sehr traurig?«

»Irgendwie war sie aufgekratzt. Eigentlich hat sie sehr viel gesagt.«

»Was zum Beispiel?«

»Dass sie den Namen Jarno behalten wird.«

»Kannst du sie daran hindern?«
»Nicht wirklich.«
»Werde ich einmal Jarno heißen?«

Victor Jarno war ein leidensfähiger Genosse. Aber eine Scheidung, Holzhacken, Schopfbraten und ein Heiratsantrag an einem Tag, das war auch für ihn zu viel. Er hörte ohnehin gerade schlecht. Und so tat er, als habe er Karolines Frage überhört, und biss in die knusprige Kruste des Bratens. Jetzt krachte es in beiden Ohren. Karoline aß noch immer, als Victor längst satt war. Sie aß neuerdings gerne Fleisch und Käse und vor allem Mayonnaise. Das Klischee mit der Schokolade und den sauren Gurken traf auf sie überhaupt nicht zu.

Was für ein Gerangel da nun um Victors Nachnamen losgegangen war! Dabei hat Konrad Jarno seinen Vater Karl immer gehasst. Liebevolle Erinnerungen hatte Victors Vater ihm nie erzählt. Zumindest konnte Victor sich nicht daran erinnern. Die Vorfahren von Karl Jarno konnte er ja nun im Ahnenpass studieren, wenn er wollte. Oder er würde diesen Ahnenpass zum Unterheizen im Sparherd verwenden. Und alle anderen Dokumente und Abschiedsbriefe auch.

Juni 2019

Wenn man rechtzeitig drauf schaut, dass man es hat, wenn man es braucht

Noch nie hatte Victor so viele Brote mit Mayonnaise gemacht! Hatte Karoline sonst die ersten beiden Stunden nach dem Aufstehen nicht gegessen und immer nur Kaffee verlangt, so war sie nun schon frühmorgens hungrig. Brot mit Schinken und Mayonnaise, Brot mit Butter, Schinken und Mayonnaise, Brot mit Butter, Schinken, Käse und Mayonnaise und Brot mit Mayonnaise waren Karolines Lieblingsbrote. Es kam Victor vor wie ein Klischee. Trotzdem lächelte er, nein, er lachte bei jedem Brot und freute sich. In seiner Kindheit hatte der Großvater oft im Scherz gesagt, er könne nur zwei Gerichte zubereiten: Eierspeise und Butterbrot. Doch hatte Victor ihn kein einziges Mal in seinem Leben auch nur eine Scheibe Brot abschneiden sehen.

»Am Montag habe ich einen Termin bei der Frauenärztin.«

»Ich bringe dich hin.«

»Schatz, ich schaffe das alleine, glaub mir. Machst du mir noch zwei Brote?«

»Ich bringe dich hin. Keine Widerrede.«

»Das ist lieb von dir.«

»Wie schmeckt es dir, mein Schatz?«

»Ausgezeichnet.«

»Mayonnaise macht glücklich.«

»Wenn man rechtzeitig drauf schaut, dass man sie hat, wenn man sie braucht.«

Nach diesem Satz bekam Victor einen Lachanfall, der fast zwölf Stunden lang andauerte. Dieser Lachanfall hatte keine guten Auswirkungen auf sein ohnehin angeschlagenes linkes Ohr. Karoline hatte den Satz mit ernster Miene ausgesprochen. Victor lachte und lachte. Tränen traten in seine Augen.

»Ist alles in Ordnung?«

»Ja, ich...«

Doch Victor war so erschüttert vom Lachen, dass er nicht sprechen konnte. Nun wurde auch Karoline davon angesteckt. Victor lachte nicht nur darüber, dass sie diesen Slogan aus einem Werbespot der 80er-Jahre noch kannte, sondern auch darüber, wie gut er zur Mayonnaiseversorgung im Haus passte. Victor versuchte es mit warmem Wasser. Dann mit kaltem Wasser. Er trank es. Er tupfte es in sein Gesicht. Nichts half. Das Lachen hörte nicht auf. Der Satz stammte aus einem Werbespot für eine Bank, der damit schloss, dass ein damals bekannter Fernsehmoderator sagte: »Glauben Sie mir: Geld macht glücklich, wenn man rechtzeitig drauf schaut, dass man es hat, wenn man es braucht.« Alleine die Länge des Satzes machte ihn für einen Werbespruch völlig ungeeignet. Dass er aus drei Nebensätzen bestand, zeigte aber, dass die Menschen in den 80er-Jahren noch Aussagen mit Nebensätzen verstehen konnten, während sie sich heutzutage schon mit Hauptsätzen schwertaten. Karoline hatte auf die Mayonnaiseknappheit im Haus angespielt, die Victor nun zu verhindern versuchte, indem er immer gleich drei bis vier Tuben besorgte.

Das Gelächter in der Küche verstummte auch nicht, als Karoline sich auf den Weg in die Praxis machte. Sie küsste

Victor, der sich immer noch nicht beruhigt hatte, auf den Mund.

»Ich muss gehen. Du Kindskopf!«
»Mach's gut! Ich liebe dich!«
»Ich liebe dich!«

Victor setzte sich an den Schreibtisch. Wie so oft in den letzten Wochen lag Karolines weinrotes Notizbuch aufgeschlagen da. Fast mutwillig schien sie ihn dazu verführen zu wollen, ihre Aufzeichnungen zu lesen. Und an diesem Tag war er wirklich knapp davor. In diesem Moment erhielt er aber eine Nachricht von Karoline, die erst ein paar Minuten zuvor aus dem Haus gegangen war.

6. Juni 2019 / 09:23
Karoline: gerade eine welle des glücks
Karoline: 🖤🖤🖤
Karoline: ich nehme es zurück
Victor: was?
Karoline: dass ich angst habe
Karoline: ich bin sehr glücklich
Victor: glück macht glücklich, wenn man rechtzeitig drauf schaut…
Karoline: musst du immer noch lachen
Victor: jetzt wieder 😂😂😂
Karoline: du lachst wie ein emoji

Victor drehte sich im ledernen Bürostuhl um 180 Grad und betrachtete das Zimmer. Es war ideal als Kinderzimmer, da sich dahinter das Schlafzimmer befand. Es gab da aber noch ein Problem, eine Sache, die Karoline und Victor noch nicht geschafft hatten, nämlich in dem Bett zu schlafen, in dem die Urli gestorben war. Das konnte nur gelöst werden, indem sie ein neues Bett kauften und einweihten, um dieses Schlafzimmer endlich bewohnbar zu machen. Als Karoline mit ihm das Bett im Dachbodenzimmer zusammengebaut hatte, hatte er über ihre Fähigkeit gestaunt, die Bauanleitung zu lesen und Schritt für Schritt auszuführen. Victor hatte Möbel, die man selbst zusammenbauen musste, immer gemieden, denn letztlich machte er jedes Mal einen Fehler, fand bestimmte Teile nicht oder verlor einfach mitten in der Arbeit die Lust daran, und die halb fertiggestellten Regale oder Betten oder Schränke standen dann wochenlang herum. Bestellen musste die Möbel freilich Karoline, denn Victor wollte nicht wieder einen Kundenaccount anlegen. Er hatte sich schon überlegt, seine Kreditkarte ganz stilllegen zu lassen.

Lange musste Victor in diese Überlegungen versunken gewesen sein, denn plötzlich ging die Eingangstür auf und Karoline trat ein.

»Was ist los?«

»Nichts. Nur ein Patient heute.«

»Blutdruck?«

»Nein, er hat sich beim Rasenmähen den Fuß verletzt.«

»So etwas passiert tatsächlich?«

»So etwas passiert tatsächlich.«

»Du hast trotzdem Tabletten verschrieben.«

»Natürlich. Allerdings nicht für den Mann, sondern für den Rasenmäher. Könntest du mir ein Brot machen, Schatz?«

»Selbstverständlich. Stell dir vor, ich kann ein Brot machen und gleichzeitig mit dir sprechen.«

»Das sogenannte Multitasking.«

»Ich nenne es immer Mutti-Tasking.«

Und schon saßen Karoline und Victor wieder in der Küche, die das Zentrum des Hauses geworden war, so wie es auch zu Lebzeiten der Urli immer gewesen war. Es waren glückliche Tage. Die Familienstreitigkeiten, der drohende Prozess, das dröhnende Ohr und das gefundene Gold, das sie nicht loswurden, rückten in weite Ferne. Karolines Gesicht hatte sich verändert. Victor versuchte, es genau zu betrachten, wenn Karoline ihn nicht ansah. Oft bemerkte sie aber seinen forschenden Blick und sagte mit lang gezogenem A: »Was?« Und Victor antwortete mit noch länger gezogenem I: »Nichts.«

Karolines Mundwinkel und ihr Kinn hatten sich verändert. Das Kinn war weicher geworden, das leichte Grübchen, das Victor so gefiel, war deutlicher. Die Falten, die von der Nase bis zu den Mundwinkeln reichten, zeigten sich nur noch beim Lachen. Auf diese Falten durfte Victor Karoline nicht ansprechen, sie fühlte sich dann alt und war deprimiert. Dabei gefiel Victor die Vorstellung von Karoline als alte Frau. Er stellte sie sich als Neunundneunzigjährige vor, mit derselben Würde und Schönheit wie jetzt. Auch dann würde sie noch das Reh im Urwald sein. Die Karoline der letzten Jahre hatte Victor vielleicht verpasst. Die Karoline der nächsten vier Jahrzehnte wollte er aber keinen Tag lang verpassen.

Wir werden keine Generation mehr

Wie jeden Tag stand Victor um 5:00 auf. Im Winter hatte er noch den Wecker gestellt. Inzwischen aber erwachte er ohne Alarm fast jeden Tag pünktlich um diese Zeit. »Ich höre nicht auf meine äußere Uhr«, sagte er zu Karoline, die ihn fürs früh Aufstehen bewunderte. Er selbst fand daran nichts Bewundernswertes. Es hielt ihn einfach nichts mehr im Bett. Im Jahr davor, als er noch Alkohol getrunken hatte, empfand er oft einen Unwillen aufzustehen. Nun aber, da er keinen Tropfen mehr trank – 159 alkoholfreie Tage hatte er schon hinter sich –, ging das frühe Aufstehen wie von selbst. Und er hatte sich fest vorgenommen, so lange nichts zu trinken, wie auch Karoline nichts trank – während der Schwangerschaft und in der Stillzeit. Irgendwann würde das Zählen der Tage aufhören, ohne dass er es bemerkte.

Victor machte Kaffee und bereitete alles für Karolines Brote vor. Dann setzte er sich mit seinem Buch in die Küche. Karoline stand gegen 6:30 auf, ging aber nur aufs WC und dann wieder zu Bett, ohne ihn umarmt oder geküsst zu haben. Um 7:45 ging sie wieder aufs WC und setzte sich dann an den Küchentisch.

»Möchtest du ein Brot?«

»Ist das deine erste Frage?«

»Nein, entschuldige. Meine erste Frage ist: Möchtest du Kaffee?«

Karoline saß auf der Sitzbank in der Küche, zog die Beine an und steckte ihren Kopf zwischen die Knie. Sie starrte in den Raum, blickte aber Victor nicht ins Gesicht.

»Kaffee macht glücklich, wenn man rechtzeitig drauf schaut, dass man ihn hat, wenn man ihn braucht.«

»Bitte hör jetzt auf mit diesem Spruch. Er ist längst nicht mehr witzig!«

Victor wollte zum Schreibtisch gehen, um die Lesebrille zu holen, aber als er bei der Küchentür angekommen war, rief Karoline ihm laut nach.

»Ja und jetzt bist du beleidigt und gehst in dein Zimmer und schmollst!«

Victor blieb stehen. Noch nie im Leben war es ihm so schwergefallen, stehen zu bleiben und sich umzudrehen. Er wollte raus. Raus aus der Küche, raus aus dem Haus. Aber wohin? Er drehte sich um und blickte Karoline an.

»Hast du Iris auch immer Kaffee gemacht?«

»Nein, den Kaffee hat immer Iris gemacht. Mit Milchschaum.«

»Da siehst du, was für eine schlechte Frau ich bin.«

Nun war Victor endgültig danach, zu gehen. Was sollte das werden? Miese Laune mit verspätetem Eifersuchtsanfall?

»Ich muss dir etwas sagen. Ich habe heute früh eine Schmierblutung bekommen.«

»Was heißt das?«

Sie begann zu weinen. Victor umarmte Karoline. Victor hielt Karoline fest. Aber wer hielt ihn fest? Er hatte kein Geschirrtuch, um sich gegen die viele Flüssigkeit zur Wehr zu setzen. Feuchte Tische, feuchte T-Shirts, feuchte Augen – Victor hatte Ekel vor allem Feuchten. Am liebsten hätte er ein Tuch geholt und mit dem Wischen begonnen.

»Es tut mir so leid.«

»Das braucht dir doch nicht leidzutun. Es ist doch nicht deine Schuld.«

»Es tut mir so leid. Ich bin zu alt.«

Victor musste an die Urli denken. Sie hatte aus einer gewissen Ignoranz, die Menschen in hohem Alter gerne zugestanden wurde, nicht verstehen wollen, warum Victor nicht noch Kinder bekommen sollte. Sie hatte immer so getan, als genüge es, um Kinder zu bekommen, den Entschluss dazu zu fassen. Victor hatte sich dann schuldig gefühlt, weil er es nicht richtig gewollt hatte. Karoline hatte in den vergangenen beiden Wochen immer wieder davon gesprochen, wie verantwortungslos die Schwangerschaft und wie gefährdet das Kind sei: wegen ihres hohen Alters und wegen ihres Verwandtschaftsverhältnisses.

»Du hast gesagt: Was passiert, passiert eben. Wir haben alles richtig gemacht.«

»Ich weiß nicht. Ich möchte nicht immer wieder in diese Situation kommen.«

»Das verstehe ich.«

»Wenn du gehen willst, musst du gehen.«

»Ich gehe nicht. Ich bleibe bei dir.«

»Am Montag hätte ich den Termin bei der Frauenärztin gehabt.«

»Du solltest trotzdem hingehen.«

»Wozu? Mach dir keine Hoffnungen.«

Sie blieben den ganzen Tag in der Küche. Jeder durfte die Dinge tun, die er zuvor aus Rücksicht auf den anderen nicht getan hatte. Karoline schaute auf ihrem Tablet Fernsehserien, während Victor in der Küche hantierte. Da er das Bild nicht sah, waren es für ihn Hörspiele, und er mochte viele der mitgehörten Sätze, zum Beispiel: »Und du willst wirklich ein Bild im Badezimmer aufhängen?« Victor wiederholte den Satz dann zig Male, bis Karoline ihn anzischte, still zu sein. Seltsamerweise hatten viele der Sätze mit Babys und Schwangerschaften zu tun: »Als sie verreist ist, hatte sie den Rucksack hinten. Jetzt trägt sie ihn vorne.« Oder: »Wir wollten nie ein Kind haben, aber jetzt, wo es da ist, kann es doch auch den Abwasch machen.« In diesem Fall wiederholte Victor die Sätze besser nicht.

Victor durfte die Nachrichten endlich wieder aus dem Radio hören und nicht mit dem Mobiltelefon oder Tablet. Nach den Mittagsnachrichten erzählte er Karoline, dass das Radio in der Küche in seiner Kindheit von Herrn Julius, dem Nachbarn der Großeltern, einmal repariert worden war. Victor wusste nicht mehr, warum der Bimbo das nicht getan hatte. Wahrscheinlich brauchte man die Reparatur schnell und unter der Woche, sodass Herr Julius, der Alkoholiker war und über den die Urli kein gutes Wort verlor, zu Hilfe geholt wurde. Über diesen Herrn Julius gab es nur eine einzige lustige Geschichte, die Victor Karoline jetzt erzählte.

Die Familie Julius hatte sieben Kinder. Der Großvater hatte immer gesagt, zwei seien Wunschkinder gewesen, der Rest waren Rauschunfälle. Als das siebente Kind, ein Sohn, zur Welt kam, schickte Frau Julius ihren Mann zum Gemeindeamt, das damals auch das Standesamt war, um den Neugeborenen eintragen zu lassen. Herr Julius fuhr mit dem Auto davon, machte aber Halt im Gasthaus und genehmigte sich zwei oder drei Viertel Wein. Dann fuhr er widerwillig zum Gemeindeamt, bevor es wieder schloss. Die Gemeindesekretärin gratulierte Herrn Julius und fragte ihn, wie der neugeborene Sohn heiße. Herr Julius hatte den Namen, den ihm seine Frau am Morgen mehrmals vorgesagt hatte, im Gasthaus wieder vergessen, aber er wollte sich vor der Respektsperson, die die Gemeindesekretärin damals immerhin noch war, keine Blöße geben. »Alexander«, sagte er. »Aber Sepp«, sagte die Gemeindesekretärin, »du hast doch schon einen Sohn, der Alexander heißt.« Nun wusste Herr Julius nicht weiter. Die Gemeindesekretärin aber (Victor musste selbst nachdenken, wie sie geheißen hatte, und war sicher, dass ihr Name mit *Sch* begann) nahm den Kalender des Lagerhauses zur Hand und ging die männlichen Namen durch, bis Herr Julius den Namen *Erhard* ausgewählt hatte.

Mitten in seiner Erzählung bemerkte Victor, dass es schon wieder um Kinder ging. Schnell schlug er einen Spaziergang vor.

»Ich will heute nicht.«

»Ist o. k., Schatz.«

»Ich kann mich genau an Herrn Julius erinnern.«

»Er hat immer nach Wein gerochen.«

»Kann sein. Aber er hat Hanna und mir immer Bensdorp-Schokolade gebracht. Da gab es einen blauen Riegel mit Milchschokolade und einen grünen mit Haselnuss. Und ich wollte immer Haselnuss.«

»Und welchen hast du gekriegt?«

»Das weiß ich nicht mehr.«

Obwohl sich Victor Mühe gab, das Gespräch am Laufen zu halten, folgte wieder eine lange Pause.

»Ach, diese Geschichten von den alten Menschen hier. Wir werden die letzte Generation sein, die sich daran noch erinnern kann.«

»Ich glaube, wir werden keine Generation mehr.«

Früher war hier ein Meer

Victor erwachte kurz vor 5:00. Zum ersten Mal dachte er daran, dass es einen medizinischen Notfall geben könnte. Hier, mitten im Nirgendwo. Vielleicht kündigte das Pfeifen in seinem Ohr einen Herzinfarkt an? Oder einen Schlaganfall? Wie lange würde die Rettung wohl brauchen? Zwei Stunden, wie damals, als der Großvater im April 1983 den ersten Schlaganfall gehabt hatte? Gut, Karoline konnte Erste Hilfe leisten, was aber, wenn ihr etwas zustieß? Tatsächlich schaltete Victor sein Mobiltelefon ein. Das tat er sonst nur, wenn Karoline außer Haus war. Karoline hingegen hatte ihr Telefon immer griffbereit auf dem Nachtkästchen liegen. Oft googelte sie, worüber sie gerade gesprochen hatten. Als es einmal um Albert Einstein ging, stellte Karoline fest, dass Einstein in zweiter Ehe seine Cousine Elsa Löwenthal geheiratet hatte. Als Victor wieder einmal erzählte, wie oft der Großvater ihn als Kind davor gewarnt hatte, dass der Goldregen im Garten giftig sei, las sie nach und berichtete, dass die Blätter des Goldregens Cytisin enthielten und deswegen im Ersten Weltkrieg als Tabakersatz und heute als Raucherentwöhnungsmittel verwendet wurden. Ein andermal las sie ihm vor, dass der Bensdorp-Riegel, den sie und Hanna als Kind öfter von Herrn Julius geschenkt bekommen hatten, im Jahr 1970 einen Schilling gekostet hatte. Victor lachte dann und sagte, um Karoline zu provozieren: »Vielleicht kann man durch Googeln auch den Arzt ersetzen.« Karoline lachte nicht und antwortete: »Das tun die meisten Menschen ohnehin schon.«

Als Victor erwachte, wollte er zuerst die Mayonnaise-Vorräte in der Speisekammer in einen Müllsack stecken, denn wenn Karoline sie sah, erinnerten sie sie nur an ihre Schwangerschaft. Doch weil er schon beim Aufwachen beunruhigende Gedanken gedacht hatte, schaltete er zuerst das Mobiltelefon ein. Und als hätte er es vorausgeahnt, sah er, dass seine Mutter ihm eine SMS geschrieben hatte: »Victor, mir ist so schlecht. Ich muss die Rettung rufen.« Victor rief mehrmals an, nur um Irmgards Mailboxansage zu hören. Er weckte Karoline und zeigte ihr die SMS.

»Scheiße, wann war das?«

»Um 3:11.«

»Das kommt davon, dass du immer ausmachst. Warum hat Irmgard mich nicht angerufen?«

Die Antwort darauf wusste Victor, gab sie aber nicht.

»Was soll ich tun?«

»Ruf im Krankenhaus in Mödling an und frag, ob sie dort ist. Dann fahren wir sofort hin.«

Victor hatte immer noch die Hoffnung, dass sich die Sache als Fehlalarm herausstellte, dass der Mutter eben nachts nicht gut gewesen sei, sie dann aber wieder eingeschlafen war und deshalb nicht ans Telefon ginge. Leider aber teilte ihm der sehr auskunftsfreudige Mann am Telefon mit, dass die Mutter frühmorgens ins Spital eingeliefert worden war. Er sagte ihm sogar die Zimmernummer. Victor verstand sehr schlecht, denn sein Ohr lärmte wie nie zuvor. Es war eigentlich kein Lärmen, sondern eher ein dumpfes Rauschen. Sofort machten Karoline und Victor sich auf den Weg.

Während der Fahrt redeten die beiden nicht. Zwei Mal legte Karoline Victor die Hand auf den Oberschenkel, um ihn zu beruhigen. Er fuhr den Weg nach Mödling wie automatisch, so als ob er die letzten dreißig Jahre täglich dorthin zur Arbeit gefahren wäre. Ohne ein Wort fuhr er zum Parkplatz des Krankenhauses, zog an der Schranke ein Parkticket, stellte das Auto ab und steckte das Ticket in seine Brieftasche. Sie betraten das Krankenhaus, und der Portier erklärte ihnen den Weg zur Station. Es dauerte, bis Victor und Karoline eine Schwester fanden, die sie ins Krankenzimmer brachte. Dort hatte man links und rechts von Irmgards Bett je einen Paravent aufgestellt. Eine Putzfrau war gerade mit dem Aufwischen des Fußbodens beschäftigt.

»Sie kommen etwa zwanzig Minuten zu spät«, sagte die Schwester.

Victor brauchte einige Sekunden, bis er begriff.

»Könnten Sie bitte etwas später aufwischen?«

Zuerst sagte er es nur. Die Putzfrau schien ihn nicht zu beachten. Dann brüllte er es. Karoline erschrak. Die Schwester drängte die Putzfrau irgendwie aus dem Zimmer und erklärte, Irmgard sei von der Rettung mit einem Schlaganfall eingeliefert worden. Karoline stellte einige Fragen. Das verärgerte Victor. Er wollte, dass die Schwester das Zimmer verließ. Doch Karoline ließ nicht locker und redete immer weiter. Victor setzte sich neben das Bett. Dann konnten sie endlich die Zimmertür schließen und saßen ruhig da.

Nach einiger Zeit stand Victor auf und stellte sich an

Irmgards Bett. Eigenartig sah sie aus, als wäre sie mitten in einer Kopfbewegung eingefroren, die sie aber jeden Moment weiterführen könnte. Sie schien zu sagen: »Bring die Schlampe aus dem Zimmer.« Irmgard hatte sich aus Sicht ihres Vaters für das falsche Studium und den falschen Mann entschieden. Jetzt aber durfte sie zumindest in das richtige Grab – das Grab ihrer Eltern. Dennoch sah ihr Gesicht nicht friedlich aus.

Victor berührte die Stirn seiner Mutter. Seine Hand zuckte erschrocken zurück. Ihr Körper war bereits kalt. Er erinnerte sich daran, dass Karoline ihm erzählt hatte, wie der Großvater im Haus aufgebahrt worden war und Karoline Hanna zu einer Mutprobe angestiftet hatte: Welche von den beiden sich als Erste traute, den Toten zu berühren, bekam von der anderen eine Tafel Schokolade. Selbstverständlich gewann Karoline.

»Ich sage es ungern, aber Tante Irmgard hatte Glück.«
»Dass es schnell ging?«
»Sie hätte schwere Lähmungserscheinungen davongetragen. Sie hätte Pflege rund um die Uhr gebraucht.«

Victor sollte also glücklich sein. Wie immer. Aus der Schwangerschaft war nichts geworden, sein Ohr lärmte und seine Mutter war tot. Aber er sollte glücklich sein.

8. Juli 2019 / 08:52
Victor: Liebe Familienmitglieder, ich möchte euch mitteilen, dass Irmgard heute Nacht verstorben ist. Sobald ich mehr weiß, gebe ich bekannt, wann die Beisetzung stattfindet. Victor.

Victor zeigte die SMS Karoline, die kurz nickte. Dann schickte er sie ab. Es dauerte nicht lange, dann ertönte das Eingangssignal, das eine SMS ankündigte. Victor hatte das Telefon beim Betreten des Krankenhauses nicht auf lautlos gestellt.

8. Juli 2019 / 08:53
Rainer: Tut mir sehr leid, Victor. Mein herzliches Beileid! Bitte informiere uns über alles Weitere. Dein Onkel Rainer

Es war die einzige Antwort, die Victor bekam. Weder Hanna noch Tante Margarete schrieben. Victor war in einer seltsamen Stimmung. Er hätte gerne Sex gehabt mit Karoline. Jetzt. Und durfte es natürlich nicht sagen. Er hatte geglaubt, Karoline im Ärztekittel hätte eine anregende Wirkung auf ihn. Es reichte aber, dass sie sich in einem Krankenhaus befanden. Doch Sex hatte es in den letzten Tagen nicht gegeben. Victor sehnte sich nach früher – und damit meinte er ausnahmsweise nicht die 70er-Jahre, sondern vergangenen Dezember.

»Meinst du, sie kommen hierher?«
»Nein, aber sie werden zum Begräbnis kommen.«
»Können wir das verhindern?«
»Ich glaube nicht.«

In der Eingangshalle steckte Victor das Parkticket in den Automaten und bezahlte. Geistesabwesend entnahm er das Ticket. Als er mit Karoline ins Freie trat, blieben sie auf dem Weg zum Auto auf dem Parkplatz stehen. Victor drehte sich einmal um die eigene Achse.

»Es ist so hässlich hier.«

»Hässlich! So grässlich hässlich!«

»Wie habe ich es geschafft, meine halbe Kindheit hier zu überleben? Das Chaos, die Traurigkeit und Hässlichkeit. Heil heil heillos.«

»Das hätte Konrad gesagt. Aber was hätte Tante Irmgard gesagt?«

»Nichts. Sie hätte vielleicht erzählt, dass hier früher ein Meer war.«

»Früher? Nach dem Krieg?«

»Vor 150 Millionen Jahren. Die präalpine Geosynklinale.«

»Präalpine Geosynklinale! Was für ein Name!«

»Nicht wahr! Man bekommt richtig Lust auf einen Badeurlaub in Mödling, an den Stränden der präalpinen Geosynklinale.«

»Vielleicht finden wir hier einen Seestern.«

»Vor ein paar Monaten hat Irmgard zu mir gesagt: Ich hasse Mödling und ich hasse unser Haus.«

»Das Haus in Heiligenbrunn hat sie geliebt.«

»Glaubst du wirklich?«

»Natürlich! Auch die Mama liebt es. Warum würde sie sonst vor Gericht gehen? Nur aus Hass?«

»Deine Mutter hasst niemanden. Glaube mir!«

»Hässlich!«, sang Karoline den Song aus den 80er-Jahren weiter. »Ich bin so hässlich! So grässlich hässlich! Ich bin der Hass.«

Wieder war Victor Jarno nicht wegen einer Geburt in ein Krankenhaus gefahren. Das dachte er, als sie nach Heiligenbrunn zurückfuhren, und nicht an seine Mutter, die eine Stunde zuvor gestorben war. Keine Sekunde dachte er an seine Mutter. Er war von sich selbst schockiert. Er war es, der grässlich hässlich war. Victor trommelte auf das Lenkrad. Er steckte zwischen zwei Autos mit Kennzeichen MD. Ein Mödlinger vor ihm, ein Mödlinger hinter ihm.

Lärmkarenz

Victor fand keinen HNO in Altenmarkt und auch in Lilienfeld, Hainfeld und Tenneberg nicht. Karoline riet ihm, nach Wien zu fahren, und bot sich sogar an, ihn hinzubringen. Aber er wollte nicht nach Wien. Und so fuhr er am Donnerstag nach Baden, wo er sofort einen Termin bekommen hatte.

Der HNO war ein alter Mann, der keine Sätze bildete, sondern in Hauptwörtern sprach. Seine Assistentin führte in einem Nebenzimmer der Ordination Hörtests durch. Victor bekam Kopfhörer und musste einen Knopf drücken, sobald er einen Ton hörte. Danach nahm er wieder im Wartezimmer Platz und wurde bald aufgerufen. Der HNO hatte das Ergebnis der Messungen auf seinem Bildschirm.

»Hörsturz.«

Victor überlegte, ob der Arzt auch privat so redete oder nur mit Patienten, die Probleme mit dem Gehör hatten.

»Mittlere Frequenzen. Linkes Ohr.«

»Was ist die Ursache?«, fragte Victor.

Der Arzt, der schon ein Rezept tippte, schaute nicht zu Victor auf.

»Unklar.«

»Und was mache ich jetzt?«

»Kortison. Lärmkarenz.«

Victor fuhr mit dem alten Traktor zurück nach Heiligenbrunn. Wenn er an einem Baum vorbeifuhr, dachte er: Baum. Und wenn er an einem Haus vorbeifuhr: Haus. Als Kind war er einmal mit den Eltern in einer Gegend gewesen, in der es viele Vogelbeerbäume gab. Er wusste nicht mehr, wo das gewesen war, er wusste nur, dass der Vater, wenn er an einem Vogelbeerbaum vorbeifuhr, sagte: »Vogelbeere.« An einer Straße, die von Vogelbeerbäumen gesäumt war, zeigte er auf jeden Baum: »Vogelbeere. Vogelbeere. Vogelbeere. Vogelbeere. Vogelbeere.«

Im Haus angekommen, erzählte Victor Karoline von dem hauptwörtlichen Facharzt.

»Lärmkarenz«, sagte Victor.

»Du hast einfach zu viel Stress gehabt in letzter Zeit, Schatz. Du solltest lange schlafen und dich ausruhen. Und nicht jeden Tag um 5:00 aufstehen.«

»Ich bin nicht müde.«

»Auf deinem Schreibtisch liegt mein Tagebuch. Ich möchte, dass du den aufgeschlagenen Eintrag liest.« Victor hatte sich also nicht geirrt. Karoline benutzte das in weinrotes Leinen gebundene Notizbuch, das er ihr zu Weihnachten geschenkt hatte, als Tagebuch. Und sie ließ es nicht aus Achtlosigkeit auf Victors Schreibtisch liegen, sondern wollte, dass er es las. Er ging an den Schreibtisch und fand das Notizbuch dort offen liegen.

17. Juni 2019, Heiligenbrunn

Geliebter Victor,

in Oslo habe ich begonnen, Tagebuch zu schreiben; auf Norwegisch, da ich die Sprache, die ich lernen musste, auch schreiben wollte. Eine Kollegin hat mir damals er-

zählt, dass ihr Tagebuch beinahe ihre Ehe zerstört hätte. Ihr Mann hatte die Schublade ihres Schreibtisches aufgebrochen, um ihre Tagebücher zu lesen. Danach hat es ein Jahr Paartherapie gebraucht. Und noch heute gerät sie in Panik, wenn sie ihr Tagebuch nicht findet, weil sie sofort glaubt, ihr Mann habe sich wieder daran vergriffen.

In meinem Fall ist es anders. Ich schreibe mein Tagebuch nur für dich. Ich will, dass du es liest. Denn es gibt Dinge, über die es sich nicht leicht sprechen lässt. Besonders jetzt, wo ich vor Augen geführt bekommen habe, was ich wirklich will. Es tut mir unendlich weh, dass wir zu spät dran sind. Es wäre das Schönste auf der Welt gewesen, dir ein Baby zu geben. Aber ich hoffe, dass dir klar ist, dass es dafür keine realistischen Aussichten mehr gibt.

Jetzt ist auch noch Irmgard gestorben. Das tut mir sehr leid. Ich mochte sie trotz allem sehr, vielleicht so sehr, wie du meine Mutter immer noch magst. Es ist eine harte Zeit für dich, geliebter Victor, und alles kommt (wie immer) auf einmal. Ich weiß nicht, wie ich dich unterstützen kann. Wahrscheinlich gar nicht, außer dir die schweren Zeiten ein wenig leichter zu machen. Denn ich will, dass du hier in Heiligenbrunn glücklich wirst, so wie ich hier glücklich bin. Über vieles willst du nicht sprechen, nicht oder selten, und ich akzeptiere das, denn ich weiß, dass du ein Sandbichler bist, und die Sandbichlers schweigen lieber. Nichts kenne ich besser als dieses Schweigen. Es ist meine Muttersprache. Meine Mutter hat immer nur geschwiegen. Und wenn sie gesprochen hat, hat sie damit nur Übles angerichtet. Vier Jahre Psychoanalyse habe ich wegen meiner Mutter in Norwegen gemacht. Viel zu kurz.

Als Kind wurde mir oft diese Geschichte erzählt, und

deine Mutter hat sie mir erst vor Kurzem wieder erzählt, obwohl ich sie schon Hunderte Male gehört habe: Als Baby hatte ich eine schwere Lungenentzündung. Ich wurde ins Krankenhaus gebracht, die Lage muss einige Tage sehr ernst gewesen sein, zumindest so ernst, dass die Ärzte sagten, es ginge um mein Leben. Meine Mutter soll heulend aus dem Krankenhaus nach Hause gekommen sein und gesagt haben: »Gerade sie wäre so lieb gewesen.«

Ich weiß, dass es dich sehr kränkt, dass wir uns nun vor Gericht gegen meine Mutter wehren müssen. Ich weiß, dass du sie weiter gernhaben willst, weil du ein lieber Mensch bist. Glaube mir, auch ich hätte meine Mutter gerne geliebt, aber: Ich habe sie aufgegeben. Ich habe sie aufgegeben, und ich hätte sie schon aufgeben sollen, als ich dreizehn war. Was ich dir jetzt sage, kann ich nur auf diesem Weg sagen. Ich habe immer das Gefühl, dass du es ohnehin weißt. Und ich muss mich selbst daran erinnern, dass du es nicht wissen kannst: Onkel Rainer ist nicht mein leiblicher Vater. Das hat mir meine Mutter mitgeteilt, als ich dreizehn Jahre alt war.

Du kannst dir nicht vorstellen, wie es ist, als Kind erfahren zu müssen, dass der Mann, den du immer für deinen Vater gehalten hast, nicht dein Vater ist. Das wäre aber vielleicht noch verkraftbar gewesen, wenn mit einem Mal wirklich alles geklärt worden wäre. Doch bis heute weiß ich nicht, wer mein Vater ist. Meine Mutter aber kompensiert die unterbleibende Offenlegung der wirklichen Verhältnisse mit Aggression gegen mich. Sie hat Scheiße gebaut, gibt aber mir das Gefühl, alles falsch gemacht zu haben.

Auch wenn dir deine wortkarge Rechtsanwältin gesagt

hat, dass die Chance besteht, dass das Gericht das Haus meiner Mutter zuspricht, bitte ich dich, mit mir für dieses Haus zu kämpfen. Sie kann mir nicht auch das noch nehmen! Lass uns kämpfen! Ich kann dir nicht genug dafür danken, dass du das Haus von Frau Veit gekauft hast. Mir ist klar, dass du von dem Geld eigentlich leben wolltest. Aber ich werde mit der Praxis unseren Unterhalt verdienen. Seit Wochen krieche ich dem Bürgermeister und der Heimleitung in den Arsch, um die Dinge voranzubringen. Außerdem wirst auch du wieder zu Geld kommen: Wenn meine Mutter das Haus bekommt, muss sie dir die Hälfte ausbezahlen. Wenn Iris ausgezogen ist, kannst du die Wohnung in Wien verkaufen. Also natürlich nur, wenn du das möchtest.

Du hast mich gerettet, geliebter Victor, aus einem Leben, das sehr stumpf und traurig war. Norwegen ist ein Land mit vielen Vorzügen. Aber ich bin dorthin nur geflüchtet. Geflohen vor meiner Mutter, diesem Monster, das jetzt nicht davor haltmacht, gegen mich vor Gericht zu ziehen, den handgeschriebenen Willen ihrer eigenen Mutter zu bekämpfen, nur weil sie immer geglaubt hat, das Haus wird einmal ihr gehören, und weil der Bimbo hier eine Heizung installiert und alle paar Jahre mal einen neuen Fernsehapparat gebracht hat.

Glaube mir, dass es niemanden auf der Welt gibt, der sich so lange und intensiv mit meiner Mutter beschäftigt hat wie ich. So viele qualvolle Jahre, in denen ich versucht habe, herauszufinden, wie sie ein so bösartiger Mensch werden konnte. Ich kann ihr nicht verzeihen, dass sie mich bis heute im Unklaren lässt. Immerhin hat mich ihre Anfeindung angetrieben, mein Studium ernsthaft zu be-

treiben und schnell abzuschließen. Und obwohl der Großvater damals schon tot war, wusste ich, dass ich entweder Rechtswissenschaft oder Medizin studieren und es bis zum Doktortitel bringen musste.

So wie Hanna sich immer diese Geschichte mit meiner Lungenentzündung anhören musste und dadurch zweitrangig fühlte, so musste sich meine Mutter ihr Leben lang anhören, dass sie nicht studiert hat, während da ihre Schwestern waren: Gerlinde, diese gottgleiche Schwester, die mit ihrer Assistentenstelle an der Universität die Erwartungen ihres Vaters sogar übertroffen hatte, und deine Mutter, die sich ein in Großvaters Augen minderes Fach gewählt hatte, aber immerhin Magister wurde. Ich weiß, dass du den Großvater immer vergöttert hast. Und ich weiß, dass es für ihn hart war, das Geld zu verdienen, das für die Schulen und das Studium seiner Töchter benötigt wurde. Aber glaube mir, indem er meiner Mutter bis zu seinem letzten Atemzug das Gefühl gegeben hat, seinen Vorstellungen nicht entsprochen zu haben, hat er sie zerstört. Selbst die Urli, die ihr drittes Kind abgöttisch liebte (so wurde es mir erzählt), hat letztendlich seine Einstellung übernommen. Und damit hat sie meiner Mutter nur einen Grund mehr gegeben, sich abzuwenden.

Dieser Revanchismus, dieser abgrundtiefe Hass ist Ausdruck der bitteren Rache einer Generation, die eigentlich alles gehabt hat. Ihre Eltern haben sie durch den Krieg gebracht, sie haben gespart, damit ihre Kinder essen und zur Schule gehen konnten. Ab den Siebzigerjahren ist es nur noch bergauf gegangen, da gab es etwas zu erreichen, zu verbessern, jede und jeder konnte dabei sein. Heute denken die Menschen, es gäbe nichts mehr zu verbessern und nichts mehr zu erreichen. In Wahrheit wäre viel zu tun. Aber wenn alle ihr Smartphone haben und ihre Zalando-Pakete pünktlich bekommen, interessieren sie Menschlichkeit und Bildung nicht. Im Inneren spüren sie, dass sie faul und langweilig und ziellos geworden sind. Und das macht sie noch zorniger. Dieser Zorn ist es, der jetzt alles zerstört.

Aber, geliebter Victor, bitte gib die Hoffnung nicht auf. Ich weiß, du möchtest nicht mehr Nachrichten schauen, wie auch dein Vater irgendwann keine Nachrichten geschaut und keine Zeitung mehr gelesen hat. Ich weiß, du möchtest das alles nicht hören, weil es dir so nahegeht. Aber sieh mal: Diese Regierung hat keine zwei Jahre gehalten, und schon im Herbst gibt es Neuwahlen. Und in zehn Jahren werden wir dasitzen und über diese Zeit lachen. Die Menschen werden sich schämen, an die Lügen und die Niedertracht geglaubt zu haben.

Bin ich besser als die anderen, Victor? Ich bin es nicht. Allein du und ich, wir beide sind etwas Besonderes, und ich bitte dich, mir immer die Wahrheit zu sagen und mich niemals zu belügen. Die härteste Wahrheit höre ich lieber gleich, und ich werde sie annehmen, wie sie ist. Aber bitte keine Lügen und keine Heimlichtuerei.

Ich habe oft Angst, dass du das Leben hier bald satthaben wirst. Überhaupt jetzt, wo dieser schöne Traum nach so kurzer Zeit geplatzt ist. Du löschst all deine Web-Accounts, und du möchtest mit dem Bürgermeister und den Menschen hier nichts zu tun haben. Doch wenn du verschwindest, dann können wir dieses Haus nicht Raum für Raum und Möbelstück für Möbelstück zu unserem Haus machen. Dreißig Jahre hat es gedauert, bis wir einander (wieder)gefunden haben. Wenn wir uns jetzt zurückziehen, geben wir der Bösartigkeit der Welt, der Gemeinheit meiner Mutter, der Lächerlichkeit der Politik nur noch mehr Bedeutung. Wenn du dich aufgibst, Victor, ist das noch schlimmer, als wenn du weggehst. Und ich will nicht, dass mein Victor nicht mehr ist als eine Geschichte wie der Installateur Leitner, der Christbaum auf dem Rathausplatz oder irgendwelche Heidelbeeren. Verstehst du das? Ich liebe dich so sehr, so sehr!

Karo(line).

Ein Giaur

»Dass wir uns so schnell wiedersehen!«

Der Priester lächelte. Victor hätte ihn ohrfeigen können. Wie er strahlte, als er Karoline die Hand gab. Und wie Karoline sich um ihn bemühte, nun, wo sie Bürgermeisterin werden wollte.

»Und da ist auch die junge Frau Doktor! Die Pathologin. Ich bewundere Sie! Und Sie, junger Mann, was treiben Sie so?«

»Ich bin ein Giaur.«

»Ein was?«

»Ein Giaur. Ein Ungläubiger. Kennen Sie den ersten Satz von Karl Mays *Durch die Wüste*?«

»Ich kenne nur den ersten Satz aus dem Johannesevangelium.«

»*Im Anfang war das Wort.*«

»Sehen Sie, Frau Doktor: Gottes Gnade ist so groß, dass sogar die Ungläubigen die Bibel auswendig kennen. Jetzt muss ich aber hinein. Sie entschuldigen mich...«

Dass Victor mit dem linken Ohr ausgerechnet an diesem Tag gut hören konnte, verärgerte ihn noch mehr. Er wollte mit der Sache schnell fertig sein, aber sie hatte noch nicht einmal begonnen. Ein paar Menschen kamen den Weg zum Friedhof hinauf, immer wieder blieb einer stehen, denn der Weg war steil und die Menschen, die kamen, waren alt. Sie sollten es sich überlegen, ob sie nach der

Beisetzung wirklich noch einmal ins Dorf hinuntergehen oder praktischerweise nicht gleich hierbleiben wollten, um auf ihr eigenes Begräbnis zu warten. Das dachte Victor und hatte es Karoline ins Ohr geflüstert, die den Kopf schüttelte und ihm bedeutete, still zu sein. In diesem Moment sah er den schwarzen Minivan von Onkel Rainer. Er fuhr den steilen Weg herauf und stellte das Auto auf dem kleinen Parkplatz ab, auf dem vielleicht drei oder vier Fahrzeuge stehen konnten. Sonst kam niemand mit dem Auto, außer dem Herrn von der Bestattungsfirma, der genauso angezogen war und sich genauso verhielt wie einige Monate zuvor beim Begräbnis der Urli.

Karoline stellte sich ganz dicht neben Victor und hängte ihren Arm bei ihm ein, als Tante Margarete und Hanna mit den Kindern aus dem Auto stiegen. Lena kam zu ihnen gelaufen und hüpfte Karoline in die Arme. Michael und Paul gingen eng neben Hanna in weitem Bogen um Victor und Karoline herum zum Eingang der Kirche. Sie hatten versucht, spät zu kommen, gerade rechtzeitig zum Beginn des Gottesdienstes. Lena hüpfte und strampelte in Karolines Armen. Dann zeigte sie auf Victor.

»Ich will zum Franz!«

Karoline trug Lena zu Victor, und er nahm sie mit beiden Armen.

»Du kriegst ein Bussi. Du bist heute ein trauriger Hosenmann.«

Beim Küssen erwischte sie Victors Nase. Die kleine Lena machte die Umstände dieser Begegnung kurz vergessen. Die Bitterkeit, die Tatsache, dass das Böse auf der Welt Sieg um Sieg errang, und die Enttäuschung über den feststehenden Weltuntergang waren für einige Augenblicke weg gewesen. Dann kam Tante Margarete auf Victor und Karoline zu.

»Bringst du die Kleine bitte sofort her!«

Diese Worte hatte sie an Karoline gerichtet. Karoline verzog keine Miene. Sie nahm Lena in den Arm, ging aber mit ihr nicht auf Tante Margarete, sondern auf Onkel Rainer zu. Tante Margarete drehte sich in Victors Richtung. Er wusste nicht recht, ob er nun Angst bekommen sollte oder nicht. Er rührte sich nicht.

»Ich werde dir ein Angebot machen. Wir verzichten auf das Haus, wenn es die Karo bekommt.«

»Ich bin jetzt nicht da, um darüber zu sprechen.«

Victor war völlig überrumpelt. Er wusste, dass er in diesem Moment nichts sagen sollte. Er sah, wie Karoline dem Bimbo Lena überreichte. Er gab ihr dabei ein Küsschen auf jede Wange. Victor hoffte, dass Karoline Tante Margaretes Worte nicht hören konnte.

»Sie muss nur ein Testament machen, dass Hanna das Haus bekommt, wenn ihr etwas zustößt.«

»Das ist das Begräbnis meiner Mutter.«

»Ich weiß. Sie war auch meine Schwester.«

Inzwischen kam Karoline auf sie zu. Tante Margarete ging stumm weiter in Richtung Kirche. Der Bimbo kam an Victor vorbei, lächelte und schüttelte ihm die Hand.

Zum ersten Mal in seinem Leben saß Victor bei diesem Gottesdienst in der ersten Reihe. Er hatte sich vorgenommen, gut aufzupassen, ob die Lieder und die Predigt ähnlich oder gar gleich waren wie beim Begräbnis der Urli. Aber er konnte kaum aufmerksam folgen. Denn plötzlich wurde ihm klar, was Tante Margarete da gerade gesagt hatte. Das Haus sollte Karoline gehören. Dagegen war nichts zu sagen. Karoline sollte es aber Hanna vererben, für den Fall, *dass ihr etwas zustößt*. Tante Margarete dachte also an den Tod ihres eigenen Kindes? Victor wusste nicht, wie und wann er Karoline von diesem Gespräch erzählen sollte.

Während also schon an den Tod der nächsten Generation gedacht wurde, begrub man hier Victors Mutter. Er war nun der Älteste seiner Familie. Und wenn Tante Margarete sterben würde, wäre er der Älteste der Sandbichler-Nachfahren. Der Gottesdienst gefiel Victor nicht. Er hatte das Gefühl, dass das Begräbnis der Urli schöner und würdevoller gewesen war. Wer war daran schuld? Sicher nicht dieser Pfaffe, der sich auch diesmal mit der Lebensbeschreibung der Verstorbenen abmühte. Und wohl auch nicht die Verstorbene selbst. Die Familie war daran schuld. Schuld, dachte Victor und rügte sich selbst. Mein Gott, war er hier in wenigen Minuten zu einem Katholiken geworden? Der Priester würdigte das Leben der Verstorbenen, vor allem ihre berufliche Tätigkeit als Geologin.

»Die Erde kannte sie besser und genauer als wir. Und wusste daher immer, dass sie der letzte Bestimmungsort des Körpers, nicht aber der Seele ist.«

Immer wieder hatte Irmgard bei Spaziergängen erklärt, dass man sich in Heiligenbrunn im Wienerwald und also in der Flyschzone befinde.

»Früher war hier ein Meer.«

Aber es geschah nicht oft, dass die Mutter über Geologie sprach, die sie doch ein Leben lang beschäftigt hatte. Irgendwie hatte sie Hemmungen, über ihr eigentliches Fachgebiet zu sprechen, was wahrscheinlich mit ihrem

Vater zu tun hatte. Der hörte zwar gerne, wenn sie etwas erklärte, von dem er keine Ahnung hatte, und Ausdrücke gebrauchte, die er nie gehört hatte. Er war stolz, zu sehen, dass die Bildung seiner Tochter weit höher war, als es seine je hätte sein können. Trotzdem verstand er nicht, wie jemand, der mit solchen Begriffen offensichtlich spielend umgehen konnte, nicht Mediziner oder Jurist werden wollte. Irmgard hatte diesen Unmut des Vaters immer gespürt. In ihrer Jugend war das Hinwegsetzen darüber Rebellion; später nervte es sie, dass ihr Vater seine Präferenzen, die wohl die Boulevardpresse oder Stammtischgespräche befördert hatten, über seine Vernunft stellte. Und so entwickelte sie eine Ablehnung gegen Juristen, aber vor allem gegen Mediziner, was sich zuletzt darin ausdrückte, dass sie ihre Tabletten nicht nahm und sich den meisten Untersuchungen entzog. Der einzige Arzt, dem sie geglaubt hatte, war – wie Karoline immer abschätzig sagte – Dr. Google gewesen. Sonst, dachte Victor, wäre sie vielleicht erst in ein paar Jahren begraben worden, statt an diesem Tag.

Nach der Messe bildeten Karoline und Victor zu zweit das Spalier der Angehörigen. Frau Veit und Frau Kaswurm waren die Ersten, die kondolierten. Frau Veit war wie immer freundlich und fröhlich, Frau Kaswurm weinerlich. Sie schüttelte unentwegt den Kopf. Dann kamen Michael und Paul, Hannas Söhne. Sie hatten dieselben Anzüge an, die sie auch beim Begräbnis der Urli getragen hatten. Sie sprachen beide nicht, Michael blickte auf den Boden, als er Victors Hand schüttelte. Pauli sah Victor kurz in die Augen. Victor mochte dieses Kind, das immer sehr ernsthaft gewesen war. Selten hatte Victor den kleinen Paul lachen sehen. Wenn man ihm aber ein Spiel erklärte oder irgendeine Aufgabe, machte er konzentriert mit. Er war viel zu intelligent für diese Familie. Nun aber sah Victor an Pauls ganzer Haltung, dass ihm etwas erzählt worden war, das ihn zu seinem Onkel zweiten Grades Abstand halten ließ. Zweiten Grades. Früher war in der Familie über diese Bezeichnung gescherzt worden, und man hatte sie bei der Angabe des Verwandtschaftsgrades weggelassen. Nun, da Distanz wieder erwünscht war, kam der Begriff vielleicht wieder. Oder man bezeichnete Victor vielleicht gar nicht mehr als Onkel. Ob Pauli und Michi zu Hause über Victor sprechen durften?

Schon kam Hanna, die Victor ihre Hand mit steinerner Miene gab und zu Karoline weiterging. Hanna hatte sich ihnen gegenüber am feindseligsten von allen verhalten. Und doch konnte Victor in diesem Moment nichts anderes sehen als die Härte einer Frau, die alle Kräfte einer Mutter hat.

Schließlich kondolierte Tante Margarete. Sie schaffte es tatsächlich, Victor in die Augen zu blicken, als wäre nichts gewesen. Das stimmte Victor irgendwie versöhnlich. Er konnte Tante Margarete ohnehin nicht böse sein, sie hatte schließlich Karoline zur Welt gebracht. Nur ihre politischen Verirrungen konnte er ihr nicht vergeben. Aber sie war kein schlechter Mensch. Karoline gab sie nicht die Hand. Sie ging sofort weiter. Als Letzter stand der Bimbo vor ihnen, der Victor nicht nur die rechte Hand gab, sondern ihm mit der linken Hand auf die Schulter klopfte. Karoline küsste er sogar auf beide Wangen. Sofort zischte Tante Margarete:

»Geh weiter jetzt!«

Wie beim Begräbnis der Urli waren Eisenbahner als Sargträger gekommen. Es waren aber nur drei, sodass Victor als Vierter einspringen musste. Nach der Beisetzung stiegen Hanna, die Kinder, Tante Margarete und Onkel Rainer in den schwarzen Minivan. Die Frage, ob sie zum Leichenschmaus mitkämen, hatte sich erübrigt.

Geschwisterkinder

Kaum hatte Victor das Gasthaus betreten, hörte er glücklicherweise wieder gar nicht gut. So musste er den politischen Gesprächen der Eisenbahner, die Gulasch bestellten und sich über den Weißwein und das Zehrungsbrot hermachten, nicht folgen. Frau Veit erklärte, nur kurz bleiben zu können. Und bald saßen nur noch ein paar Personen am Tisch.

Der Bürgermeister war intensiv im Gespräch mit Karoline und bearbeitete sie, im Herbst für seine Bürgerliste zu kandidieren. Er selbst gehe in den Ruhestand, und die Ortschaft brauche dringend jemanden, der sich kümmere.

»Mit Hirn, wir brauchen jemanden mit Hirn«, sagte er. Offenbar hatten derartige Gespräche schon öfter stattgefunden. Der Bürgermeister wusste, dass er bei Karoline offene Türen einrannte.

»Wir dürfen das Altersheim nicht verlieren, und wir brauchen wieder mehr Infrastruktur. Nur Sie können das«, sagte er, bald auch etwas beschwipst vom Wein. Karoline erklärte sehr offen, dass die Familie die Verbindung mit ihrem Cousin nicht akzeptiere. Und dass wohl auch die Dorfbevölkerung daran Anstoß nehmen werde.

»Ich habe keine Lust, dass mein Privatleben hier ein Thema wird.«

»Das ist doch kein Problem. Ihr beide werdet heiraten.

Sie haben einen tollen Mann. Er hat eine schöne, gescheite Frau Doktor. Kein Problem.«

»Für meine Mutter ist das ein Riesenproblem.«

»Mit ihr spreche ich auch noch.«

»Tun Sie das nicht!«

Dass Karoline ausgerechnet diesem aufdringlichen Menschen politisch nachfolgen sollte! Ein früherer Sozialdemokrat, der um Absicherung der Mehrheit willen eine Bürgerliste mit Christlich-Sozialen und Grünen gegründet hatte, brauchte sich in seine Familienangelegenheiten gar nicht einzumischen. Doch die Sache war offenbar weiter gediehen, als Victor bemerkt hatte. Und nun wurde die Heirat mit Karoline auf einen rein pragmatischen Schritt reduziert, der ihr das Dasein als Lokalpolitikerin erleichtern sollte. Karoline hatte sich entschieden: Das Dorf durfte ihnen nicht egal sein. Aber sosehr Victor auch mit dem Bürgermeister, dem Pfarrer, dem Altersheim und den Menschen in Heiligenbrunn nichts zu tun haben wollte, so sehr musste er sich selbst eingestehen: Karoline hatte recht. Und so schwer es ihm fiel, dabei mitzumachen, durfte Victor nun nicht ihr Gegner werden, sondern musste sie unterstützen.

»Victor liest viel über die Sozialdemokratie. Er wurde nach Victor Adler benannt.«

Victor war es nicht recht, was Karoline dem Bürgermeister da über ihn erzählte.

»Ich war früher auch überzeugter Sozialdemokrat«, sagte der Bürgermeister.

»Und beim ersten Gegenwind haben Sie dann aufgegeben?«

Karoline sah Victor mahnend an.

»Wir müssen unsere Maßnahmen auf breiterer Basis umsetzen. Wenn wir nicht gemeinsam entscheiden, stirbt das Dorf ganz aus. Parteipolitik hat hier keinen Platz.«

Das Gasthaus leerte sich schnell. Victor war erleichtert, als der Bürgermeister endlich ging. Auch Frau Veit verabschiedete sich bald. Sie sah ein wenig müde und abgekämpft aus. Sie war freundlich wie immer, doch als sie sich verabschiedet hatte, blickte sie ernst zu Boden, wohl um ihre Schritte zu kontrollieren und mögliche Hindernisse nicht zu übersehen. Die Welt, die Karoline und Victor umgab, war ein Altersheim, und der Bürgermeister war in diesem Altersheim mit seinen 68 Jahren ein Kleinkind.

Die Eisenbahner verabschiedeten sich bald. Victor ging in die Schankstube, um zu bezahlen. Erst sein großzügiges Trinkgeld brachte die Idee eines Lächelns in das Gesicht der Wirtin. Als er ins Extrazimmer zurückging, saßen dort nur noch Karoline und Frau Kaswurm.

»Soll ich zwei von diesen Tabletten am Tag nehmen?«

»Nein! Zuerst kommen Sie zu mir. Übermorgen, am Freitag. Gleich um 9:00.«

Als Victor sich wieder an den Tisch setzte, sah Frau Kaswurm ihn nur aus dem Augenwinkel an.

»Eine gescheite Frau haben Sie da, junger Herr. Aber sagen Sie mal: Wenn Sie der Sohn von der Irmi sind und Ihre Frau die Tochter von der Gretl ist, dann seid ihr doch Geschwisterkinder.«

»Cousine und Cousin sind wir«, sagte Karoline.

»Ja, das meine ich ja. Wir alten Leute sagen halt Geschwisterkinder dazu.«

»Ja, das sind wir. Wir lieben uns eben.«

»Na ja, bitte. Wenn's der Herrgott erlaubt. Und wie gefällt es euch unten im Haus?«

»Es ist so schön hier«, sagte Karoline, »wir wollen nirgends anders mehr hin.«

»Die Jungen wollen nicht hier wohnen. Aber jetzt haben wir wenigstens wieder eine Ärztin. Und eigentlich sind Sie eine echte Heiligenbrunnerin.«

»Das stimmt.«

»Die einzigen Jungen, die wir haben, gehören zu den Flüchtlingen da oben im alten Huber-Haus.«

»Ich weiß, ich kenne die.«

»Wirklich?«

»Ja, die waren bei mir in der Ordination.«

»Haben die überhaupt eine E-Card? Der Älteste geht zum Nachbarn Rasenmähen und arbeitet mit dem Fehringer im Wald. Aber ich kaufe kein Holz bei ihm.«

»Warum nicht?«

»Einfach so.«

»Was ist daran schlecht? Unser Urgroßvater hat davon gelebt, Holz zu verkaufen.«

»Na ja, das ist was anderes. Der alte Sandbichler war ein Hiesiger.«

Victor überlegte, den jungen Mann zu engagieren. Er musste regelmäßig den steilen Hang hinter dem Haus mähen. Das hatte er früher oft mit dem Bimbo gemacht, bis dieser auf dem Abhang gestürzt war und sich am Knöchel verletzt hatte. Daraufhin hatte ihm Tante Margarete verboten zu mähen. Victor hatte eine Motorsense besorgt und die Arbeit allein erledigt. Aber er mochte das Mähen nicht. Da war doch dieser Flüchtling genau der Richtige. Und auch Holz könnte er von ihm kaufen.

»In Gottes Namen schaffen wir noch ein Jahr, bis wir dran sind.«

»Was reden Sie denn da, Frau Kaswurm?«

»Besser heute als morgen, sag ich immer. Ihre Mutter schaut ja noch taufrisch aus. Dabei ist sie einen Monat älter als ich. Wie geht's ihr denn? Sie ist gar nicht zum Leichenschmaus gekommen.«

»Wir sind nicht so gut aufeinander zu sprechen.«

»Wirklich? Das ist aber schade. Na ja, eine Wilde war sie immer. Eine Zornige. Der Walter hat das nicht gerne gehabt.«

»Was?«

»Damals, das Demonstrieren gegen den Vietnamkrieg. Und gegen das Atomkraftwerk. Heute ist das alles anders, Gott sei Dank.«

Als Karoline und Victor aufbrachen, war es noch hell. Sie gingen Arm in Arm aus dem Gasthaus über den kleinen Platz mit dem heiligen Brunnen und weiter zur Straße, die bis zur großen Kreuzung führte.

»Was hat sie gesagt?«

»Wer?«

»Meine Mutter. Was hat sie zu dir gesagt?«

»Sie hat mir eine Einigung angeboten. Du sollst das Haus bekommen.«

»Ich hoffe, du bist nicht darauf eingegangen.«

Victor wagte nicht zu sagen, dass er an diesem Punkt eigentlich daran gedacht hatte, sich mit Tante Margarete zu einigen.

»Die Bedingung ist aber, dass du das Haus in einem Testament Hanna vererbst. Falls dir etwas zustößt.«

Karoline blieb stehen und fluchte.

»Unglaublich. Ich hasse sie. So eine Frechheit.«
»Bitte, beruhige dich! Natürlich habe ich abgelehnt.«
»Damit übergeht sie das Testament der Urli noch dreister, als sie es ohnehin schon tut. Ist so etwas überhaupt rechtmäßig?«
»Das werde ich die Anwältin fragen. Aber mich stört etwas anderes.«
»Was denn?«
»Dass sie auf deinen Tod spekuliert.«
»Ach, das stört mich nicht. Das tut sie immer schon.«
»Warum?«
»Du kennst doch die Geschichte, als ich als Baby Lungenentzündung hatte und meine Mutter dachte, ich müsse sterben.«

Und während Karoline wieder dieselbe Geschichte erzählte, betrachtete Victor, wie routiniert sie die Haustür aufsperrte, den Schlüssel auf den Schuhschrank fallen ließ, die Schuhe abstreifte und die schwarze Weste an die Garderobe hängte. Das alles geschah so nebenbei und mühelos, als wohnte Karoline seit hundert Jahren in diesem Haus. Wie nach einem normalen, unauffälligen Arbeitstag ließ sie sich in der Küche auf einen Stuhl fallen und seufzte, als wollte sie sagen: »Noch tausendsechshundertundvierundsiebzig Arbeitstage bis zur Pension.« Dabei kamen sie gerade von Irmgards Beerdigung.

Die rote Mappe

Victor hatte in diesen Tagen viel damit zu tun, die Sparbücher und Fonds der Mutter zu überblicken. Es würde einige Wochen dauern, bis das Geld freigegeben werden konnte. Sarah Vollmar hatte also wieder eine neue Aufgabe, und Victor staunte jedes Mal, wenn er eine Honorarnote von ihr bekam. Das ganze Leben lang hatte er nichts mit Rechtsanwälten zu tun gehabt. Ungerne fuhr er wieder nach Wien und erst recht nach Mödling. Doch der Makler, den er mit dem Verkauf des Hauses seiner Eltern beauftragt hatte, rief ihn bereits zwei oder drei Tage später an und berichtete, dass ein Kunde das Haus unbedingt kaufen, den Preis aber noch verhandeln wolle.

Victor hatte noch nicht einmal alle Habseligkeiten der Mutter aus dem Haus gebracht. Der Käufer bot sogar an, Victor müsse das Haus nicht besenrein übergeben, sondern er würde, da er ohnehin vorhabe, das Haus umzubauen, alle Möbel und Gegenstände, die Victor zurückließe, auf seine Kosten entsorgen. Victor ging das zu schnell. Er wollte in Heiligenbrunn bleiben. Er wollte nicht immer wegfahren müssen, um Dinge zu erledigen, sondern sich endlich einmal einen Monat lang ausschließlich um das Haus kümmern. In der Sache mit dem Gold war seit dem Fund nichts passiert. Weder hatte man einen Nachfahren von Dr. Gebharter gefunden, noch jemanden, der den Wert des Goldes schätzen konnte.

26. Juli 2019 / 09:04

Karoline: das wartezimmer ist voll
Victor: 👍
Karoline: wer sagt denn, dass heiligenbrunn ausgestorben ist?
Victor: na ja, wenn man sich von der zukünftigen bürgermeisterin behandeln lassen kann
Karoline: blödsinn
Karoline: was machst du?
Victor: ich wollte kochen, aber ich muss nach mödling
Karoline: nimm ruhig den 🚜
Victor: stell dir vor, es gibt schon einen interessenten
Karoline: hast du schon einen käufer?
Victor: ja. stell dir vor. jetzt geht's mir zu schnell.
Karoline: X
Karoline: du musst nicht verkaufen
Victor: ich hörs mir an
Karoline: wir sind nur wenige meter voneinander entfernt
Victor: wir alt ist die jüngste patientin im warteraum?
Victor: wie alt. sry
Karoline: 90
Victor: 😂😂😂

Wenn Victor mit dem Auto fuhr, kam er sich vor wie früher, als er noch gearbeitet hatte. Täglich war er mit dem Auto zur Arbeit und wieder zurück gefahren. Zwei Jahrzehnte lang hatte er davon geträumt, seine Arbeit aufzugeben. Sie war ihm immer auf die Nerven gefallen. Eines aber hatte er positiv in Erinnerung: das Autofahren zur Arbeit. Er verstand nicht, warum die Menschen so gereizt auf Staus reagierten, schnell weiterkommen wollten, noch bei Orange und sogar Rot über Ampeln fuhren und alles taten, um ihre Fahrten zu verkürzen. Er selbst empfand jede Verlängerung seiner Fahrt als gewonnene Zeit. Er wollte niemals ankommen. So war es auch an diesem Tag. Victor wollte Mödling nicht erreichen.

Dennoch kam Victor in Mödling an. Er betrat das Haus, in dem er aufgewachsen war, mit vorsichtigen Schritten, als könnte er ertappt werden. So, wie Karoline und er manchmal im Bett zu flüstern begannen, nur um später lachend festzustellen, dass niemand anderer im Haus war, den sie durch lautes Reden stören oder aufwecken könnten, schlich er durch die Räume. Er durchsuchte den Schrank, in dem sein Vater seine Dokumente aufbewahrt hatte. Heimlich hatte er darauf gehofft, die elektrische Schreibmaschine aus den 80er-Jahren doch irgendwo zu finden. Aber sie war nicht da. Er schob den Schrank einige Zentimeter von der Wand weg und hörte ein Geräusch. Als er hinter den Schrank blickte, sah er eine verstaubte rote Mappe. Er holte sie hervor und öffnete sie. Die Dokumente waren ordentlich in Klarsichthüllen eingeordnet. Das konnte nur Konrad getan haben, nicht seine Mutter. Das erste Dokument war auch gleich die Geburtsurkunde seines Vaters.

Victor suchte in einer Schublade nach einer Plastiktragetasche. Er hatte sich, als seine Mutter noch gelebt hatte, immer geärgert, dass dort, wo der Vater Hunderte Tragetaschen zu jedem Zweck aufbewahrt hatte, nichts Brauchbares mehr zu finden war. Irgendeine Tasche, in die die rote Mappe passte, fand er dennoch. Er ging durch die Räume. Im Esszimmer neben der Küche hing ein großes Foto in einem Rahmen. Es war ein Schwarz-Weiß-Foto des Hauses in Heiligenbrunn. Victor hätte seine Mutter fragen sollen, in welchem Jahr dieses Foto gemacht worden war. Er stellte sich vor, dass sie antwortete: 1965. Er nahm das Foto von der Wand und steckte es in die Plastiktragetasche zur roten Mappe.

Dann hörte er, wie unten die Tür aufging. Der Makler und der Interessent waren eine Viertelstunde zu früh. Victor ging die Treppe hinunter. Der Interessent war eine Frau. Sie schüttelte Victor die Hand und übergab ihm ihre Visitenkarte.

»Kennen sie das *Cassis*? Das Lokal vis-à-vis?«

Natürlich kannte Victor das Lokal, aber es hatte seit seiner Jugend immer wieder den Namen gewechselt. Zumindest erinnerte er sich, dass es, als er achtzehn Jahre alt gewesen und selbst oft dorthin gegangen war, *Don Pedro* geheißen hatte. Immer hatte es lateinamerikanische Namen gehabt. Die Dame vor ihm sah aber gar nicht lateinamerikanisch, sondern im Gegenteil sehr mödlingerisch oder gar hinterbrühlerisch aus.

»Natürlich. Ich war als Jugendlicher oft dort.«

»Wir sind die Inhaber. Wir würden hier unten wohnen und oben unser Büro einrichten. Es wäre perfekt für uns. Herr Mag. Zartl hat Ihnen hoffentlich schon gesagt, dass wir sehr interessiert sind.«

Was für ein Magister musste man denn sein, um Makler zu werden? Bestimmt war er ein Mag. FH, also kein wirklicher Magister. Der Makler stand nur da und nickte. Victor mochte ihn nicht. Er war ihm schon unsympathisch gewesen, als er ihn beauftragt hatte. Victor ignorierte ihn.

»Sagen Sie: In welchem Jahr sind Sie geboren?«

Die Dame, deren Name auf der Visitenkarte stand, die Victor in der Hand hielt, den er aber vergessen hatte, lächelte nur mit einer Wange.

»Entschuldigung, das fragt man eine Dame nicht«, fügte Victor hinzu. Das schlechte Benehmen seiner Mutter hatte sich beim Betreten des Hauses sofort auf ihn übertragen.

»Das ist schon in Ordnung. Ich bin Jahrgang 1989. Und mein Mann...«

Victor unterbrach die Dame.

»Sie haben das Haus.«

Nun meldete sich der Magister doch zu Wort.

»Herr Jarno, was den Preis betrifft, gibt es noch etwas zu klären.«

Victor hatte den Schlüsselbund mit dem Haustorschlüssel, den Schlüsseln für Eingangstür und Briefkasten noch in der rechten Hand. Er hielt ihn der 1989erin hin, die etwas Zeit brauchte, bis sie ihre Hand öffnen und die Schlüssel nehmen konnte.

»Die 20.000 erlasse ich Ihnen gerne, wenn Sie, wie versprochen, die Entsorgung aller Gegenstände und Möbel übernehmen. Das war doch der Vorschlag, oder?«

»Genau. Wie lange brauchen Sie denn, um alles abzuholen, was Sie mitnehmen wollen?«

Victor hob die Plastiktragetasche.

»Ich bin fertig.«

»Und die Bücher? Und der Computer?«

»Wie gesagt: Ich bin fertig.«

Victor schüttelte erst die Hand der Dame, dann die vom falschen Magister.

»Danke, Herr Jarno. Mit Ihnen macht man gerne Geschäfte.«

Victor verließ das Haus und stieg ins Auto. Er fuhr sofort los. Er wollte stehen bleiben und Karo eine Nachricht schicken, aber das Fahren ging gerade so gut. Er fuhr durch Hinterbrühl, Sparbach, Heiligenkreuz und Klausen-Leopoldsdorf. Hier war er als Kind mit dem Großvater gewesen, der ihm gezeigt hatte, wo früher die Holztriftanlagen, die sogenannten Klausen, gewesen waren. In den Klausen wurde Wasser aufgestaut, um darin Baumstämme zu sammeln und zu Flößen zu binden.

Aber Victor blieb nicht stehen. Er fuhr durch das Dorf, das heute ein unscheinbares Dorf wie jedes andere in der Gegend war. Flößer gab es hier seit achtzig Jahren nicht mehr. Victor dachte immer wieder: 1989.

Die in den 80er-Jahren geborenen Menschen konnte Victor überhaupt nicht mehr ernst nehmen. Immer wieder hatte er bei Gesprächen mit Exemplaren dieser Art festgestellt, dass sie von Geschichte nicht nur nichts wussten, sondern dass es Geschichte für sie gar nicht gab. Etwas aus der Vergangenheit herzuleiten war ihnen fremd. Ethik, Ästhetik und Grundsätze kannte diese Generation nicht mehr. Insofern waren diese Geburtenjahrgänge die richtigen, wenn es jetzt darum ging, gegen Geld die Demokratie abzuschaffen und eine Oligarchie zu errichten. Und da diese Generation auch keine Lust mehr hatte, ihren Kindern zu erklären, wie sich die Gesellschaft entwickelt hatte, sich kein eigenes kritisches Bild von den Weltkriegen und der Geschichte der Demokratie machte, waren Lüge und Geschichtsfälschung ein blühendes Geschäft, das sich mit Webseiten und Büchern einfach betreiben ließ.

Schon seit den Klausen fuhr ein weißer SUV hinter ihm, hässlich und mit Mödlinger Kennzeichen. Victor hatte keine Lust, ihn überholen zu lassen, provozierte ihn aber damit, dass er sich an die vorgeschriebene Höchstgeschwindigkeit hielt. Immer wieder fuhr das Auto dicht auf, wie es eben nur Mödlinger tun können. Victor hatte selbst seinen Führerschein in Mödling gemacht und wusste, dass man dort mit achtzehn Jahren auf den Verkehr losgelassen wurde, egal welche Kenntnisse und Fähigkeiten man hatte. Von Klausen-Leopoldsdorf fuhr Victor über Schöpflgitter. Dort bog der weiße SUV endlich ab. Wenigstens kein Heiligenbrunner, dachte Victor. Sofort fuhr er viel langsamer über die kurvige Straße. Er passierte einen kleinen Hügel, den sein Großvater immer als *die Rastbank* bezeichnet hatte.

Victor war froh, als er zu Hause war. Alles, was von seinem Elternhaus übrig blieb, war die Plastiktragetasche mit dem Foto und der roten Mappe. Wie oft würde er denn noch von hier wegmüssen, um Dinge zu erledigen? Einmal noch zum Notar, um das Haus der Eltern zu verkaufen. Und einmal noch zum Gericht wegen Tante Margarete. Und dann: aus!

26. Juli 2019 / 14:23
Victor: verkauft
Karoline: WAS? so schnell?
Victor: yep
Karoline: wie war es?
Victor: die käuferin ist 1989 geboren

Karoline: ja und????
Victor: mit menschen, die in den 80ern geboren wurden, möchte ich eigentlich nichts zu tun haben
Karoline: du hast ihr aber das haus verkauft
Victor: hast du noch patientinnen, die blutdruck haben?
Karoline: die ordi ist schon zu. ich mache bürokram.
Karoline: dachte, du brauchst länger. ich komme rüber
Victor: lass dir zeit. ich koch was.
Karoline: machen wir gemeinsam
Karoline: 🖤
Victor: 🖤🖤🖤

Abakus

Karoline wollte die Holzläden schließen, nachdem Victor abgesperrt hatte. Aber er hielt sie davon ab.

»Lass sie offen. Das bringt Glück.«

»Und wenn Einbrecher kommen?«

»Dann bringen die offenen Läden auch ihnen Glück.«

»Wie du meinst.«

»Ich sperre auch das Auto nicht mehr ab.«

Eine so perfekte Outdoor-Ausrüstung wie Karoline hatte Victor nicht. In Wanderschuhen mit Goretex-Outfit, Sonnenbrille und einem Rucksack mit zwei Trinkflaschen stand sie da und sah aus, als breche sie zum Nanga Parbat auf. Victor wusste, dass der Empfang des Smartphones im Wald immer wieder sehr schlecht war, und hatte eine Wanderkarte mitgenommen. Eine Wanderkarte und den Feldstecher, den er von Karoline zu Weihnachten bekommen hatte. Zuerst versuchte er den richtigen Weg aus der Erinnerung zu finden. Doch als er die Wanderkarte auspackte, musste er feststellen, dass er intuitiv völlig falschgelegen hatte. Karoline lästerte über seinen schlechten Orientierungssinn.

Victor erzählte, dass er als Kind einmal mit seiner Mutter und Tante Margarete spazieren gewesen war. Er war vielleicht sechs oder sieben Jahre alt, also konnte Karoline nicht dabei gewesen sein, denn sie hätte dann wohl getragen werden müssen. In jedem Fall ging Victor so schnell voraus, dass er Mutter und Tante bald verloren hatte. Er war aber sicher, den richtigen Weg zurück zum Haus zu gehen. Lange ging er in dieser Gewissheit alleine durch den Wald und hatte eigentlich keine Angst, bis plötzlich an einer Schranke vor einem befahrbaren Waldweg der Großvater mit dem Auto vor ihm stand. Irmgard und Margarete waren zum Haus zurückgelaufen und hatten den Großvater geschickt, um ihn zu suchen.

»Du hattest also schon damals einen schlechten Orientierungssinn?«

Karoline ging wie immer sehr zügig und wollte nicht viele Pausen machen. Darin waren sie sich sehr ähnlich. Wenn sie vor ihm ging, betrachtete Victor Karolines Beine. Wenn sie neben ihm ging, hielt er ihre Hand. Blieben sie einmal stehen, dann staunte Victor, was Karoline in verschließbaren Lunchboxen alles mitgenommen hatte: aufgeschnittene Gurken und Karotten, zwei Äpfel, Erdnüsse und Cashewnüsse. Sie tranken Wasser, aßen ein paar Bissen und gingen weiter.

»Gestern habe ich die Dokumente durchgesehen, die ich im Haus meiner Mutter gefunden habe.«

»Und? Ist irgendwas von Belang dabei? Die Mitgliedsurkunde der Hitlerjugend?«

»Kannst du dich erinnern, als wir mit der Urli beim Stephansdom waren und sie von Onkel Gustav erzählt hat?«

»Der Feuerwehrmann auf dem Südturm des Stephansdoms?«

»Genau. Dessen Vater, der ebenfalls Gustav hieß, hat die erste elektrische Rechenmaschine gebaut. Konrad scheint diese Sache recherchiert und alle Dokumente gesammelt zu haben. Die Rechenmaschine hieß *Abakus*.«

Und Victor erzählte die Geschichte, die er von der Urli kannte. Dass Gustav Schwarz mit seinem Bruder jahrelang in einer Werkstatt im fünften Bezirk an einem Prototypen für diese Rechenmaschine gebaut hatte. Die Mutter der Urli hatte die Maschine als Kind noch gesehen. 1905 meldete Onkel Gustav das Patent an. Dann schickte er den fertigen Prototypen in die USA. Er hatte die Adresse eines Unternehmens bekommen, von dem er sich erhoffte, dass es die serienmäßige Produktion seiner Erfindung aufnehmen würde.

»Und dann?«

»Es kam nie eine Antwort. Und Gustav Schwarz starb arm und verbittert.«

»So wie wir?«

»Nein. Ich bekomme das Geld für das Haus bald. Dieser Urlaub in Strömstad – wir machen das. Ich bezahle.«

»Willst du das Geld nicht lieber sparen?«

»Nein. Ich will nach Strömstad fahren. Wir brauchen Urlaub.«

»Wie du meinst. Wenn nicht, machen wir Urlaub an dem Meer hier, diesem präalpinen … wie heißt es?«

»Die präalpine Geosynklinale.«

»Die präalpine Geosynklinale. War die auch hier in Heiligenbrunn?«

»Ich glaube schon. Nein, wir fahren nach Strömstad. Und dann will ich das Haus renovieren. Und den Rest des Geldes gebe ich dir.«

»Mir? Victor, das ist dein Geld.«

»Nein. Es ist unser Geld. Ich lege mir nur etwas für den Prozess gegen Tante Margarete zurück. Sie kann sich jetzt warm anziehen. Ich prozessiere von mir aus jahrelang. Und ich bin zu keinem Kompromiss bereit.«

Karoline ging in gleichmäßigem Schritt weiter. Sie griff nach Victors Hand und hielt sie lange fest.

»Und dann habe ich noch Briefe gefunden. Briefe von deiner Mutter an meinen Vater und umgekehrt.«

Karoline blieb stehen. Ihr Stirnband war verschwitzt. Sie stemmte die Hände in die Hüften und blickte keuchend in die Höhe.

»Möchtest du sie lesen?«

Karoline holte eine kleine Flasche mit Sonnencreme aus dem Rucksack, sprühte sie auf ihre Handfläche und verrieb sie auf ihren Beinen, ihrem Hals und ihren Armen. Dann hielt sie die Flasche Victor hin, der abwinkte.

»Nein. Wirf sie in den Sparherd«, sagte Karoline.

»Hast du dich nie gefragt, ob da nicht etwas war?«

»Zwischen Konrad und meiner Mutter? Da war ganz bestimmt was.«

Einige seiner Erinnerungen hatte Victor Karoline nie erzählt und wollte das auch niemals tun. Zum Beispiel, dass die elektrische Schreibmaschine aus den 80er-Jahren, die er vergeblich im Haus der Eltern gesucht hatte, einmal auch von Tante Margarete verwendet worden war. Tante Margarete führte ja die Buchhaltung in Onkel Rainers Elektro-Installationsfirma. Sie hatte auf der Handelsakademie Stenografie und Maschinenschreiben gelernt und konnte von allen in der Familie am besten mit dem 10-Finger-System tippen. Als Tante Margarete einmal zu Besuch war, machte Victors Vater gerade den Abwasch. Margarete saß am Küchentisch an der Schreibmaschine, und Konrad diktierte ihr etwas, um ihre Geschwindigkeit beim Tippen bewundern zu können. Irgendwie stand Victor so abseits, dass er von den beiden nicht bemerkt wurde. Er erinnerte sich nur an den ersten Satz des Diktats: *Liebes, schönes Fräulein! Ich hätte heute Nacht gerne mit Ihnen geschlafen.* Dann hatte Victor sich davongeschlichen.

»Hast du nie Angst gehabt, dass wir beide... dass du und ich...«

»Nicht nur Geschwisterkinder, sondern auch Halbgeschwister sein könnten?«

Victor nickte.

»Natürlich habe ich mich das gefragt. Und soll ich dir etwas sagen: Es ist mir scheißegal!«

»Und ich kann dir sagen: Wir sind keine Halbgeschwister.«

Karoline ging weiter, obwohl Victor seinen Rucksack noch nicht geschlossen und wieder geschultert hatte. Er brauchte einige Zeit, bis er sie einholte.

»Warum erzählst du mir das? Sie soll mir das erzählen. Aber sie wird es mir nicht erzählen.«

»Dein Vater... dein Erzeuger, wie sie ihn nennt, hieß Hellmuth. Mit doppeltem L und H hinten.«

»Bitte heize mit diesen Briefen den Herd ein und koch uns was.«

Unbeirrt ging Karoline weiter. An den Flecken an ihrem Hals sah Victor, wie aufgeregt sie war. Warum er in diesem Moment keine Gnade mit ihr hatte, wusste er nicht.

»Aber vielleicht«, sagte Karoline dann, »kannst du die Briefe bei der Schlichtungsstelle erwähnen. Vielleicht ist ihr einmal im Leben doch etwas peinlich und sie verzichtet auf das Haus.«

»Das mache ich. Wie gesagt: Ich prozessiere von mir aus jahrelang. Ich gebe nicht nach. Frau Mag. Vollmar, meine Anwältin, hat mich gefragt, ob es Irmgards Verzichtserklärung schriftlich gibt. Ich weiß es nicht. Ich habe nichts gefunden. Wenn es nichts Schriftliches gibt, hat deine Mutter keine Chance auf das Haus.«

Sie erreichten das Schutzhaus. Hier hatte er einmal als Kind die Urli verärgert. Er war mit ihr und dem Großvater auf den Schöpfl gegangen und hatte vor dem Weggehen noch ein Schmalzbrot gegessen. Als sie bei der Hütte ankamen und die Kellnerin fragte, was sie essen wollten, bestellte Victor ein Schmalzbrot.

»Das hat er doch gerade zu Hause gehabt«, hatte die Urli damals zur Kellnerin gesagt.

Schmalzbrot stand immer noch auf der Karte.

»Ich habe schon als Kind immer das Falsche bestellt. Das Falsche bestellt und das Falsche gesagt.«

»Du sagst genau das Richtige«, sagte Karoline und blickte dabei nicht auf die Speisekarte, sondern auf die herankommende Kellnerin. Karoline bestellte ein Bier.

»Wir haben aber noch eine ordentliche Strecke vor uns.«

»Ein Bier wird uns schon nicht umbringen.«

»Übermorgen ist wieder unser Monatstag.«

»Stimmt, der 29. Wie lange sind wir dann zusammen?«

»Zehn Monate.«

»Zehn Monate. Bald ist es ein Jahr.«

»Ein Jahr von fünfundvierzig. Und du stirbst vor mir!«

»Nein, du vor mir!«

»Wenn du tot bist, ersetze ich dich durch Dr. Google.«

»Perfekt!«

Die erste männliche First Lady

Im Sparherd brannte Feuer. Victor nahm einen Packen Blätter und steckte ihn in den Ofen. Er lauschte dem Hochlodern der Flamme und wartete eine Weile. Dann nahm er den nächsten Packen. Zuerst alle Dokumente der gelben Mappe. Dann alle Dokumente der roten Mappe. Das war's. Die Familiengeschichte, die Karoline und Victor blieb, gab es jetzt nur noch in ihrer Erinnerung. Nun war es an ihnen, zu entscheiden, ob es Walderdbeeren oder Heidelbeeren gewesen waren, die ihr Urgroßvater zu Fuß nach Wien auf den Markt gebracht hatte. Karoline schlug vor, ein Komitee zu gründen, das aus Victor, ihr selbst und Google bestehen und die offizielle Vergangenheit der Familie Sandbichler für die Nachwelt festlegen sollte. Dieses Komitee wurde sofort einberufen. Die Suche nach dem Begriff *Heidelbeeren* ergab 3.620.000 Treffer. Die Eingabe *Walderdbeeren* kam auf 156.000 Treffer. Karoline und Victor schlossen sich Dr. Google an und legten somit unwiderruflich und für alle Zeiten fest, dass Josef Sandbichler Heidelbeeren gepflückt und in Wien auf dem Markt verkauft hatte.

»Morgen möchte ich ein Sektfrühstück machen«, sagte Karoline.

»Wunderbar. Es ist alles da, was wir brauchen.«

»Und was machen wir jetzt?«

»Wir sitzen in der Küche.«

»Ich glaube, ich habe einen Muskelkater von unserer Wanderung.«

»Wie schön! So bleibt dir wenigstens eine Erinnerung.«

»Ist dein Rückzug jetzt abgeschlossen?«

»Rückzug? Es gibt keinen Rückzug! Ich bewege mich vorwärts.«

»Na ja, kein Handy mehr, kein Internet mehr, keine Nachrichten mehr, keine Familiengeschichte mehr.«

»Irgendwann muss man auch vom Abschiednehmen Abschied nehmen.«

»Wie weise!«

»Ich möchte einfach Zeit haben.«

»Zum Holzhacken?«

Victor lachte. Da war immer etwas Sarkastisches und Provokantes in Karolines Sätzen.

»Zeit für dich, für das Haus, für unser Leben. Und ich muss mich darauf vorbereiten, die erste männliche First Lady von Heiligenbrunn zu werden.«

»Was braucht man dazu?«

»Schwerhörigkeit, zum Beispiel.«

»Da bist du ja auf dem besten Weg.«

»Genau! Und natürlich muss ich die Bürgermeisterin bewundern. Was heißt bewundern? Anbeten, verehren.«

»Das klingt sehr gut. Du kannst sofort anfangen.«

»Jetzt?«

»Jetzt. Und bitte kein Vorspiel.«

»Das hatten wir ja dreißig Jahre lang.«

An Samstagen wollte Karoline nicht schlafen gehen. Es war die Zeit, in der sie ein wenig Leben haben wollte. Victor folgte Karolines Wünschen. Ohne dass er sich ihr Lob erwartete, war er stolz darauf, das Haus der Eltern so schnell verkauft zu haben. Jetzt war noch die Wohnung in Wien an der Reihe. Blieb die Sache mit Tante Margarete.

Was würde er wohl tun, wenn auch diese Angelegenheit erledigt war? Vielleicht schon in den nächsten Tagen? Durch einen einzigen Anruf. Oder durch einen weiteren Todesfall, der auch dieses Jahr zu einem schwarzen Jahr machen würde?

Plötzlich fühlte Victor sich erleichtert. Woher dieses Gefühl nach Monaten voller Sorgen kam, konnte er nicht sagen. Vielleicht war es der Alkohol. Er trank gerne mit Karoline. Sie geriet schnell in einen unbeschwerten Zustand, wurde herzlich, aber auch ein wenig schnippisch und ironisch. Den schönsten Satz hatte sie allerdings nüchtern, unironisch und mit sehr finsterem Blick auf der Wanderung zu ihm gesagt: »Du sagst genau das Richtige.« Es war ein unerwartetes Lob für Victor gewesen. Kurz verführte ihn seine Seligkeit zu einem Gedanken, den er sich eigentlich für immer verboten hatte: Hätte ich damals alles anders gemacht. Oder: Wenn ich nur in diesem Moment meines Lebens eine andere Entscheidung getroffen hätte. Er wollte diesen Gedanken wegschieben, aber für einen Moment war er zu verlockend, um nicht gedacht zu werden. Hätte er Karoline 1988 seine Liebe erklärt, dann wären sie seither ein Paar. Er hätte Iris nicht kennengelernt, nicht geheiratet und sich auch nicht scheiden lassen müssen. Und er hätte die Weltpolitik verändert, ja die gesamte Geschichte der Menschheit. Wie, das wusste er selbst nicht, aber er hätte es geschafft.

Plötzlich aber, in dem Moment, als er gerade die zweite Flasche Prosecco entkorkte, wurde ihm bewusst, was das bedeutete: Nicht die Generation seiner Mutter und

Tante Margaretes war schuld an der Verrohung der Gesellschaft. Seine Generation war schuld daran. Er, Victor Jarno, hatte seit den 90er-Jahren nichts getan, um diese Entwicklung aufzuhalten. Im Gegenteil: Er hatte wie viele andere zugeschaut, wie die Sozialdemokratie sich immer mehr den bürgerlichen Parteien annäherte, ihr Programm teilweise übernahm, Betriebe privatisierte, Sozialleistungen einsparte und die Interessen von Wirtschaft und Wohlhabenden statt die der Bedürftigen vertrat. Damals dachte man: Es ist besser, die Sozialdemokraten lassen einen sanften Kapitalismus zu, als die anderen Parteien forcieren den Turbo-Kapitalismus. War es nicht immer so gewesen? Die Sozialdemokratie war gut genug, dem Kapitalismus immer wieder aus den schwersten Krisen zu helfen. Der Staat war gut genug, die Wirtschaft, die sich gegen seine Einmischung aussprach, dann zu retten, wenn es Krisen gab. Aber warum hatten nicht alle eine so verantwortungsvolle Aufgabe übernehmen können? Wie hätte sich Irmgard entwickelt, wenn Barbara 1994 ein Kind von ihm bekommen hätte und seine Mutter damals Großmutter geworden wäre? Sie hätte die Chance gehabt, eine neue Güte zu entwickeln, die Kränkungen ihres Vaters und den Zynismus ihres Mannes hinter sich zu lassen. Es war nicht ihre Schuld, dass es nicht dazu kam.

Schnell versuchte Victor diese Gedanken zu vertreiben und zu Karoline zurückzukehren. In die Gegenwart. Aber sie schien erraten zu haben, was in ihm vorging.

»Würdest du gerne etwas anders machen?«
»Nein.«
»Lüg nicht!«
»Ich hätte gerne meine Eltern besser erzogen.«

Karoline begann zu singen: »Teach your parents well, their children's hell will slowly go by.«

Victor war verwundert, dass sie den Song kannte, was wiederum Karoline empörte. Und dann begann ein Streit über eine Textzeile und darüber, ob der Song von *Chicago* war, wie Victor behauptete, oder von *Crosby, Stills & Nash*, wie Karoline meinte. Dr. Google erledigte das in Sekunden: Karoline hatte recht.

Victor war erleichtert. Worüber war er erleichtert? Er war erleichtert, dass Karoline recht hatte.

September und Oktober 2019

Langsommere

Wie immer war Victor früh wach. Aber auch Karoline musste früh aufstehen, denn es war Mittwoch, und mittwochs arbeitete sie ganztags im Altersheim. Von ihrer Arbeit dort wusste Victor wenig. Er wusste nur, dass am Mittwoch in der Kantine im Altersheim Schnitzeltag war. Victor musste das berücksichtigen, wenn er das Essen machte, damit es nicht ein zweites Schnitzel wurde.

Kurz nach 8:00 klingelte Victors Mobiltelefon. Das passierte nicht oft. Seit dem Tod seiner Mutter hatte Victor sein Mobiltelefon nie wieder abgestellt und auch den Rufton nicht unterdrückt. Hätte er das an dem Morgen – eigentlich schon in der Nacht, in der Irmgard die Rettung gerufen hatte – auch getan, so hätte er seine Mutter zumindest noch lebend im Spital angetroffen. Karoline meinte nur, das hätte auch nichts geändert. Damit hatte sie wohl recht. Nun aber musste Victor diesen Gedanken bis zu seinem Lebensende mit sich tragen.

Victor hob sofort ab. Mag. Vollmar, seine Anwältin, erinnerte ihn an den Termin bei der Schlichtungsstelle und was die beiden vereinbart hatten: Victor sollte an diesem Tag den letzten Versuch machen, die Angelegenheit mit dem Haus außergerichtlich zu lösen. Lehnte Tante Margarete ab, so wollten sie es auf eine Klage ankommen lassen. Victor küsste Karoline wach. Sie war ohnehin eine langsame Aufsteherin. Aber seit die beiden im richtigen

Schlafzimmer – also im früheren Schlafzimmer der Urli – schliefen, wollte Karoline gar nicht mehr aufstehen. Sie behauptete, fast traumlos zu schlafen, und Victor neidete es ihr, denn ihn plagten täglich wilde Träume und Gedanken, besonders im Halbschlaf vor dem Aufstehen. Eine Zeit lang schrieb er alles morgens auf. Dann ließ er es wieder sein. Der Bedrohung nicht noch mehr Bedeutung geben, dachte Victor. Er fand Verdrängung das beste Mittel. Er war der geborene Anti-Freud.

Als Victor Karoline noch einmal küsste, protestierte sie. Victor erzählte, dass ihm am Vortag im Wald hinter dem Veit-Haus ein Fuchs begegnet sei. Das erste Mal in seinem Leben habe er im Wald einen Fuchs gesehen. Doch bevor Victor weiterreden konnte, rief Karoline:

»Snakk langsommere!«

»Komm, steh auf. Heute ist doch Schnitzeltag!«

Später beim Frühstück musste Karoline ihm die Worte aufschreiben:

> Snakk langsommere!

Und darunter schrieb Victor: Ich langsommere, du langsommerst, wir langsommern. Und wirklich war es ein langer Sommer, der bald zu Ende ging. Norwegisch hatte Victor nicht gelernt in dieser Zeit. Karoline sprach die Sprache kaum noch, nur manchmal – wie an diesem Tag – im Halbschlaf. So, wie sie traumlos schlief, ließ sie die Vergangenheit hinter sich, hörte davon nur noch in Victors Erzählungen und schlief dabei ein.

Karoline ging als Erste aus dem Haus. Zum Abschied wurde es an diesem Tag nicht mehr als ein Kuss. Das fand

Victor schade. Denn oft war es mehr, viel mehr, und ein Tag begann besser mit mehr. Er war nun schlecht gelaunt. Dazu kam der bevorstehende Gerichtstermin. Darum fuhr er viel zu früh los.

4. September 2019 / 07:52
Karoline: entschuldige, ich war heute morgen wohl schlecht gelaunt
Victor: alles ist gut
Karoline: nein!
Karoline: du hättest meine zärtlichkeit gebraucht
Victor: wir haben zeit. snakk langherbstere!
Karoline: heute ist wieder termin
Victor: zum letzten mal!
Karoline: ich liebe dich
Victor: ♥♥♥

Zu früh war Victor gestartet. Zu früh kam er an. Wie immer. Er saß auf dem Parkplatz lange im Auto. Sein Herz klopfte. Er musste an diesem Tag hart sein und seinen Plan durchziehen. Und gerade das fiel ihm so schwer.

Zu früh war er auch in dem miefigen, schlecht gelüfteten Zimmer, in dem die Besprechungen stattfanden. Die großen Bögen der Flipcharts, auf die die gegenseitigen Vorstellungen einer Konfliktlösung geschrieben worden waren, wurden wieder aufgehängt. Tante Margarete kam knapp, aber pünktlich. Als die Mediatorin Wasser holen ging, saßen sie und Victor ein oder zwei Minuten alleine im Zimmer. Sie sprachen nicht. Victor konnte Margarete atmen hören. Er war beeindruckt, wie ruhig sie bleiben konnte. Die meisten Menschen in ihrem Alter mussten sich ständig bewegen, wenn nicht manche Gliedmaßen überhaupt unwillkürlich zuckten oder zitterten. Sie aber saß ganz still da. Sie wird hundert Jahre alt werden, dachte Victor.

Als die Mediatorin zurückkam, Wasser in die Gläser goss und die beiden begrüßte, unterbrach Victor sie sofort und bat darum, etwas sagen zu dürfen. Er erhielt das Wort. Er bot abermals an, Tante Margarete die Hälfte des Hauses auszuzahlen und ihr auch mit einer bestimmten Summe die Installation der Zentralheizung abzulösen. Dabei zeigte Victor auf die Flipchart-Bögen, auf denen die Summen, die er schon früher dafür angeboten hatte, aufgeschrieben waren. Er selbst habe seit dem Tod seiner Mutter viel zu tun und keine Zeit mehr, derartige Sitzungen zu besuchen. Und dann fügte er hinzu:

»Ich möchte meine Tante auch auffordern, ihr Verhalten noch einmal vor dem Hintergrund ihrer persönlichen Geschichte zu überprüfen. Nach dem Tod meiner Mutter habe ich in meinem Elternhaus Briefe an meinen Vater gefunden. Sie sollte sich überlegen, ob sie nicht ihrer Tochter, meiner zukünftigen Frau Karoline Grill, ihre tatsächlichen Herkunftsverhältnisse offenlegt, anstatt ihr den einzigen Wohnsitz zu nehmen, den sie hat.«

Victor hatte seinen Rucksack bereitgehalten. Er stand auf, gab der Mediatorin die Hand, bedankte sich für alle ihre Mühen und nickte Tante Margarete zu.

»Das war's von meiner Seite. Ich sehe einem Prozess gelassen entgegen.«

Er ging ganz langsam aus dem Zimmer, um Ruhe vorzutäuschen. In Wahrheit klopfte sein Herz, und er horchte, ob er Tante Margarete noch irgendetwas sagen hörte. Es war aber still. Er ging zur Tür und öffnete sie. Als er sie hinter sich schloss, war er erleichtert. Der Besprechungsraum war ebenerdig. Victor musste nur noch durch die Eingangstür und dann zum Auto. Er stieg ein, warf seinen Rucksack auf den Beifahrersitz, startete das Auto und fuhr los. Ein Piepen ertönte, das Victor daran erinnerte, dass er nicht angeschnallt war. Er blieb noch einmal stehen und schnallte sich an. Und er schaltete das Mobiltelefon auf lautlos, schließlich war ihm immer noch Lärmkarenz verordnet. Sein linkes Ohr war viel besser geworden, aber nicht so wie vorher. Er litt immer noch am Hörsturz.

Victor wünschte sich eine langsame Heimfahrt. Er dachte an Karoline, die jetzt durch die Korridore des Altersheims schlurfte. So stellte er es sich zumindest vor. Noch kein einziges Mal hatte er das Heim betreten. Er stellte sich Karoline im Ärztemantel vor. Wahrscheinlich starb wieder jemand an diesem Tag. Und zu Mittag gab es Steirerschnitzel. Das war ein ganz gewöhnliches Wiener Schnitzel mit Kürbiskernen in der Panier.

Festnetz

Und Victor dachte auch noch an Karoline, als er das Haus betrat. Der Gedanke, dass sie hier ausziehen und woanders leben müssten, machte ihn wütend. Aber auch im Veit-Haus zu leben und die eigene Familie als verfeindete Nachbarn zu haben war für ihn keine Option. Victor legte den Rucksack ab. Auch das Vorzimmer musste noch ein wenig gestaltet werden. Die kupferfarbene Garderobe mit der Hutablage wollte Victor aber behalten. Er hatte überlegt, in Zukunft einen Hut zu tragen, und es waren sogar noch Hüte vom Großvater da, im Schrank oben im Dachbodenzimmer, die meisten aus dunkelgrünem Cord. Aber leider passten sie Victor nicht. Seltsamerweise war sein Kopf größer als der des Großvaters. Den kleinen Abstellraum unter der Treppe hatten Karoline und Victor erst im August ausgeräumt, dort befand sich jetzt der Schrank, in dem Karolines Gewehr verschlossen wurde. Karoline hatte es im Juli gekauft, kein Sportgewehr, sondern ein Jagdgewehr, da sie nun auch den Jägern im Ort beigetreten war. »Jetzt erschießt das Reh im Urwald die anderen Rehe«, sagte Victor. Und manchmal sagte er: »Du wirst von Tag zu Tag immer männlicher«, denn das Gewehr war ein Typ vom Modell Steyr Mannlicher SM12 und auf der Webseite mit dem Slogan *Eleganz in ihrer schönsten Form* beworben worden. Das traf auch zu; allerdings auf Karoline, nicht auf das Gewehr, das für Victor aussah wie jedes andere Gewehr.

Außerdem hatten sie in dem kleinen Abstellraum die Goldmünzen und den Schmuck deponiert, denn das Aufspüren eines Nachfahren von Dr. Gebharter hatten sie aufgeben müssen, aber auch um den Verkauf oder das Schätzen des Schatzes hatten beide sich nicht mehr gekümmert.

»Alles wird nichts«, dachte Victor.

Plötzlich läutete es. Das Telefon. Nicht sein Mobiltelefon, sondern das richtige Telefon, das seit einigen Jahren *Festnetz* hieß. Es stand immer noch links von der Eingangstür auf dem kleinen Tischchen. Dahinter hatte die Urli eine Liste mit Telefonnummern an die Raufasertapete geklebt. Bis jetzt hatte Victor geglaubt, es gäbe das Telefon nur noch in seiner Erinnerung, aber nein: Es stand vor ihm. Es war grau, die Wählscheibe weiß. Und es läutete. Victor hob ab.

»Ja, bitte?«

»Ich bin es, Tante Margarete. Was sollte das vorhin?«

»Tante Margarete, ich habe alles gesagt. Aber wenn du willst, bitte ich dich nochmals darum: Bitte, lass uns hier leben.«

»Kann ich die Briefe haben?«

»Die Briefe?«

»Die Briefe von Konrad.«

»Konrad war mein Vater. Die Briefe gehören mir. Ich kann dir leider nicht vorschreiben, was du deinen Kindern über die Vergangenheit erzählst. Aber ich bitte dich: Sprich dich mit Karo aus!«

»Das ist unsere Angelegenheit.«

»Ich muss nicht dabei sein. Aber ein wenig ist es auch meine Angelegenheit.«

»Ihr wollt wirklich heiraten?«

»Ja.«

»Oder hast du das nur gesagt, um mich zu provozieren?«

»Nein. Ich will dich nicht provozieren. Ich habe nichts gegen dich. Wir wollen leben. Das ist alles.«

»Wir wollen auch leben. Aber nicht mit dieser Schande.«

»Es gibt keine Schande. Der Bimbo und die Karo müssen *dir* vergeben. Nicht du *ihnen*.«

»Vergeben. Mein Gott, der einzige Nicht-Katholik in der Familie redet wie ein Pfarrer.«

»Ich möchte das Gespräch jetzt beenden.«

»Also, kann ich die Briefe haben?«

»Nein.«

»Ihr gebt auch nicht nach.«

»Ich habe mir nichts zuschulden kommen lassen. Erben und seine Cousine heiraten – beides ist nicht verboten.«

»Nicht alles, was nicht verboten ist, ist gut für eine Familie.«

»Nicht alles, was du getan hast, war gut für deine Familie. Leb wohl, Tante Margarete!«

Victor legte auf. Er betrachtete die Liste von Telefonnummern, die die Urli gemacht hatte. Der Zettel war alt und vergilbt. Erst war er mit Schreibmaschine getippt worden. Dort stand auch noch die Nummer von Victors Wiener Oma: 02 22/4 20 88 32. Bis in die 90er-Jahre war die Vorwahl von Wien nicht 01, sondern 02 22 gewesen. Später waren einzelne Nummern durchgestrichen und händisch andere darübergeschrieben worden.

Victor nahm sein Mobiltelefon, um Karoline zu schreiben. Er sah, dass Tante Margarete drei Mal versucht hatte, ihn am Handy zu erreichen.

4. September 2019 / 11:23

Victor: hast du gewusst, dass wir ein telefon haben?
Karoline: hey, mein schatz! wie ist es gelaufen?
Karoline: was meinst du mit telefon? natürlich haben wir ein telefon. nur du willst keines mehr haben
Victor: alles nach plan
Victor: ich meine ein festnetztelefon. mit kabel und wählscheibe.
Karoline: was hat meine mutter gesagt?
Victor: zuerst nichts
Karoline: gesehen hab ich es. es ist das alte telefon von der urli.
Victor: aber dann hat sie dort angerufen
Karoline: wo?
Victor: auf dem festnetz
Victor: es geht ganz normal
Karoline: das funktioniert noch?
Victor: X
Karoline: was wollte sie?
Victor: sie will die briefe von konrad haben
Karoline: ha, jetzt hat sie angst. gut gemacht
Victor: ich brauche jetzt kein mobiltelefon mehr. es ist ein telefon da
Karoline: du wirst sehen: sie wird nicht klagen
Karoline: oh je!
Victor: wenn du mich hier anrufst, weißt du immer, wo ich stehe
Karoline: schick mir die nummer
Victor: im vorzimmer 😃 ☎

Victor schickte Karoline die Nummer. Kurz darauf läutete das Telefon. Victor hob ab.

»Sandbichler.«

»Hier spricht Alexa. Wollen Sie wirklich Ihr Mobiltelefon löschen?«

»Wie lange hast du Dienst?«

»Bis 17:00. Das weißt du doch!«

»Das dauert mir zu lange. Sollen wir kurz Telefonsex machen?«

»Glaubst du, das alte Telefon von der Urli hält das aus?«

»Das hat schon ganz andere Dinge ausgehalten.«

»Warte um 17:15 im Dachbodenzimmer auf mich.«

»Mach ich.«

»Hat sie sonst noch irgendetwas gesagt? Außer, dass sie die Briefe haben will?«

»Dass sie nicht mit der Schande leben will, die wir ihr machen.«

»Schwanz in der Fut deiner Cousine. Um 17:15 ist es so weit.«

»Ich liebe dich.«

»Ich liebe dich. Drei rote Herzen!«

Victor hatte Post bekommen. Bei einem Unternehmen, das Solaranlagen installierte, hatte er Informationen und einen Kostenvoranschlag eingeholt. Karoline wünschte sich Solarzellen auf den Dächern beider Häuser. Zumindest die Warmwasseraufbereitung sollte damit möglich sein. Bisher hatte Victor immer geantwortet, er wolle erst abwarten, ob sie im Haus bleiben konnten. Außerdem würde Iris erst Ende Dezember aus seiner Wohnung ausziehen. Doch auch wenn er immer wieder darüber lästerte, hielt er Karolines Vorschlag insgeheim für gut.

Hiermit beendet

Karoline hatte drei Kopfkissen übereinandergelegt und es sich darin bequem gemacht. Genau so lag sie an diesem Abend neben Victor im Bett des Dachbodenzimmers und nahm ihr Telefon zur Hand.

4. September 2019 / 18:34
Karoline: willst du wirklich dein mobiltelefon aufgeben?
Victor: du schreibst mir, während du neben mir liegst?
Karoline: es ist vielleicht unser letzter chat 😢
Victor: ich brauche kein mobiltelefon mehr
Karoline: wir haben uns über den chat wiedergefunden. erinnerst du dich?
Karoline: ich habe unseren gesamten chat seit september gespeichert
Karoline: es sind über 7.000 messages
Victor: aber jetzt bin ich ja neben dir!
Karoline du sagst immer ALLES WIRD NICHTS
Victor: du hast doch mehr von mir ohne dieses ding
Victor: du selbst sagst, dass die menschheit daran verblödet
Karoline: in wahrheit ziehst du alle dinge konsequent durch
Karoline: ja, das stimmt, das habe ich gesagt
Victor: was zieh ich denn durch?
Karoline: bitte verlass mich nicht!

Karoline: du löschst alle deine accounts, das hast du durchgezogem
Victor: WARUM SOLLTE ICH DICH VERLASSEN?
Karoline: durchgezogen
Victor: aber jetzt haben wir mehr zeit füreinander
Victor: das stimmt, das habe ich gemacht
Karoline: früher hast du mir diese filmtitel mit den emojis geschickt
Karoline: A🏆YPSE NOW!
Victor: es tut mir leid, dass du traurig bist
Victor: es sollte ein fröhlicher abend werden
Victor: sollen wir nicht reden statt chatten?
Karoline: ich habe angst um dich, victor!
Victor: der talen🐄te mister ripley
Victor: warum denn? ich bin so glücklich
Karoline: 🐄 = Tier???
Karoline: ist das wirklich so?
Karoline: wenn ich nicht wäre, könntest du ein freies junggesellenleben führen
Karoline: du hättest geld, frauen. und wer weiß – vielleicht doch noch ein kind
Victor: hör jetzt auf! ich will dich. und ich will heiligenbrunn
Karoline: dein rückzug gefällt mir nicht
Victor: es ist kein rückzug. ich habe nur zeit
Karoline: du hast keine freunde. triff doch wieder mal wen
Victor: was soll das jetzt? wen soll ich treffen?
Karoline: ach ja, eine kollegin von mir möchte am 29. kommen und mit uns die wahlberichterstattung schauen

Victor: am 29.???
Karoline: ist das für dich in ordnung?
Karoline: ja, am 29. sind doch die wahlen
Victor: an unserem JAHRESTAG
Karoline: richtig, es ist unser jahrestag
Victor: UND der 100. Geburtstag der Urli
Victor: vergessen?
Victor: jetzt versauen sie uns auch noch unseren jahrestag
Karoline: ich werde absagen
Victor: ich meine nicht deine kollegin, sondern unsere sogenannten politiker
Victor: die triumphale rückkehr des führers
Victor: weiß deine kollegin, dass ich dein cousin bin?
Karoline: ja, keine angst
Karoline: amalia hat kein problem damit
Victor: schatz, ich liebe dich. ich will nur weniger stress. du weißt, mein ohr
Karoline: ach, dein hörsturz. der ist hiermit beendet
Victor: wie sie befehlen, frau doktor!!!
Karoline: ich werde mein gewehr wieder verkaufen
Victor: warum?
Karoline: es war so dumm von mir, es anzuschaffen
Victor: mich stört es nicht
Karoline: ich bin so dumm, ich habe es einfach vergessen
Karoline: es ist mir erst viel später eingefallen
Victor: was?
Karoline: dass konrad sich erschossen hat
Karoline: verzeih mir!
Victor: was hat das mit deinem gewehr zu tun?

Karoline begann zu weinen. Es war vielleicht nicht der erste Chat, der sie zum Weinen brachte. Aber da beide beim Chatten normalerweise an verschiedenen Orten waren, hatte Victor es noch nicht gesehen.

4. September 2019 / 18:51
Karoline: ich habe angst um DICH!!!!!
Victor: du meinst, du befürchtest, dass ich mich…
Karoline: ich liebe dich, victor! bitte gib nicht alles auf
Victor: ich gebe nichts auf! ich hab mich zur liebe meines lebens bekannt
Victor: nach 30 jahren
Victor: uns jetzt will ich mit die leben, alt werden und sterben
Victor: und jetzt will ich mit dir
Karoline: du darfst nicht vor mir sterben
Karoline: du darfst mich nicht alleine lassen
Victor: ich bin immer bei dir
Karoline: versprich es mir
Victor: ich verspreche es dir

Blutdruck

Nach einer Woche schaltete Victor sein Mobiltelefon noch einmal ein und entdeckte einen entgangenen Anruf von Frau Veit. Er rief sie zurück und wollte ihr die Festnetznummer geben, die sie aber ohnehin in ihrem Adressbuch stehen, nur schon lange nicht mehr verwendet hatte. Ihr Anruf war ein Wahlaufruf gewesen, den sie nun wiederholte.

»An mir soll es nicht liegen, liebe Frau Veit.«

»Ich dachte, Sie sind vielleicht Nicht-Wähler.«

Frau Veit erzählte Victor noch dieses und jenes von Menschen, deren Namen er zwar schon gehört hatte, die er aber nicht kannte. Dazwischen klagte sie über Gesundheitsprobleme. Victor bat sie, zu Karoline in die Ordination zu gehen. Er wagte ihr aber nicht zu erzählen, dass Karoline sich der Bürgerliste angeschlossen hatte und im nächsten Jahr bei den Gemeinderatswahlen kandidieren wollte. Die Sozialdemokraten spielten, seit es diese Liste gab, keine Rolle mehr in der Gemeinde. Karoline half jetzt manchmal im Büro des Bürgermeisters, um sich in die Verwaltung einzuarbeiten. Victor vermied es, sich darüber lustig zu machen. Verstehen konnte er den Entschluss allerdings nicht.

»Und jetzt wollen Sie ohne Handy leben? Sie sind ja ein richtiger Aussteiger.«

»Ich sehe eigentlich nichts, in das ich einsteigen wollte.«

»Sie sind jung, lieber Herr Jarno. Sie müssen kämpfen!«

Victor fand den Mut der alten Dame reizend und wollte ihn ihr nicht nehmen. Gerne hätte er seinem Vater eine Botschaft ins Jenseits geschickt, nur damit er erfuhr, dass die christlich-soziale Stammwählerin Veit nun Wahlaufrufe für die Sozialdemokratie versandte, die wahrscheinlich mehrheitlich versandeten.

Karoline war morgens in die Praxis gegangen, es war Donnerstag, den sie *Sozialtag* nannte. An diesem Tag behandelte sie Bedürftige und Menschen ohne Krankenversicherung kostenlos. Victor beschloss, nun ein für alle Mal *Die Brüder Karamasow* zu lesen. Damit das erledigt war. Er schaltete das Mobiltelefon wieder ab und setzte sich noch kurz an den Laptop. Maximal eine Stunde am Tag erlaubte er sich, Nachrichten zu lesen. Er fürchtete die Wahlen. Dass sie ausgerechnet auf Karolines und seinen Jahrestag fielen, war ein weiterer Zynismus dieser politisch verkommenen Welt. Mit großem Erstaunen las er eine zwei Tage alte Nachricht, dass die christlich-soziale Partei ein Eheverbot für Cousins und Cousinen forderte, um *die österreichische Identität* zu erhalten. Das wirkte sofort. Victor fuhr den Laptop herunter und verließ das Haus. Er ging über die Straße bis zu dem kleinen Steg, der zum Veit-Haus und damit zur Praxis führte. Seit neuestem hatte Karoline eine Sprechstundenhilfe. Die arbeitete aber am Donnerstag nicht, da Karoline fürchtete, es könnten üble Gerüchte darüber verbreitet werden, dass Karoline Flüchtlinge kostenlos behandelte. Also setzte sich Victor ins Wartezimmer, in dem nur ein junger Mann saß.

Victor vermutete, dass der junge Mann Araber war. Er vermutete weiter, dass es sich um den Asylanten handelte, von dem Frau Kaswurm erzählt hatte, der mit Holzarbeit und Rasenmähen sein Geld verdiente, und den zu engagieren Victor sich beim Begräbnis seiner Mutter vorgenommen hatte. Nun saß er neben ihm. Er wusste allerdings nicht, wie dieser Mann hieß, sondern nur, dass er mit seiner Familie im Huber-Haus wohnte, das nach dem Tod der alten Frau Huber leer gestanden hatte und nun als Flüchtlingsunterkunft diente. Das Dorf war gespalten. Die einen erzählten, wie gut die Familie das Haus saniert hatte und in Schuss hielt, und dass der junge Mann sehr zuverlässig sei. Die anderen – wie auch Frau Kaswurm – wollten nichts mit ihnen zu tun haben.

Victor war in dieser Sache unentschlossen. Er fand, dass auch die Zuwanderer die Sozialdemokratie verraten hatten. Natürlich musste man jede und jeden einzeln beurteilen, aber im Großen und Ganzen waren sie genauso konservativ und reaktionär wie die Einheimischen. Im Grunde waren auch die sogenannten Ausländer zum Großteil ausländerfeindlich. Die Sozialdemokratie unter Victor Adler gründete natürlich vor allem darauf, dass man sich für die Rechte von Ziegelarbeitern, die damals wie Sklaven behandelt wurden, eingesetzt hatte und gerechte Lebens- und Arbeitsbedingungen für sie gefordert hatte. Dasselbe für die Flüchtlinge und Asylanten von heute zu tun, obwohl oder gerade weil sie keine Rechte hatten und nicht wählen gehen durften, wäre oberstes politisches Gebot einer Arbeiterbewegung. Dennoch wollte er sich nicht darüber hinwegtäuschen lassen, welches Weltbild diese Menschen vielfach mitbrachten und dass sie sich oft in Konkurrenz mit ihresgleichen sahen, anstatt miteinander solidarisch zu sein. Oft vertrauten sie sich den falschen

Helfern an. Dass ihnen Frauen und Männer, die sich für christlich und nächstenlieb hielten, Bananen und Schuhe und Pullover gaben und heißen Tee machten, hielt diese Helferinnen und Helfer nicht davon ab, bei den Wahlen ihr Kreuz wieder bei einer Partei zu machen, die denen, denen man geholfen hatte, Ein-Euro-Jobs aufzwang, sie abschieben wollte und sich weigerte, ihre Frauen und Familien, wenn sie bei der Flucht über das Mittelmeer in Seenot gerieten, vor dem Ertrinken zu retten.

»Verzeihung, darf ich Sie fragen, worauf Sie warten?«

Der junge Mann drehte sich zu Victor.

»Ich warte auf meine Frau.«

»Oh, ich verstehe. Ich warte darauf, dass die Frau Doktor meine Frau wird, verstehen Sie?«

Der junge Mann nickte, verstanden hatte er aber vermutlich nichts. Auch als Victor vom Tag der Nationalratswahl sprach und davon, dass ihm die Wahl diesen Tag vermiese, verstand er wohl nicht, was damit gemeint war, antwortete aber, dass er in Österreich nicht wählen dürfe. Wenn er aber wählen könnte, fügte der junge Mann hinzu, würde er die Sozialdemokratische Partei wählen. Er sagte allerdings nicht den Namen der Partei, sondern den der Spitzenkandidatin. Victor beschloss, den Mann zu engagieren. Dann öffnete sich die Tür des Arztzimmers, und Karoline kam mit einer jungen Frau heraus. Sie verabschiedeten sich, der junge Mann stand auf, und die beiden verließen die Praxis.

»Dass du mal herüberkommst. Hast du Blutdruck?«

»Ich habe Puls. Es ist sehr schlimm.«

»Was kann ich tun?«

»Unsere liebe Christlich-Soziale Partei hat einen neuen

Punkt in ihrem Wahlprogramm: Sie will die Eheschließung zwischen Cousine und Cousin verbieten. Ich bitte dich also, mich noch vor den Wahlen zu heiraten.«

»Ist das wahr?«

Victor kniete nieder.

»Ja. Das ist ein Heiratsantrag.«

»Was muss ich jetzt tun?«

»Du musst *Ja* sagen.«

»Komm, wir gehen hinein.«

Karoline schloss die Tür zum Warteraum ab und zog Victor an der Hand ins Arztzimmer. Dort gab sie Victor das Ja-Wort. Es gab keinen Verlobungsring. Den fanden sie erst später, als sie wieder zu Hause waren, beim Goldschmuck von Dr. Gebharter. Der Ring passte perfekt auf Karolines Finger.

Sonderurlaub

Als Victor am 12. September beim Bezirksamt anrief, bekam er für die Eheschließung sofort einen Termin, nämlich für den 26. September. Er wusste noch von seiner Heirat mit Iris, dass die Dokumente leicht zu besorgen waren – mit einer Ausnahme: die beglaubigte Abschrift aus dem Geburtenregister. Karoline wollte deshalb aber nicht nach Wien, sie schaffte es, das Dokument telefonisch zu beordern. Täglich fürchtete Victor, der Hochzeitstermin könne wegen dieses Dokuments nicht stattfinden. Doch zehn Tage später kam es mit einem amtlichen Schreiben und einem Zahlschein. Nun mussten sie zum Amt, um alle Eingaben zu machen, wobei Karoline bekannt gab, mit der Eheschließung den Namen Jarno anzunehmen.

Die schwierigste Aufgabe war das korrekte Ausfüllen der Musikliste. Die Dame in Altenmarkt hatte Victor schon am Telefon erklärt, er könne gegen Bezahlung einen Organisten engagieren, der dann die angekreuzten Titel auf der Musikliste spielen würde. Victor bekam diese Liste per E-Mail und füllte sie aus. Dann aber musste sie eingescannt und zurückgeschickt werden. Da Karoline und Victor keinen Scanner im Haus hatten, ließ Karoline die Liste im Büro des Bürgermeisters einscannen.

Im Altersheim wurde Karoline erklärt, sie habe bei Eheschließung Anspruch auf zwei Tage Sonderurlaub. Das war gar nicht ihre Frage gewesen, denn sie hatte am

Donnerstag ohnehin keinen Dienst, sie wollte nur darauf hinweisen, dass sie auf allen Dienstplänen und auf der Webseite in Zukunft als Dr. Karoline Magdalena Jarno anzuführen sei. So aber bekam sie den Freitag frei, für den ein Ausflug zur Araburg bei Kaumberg geplant wurde.

Außerdem galt es, zwei Trauzeugen aufzutreiben. Die Dame am Telefon erklärte Victor, dass das aber keine unbedingte Voraussetzung sei. Als Trauzeugin für Karoline kam Frau Veit infrage. Aber ein Mann, der Victors Trauzeuge sein könnte, war weit und breit nicht zu finden. Als Karoline den Bürgermeister vorschlug, kam es zu einem kleinen Streit zwischen den beiden. Victor rief seinen Freund Peter an, der sich überraschenderweise ohne Umschweife dazu bereit erklärte. Allerdings hatte Victor die Befürchtung, Peter könnte vergessen, wann er wo zu erscheinen hatte.

Also nahm Victor am 26. September sein Mobiltelefon, das er immer noch nicht abgemeldet hatte, wieder in Betrieb. Auch er hatte sich einen Ring aus dem gefundenen Goldschmuck ausgesucht, der zwar perfekt auf seinen Mittelfinger passte, aber für seinen Ringfinger zu groß war. Karoline nahm er den Verlobungsring wieder ab und ernannte ihn zum Ehering. Sie kündigte an, den Ehering ohnehin nicht zu tragen. Karoline war über Victors Ernsthaftigkeit in diesen Angelegenheiten sehr amüsiert.

Kurz nach 9:00 fuhren sie los. Victor hoffte, dass ihnen der alte Traktor nicht ausgerechnet an diesem Tag den Dienst versagen würde. Als Kind war er einmal mit dem Großvater nach Altenmarkt gefahren, um die Urli vom Bahnhof abzuholen. Auf dem Weg dorthin blieb der weiße Ford Cortina stehen. Was die Ursache für die Panne war, wusste er nicht mehr. Glücklicherweise kam ein kleiner privater Busdienst vorbei. Der Großvater winkte den Bus heran und bat die Fahrerin, die Urli aus Altenmarkt mitzunehmen und von dort aus die Pannenhilfe anzurufen. Auf diese Weise waren beide Probleme gelöst.

Das hatte Victor am Großvater immer imponiert, dass er ruhig blieb und dass man sich in jeder Lage auf ihn verlassen konnte. Seine Gene hatten es in der Familie leider nicht weit gebracht.

Karoline lobte Victors Anzug nicht und sagte an diesem Morgen auch nicht: »Der Anzug muss noch einmal runter.« Überhaupt schien sie ihm an diesem Tag schlecht gelaunt und gereizt zu sein. Auf der Fahrt schwieg sie und sah aus dem Fenster. Vielleicht, dachte Victor, bereute sie den Entschluss zu heiraten schon, der ja gar nicht ihr Entschluss gewesen war.

In dem kleinen Raum neben dem Festsaal saß Frau Veit und begrüßte sie. Peter war noch nicht da. Victor hielt das Mobiltelefon bereit, wollte es aber noch nicht benutzen, vor allem um Karoline keinen Grund zu geben, zu sagen, dass er es ja doch benötige. Schließlich kam Peter mit ein paar Minuten Verspätung. Er war wesentlich eleganter gekleidet als Victor, weshalb die Dame vom Amt, die das Zimmer betrat, ihn fragte, ob er der Bräutigam sei.

Zu viert gingen sie in den Festsaal. Der per amtlicher Musikliste bestellte Organist spielte den Hochzeitsmarsch von Mendelssohn Bartholdy. Wie das Begräbnis seiner Mutter Victor zum andauernden Vergleich mit dem der Urli angestiftet hatte, so erinnerte ihn jetzt alles an den Tag, als Iris und er geheiratet hatten. Es war ein kalter

Februartag gewesen, der eigentlich besser zum Heiraten gepasst hatte. An den Ablauf der Hochzeit konnte Victor sich allerdings nicht mehr erinnern.

Es folgte die eigentliche Eheschließung. Als Victor sein *Ja* aussprach, musste er schmunzeln. Er erinnerte sich daran, dass Karoline oft sagte, er meine immer *Nein*, wenn er *Ja* sage. Karoline sprach ihr *Ja* trocken, fast mürrisch aus. Immer mehr erinnerte sie Victor an Tante Margarete.

Sie mussten ein Dokument unterschreiben, dann standen alle vier auf, und beim Ehespruch wurden die Ringe herausgeholt. Karoline steckte den Ring an Victors Ringfinger, wo er nun ein wenig lose saß. Victor hoffte, dass der Knöchel ihn daran hinderte, herunterzurutschen. Die Standesbeamtin gab dem Ehepaar einen Spruch mit auf den Weg, der angeblich von Seneca war. Victor wollte ihn sich merken, vergaß ihn aber wieder. Schließlich spielte der Organist die drei Songs, die Victor auf der Musikliste angekreuzt hatte. Er tanzte ein wenig mit Karoline. Auch Peter forderte Frau Veit zum Tanzen auf, die lachend entgegnete: »Sie sind reizend, junger Mann. Aber mein Tanzen hier ist, dass ich das alles ohne Rollator schaffe.«

Danach räumten sie den Saal. Im Wartezimmer hatte schon das nächste Brautpaar Platz genommen, das deutlich mehr Anhang mitgebracht hatte. Nun ging es in das Gasthaus zum Schwarzen Adler, wo Victor einen Tisch reserviert hatte. Der Aperitif war ein großes Bier. Frau Veit nahm ein kleines.

»Warum haben Sie sich jetzt so schnell zur Heirat entschlossen? Darf ich das fragen?«

»Weil die Christlich-Sozialen angekündigt haben, die Ehe zwischen Cousine und Cousin zu verbieten.«

»Oh, also auch das eine Form des Widerstands?«

Karoline klopfte Victor auf die Schulter.

»Hier sitzt der letzte Sozialist von Heiligenbrunn.«

»Als Ehemann der Frau Doktor bin ich ja jetzt der Herr Doktor«, sagte Victor, »aber eigentlich bin ich nur noch Hausmann.«

»Wie Ihr Herr Vater.«

»Ja, er wird ihm wirklich immer ähnlicher. Anscheinend werden alle frustrierten Sozialdemokraten Hausmänner. Was für wunderbare Aussichten für die Gleichberechtigung!«

»Es gibt schon noch ein paar Sozialdemokraten bei uns, meine Liebe. Ich hoffe, Sie wissen, was am Sonntag zu tun ist.«

»Liebe Frau Veit, ich unterstütze, seit ich wählen darf, die Grünen. Das wird diesmal nicht anders sein.«

»Nun, das ist besser als nichts. Wenn es wenigstens eine starke Opposition gibt gegen diesen ganzen Wahnsinn.«

Frau Veit prostete allen zu und wünschte dem Paar viel Glück. Dann wandte sie sich gleich Peter zu.

»Und Sie, junger Mann, Sie gehen hoffentlich am Sonntag auch zur Wahl.«

Peter lächelte Frau Veit an.

»Tut mir leid, aber ich habe mich mit solchen Dingen noch nie beschäftigt. Politik, das ist nur noch lächerlich.«

Damit war die Diskussion vorprogrammiert. Frau Veit führte sie mit großem Eifer. Viel erreichte sie nicht. Es wurde bestellt. Und sie schloss die Diskussion mit dem Satz: »Wenn Ihnen wirklich alles gleichgültig ist, tun Sie mir einen Gefallen: Gehen Sie am Sonntag zur Wahl und machen Sie ein Kreuz bei der Sozialdemokratischen Partei. Für das junge Paar hier!«

Sie hatte bemerkt, wie unhöflich es war, während des ganzen Essens über die Wahlen zu sprechen, und brachte das Gespräch wieder auf das Brautpaar zurück.

»Ich finde es wirklich gut, was Sie hier machen. Dass Sie das Haus Ihrer Großmutter beleben. Und Sie, meine Liebe, was Sie mit Ihrer Praxis und im Altersheim machen. Alle Achtung! Ein junges Paar mit Haltung.«

»Vielen Dank, Frau Veit. Aber jung sind wir nicht mehr.«

Karoline war die ganze Zeit sehr still gewesen. Und sie war es weiterhin. Inzwischen unterhielt Peter Frau Veit, indem er ihr erklärte, dass er Gastronom sei und worauf man bei der Herkunft von Fleisch achten solle. Dann wandte er sich dem Brautpaar zu.

»Ihr zeigt mir jetzt aber schon noch euer Schloss, oder?«

Victor hatte nicht daran gedacht.

»Aber sicher. Fahr mit uns mit. Ich bringe dich dann zum Bahnhof.«

»Du fährst noch Auto? Du hast doch schon getrunken.«

»Aber wir sind doch hier auf dem Land.«

Kurz vor dem Gehen hielt Karoline Victor ihr Mobiltelefon vor die Nase. Er musste seine Brille aufsetzen, um die SMS lesen zu können, die Karoline getippt hatte.

26. September 2019 / 12:30
Karoline: Liebe Familie, wir möchten euch über unsere heute erfolgte Eheschließung informieren. Herzlich Dr.in Karoline Magdalena Jarno und Victor Jarno

Victor nickte. Er war etwas verstimmt, weil Karoline ihm an ihrem Hochzeitstag vor allen anderen vorgeworfen hatte, wie sein Vater zu sein und sich aus dem Leben zurückzuziehen. Den Ausdruck *frustrierter Sozialdemokrat* hatte er an diesem Tag zum ersten Mal aus ihrem Mund gehört. Doch statt sie darauf anzusprechen, zeigte Victor noch einmal auf die SMS: »Die Schuhgröße hast du vergessen.«

Karoline und Victor hatten nicht mit einer Antwort gerechnet. Sie kam aber.

26. September 2019 / 12:49
Margarete: Liebe Karo, ich komme zu euch. Geht es morgen um 11:00?
Karoline: wir machen eine hochzeitsreise zur araburg. nachmittags geht's
Margarete: 16:00?
Karoline: gut

Die Fensterscheibe

Auch auf der Wanderung zur Araburg und beim Besteigen der Aussichtswarte war Karoline sehr still. Erst auf dem Rückweg wurde sie gesprächiger.

»Es tut mir leid, dass alle diese Umstände uns die Hochzeit vermiesen.«

»Mir ist gar nichts vermiest. Ich habe nichts erwartet.«

»Ich möchte, dass wir eine romantische Hochzeitsreise machen.«

»Aber wir fahren doch nach Strömstad.«

»Ja, wir fahren.«

Karoline hatte sich mehr Feierlichkeit erwartet. Aber es war niemand da, um mit ihnen zu feiern. Nun hatte sich ihre Mutter angekündigt. Mehrmals entschuldigte sich Karoline dafür bei Victor, der jedes Mal antwortete, es sei keine Entschuldigung nötig.

Zu Hause duschte Karoline und zog ein Kleid an. Sie machte Kaffee und Tee und saß schon in der Küche bereit, während Victor noch so tat, als würde er in seinem Zimmer lesen. Beide hörten sie den Minivan auf das Grundstück fahren. Tante Margarete trat ohne zu klopfen ein. Sie war ohne Begleitung gekommen. Karoline wollte auf sie zugehen, um sie zu umarmen, doch Tante Margarete ging in die Küche, setzte sich und legte den Autoschlüssel auf den Tisch.

Victor kam aus seinem Zimmer und wollte Tante Margarete ebenfalls begrüßen, die aber »Hallo, Victor« sagte, oder vielleicht überhaupt nur »Victor!«, bei ihrer Art, Wörter zu verschlucken, wusste man das nie so genau.

»Wir alle, der Bimbo, Hanna, die Kinder und ich, möchten euch zur Hochzeit gratulieren. Auch wenn wir mit dieser Sache nicht einverstanden sind.«

»Ihr seid nicht die Einzigen, die mit gewissen Dingen nicht einverstanden sind.«

»Victor, ich möchte bitte mit Karo alleine sprechen.«

Victor wollte aufstehen. Karoline aber bedeutete ihm mit der Hand, sitzen zu bleiben.

»Victor ist mein Mann.«

»Es sind Dinge, die ich nur dir sagen möchte.«

»Solche Dinge gibt es nicht. Er darf alles wissen.«

»Du kannst es ihm dann erzählen.«

»Ich habe mich entschieden. Victor bleibt hier.«

Victor hätte gerne etwas herzuzeigen gehabt, ein renoviertes Zimmer oder die Wasseraufbereitung mit Solarenergie, die er seit Monaten plante. Doch noch war nichts davon begonnen worden.

»Willst du etwas trinken? Kaffee? Tee?«

»Danke. Bitte setz dich!«

»Ich bleibe lieber stehen.«

Karoline hatte nun dieselbe Position, die die Urli immer gehabt hatte. Niemals hatte sie bei den anderen am Tisch gesessen. Immer stand sie in der Küche, stets bereit, hin und her zu laufen.

»Zuerst zum Haus. Wir haben nichts dagegen, dass ihr hier wohnt.«

»Das ist nett von euch. Aber die Urli hat das Haus Victor vererbt. Deshalb wohnt er auch hier.«

»Sie konnte nicht das ganze Haus an Victor vererben. Es gibt Pflichtanteile.«

»Wir zahlen sie dir aus.«

»Das wollen wir gar nicht. Wir verzichten zu deinen Gunsten auf unseren Anteil.«

»Zwischen mir und Victor ist kein Unterschied. Alles gehört uns beiden.«

»Du musst mit der Hälfte im Grundbuch stehen.«

Victor hob beide Hände.

»Das ist für mich o. k., wir können ...«

Sofort bedeutete ihm Karoline, still zu sein.

»Das ist unsere Sache!«

»Wenn ich einwilligen soll, ist es nicht eure Sache. Wir verlangen nur, dass Hannas Kinder das Haus bekommen. Und – falls euch etwas zustößt – Hanna.«

»Du rechnest mit meinem Tod?«

»Nein. Es soll nur für den Fall vorgesorgt sein. Für den Fall, dass ich sterbe, habe ich auch vorgesorgt.«

»Eben. Du bestimmst, wem du was vererbst. Und genauso dürfen Victor und ich darüber bestimmen. Im Übrigen kann man ein Testament jeden Tag ändern.«

»Ich kenne mich rechtlich nicht aus, aber ich möchte ...«

»Du brauchst dich rechtlich nicht auszukennen. Es geht um die Frage, ob du den Willen deiner Mutter respektierst. Das Testament der Urli ist klar.«

»Respektierst du den Willen deiner Mutter?«

»Du bist nicht tot. Die Urli ist tot und hat das Haus Victor vererbt.«

»Gut, dann kommen wir hier nicht weiter.«

»Wie kommst du auf die Idee, dass wir beide das Haus in fremde Hände geben würden? Wir werden es nur in der

Familie weitergeben. Pauli, Michi und Lena werden einmal alles haben. Und sie werden sich hoffentlich nicht so aufführen wie du.«

»Dann machen wir das schriftlich.«

»Dazu brauchen wir dich nicht. Das machen Victor und ich.«

»Ich sage ja: Wir kommen nicht weiter.«

»Du glaubst mir nicht, wenn ich dir mein Wort gebe? Du misstraust deiner eigenen Tochter?«

Victor wollte aufstehen und Kaffee holen. Karoline aber war schneller.

»Was hättest du gerne, mein Schatz?«

»Kaffee.«

Tante Margarete reagierte gereizt auf Karolines Häuslichkeit, schaute demonstrativ aus dem Fenster und atmete schwer aus. Sie wartete, bis Karoline den Milchschaum in die Tasse geleert und sie zusammen mit dem Zucker auf den Tisch gestellt hatte.

»Dann wird das Gericht entscheiden.«

»Ich bin zuversichtlich, dass du deine eigene Tochter nicht rauswerfen wirst.«

»Ich werfe niemanden raus. Ihr habt doch das Veit-Haus gekauft. Victor hat das Haus von Irmgard geerbt und er hat eine Eigentumswohnung in Wien. Ich sehe also weit und breit keine Wohnungsnot.«

»Wochenendhäuser gibt es hier schon genug. Die schaden der Infrastruktur mehr, als sie nützen. Wir bleiben hier und tun auch etwas für den Ort.«

»Bitte halte mir keine Vorträge!«

Karoline hatte sich verrannt. Victor hätte gerne etwas gesagt, aber er wusste nicht, was.

»Und nun die andere Geschichte.«

In diesem Moment fuhr ein Lastkraftwagen über die Hauptstraße. Die Scheiben des Küchenfensters vibrierten leicht.

»Ich habe vor mehr als vierzig Jahren einen schweren Fehler gemacht, den ich bereue. Der Bimbo hat mir verziehen. Wir wollten nie jemandem erzählen, dass er nicht dein Vater ist. Und es wäre auch nie jemandem aufgefallen, denn Rainer liebt dich, wie ein Vater sein Kind liebt, und er hat dich aufgezogen wie sein eigenes Kind.«

»Wenn er mich so liebt, wo ist er dann? Warum ruft er nie an?«

»Ich habe es ihm verboten.«

»Wenn er mich liebt, dann pfeift er auf dein Verbot.«

»Wir müssen jetzt zusammenhalten. Ich möchte nochmals sagen, dass wir die Dinge, wie sie zwischen euch beiden stehen, nicht gutheißen. Auch nicht, wenn ihr verheiratet seid.«

»Du sagst immer *wir*. Aber das bist nur *du*.«

»Nein. Auch Hanna und der Bimbo finden eure... eure Verbindung... krank.«

»Das Gesetz ist hier sehr klar.«

»Komm mir nicht mit dem Gesetz! Man hat ein Gefühl für eine solche Situation. Und sie ist... entschuldige, wenn ich das so sage... abstoßend.«

»Abstoßend?«

»Ja, für uns ist das abstoßend. Aber ich möchte weiterkommen.«

»Abstoßend finde ich, wenn man mit dem Mann seiner eigenen Schwester ins Bett geht.«

»Er war nicht mein Blutsverwandter.«

»Ach, dann war es also völlig in Ordnung, was du Irmgard und dem Bimbo damit angetan hast?«

»Nein, es war nicht in Ordnung. Aber du lässt mich ja nicht ausreden.«

»Du brauchst mir hier nicht mit Moral zu kommen.«

»Wir haben dich großgezogen, Rainer und ich. Und es war uns immer klar, dass du unser geliebtes Kind bist. Von allem anderen wollten wir dir nie erzählen. Leider hat Konrad das vermasselt. Hätte er es gemacht, als du achtzehn warst...«

»Da war er schon tot.«

»Ja, ich meine, nur theoretisch. Aber mit dreizehn Jahren. Ich kann ihm das nicht verzeihen. Tut mir leid, Victor.«

»Hauptsache, alle können *dir* verzeihen.«

»Kannst du es?«

»Wenn du mich lieben würdest, könnte ich es. Wenn du mir die Wahrheit erzählen und nicht gegen Victor einen Prozess führen würdest, könnte ich es.«

»Wenn... wenn...«

»Ich brauche dich nicht. Ich schaffe alles alleine. Ich habe mein Studium alleine geschafft. Und wenn du in deinem Leben aufräumen willst, dann frag dich einmal, warum du alle hasst, die studiert haben. Weil *du* nicht studiert hast, obwohl dein Vater das wollte. Jetzt lässt du deine Minderwertigkeitsgefühle an den anderen aus. Und deshalb wählst du auch gerne Studien- und Schulabbrecher statt richtigen Politikern, egal wie unfähig sie sind, weil sie deinen Hass auf gebildete Menschen teilen. Das ist übrigens der Grund, warum dir die Urli das Haus nicht vererbt hat. Der einzige Grund. Weil du die Familie politisch verraten hast. Nichts anderes. Sie hat es Victor genau so gesagt.«

»Ich darf wählen, wen ich will.«

»Und die Urli darf das Haus vererben, wem sie will.«

»Die Pflichtanteile nicht.«

»Also, drei Fragen noch, dann kannst du gehen: Wie heißt mein Vater?«

Karoline war kurz davor, jeden Kompromiss unmöglich zu machen. Doch Tante Margarete war eine furchtlose Frau. Man konnte vieles an ihr nicht mögen, aber sie ließ sich durch nichts einschüchtern. Das wusste Karoline, und sie hasste es. Sie hasste es, dass ihr die Mutter noch nie unterlegen gewesen war.

»Dein Erzeuger heißt Hellmuth Reinthaler. Ich habe ihn zwei Mal im Leben gesehen, und zwar vor deiner Geburt. Ob er noch lebt, weiß ich nicht. Er hat dich im Leben nie gesehen und sich nie um dich gekümmert. Dein Vater ist Rainer Grill.«

»Wenn Rainer Grill mein Vater ist, wird er sich auch bei mir melden und mit mir reden. Ich habe ihn immer geliebt, aber er ist feig und versteckt sich. Seinen Namen habe ich abgelegt. Ich heiße Jarno.«

»Was ist die zweite Frage?«

»Wie viele Männer gab es bei dir damals?«

»Das geht dich nichts an.«

»So, so. Weil ich dich so abstoßend finden könnte wie du mich?«

»Karo. Es geht dich wirklich nichts an«, sagte Victor.

Karoline wurde wütend. Dass Victor sie gerade in diesem Moment Karo genannt hatte wie ihre Mutter, trug nicht zu ihrer Besänftigung bei.

»Also: letzte Frage.«

»Wann und wie oft hast du mit Onkel Konrad... wie soll ich es nennen...«

»Zweimal. Einmal 1973 und das zweite Mal 1975.«

»Das Jahr, in dem ich gezeugt worden bin?«

»Aber im Januar. Und du bist im November geboren. Karo, er ist nicht dein Vater.«

»Da ist ja ganz schön was los gewesen.«

»Darf ich jetzt gehen?«

»Hast du ihn geliebt?«

»Das ist schon die vierte Frage.«

»War er gut im Bett?«

»Darf ich jetzt gehen?«

»Sag dem Papa, dass ich ihn liebe. Und auch Hanna und den Kindern. Wir vermissen sie.«

»Hanna zieht drei Kinder groß. Alleine.«

»Wir würden sie unterstützen. Victor hat sie zu Weihnachten eingeladen. Und er hat sogar Weihnachtsgeschenke gekauft für Michi, Pauli und Lena. Ich habe geweint, als ich das gesehen habe.«

»Victor ist ein guter Mensch. Darf ich jetzt gehen?«

»Willst du die Geschenke sehen?«

Karoline ging aus der Küche. Tante Margarete hob beide Schultern und machte eine resignierende Geste in Victors Richtung.

»Victor, es tut mir leid, was ich getan habe. Es war falsch von mir.«

Doch Victor konnte sich nicht auf die Tante konzentrieren. Er dachte erst, Karoline wäre aufs WC gegangen oder nach draußen gelaufen. Aber jetzt hörte er sie im Abstellraum hantieren. Zuerst vermutete er, sie hole den

Goldschatz. Doch nur wenige Sekunden später stand sie mit den drei Paketen für die Kinder und ihrem Gewehr in der Küche. Sie legte die Pakete auf den Tisch, trat einen Schritt zurück und entsicherte das Gewehr.

»Hier sind die Geschenke! Damit du es weißt: Ich werde meinen Mann, mein Haus und mein Leben schützen. Mit allen Mitteln.«

»Bist du völlig verrückt geworden?«

Aber auch in diesem Moment zeigte sich Tante Margaretes Furchtlosigkeit. Sie stand ganz langsam auf und ging einen Schritt auf Karoline zu.

»Ich gehe. Du musst mich nicht erschießen, außer du willst es unbedingt. Ich wusste nicht, dass Moralapostel seit neuestem Waffennarren sind.«

»Na ja, auch die früheren Anhänger der Friedensbewegung rennen heute sofort vor Gericht, wenn sie ein Haus haben wollen, das ihnen nicht gehört.«

»Ich bin schon weg. Viel Freude noch.«

Das hatte Tante Margarete zu Victor gesagt, als sie schon zwei Schritte in Richtung Vorzimmer gegangen war. In diesem Moment schoss Karoline auf die Fensterscheibe, genau dorthin, wo Tante Margarete die längste Zeit gesessen hatte. Innen- und Außenscheibe zerbrachen in Stücke. Nach dem Klirren war es still. Tante Margarete drehte sich zu Karoline.

»Ich habe einiges verschwiegen in meinem Leben, um meine Kinder zu schützen. Ich werde auch über das schweigen, was hier gerade vorgefallen ist. Um *dich* zu schützen. Weil du *meine* Tochter bist.«

Dann ging sie nach draußen. Karoline und Victor hörten, wie der Wagen gestartet wurde.

»Die Fensterscheibe bezahle ich.«

Victor blieb still sitzen. Er wartete darauf, eine Polizeisirene zu hören. Wahrscheinlich würde es ein oder zwei Stunden dauern, bis sie kämen und Karoline und ihn verhafteten. Aber es geschah nichts.

Bärlauch Bärlauch Bärlauch

Seit drei Tagen waren Karoline und Victor verheiratet. Seit zwei Tagen fehlte in ihrem Küchenfenster eine Scheibe, die Victor amateurhaft mit Klebeband und einer Plastikplane abgeklebt hatte. Für das Klebeband, ein schwarzes Gaffaband, war er dem paranoiden Buchhändler dankbar, dessen Namen er vergessen hatte. Die Glaserei war bereits beauftragt und hatte sich für Montagmorgen angekündigt.

Karoline hatte Victor gebeten, in der Nacht vor ihrem Jahrestag und an ihrem Jahrestag mit ihr im Dachbodenzimmer zu übernachten. Als sie am Morgen des 29. September erwachte (diesmal ein Sonntag), war Victor schon auf. Er hatte in der Küche Kaffee, weiches Ei und Frühstück vorbereitet und brachte es auf einem Tablett nach oben.

In den letzten beiden Tagen hatte sich Karoline mehrfach bei Victor dafür entschuldigt, dass sie auf die Fensterscheibe geschossen, dass sie überhaupt das Gewehr geholt hatte. Victor jedoch nahm ihr allenfalls übel, dass er nun überhaupt keinen Spielraum mehr hatte, mit Tante Margarete wegen des Hauses zu verhandeln. Karoline hatte bei dem Treffen mit ihrer Mutter alles falsch gemacht. Doch er musste sie lieben und hinter ihr stehen.

Trotzdem lastete der Vorfall auf Victor und Karoline wie ein mehrtägiger Kater, bei dem die Depression noch lange anhält, auch wenn die körperlichen Auswirkungen längst verschwunden sind. Victor fühlte sich zu nichts fähig und erledigte nur tägliche Handgriffe. Er freute sich nicht wie sonst auf den Sonntag, sondern nur auf den Montag danach, wenn Karoline wieder arbeiten und irgendeine Form von Normalität einkehren würde.

Karoline schlug vor, mit dem Auto zum Radlerimbiss zu fahren, genauso wie sie es vor einem Jahr getan hatten. Also musste Karoline wie damals am Steuer sitzen. Zuerst aber ging es in die örtliche Schule, wo das Wahllokal war. Der Urnengang war nur von 7:00 bis 12:00 möglich, musste also gleich erledigt werden. Karoline wurde noch als Dr. Karoline Grill aufgerufen. Victor studierte den Wahlzettel lange und versuchte sich zu konzentrieren, denn er hatte Angst, das Kreuz bei der falschen Partei zu machen. Er steckte den Zettel in das Kuvert, nahm ihn wieder heraus, kontrollierte ihn wieder und so fort. An der Urne, wo einem das Kuvert üblicherweise aus der Hand genommen wurde, durfte er es selbst in das graue Plastikgefäß werfen. Der Bürgermeister war einer der Beisitzer, und Karoline winkte ihm zu. Mit einer Geste zeigte er, dass er später bei ihnen im Haus vorbeikommen würde. Auch Frau Veit, Peter und Amalia, eine Kollegin von Karoline, die ebenfalls als Ärztin im Altersheim arbeitete, hatten sich angekündigt.

Danach stiegen sie ins Auto. Karoline aber fuhr nicht zum Radlerimbiss, sondern bog in einen Waldweg ein und blieb irgendwo am Wegrand stehen.

»Hattest du Angst vor einem Jahr, als ich gefahren bin?«

»Todesangst.«

»Und jetzt?«
»Ist die Angst weg.«
»Hast du Kondome dabei?«
»Nein. Warum? Möchtest du wieder verhüten?«
»Ich möchte das nicht noch mal durchmachen. Nie wieder, verstehst du?«
»Das verstehe ich.«
»Du erzählst überhaupt keine Geschichten mehr von früher, aus deiner Kindheit, von deinem Vater.«
»Du hast es doch selbst im Schwarzen Adler gesagt. Ich muss aufpassen, dass ich ihm nicht zu ähnlich werde. Er war ein frustrierter Sozialdemokrat, hast du gesagt.«
»Bist du jetzt beleidigt?«
»Nein. Ich muss ohne Vater leben. Punkt.«
»Ich muss immer schon ohne Vater leben.«
»Aber nicht ohne Onkel Rainer.«
»Er ist ein Feigling.«
»Er ist ein guter Mensch. Dass er zu lange geschwiegen hat, musst du ihm verzeihen.«
»Sag mir nicht, was ich tun muss.«
»Jetzt redest du wie deine Mutter.«
Es war noch immer hochsommerlich, keine Spur vom Herbst, und doch glaubte Victor, nachdem er die Fensterscheibe an der Beifahrerseite geöffnet hatte, eine Brise Bärlauch in der Nase zu haben. Es fiel ihm schwer, sich einzugestehen, dass er jetzt lieber gechattet hätte, als mit Karoline reden und im selben Auto sitzen zu müssen.
»Ist jetzt alles vorbei?«
»Was meinst du mit alles?«
»Zwischen uns?«
»Was? Natürlich nicht!«

»Sicher?«

»Ein bisschen bleibe ich noch.«

»Morgen ist Montag, da hat das Bezirksamt wieder offen. Da könnten wir uns scheiden lassen. Eine Vier-Tage-Ehe wäre das dann.«

»Deine Mutter wäre bestimmt erfreut.«

»Haben wir wegen meiner Mutter geheiratet?«

»Nein. Weil die nächste Regierung die Ehe zwischen Cousine und Cousin verbieten will.«

»Ach ja, richtig!«

Wäre die Urli noch am Leben und wären Karoline und Victor kein Paar, dann würden um diese Zeit schon alle Familienmitglieder in Heiligenbrunn sein. Tante Margarete würde sich bei Onkel Rainer den ganzen Vormittag darüber beklagen, dass sie als zukünftige Besitzerin des Hauses in der Pension Kaswurm übernachten müsse, obwohl sie doch das Mittagessen und die Teigware für das Abendessen zubereitet habe, Onkel Rainer würde darauf nicht reagieren, sondern etwas Positives sagen, wie, dass dieser Tag der 100. Geburtstag der Urli und damit ein besonderer Tag sei. Oder er würde seine Frau fragen, ob sie auch einen Hauch Bärlauch vom Waldrand riechen könne. Hanna würde sich verspäten wie immer. Wieder würde sie ohne Mann aufkreuzen, denn auf Tinder oder Parship oder Elite-Partner oder allen dreien würde sich niemand gefunden haben, der eine frustrierte Kindergärtnerin mit drei Kindern, die sich für den Kampf gegen die Zwangsislamisierung des Abendlandes rüstete, an seiner Seite wollte. Ihrem Sohn Michael wäre in diesem Jahr nicht nur seine Mutter peinlich, sondern das ganze Familientreffen, mitfahren müsste er aber doch, hätte aber sein Handy mit genug Musik und Spielen geladen, und nur der schlechte Empfang in Heiligenbrunn könnte ihm noch das Wochenende vermiesen. Wohingegen sein Bruder Pauli schweigen, den Erwachsenen am Tisch genau zuhören und nur Fragen stellen würde, wenn es unbedingt nötig wäre; zum Beispiel, wenn von einem anderen Pauli die Rede wäre und die Urli ihm sagen würde, dass Victor einmal einen Onkel gehabt habe, der auch Pauli geheißen habe, der aber verstorben sei, lange bevor er, der jetzige Pauli, geboren wurde. Lena würde die ganze Zeit auf Karolines Schoß sitzen und zeichnen und mindestens eine Bemerkung machen, die dann in der Familie für immer zum geflügelten Wort werden würde, so wie sie zu Victor im vergangenen Jahr »Du bist ein Franz!« gesagt hatte. Irmgard, wenn sie noch lebte, würde so tun, als würde sie in der Küche helfen, damit sie in der Speisekammer immer wieder einen kleinen Schluck von der Weißweinflasche nehmen könnte und dazwischen am Tisch ihre Tabletten ordnen, über die sie keinen Überblick mehr hätte. Zu den Anwesenden wäre sie reserviert bis unfreundlich, was diese als gute Familientradition deuten und sie trotzdem dieses und jenes fragen würden über die Vergangenheit, wobei die Geschichte, die sie dann erzählen würde, auch schon einmal mit anderem Ausgang erzählt worden wäre, was man ihr dann besser nicht sagte, denn sonst würde es zu einem Streit kommen, und Irmgard würde plötzlich darauf beharren, dass der Arzt ihr einen Spaziergang pro Tag als lebensnotwendige Medizin verschrieben habe. Und die Urli? Sie würde wohl jedem, auch dem Bürgermeister und Frau Veit und an diesem Tag wahrscheinlich noch anderen Gratulantinnen und Gratulanten und Fotografen, die am Sonntag arbeiten mussten, um das Foto einer Hundertjährigen für das Bezirksblatt zu machen, erklären, dass sie bald sterben wolle und es nichts Schönes sei, hundert Jahre alt zu werden. Sie würde Ivana anherrschen oder Adriana, die sich denken würden, dass ihre Klientin wahrscheinlich noch viel älter werden und ihre beiden Töchter überleben würde. Und Karoline und Victor säßen verliebt in diesem aufreibenden Getümmel und würden einander dauernd anschauen müssen und den Tag genießen und die Nacht davor genossen haben, wenn sie nur der Familie nichts von ihrer Liebe erzählt würden haben – hätten.

»Was denkst du?«

»Bärlauch.«

»Bärlauch? Im Herbst?«

»Bärlauch. Bärlauch. Bärlauch.«

»Wird es heute nichts mehr mit uns?«

Victor beugte sich zu Karoline und küsste sie. Dann ließ er von ihr ab und lehnte sich wieder im Sitz zurück.

»Ein Kuss. Mehr nicht?«

»Heute habe ich die Regel.«

»Du hast die Regel? Na so etwas. Lass mich nachschauen, ob es noch sehr stark blutet.«

Goldregen

Schade, dass die Platte, mit der der Küchentisch verlängert werden konnte und die der Bimbo mehr als dreißig Jahre davor für die Urli gezimmert hatte, an diesem Tag nicht gebraucht wurde. Alle Gäste fanden am Küchentisch Platz. Karoline saß ohnehin kaum. Wie die Urli und wie ihre Mutter schwirrte sie ständig zwischen Speisekammer, Herd, Küche und Tisch hin und her. Der Bürgermeister brachte sie dazu, sich kurz zu setzen. Er erhob sein Glas zuerst auf Leopoldine Sandbichler und bedauerte, dass sie ihren hundertsten Geburtstag nicht mehr erlebt hatte. Danach wurde kurz geschwiegen. Aber das Leben ginge weiter, fuhr der Bürgermeister fort, und er freue sich besonders, nicht nur dem jungvermählten Paar zur Eheschließung gratulieren, sondern mit ihnen auch neue, junge und engagierte Bewohner in Heiligenbrunn willkommen heißen zu können. Er dürfe heute schon ankündigen, dass Frau Dr. Jarno im kommenden April als Spitzenkandidatin der Bürgerliste für seine Nachfolge als Bürgermeister kandidieren würde. Frau Veit blickte dabei stumm auf die Tischfläche, entweder weil ihr alles zu anstrengend war oder weil sie wie Victor den Bürgermeister ein wenig peinlich fand. Peter schien sich hingegen köstlich zu amüsieren und Karolines Kollegin Amalia fühlte sich bemüßigt, in laute Anfeuerungsrufe auszubrechen.

Wie ihre Mutter servierte Karoline zu Mittag einen Braten. Die Teigware war für den Abend angekündigt. Victor hätte nicht zu sagen gewagt, was er als Einziger der Anwesenden feststellen konnte, dass nämlich Karolines Essen genauso schmeckte wie das, das ihre Mutter immer gemacht hatte. Die Gäste aßen also, und keiner von ihnen sprach über das abgeklebte Fenster. Victor hatte in der Früh noch einmal eine stärkere Plastikfolie angebracht. Irgendwann beim Essen hielt es der Bürgermeister aber nicht mehr aus.

»Was ist denn mit der Fensterscheibe passiert?«

»Ich habe mit dem Gewehr durchgeschossen«, antwortete Karoline.

Victor beobachtete die Erheiterung ringsum, um zu prüfen, ob es wirklich Erheiterung war. Bei Frau Veit und Amalia war nicht klar, ob sie die Antwort sehr humorvoll fanden. Sie erwarteten nach dieser vermeintlich scherzhaften Antwort wohl den tatsächlichen Grund. Dabei kehrte gespenstische Stille ein, die es beim Familienessen wohl nicht gegeben hätte. Victor überlegte zwei mögliche Auswege. Erstens, den Bürgermeister zu fragen, wohin denn die schweren Lastkraftwagen führen, die hin und wieder Richtung Rastbank unterwegs waren. Danach wollte er erklären, dass die Fensterscheiben beim Vorbeifahren dieser Laster immer zitterten, was sogar stimmte. Dass dabei aber eine Scheibe zu Bruch gegangen sein sollte, hielt er dann doch für unglaubwürdig. Besser wäre es also, zu behaupten, das Fenster sei bei starker Zugluft gegen den Rahmen geschlagen; was allerdings immer noch nicht erklärte, warum dabei nur die Scheiben des rechten Flügels zu Bruch gegangen waren.

Glücklicherweise verlagerte sich das Gespräch schnell auf ein anderes Thema, nämlich die Verlegung der Wasserleitung. Karoline holte das Foto aus dem Schlafzimmer und zeigte dem Bürgermeister das Haus in der Zeit, als es davor noch einen Brunnen gegeben hatte. Der Bürgermeister konnte sich erinnern, dass im hinteren Gebäudeteil, wo sich jetzt die Waschküche befand, ein Kuhstall gewesen war. Er schätzte, dass das Foto zwischen 1962 und 1965 gemacht worden war, und bestätigte damit, was Victor vermutet hatte.

Nach dem Essen verabschiedete sich der Bürgermeister. Und auch Frau Veit brach kurz nach ihm auf. Es war ihr anzusehen, dass sie sich Mühe geben musste, um an einer solchen Gesellschaft teilzunehmen. Sie war wortkarg und hatte nicht über Politik und die Wahlen gesprochen. Als sie gegangen war und Karoline sagte, sie fände es toll, wie mobil Frau Veit mit 86 Jahren noch sei, war Amalia ganz betroffen und sagte, sie hätte die Dame zehn Jahre jünger geschätzt.

Bei einem Spaziergang am Waldrand zum Nachbargrundstück, auf dem sich das Veit-Haus befand, zeigte Karoline Amalia und Peter ihre Praxis. Der Wohnbereich des Hauses war noch nicht renoviert worden. Karoline sagte, dass sie hier wohnen könne, wenn ihre Ehe früh scheitern sollte. Vor dem Haus erklärte Victor, der Zaun sei neu gemacht worden. Peter lachte.

»Warum machst du denn einen Zaun, wenn beide Grundstücke dir gehören?«

Victor wollte darauf nicht wahrheitsgemäß antworten, auch fand er es unhöflich von Peter, dass er *dir gehören* statt *euch gehören* gesagt hatte. Karoline versuchte abermals, die Antwort mit einem Scherz zu geben, der eine Wahrheit enthielt:

»Wir haben hier nach einem Schatz gegraben.«

»Und habt ihr etwas gefunden?«

»Natürlich. Gold.«

Karoline hob die linke Hand und zeigte Peter den goldenen Ring. Es war zwar nicht klar, warum nach dem Schatzgraben ein Zaun hatte errichtet werden müssen, aber Peter fragte nicht weiter nach. Amalia schien auch von dieser Antwort wieder befremdet zu sein. Victor wurde immer klarer, dass sich die Röntgenologin bei ihnen ein wenig unwohl und deplatziert fühlte. Auf dem Rückweg zum Haus versuchte er sie in ein Gespräch über ihre Arbeit zu verwickeln. Er erfuhr, dass Amalia aus Weissenbach an der Triesting stammte, einer Ortschaft, die nur fünfzehn Kilometer entfernt war. Sie erzählte ein wenig von ihrem Studium und davon, dass sie nun ihre demenzkranke Mutter pflegte und deshalb Arbeit in der Nähe gesucht habe. Amalia wirkte nachdenklich, geradezu grüblerisch. Victor fand, dass sie gar nicht zu Karoline passte, aber wahrscheinlich gab es wenig Auswahl an gleichaltrigen Ärztinnen, mit denen Karoline sich an den Schnitzeltagen in der Kantine des Altersheims unterhalten konnte.

Als sie den Gemüsegarten passiert hatten, waren sie auf der Wiese an der Giebelseite des Hauses angelangt. Dort stand der Goldregen. Der Großvater hatte Victor als Kind immer davor gewarnt, Früchte oder Blätter in den Mund zu nehmen, da der Goldregen giftig sei.

»Hat Karoline wirklich ein Gewehr?«, fragte Amalia. Die Frage schien sie die ganze Zeit gequält zu haben.

»Ja, sie ist Sportschützin und Jägerin«, antwortete Victor.

Als Victor die Mauer hinter dem Haus betrachtete, die

die Grenze zu der Wiese am Waldrand bildete, erinnerte er sich, dass auch er mit vierzehn hier geschossen hatte. Der Vater hatte ihm unter dem Protest der Mutter und des Großvaters ein Luftdruckgewehr geschenkt, dazu eine metallene Box, in die man die Zielscheiben steckte und die zugleich die Kugeln auffing. Am Tag, als Victor dieses Geschenk bekommen hatte – Victor wusste nicht mehr, ob es zu seinem Geburtstag oder einem anderen Anlass gewesen war –, montierte der Vater die Box an dieser Mauer, lud das Gewehr und schoss aus einer Entfernung von etwa sechs oder sieben Metern. Tatsächlich traf er genau den innersten Ring der Zielscheibe. Er lachte, gab Victor das Gewehr und sagte, er würde keinen weiteren Schuss mehr machen, denn so ein Glück hätte man kein zweites Mal.

Schon um 16:00 saßen alle im Fernsehzimmer, um die erste Hochrechnung um 17:00 abzuwarten. Victor hatte kein gutes Gefühl. Und dieses Gefühl bestätigte sich sofort. Die Hahnenschwanzler gewannen. Die Sozialdemokratie kam auf 20 % und blieb immerhin zweitstärkste Partei. Der Moderator sagte mehrmals, die Wechselwähler hätten die Wahl entschieden. Was müssen das für Menschen sein, dachte Victor, die ihre politische Überzeugung bei jeder Wahl von Neuem aussuchen wie die Geschmacksrichtung eines Lutschbonbons? Wechselwähler haben weder Rückgrat noch Überzeugung. Schon nach der ersten Hochrechnung setzte er sich in die Küche und betrat das Fernsehzimmer nicht mehr.

Amalia, Karoline und Peter rannten immer wieder hin und her, um Getränke zu holen oder aufs WC zu gehen. Ab 19:00 waren alle außer Victor betrunken. Er fragte Peter, ob er ihn zum Bahnhof bringen solle.

»Wir schauen noch ein bisschen«, antwortete Peter.

Um 21:00 holte Victor ein Buch und ging in das Dachbodenzimmer. Er las noch ein wenig und legte sich dann hin. Irgendwann nachts musste Karoline zu ihm ins Bett geschlüpft sein. Er hatte sie nicht kommen gehört. Sie roch stark nach Alkohol. Victor drehte sich auf die andere Seite und schlief weiter. Nach unten wollte er nicht gehen. Vermutlich waren Peter und Amalia auch irgendwo untergebracht worden. Morgen würde es darum gehen, sie wieder loszuwerden.

Ein Geschenk Gottes

Nach den vielen Verstimmungen des Septembers war im Oktober Ruhe eingekehrt. Victor überlegte, wie Karolines Geburtstag im November gefeiert werden sollte. Ein erstes Geschenk hatte er schon gekauft. Wie alle Geschenke versteckte er es in einem schwer zugänglichen Winkel auf dem Dachboden.

Dort stand auch das alte Bett aus dem Dachbodenzimmer, der Rollstuhl der Urli zusammen mit zwei Rollatoren, Krücken und Gehstöcken und zwei Kartons mit anderem medizinischen Bedarf, die Karoline und Victor nach dem Tod der Urli aus dem Schlafzimmer einfach hier auf dem Dachboden gelagert hatten. Victor fiel ein, Karoline könnte diese Dinge doch ins Altersheim mitnehmen, wo man sie vielleicht noch brauchen würde. Vielleicht warteten sie auch einfach, bis sie sie im Alter selbst benötigen würden. Oder sie errichteten im nächsten Krieg eine Panzersperre daraus.

Victor stand nun täglich zwischen 5:00 und 6:00 auf. Seit dem Wahlabend im September hatten Karoline und er keinen Alkohol mehr getrunken. Zu Bett gingen beide sehr früh, meistens um 22:00.

Am 24. Oktober begann Victor *Die Brüder Karamasow* zu lesen. Er trug das Datum mit Bleistift in das Buch ein. Er war nicht verwundert, wie wenig ihn die ersten hundert Seiten fesselten. Er zwang sich weiterzulesen und erschrak, als Karoline plötzlich im Nachthemd vor ihm stand. Gewöhnlich hatte Victor, wenn Karoline aufstand, schon Kaffee gemacht. An diesem Tag hatte er das vergessen.

»Guten Morgen, mein Schatz.«

»Guten Morgen. Gibt es Kaffee?«

»Ich habe noch keinen gemacht.«

»Oh, enttäuschter Smiley.«

Karoline gähnte. Ganz verschlafen beugte sie sich über Victor.

»Ich mache Kaffee. Willst du auch?«

»Gerne. Ich liebe dich. Rotes Herz. Rotes Herz. Rotes Herz.«

Als Karoline den Kaffee brachte, war Victor wieder in das Buch vertieft.

»Muss ja spannend sein das Buch. Kommst du nicht in die Küche?«

Doch Victor blieb in seinem Zimmer sitzen, bis Karoline kurz vor 9:00 das Haus verließ, um die Praxis zu öffnen.

»Ich gehe rüber. Wenn es etwas zu sagen gibt, schick mir einfach Rauchzeichen.«

»Rauchzeichen. Rauchzeichen. Rauchzeichen.«

Karoline machte regelmäßig Anspielungen darauf, dass Victor sein Smartphone aufgegeben hatte. In der zweiten Oktoberwoche war er nach Wien gefahren und hatte den Vertrag bei seinem Anbieter gekündigt. Hätte Victor dort doch nur irgendwelche Gründe für die Kündigung vorgeschoben. Stattdessen erzählte er dem Verkäufer die Wahrheit. Dieser erklärte Victor, er habe noch so und so viele Treuepunkte und könne zum Beispiel ein neues Smartphone mit viel Speicherplatz stark verbilligt bekommen. Nachdem Victor dieses Angebot ausschlug, versuchte ihn der Verkäufer mit anderen Angeboten zu locken. Es half nichts. Als der Vertrag gekündigt war, sagte der Verkäufer: »Dieses Gerät ist doch ein Geschenk Gottes. Wie kann man denn ohne Handy leben?«

Dann hatte Victor das Geschäft verlassen. Im Auto lag der gefundene Goldschmuck. Karolines Kollegin Amalia hatte ihnen einen Experten in Wien genannt, der den Wert des Goldes schätzen könne. Victor gab das Gold ab und ging in ein Café. Als er nach einer Stunde zurückkam, nannte ihm der Mann einen Wert von 3.120,00 Euro. Victor war enttäuscht und nahm das Gold wieder mit nach Heiligenbrunn. Auch Karoline war enttäuscht, sehr enttäuscht, und so beschlossen sie, das Gold einfach zu behalten. Es gehörte jemand anderem; und wenn es diesen anderen und seine Nachfahren nicht mehr gab, dann gehörte es eben der Erde des Grundstücks. Entgegen aller Ankündigungen legten sowohl Karoline als auch Victor ihre Eheringe niemals ab. Wenn sie nebeneinander im Bett lagen, betrachtete Victor Karolines schlanke Hände und Arme. Und er konnte nicht sagen, dass es ihm nichts bedeutete, dass Karoline den goldenen Ring trug.

Morgens verließ Karoline das Haus und ging in die Praxis. Und Victor las und las und las. Er hätte den ganzen Tag gelesen, wenn nicht zu Mittag das Telefon geläutet hätte. Er war erstaunt, als Iris am Apparat war. Natürlich hatte er auch ihr die Festnetznummer geben müssen und erklärt, dass er nicht mehr mobil erreichbar sei. Aber er hatte nicht mit einem Anruf gerechnet.

»Geht's dir gut?«

»Ja. Alles gut.«

»Ich wollte dir nur mitteilen, dass ich schon Ende Oktober ausziehen werde.«

»Wirklich? Musst du aber nicht.«

»Ich weiß, aber es ist für mich besser so.«

»Gut, wann soll ich kommen?«

»Du musst nicht kommen. Ich werfe den Schlüssel in den Briefkasten.«

»O.k., wenn du meinst.«

»Ich nehme wie besprochen den Fernsehapparat mit in die neue Wohnung. Passt das?«

»Sicher. Haben wir ja so ausgemacht.«

»Alles andere von mir ist schon weg.«

»Wo ziehst du denn hin?«

»In den achtzehnten Bezirk.«

»In eine Mietwohnung?«

»Nein, das ist ein anderes Arrangement. Sehr kompliziert.«

»O.k., geht mich ja nichts an.«

»Also dann! Alles Gute!«

»Leb wohl!«

Nach diesem Telefonat konnte Victor nicht weiterlesen. Es störte ihn, dass er nun wieder nach Wien fahren und sich um die Wohnung kümmern musste. Es störte ihn, dass Iris ihm die Schlüssel nicht persönlich übergeben und nichts von ihrer neuen Wohnung erzählen wollte.

Victor ging an den Waldrand. Er wollte irgendwelche Blumen pflücken und sie Karoline am Nachmittag in die Praxis bringen. Aber er fand keine Blumen, und in der Gegend gab es weit und breit kein Blumengeschäft.

Ein richtiger Vater

»Würdest du nicht auch gerne einen Hund haben?«

Wieder einmal begann der Tag mit dem Thema, das seit Wochen diskutiert wurde. Victor fand Haustiere zu halten bürgerlich. Vor allem ein Hund, ein Tier, das auf völligen Gehorsam gedrillt wurde, sagte ihm nicht zu. Außerdem verstörte ihn, dass nun ein Ersatzkind angeschafft werden sollte. Meistens schwieg er, statt auf Karolines Frage zu antworten, stand dann auf und ging in die Küche. Karoline war seit Tagen kaum aus dem Bett zu bringen.

»Guten Morgen! Drei rote Herzen.«

»Guten Morgen!«

»Wie geht es den Brüdern Karamasow?«

»Noch 160 Seiten.«

»Worum geht es?«

»Ich habe keine Ahnung. Es ist ein Buch über dich.«

»Wirklich?«

»Ja. Jede Seite handelt von dir.«

»Dann sollte ich es auch lesen?«

»Das weiß ich nicht.«

»Steht dort, ob ich meinen Vater suchen soll?«

»Da steht, dass du ihn weder suchen noch googeln sollst.«

Karoline war wieder eingeschlafen. Victor blickte auf die Uhr und legte den Arm auf ihre Schulter.

»Du musst bald gehen, mein Schatz.«

»Ich will nicht.«

»Was ist los mit dir?«

»Ich weiß nicht. Ich glaube, ich stecke in der Midlife-Crisis.«

»Heißt das nicht längst anders?«

»Ich werde alt. Ich hätte so gerne ein Baby mit dir gehabt. Aber ich kann kein Kind mehr bekommen. Bald kommen die Wechseljahre. Ich werde zunehmen. Manchmal fange ich einfach so zu schwitzen an. Es ist furchtbar. Und kein Problem gelöst.«

»Ich löse all deine Probleme in einer Minute.«

»Wirklich?«

»Ganz einfach. Problem Vatersuche: Du tust nichts! Problem gelöst.«

»Wenn ich das schaffe.«

»Was willst du von Hellmuth Reinthaler, wenn du ihn findest? Du hast nichts mit ihm zu tun.«

»Du hast recht. Problem: Goldschatz.«

»Wir tun nichts: Wir behalten das Gold, so wie es ist.«

»Und die Solaranlagen?«

»Wir lassen sie im Frühjahr installieren.«

»Und wann legen wir den Gemüsegarten neu an?«

»Im Frühjahr.«

»Gibt es sonst noch Probleme?«

»Urlaub in Strömstad?«

»Nächsten Mai. Vorher bekomme ich keinen langen Urlaub.«

»Was ist mit den Hormonen, die du nehmen wolltest?«

»Ach, Victor. Ich sagte doch schon, ich bin zu alt. Ich bekomme kein Kind mehr.«

»Also, du nimmst sie nicht. Problem gelöst.«

»Es tut mir so leid für dich.«
»Man muss auch in Würde aussterben können.«
»Sag so etwas nicht!«
»Ich muss nach Wien, mich um meine Wohnung kümmern. Iris zieht morgen aus.«
»Was tust du, wenn du dort bist?«
»Ich weiß nicht. Ich muss erst überlegen, was ich mit der Wohnung machen soll.«
»Überlegen kannst du auch hier.«
»Das stimmt. Problem gelöst.«
»Was willst du heute tun?«
»Ich will dich!«
»Dann schnell jetzt. Ich muss heute arbeiten.«

Karoline verschwand unter Victors Decke, und Victor verschwand unter Karoline. Das Dachbodenzimmer war noch nicht aufgeräumt, aber Karoline hatte die Sachen von den Großeltern, die man behalten wollte, reinigen lassen und in den Schrank gehängt. Die Kleidung, die man weggeben wollte, lag in Säcken bereit zum Abtransport. Die Fotoalben waren bereits in Victors Zimmer gewandert und der Stuhl, der seit 1983 nicht benutzt worden war, war inzwischen eingeweiht worden.

Karoline tauchte wieder auf.

»Ich muss zur Arbeit.«
»Gibt es heute wieder Schnitzel?«
»Es gibt auf jeden Fall Herzinfarkt, Schlaganfall, Herzinfarkt, Herzinfarkt, Herzinfarkt, Lungenödem, Schlaganfall, Schlaganfall.«

Und Victor erzählte davon, wie der Großvater nach seinem ersten Schlaganfall aus dem Krankenhaus entlassen worden war und nach Hause kam. Als der Nachbar,

Herr Julius, zu Gast war, servierte ihm die Urli ein Glas Wein und ein Schmalzbrot. Der Großvater verlangte auch nach Wein und Schmalzbrot. Die Urli schimpfte zwar, gab es ihm aber. Auch Herr Julius meinte, der Großvater solle nach seinem Schlaganfall besser nicht zu fett essen. Großvater antwortete: »Was macht man nach dem ersten Schlaganfall? Man wartet auf den zweiten Schlaganfall.«

Karoline muss damals sieben Jahre alt gewesen sein und Hanna neun. Victor überlegte, welche Geschichten sich Hanna wohl aus dem Haus der Großeltern gemerkt haben könnte. Ob sie manchmal ihren Kindern davon erzählte? Dann würden ihre Geschichten länger überleben als Victors Geschichten, denn eines von Hannas Kindern würde doch bestimmt Nachwuchs haben und sie weitergeben. Wie es Hanna wohl ging? Ob Victor sie in diesem Leben noch einmal sehen würde? Würden Michi oder Pauli Karoline und ihn zu ihrer Hochzeit einladen, in vielen Jahren, wenn das vergangene Jahr zwar nicht vergessen, aber schon lange vergangen wäre?

Mit Karoline sprach Victor nicht über Hanna. Er sprach nur über Onkel Rainer und dass Karoline ihm verzeihen sollte. Dass der Bimbo die Vaterlosigkeit genauso gekannt hatte wie Karoline. Onkel Rainers Vater hatte in seiner Werkstatt gelebt. Er verließ sie nur, wenn es unbedingt notwendig war. Sein Sohn Rainer musste sich allein in der Welt in Wien zurechtfinden und sein eigenes Leben leben. Der Vater hingegen wollte mit dieser Welt nichts zu tun haben. Seine wirklichen Kinder, die in seiner Welt lebten, schnitzte er sich für seine Marionettenbühne. Einmal hatte Onkel Rainer seine Mutter gefragt, wo sein Vater sei. Die Mutter hatte das für einen Scherz gehalten und geantwortet, der Vater arbeite gerade in der Werkstatt. Und der Bimbo sagte: »Ach so, der. Ich meine aber einen richtigen Vater, so wie ihn die anderen Kinder haben.«

Karoline gab einen seltsamen Laut von sich, der Victor erschreckte. Als er sich zu ihr drehte, sah er, dass sie weinte. Sie begann zu schluchzen, schluchzte bestimmt eine Viertelstunde lang, ohne dass Victor sie beruhigen konnte. Er hielt sie fest. Dass er ihr die Geschichte von Onkel Rainer erzählt hatte, machte ihm ein schlechtes Gewissen. Nie, sagte Karoline, habe eine der Geschichten, die Victor erzählte, sie so sehr berührt. Aber diese Geschichte sei so fürchterlich, so grauenhaft, dass sie ihn bitte, sie nie wieder zu erzählen.

Fuchsbandwurm

Kurz vor 2:30 erwachte Victor. Er erwachte mit einem seltsamen Gedanken, einer Befürchtung. Er fragte sich, warum Iris schon früher aus der Wohnung auszog. Und er fand nur eine plausible Antwort: Weil sie einen neuen Mann hatte, zu dem sie in die Wohnung ziehen konnte. Wozu aber die Eile? Warum nicht noch diese zwei Monate abwarten? Auch darauf gab es nur eine Antwort: Weil Iris von ihrem neuen Mann schwanger war. Und da sie den Namen Jarno nach der Scheidung behalten hatte, und da sie mit dem Neuen nicht verheiratet war, würde ihr Kind den Nachnamen Jarno tragen. Es war eine schreckliche Rache an Victor. Bestimmt würde er zur Geburt oder Taufe eine Karte erhalten, eine dieser Karten, in die man ein Foto des Babys stecken kann, neben dem dann in goldener Schnörkelschrift stünde: *Wir freuen uns, die Geburt unserer geliebten Tochter Caroline Jarno bekannt zu geben.*

Victor erwachte und wusste nicht mehr, ob er das gedacht oder geträumt hatte oder ob er noch immer träumte. Denn plötzlich kamen sie alle. Sie kamen alle nach Heiligenbrunn. Sie ließen sich auch nicht in der Pension Kaswurm unterbringen, sondern wollten im Haus bleiben und nicht mehr gehen. Iris kam mit dem neuen Mann und dem Baby. Der Xandi kam mit der Xandippe und sagte etwas wie: »Jarno, dein Vater hat gesagt, du kannst uns

unterbringen, auch wenn wir Hahnenschwanzler sind.«
Sie hatten ihre Habseligkeiten in Tücher eingerollt und
trugen Tramperrucksäcke. Im Vorzimmer saßen Menschen, die Victor nicht kannte, die niemals im Haus gewesen waren. Er versuchte, seine Angehörigen zu finden.
Da waren Hanna und die Kinder, die alle weinten und zu
Boden blickten. Der Bimbo und Tante Margarete hatten
bereits das Fernsehzimmer okkupiert. Und irgendwo in
der Menge fand Victor Josef Sandbichler. Er wusste nicht,
woran er erkannte, dass das sein Urgroßvater war. Der
alte Mann blickte ihn nur an und sagte immer wieder:
»Bitte! Ich bitte Sie!« Victor wollte den Alten in das Dachbodenzimmer führen, aber er hatte eine riesige hölzerne
Trage auf dem Rücken und wirkte, als könne er jede Sekunde zusammenbrechen. Also führte er ihn ins Schlafzimmer. Sein Urgroßvater sah ihn lange an. Aber Victor
wusste nicht, was er zu ihm sagen sollte.

Und gleich neben der Eingangstür stand Victors frühere Lebensgefährtin Barbara in Begleitung eines jungen
Mannes. Sie strich ihm durch das Haar. »Er ist jetzt schon
fünfundzwanzig Jahre alt«, sagte Barbara.

Victor schreckte auf, als Karolines Wecker um 8:00 läutete.

»Du hast geschnarcht.«

»Das kann nicht sein.«

»Ich wollte dich schon aufwecken.«

»Tut mir leid.«

»Also schon wieder kein Kaffee? Es geht bergab.«

»Ich mach ihn gleich.«

Karoline war gealtert. Jetzt, wo sie sich nach all den
Jahren, die sie unterwegs gewesen war, hier entspannen

konnte, hatte ihr Körper Zeit, ihr die Vergangenheit zu vergelten. Sie sprach kaum über Norwegen. Das Tagebuch, das sie angeblich begonnen hatte, damit Victor es lesen sollte, hatte sie nicht weitergeführt. Statt abends etwas hineinzuschreiben, lag sie im Bett und wischte auf ihrem Mobiltelefon.

Am Donnerstag hatte Karoline wie immer die offene Ordination. Kurz vor 9:00 musste sie aus dem Haus. Victor hatte Mühe, sie aus dem Bett zu bringen. Er schaffte es dann doch. Als sie weg war, begann Victor zu lesen. Kurz nach Mittag war es geschafft: Er hatte *Die Brüder Karamasow* gelesen. Ausgelesen. Fertig gelesen. Er stellte das Buch ins Regal zurück.

Danach nahm Victor sofort ein neues Buch. Er wollte nur noch lesen. In Zukunft keine Nachrichten mehr, schwor er. Vielleicht war es nicht schlecht, wenn in den nächsten fünfzehn Jahren Regierungen kamen, die den arbeitenden Menschen wieder Rechte nahmen, die Arbeitszeiten verlängerten, den Krankenstand abschafften, ihre medizinische Versorgung einstellten, das Arbeitslosengeld strichen, alle Sozialleistungen einstellten, die Schulpflicht abschafften und stattdessen Kinderarbeit wieder erlaubten, und die Einsparungen, die sie dabei machten, den Reichen und Großkonzernen zukommen ließen. Dafür würde der Überwachungsstaat ausgebaut. Die Menschen hatten ja Smartphones trotz ihrer Armut. In den Slums von Bombay hatte jeder Mensch ein Smartphone. Und Smartphonebesitzer konnten rund um die Uhr überwacht werden. Zwar ergaben sich aus dieser Überwachung keine Erkenntnisse, denn die Überwachten waren keine bemerkenswerten Menschen, aber man konnte zumindest feststellen, was sie wann bei welchem Online-Warenhaus bestellt hatten, und wusste so, dass Kunden, die das Produkt X gekauft hatten, zu fünfundsiebzig Prozent auch das Produkt Y kauften. Nach den fünfzehn Jahren dieser Herrschaft würden sich vielleicht viele daran erinnern, wie wertvoll ihre früheren Rechte und Möglichkeiten einmal gewesen waren. Aber wahrscheinlich würde ihnen das völlig egal sein. Sie würden die Partei wählen, die von den Boulevardzeitungen beworben würde. Und sie würden die Meinungen von sich geben, die die Boulevardzeitungen verbreiteten. Und wenn die Demokratie mit einer Zweidrittelmehrheit im Parlament offiziell abgeschafft würde, wären sie froh. Denn dann würde ohnehin die Partei regieren, die sie gewählt hatten, und alle anderen abschaffen. Außerdem müssten sie dann nicht mehr wählen gehen und könnten in der gewonnenen Zeit Onlineshopping betreiben.

Nachmittags fuhr Victor einkaufen. Er besorgte Lebensmittel und zwei Grabkerzen. Zu Hause machte er Risotto mit Steinpilzen und grünem Salat. Als Karoline kam, wurde gegessen. Karoline erzählte, dass zwei kleine Mädchen in der Ordination gewesen seien, die mit Buntstiften Mobiltelefone auf einen Zettel gezeichnet hatten. Auf diesem Zettel wischten sie nun mit ihren Fingern, taten so, als ob sie Fotos und Selfies machten und einander Nachrichten schickten. Da es nur Spielhandys waren, sagten sie sich die Nachrichten gegenseitig ins Ohr.

»Was machen wir morgen?«

»Morgen ist Allerheiligen. Wir gehen zum Friedhof. Ich habe zwei Grabkerzen gekauft.«

»Ach ja, ich habe frei. Wie herrlich!«

»Und das Schießen fällt auch aus?«

»Am Feiertag schon. Das wird dich freuen.«

»Du wirst lachen. Ich habe gerade überlegt, wieder mitzugehen.«

»Ich möchte eigentlich nicht mehr hingehen.«

»Sollen wir eine Wanderung machen?«

»Ich möchte vor allem schlafen.«

»Wir müssen schauen, ob es oben im Wald noch Heidelbeeren gibt wie in meiner Kindheit.«

»Es ist doch viel zu spät dafür. Außerdem esse ich bestimmt keine Heidelbeeren vom Strauch.«

»Warum nicht?«

»Echinokokkose. Noch nie vom Fuchsbandwurm gehört?«

»Noch nie!«

»Man braucht nur Beeren zu essen, auf denen sich der Kot eines infizierten Fuchses befindet. Fünfundsiebzig Prozent aller Füchse sind davon befallen.«

Und plötzlich wusste Victor, was er seinem Urgroßvater im Traum hätte sagen können.

Sollte diese Publikation Links auf Webseiten Dritter enthalten, so übernehmen wir für deren Inhalte keine Haftung, da wir uns diese nicht zu eigen machen, sondern lediglich auf deren Stand zum Zeitpunkt der Erstveröffentlichung verweisen.

Die Zitate auf S. 319 und S. 331 stammen aus Karl Kautsky: Zu den Programmen der Sozialdemokratie, Verlag Jakob Hegner, Köln 1968.

Penguin Random House Verlagsgruppe FSC® N001967

1. Auflage
Genehmigte Taschenbuchausgabe April 2022
Copyright © 2021 Luchterhand Literaturverlag, München,
in der Penguin Random House Verlagsgruppe GmbH,
Neumarkter Str. 28, 81673 München
Covergestaltung: semper smile, München,
nach einem Entwurf von buxdesign, München
Covermotiv: Shutterstock/Artur Balytskyi
Satz: Uhl + Massopust, Aalen
Druck und Einband: GGP Media GmbH, Pößneck
cb · Herstellung: sc
Printed in Germany
ISBN 978-3-442-77223-0

www.btb-verlag.de
www.facebook.com/btbverlag